LAURA RESTREPO

Delirio

punto de lectura

DELIRIO
D.R. © Laura Restrepo, 2004

 punto de lectura

De esta edición:
D.R. © Santillana Ediciones Generales S.A. de C.V.
Av. Río Mixcoac 274, Col. Acacias
c.p. 03240, México, D.F. Teléfono 5420-7530
www.puntodelectura.com/mx

Primera edición: julio de 2006
Séptima reimpresión: marzo de 2013

ISBN: 978-970-731-128-2

D.R. © Cubierta: *Revenge of the goldfish*, 1981
         Instalación y fotografía de Sandy Skoglund

Impreso en México

 PRISA EDICIONES

A Pedro, mi hijo,
este libro que es tan suyo
como mío.

Sabiamente, Henry James siempre les advertía a los escritores que no debían poner a un loco como personaje central de una narración, sobre la base de que al no ser el loco moralmente responsable, no habría verdadera historia que contar.

GORE VIDAL

Supe que había sucedido algo irreparable en el momento en que un hombre me abrió la puerta de esa habitación de hotel y vi a mi mujer sentada al fondo, mirando por la ventana de muy extraña manera. Fue a mi regreso de un viaje corto, sólo cuatro días por cosas de trabajo, dice Aguilar, y asegura que al partir la dejó bien, Cuando me fui no le pasaba nada raro, o al menos nada fuera de lo habitual, ciertamente nada que anunciara lo que iba a sucederle durante mi ausencia, salvo sus propias premoniciones, claro está, pero cómo iba Aguilar a creerle si Agustina, su mujer, siempre anda pronosticando calamidades, él ha tratado por todos los medios de hacerla entrar en razón pero ella no da su brazo a torcer e insiste en que desde pequeña tiene lo que llama un don de los ojos, o visión de lo venidero, y sólo Dios sabe, dice Aguilar, lo que eso ha trastornado nuestras vidas. Esta vez, como todas, mi Agustina pronosticó que algo saldría mal y yo, como siempre, pasé por alto su pronóstico; me fui de la ciudad un miércoles, la dejé pintando de verde las paredes del apartamento y el domingo siguiente, a mi regreso, la encontré en un hotel, al norte de la ciudad, transformada en un ser aterrado y aterrador al que apenas reconozco. No he podido saber qué le sucedió durante mi ausencia porque si se lo pregunto me insulta, hay que ver cuán feroz puede llegar a ser cuando se exalta, me trata como si yo ya no fuera yo ni ella fuera ella, intenta explicar Aguilar y si no puede es porque él mismo no lo comprende; La mujer que amo se ha perdido dentro de su propia cabeza, hace ya catorce días que la ando buscando y me va la vida en encontrarla pero la cosa es difícil, es angustiosa a morir y jodidamente difícil; es como si Agustina habitara en un plano paralelo al real, cercano pero inabordable, es como si hablara en una lengua extranjera que Aguilar vagamente reconoce pero que no logra comprender. La trastornada razón de mi mujer es un perro que me tira tarascadas pero que al mismo tiempo me envía en sus ladridos un llamado de auxilio que no atino a responder; Agustina es un perro famélico y malherido que quisiera volver a casa y no lo logra, y al minuto siguiente es un perro vagabundo que ni siquiera recuerda que alguna vez tuvo casa.

Te lo voy a contar a calzón quitado porque tienes derecho a saberlo, le dice el Midas McAlister a Agustina, y a fin de cuentas qué puedo arriesgar al hablarte de todo esto, si a mí ya no me queda nada. Tu marido anda perdido como corcho en remolino tratando de averiguar qué diantres sucedió contigo y tú misma tampoco sabes gran cosa, porque mira, Agustina bonita, toda historia es como un gran pastel, cada quién da cuenta de la tajada que se come y el único que da cuenta de todo es el pastelero. Pero antes de empezar déjame decirte que me alegra tu compañía, pese a todo siempre me ha alegrado tu compañía, la verdad es que después de lo que pasó eres la última persona que esperaba ver. ¿Me crees si te digo que este desastre empezó con una simple apuesta? Hasta vergüenza le da al Midas confesárselo a Agustina, que se tomó las cosas en serio y salió tan perjudicada, una apuesta de lo más ordinaria, una chanchada si vamos a llamar a las cosas por su nombre, una jugarreta que resultó sangrienta. La bautizaron Operación Lázaro porque el motivo era ver si el Midas y otros tres amigos podrían hacer que le resucitara el pájaro a la Araña Salazar, que lo llevaba muerto entre las piernas desde el accidente en el Polo Club de Las Lomas, ¿Te acuerdas, Agustina bonita, del escándalo aquel? A la hora de la verdad fue un accidente vulgar y cretino aunque después trataron de ponerle a la cosa su decoro y su heroísmo, haciendo circular la versión de que la Araña se había caído del caballo durante un partido contra un equipo chileno, pero la verdad, aclara el Midas, es que el trago amargo vino después, durante un zafarrancho de borrachos, porque el partido había sido por la mañana y la Araña lo había presenciado desde la tribuna, sentado en los primeros peldaños porque está tan gordo que no puede acceder a los altos, y te aseguro que todo su protagonismo consistió en apostar a favor de los chilenos y en contra de los locales, ese Araña siempre ha sido un gordazo y un vendepatrias. Los chilenos ganaron y luego fueron homenajeados con un almuerzo típico que supongo que se tragaron por educación pero de mala gana, quién sabe cuál fue el folklorismo que les enjaretaron, lechona, tamales, buñuelos, brevas con arequipe o todos los anteriores, y después se retiraron a su hotel a bregar con la digestión de todo aquello mientras en el club la jarana seguía y se multiplicaba, cada vez más enverriondada. Corrieron ríos de whisky, oscureció y ya no quedaban allí sino polistas nativos y habitués del club cuando a la Araña y a sus amigotes les dio por mandar ensillar, y el Midas McAlister supone, o mejor dicho sabe, que cuando partió en la noche la alegre cabalgata todos iban ebrios como cosacos, aquello era una patota de payasos alebrestados, no sé si tu hermano Joaco iba entre ellos, le dice a Agustina, a lo mejor sí porque Joaco nunca se pierde un jolgorio promisorio. Se montaron en esos caballos que ya de por sí son histéricos y que no aprecian que unos patanes pasados de kilos les aplasten los riñones y los obliguen a galopar a oscuras por trochas tapadas de barro, con la procesión de Toyotas 4 puertas cargados de escoltas detrás, tú conoces cómo va la onda, muñeca linda, le dice el Midas a Agustina, porque tú provienes de ese mundo y si emprendiste la fuga fue porque de eso ya habías comido bastante, ¿y acaso el sabor se olvida?, no reina mía, ese regusto a mierda permanece en la boca por más gárgaras de Listerine que hagas. A cada ricacho del Las Lomas Polo lo siguen como sombras cinco o seis guardaespaldas dondequiera que va, y peor en el caso de la Araña Salazar, que desde que nada en oro se hace proteger por una tropilla de criminalazos entrenados en Israel, y el Midas asegura que esa noche la Araña, que hacía meses no se encaramaba en un caballo porque se ahoga en colesterol y debe contentarse con observar la movida desde la tribuna, esa noche la Araña, que llevaba encima una juma fenomenal, ordenó que le trajeran a la bestia más arrecha, un alazán de alzada portentosa que se llamaba Perejil, y si te digo se llamaba, Agustina princesa, y no se llama, es porque en medio de la negrura, del barrizal y del desenfreno el Perejil se encabritó y lanzó a la Araña por los aires estampándolo de espaldas contra el filo de una roca, y después de eso una lumbrera de escolta, uno que llaman el Chupo, no tuvo mejor idea que castigar al animal con una ráfaga de metralla que lo dejó agujereado como una coladera y con los cascos mirando hacia la luna, en una escenita de un patético subido. De una sola ráfaga el imbécil del Chupo se parrandeó los doscientos cincuenta mil verdes que costaba el Perejil, porque esa vida es así, Agustina muñeca, en una sola juerga se pueden ir al traste dinerales sin que a nadie se le descoloque el peluquín.

La niña Agustina abraza con fuerza a otro niño más pequeño que es su hermano el Bichi y que tiene la cabeza cubierta de rizos oscuros, un Niño Dios de esos que los pintores no representan rubios sino pelinegros, Es la última vez, Bichito, le asegura Agustina, nunca más te vuelve a pegar mi padre porque yo lo voy a impedir, no encojas ese brazo como si fueras un pollo con el ala quebrada, ven Bichi, hermanito, tienes que darles el perdón a las manos malas de mi padre porque su corazón es bueno, tienes que perdonarlo, Bichi, y no hacerle mala cara porque de lo contrario se larga de casa y la culpa va a ser tuya, ¿te duele mucho el bracito?, ven acá que no es nada, si paras de llorar tu hermana Agustina te va a convocar a la gran ceremonia de sus poderes, y hacemos lo que sabemos, ella saca las fotos del escondite y Bichi coloca la tela negra sobre la cama, tú y yo preparando la misa que ilumina mis ojos, Agustina convoca al gran Poder que le permite ver cuándo el padre le va a hacer daño al niño, tú eres el Bichi a quien yo tanto quería, repite una y otra vez Agustina, el Bichi a quien tantísimo quiero, mi hermanito del alma, el niño lindo que se alejó de mí hace ya toda una vida y nada sé de él. Tu ala quebrada yo te la sano, le canta Agustina y lo arrulla contra sí, sana que sana paticas de rana si no sanas hoy sanarás mañana, lo único malo es que los poderes de adivinación le llegan cuando les da la gana y no cuando ella los convoca, por eso a veces la ceremonia no resulta lo mismo aunque los dos niños se pongan las vestimentas y hagan todo como Dios manda, paso por paso, respetando cada paso, pero no es lo mismo, se queja Agustina, porque a mí los poderes a ratos me abandonan, se me cierra la visión y el Bichi queda indefenso, sin saber en qué momento le ha de suceder aquello. En cambio cuando van a llegar se anuncian con un temblor en los párpados que lleva por nombre Primera Llamada, porque los poderes de Agustina eran, son, capacidad de los ojos de ver más allá hacia lo que ha de pasar y todavía no ha pasado. La Segunda Llamada es la libre voluntad con que la cabeza se le va hacia atrás como bajando una escalera, como si la nuca tironeara y la hiciera estremecerse y agitar el pelo como la Llorona Loca cuando vaga por el monte, Yo sé bien que al Bichi le aterra la Segunda Llamada y que no quiere saber nada de la Llorona ni del ritmo loco de su pelo suelto, por eso me ruega que no ponga los ojos en blanco y que no revuelva los pelos porque Si sigues haciendo eso, Agustina, me voy para mi cuarto, No te vayas, Bichi Bichito, no te vayas que ya no lo hago más, controlo el estremecimiento para no aterrarte porque al fin y al cabo nuestra ceremonia es de curación y amparo, yo nunca te voy a hacer mal, yo sólo te protejo, y a cambio de eso tú tienes que prometerme que aunque mi padre te pegue vas a perdonarlo, mi padre dice que es por tu bien y los padres saben cosas que los hijos no saben.

Aguilar dice que desde que su mujer está extraña, él se ha dedicado a ayudarla pero que sólo logra desagradarle e importunarla con sus inútiles desvelos de buen samaritano. Por ejemplo ayer, tarde en la noche, Agustina montó en cólera porque quise secar con un trapo el tapete que ella había empapado obsesionada con que olía raro, y es que me produce una desazón horrible ver ese montón de tiestos con agua que va colocando por todo el apartamento, le ha dado por oficiar bautizos, o abluciones o quién sabe qué ritos invocando a unos dioses que se inventa, todo lo lava y lo frota con un empeño desmedido, esta indescifrable Agustina mía, se le ha vuelto un tormento cualquier mancha en el mantel o mugre en los vidrios, sufre porque haya polvo en las cornisas y la vuelven irascible las huellas de barro que según dice van dejando mis zapatos, hasta sus propias manos le parecen asquerosas aunque las refriegue una y otra vez, ya están rojas y resecas sus bellas manos pálidas, porque no les da tregua, ni me da tregua a mí, ni tampoco se la da a sí misma. Dice Aguilar que mientras su mujer oficia sus ceremonias dementes le va dando órdenes a la tía Sofi, que se ha ofrecido como monaguillo complaciente, y las dos trajinan con cacharros llenos de agua como si así lograran exorcizar la ansiedad, o recuperar algo del control perdido, en tanto que él no halla qué papel desempeñar en esta historia ni sabe cómo frenar el furor místico que va invadiendo la casa bajo la forma de hileras de tazas de agua que aparecen alineadas contra los zócalos de los muros o sobre los antepechos de las ventanas, De pronto abro una puerta y sin querer vuelco un platón de agua que Agustina ha escondido detrás, o voy a subir al segundo piso y me lo impiden las ollas llenas de agua que ha colocado en cada escalón, ¿Cómo llego arriba, tía Sofi, si Agustina inutilizó la escalera?, Por ahora quédate abajo, Aguilar, ten un poco de paciencia y no quites de ahí esas ollas porque ya sabes la pataleta que arma, ¿Y dónde comeremos, Agustina mía, si llenaste la mesa de platos con agua? Los ha puesto sobre las sillas, en el balcón y alrededor de la cama, el río de su locura va dejando su rastro hasta en los estantes de los libros y en los armarios, por donde pasa se van abriendo estos quietos ojos de agua que miran a la nada o al misterio y yo más que desazón siento el agobio de un fracaso, la angustia de no saber qué burbujas son las que le estallan por dentro, qué peces venenosos recorren los canales de su cerebro, así que no se me ocurre nada mejor que esperar un descuido suyo para vaciar vasijas y platos y baldes y devolverlos a su lugar en la cocina, y luego te pregunto por qué me miras con odio, Agustina amor mío, será que no me recuerdas, pero a veces sí, a veces parece reconocerme, vagamente, como entre la niebla, y sus ojos se reconcilian conmigo por un instante, pero sólo un instante porque enseguida la pierdo y vuelve a invadirme este dolor tan grande. Extraña comedia, o tragedia a tres voces, Agustina con sus abluciones, la tía Sofi que le sigue el juego y yo, Aguilar, observador que se pregunta a qué horas se perdió el sentido, eso que llamamos sentido y que es invisible pero que cuando falta, la vida ya no es vida y lo humano deja de serlo. Qué haríamos si no fuera por usted, tía Sofi. Al principio Aguilar permanecía en casa las veinticuatro horas corridas cuidando a Agustina y esperando que en cualquier momento volviera a sus cabales, pero con el correr de los días empezó a sospechar que la crisis no se superaría de la noche a la mañana y supo que tendría que hacer de tripas corazón para volver a enfrentar la vida cotidiana. Tal vez lo más difícil de todo esto, dice, sea aceptar la gama de términos medios que hay entre la cordura y la demencia, y aprender a andar con un pie en la una y el otro en la otra; al tercer o cuarto día de delirio se me acabó el dinero que llevaba encima y las urgencias ordinarias regresaron a mí desde ese remoto fondo de la memoria donde se habían agazapado, si no salía a cobrar un par de cuentas pendientes y a hacer las entregas de la semana no habría con qué comprar la comida ni pagar los servicios, pero no tenía cómo contratar a una enfermera que durante mi ausencia se quedara con Agustina cuidando que no escapara ni hiciera locuras irreparables, y fue entonces cuando timbró a la puerta esta señora que dijo llamarse tía Sofi. Apareció así no más, como traída por la Providencia, con su par de maletas, su gorro de fieltro rematado en una pluma, su risa fácil y su amplia presencia de alemana de provincia, y antes de ser invitada a seguir, todavía parada en el quicio de la puerta, le fue explicando a Aguilar que hacía años que no tenía trato con la familia, que vivía en México y que se había venido en un avión para cuidar a su sobrina durante el tiempo que fuera necesario, Yo no sé, duda Aguilar, mi mujer nunca me había hablado de ninguna tía, o al menos no recuerdo que lo haya hecho, y sin embargo pareció reconocerla o al menos reconoció su sombrero porque se rió, No puedo creer que todavía uses ese gorrito con pluma de ganso, eso fue todo lo que le dijo pero se lo dijo risueña y confiada, y sin embargo hubo un detalle que a Aguilar le dio mala espina, si esta señora no tenía trato con la familia, cómo se había enterado de la crisis de la sobrina, y cuando se lo preguntó, ella sólo respondió Eso lo he sabido siempre, Ah carajo, pensó Aguilar, o aquí hay gato encerrado o me acabo de ganar otra especialista en andar adivinando. Lo cierto es que esta tía Sofi no sólo ha logrado bajarle un poco el voltaje al frenesí de Agustina sino que además ha hecho que se alimente, un avance enorme porque antes se negaba a comer nada que no fuera pan simple y agua pura —son palabras de ella, pan simple y agua pura— siempre y cuando no provinieran de mi mano. En cambio a la tía Sofi le recibe de buena gana esa maizena con canela que sabe prepararle y que le va dando cucharada a cucharada como si fuera una nena, Dígame, tía Sofi, por qué Agustina me rechaza la comida y en cambio a usted no, Pues porque maizena con canela era lo que yo le daba de pequeña cuando estaba enferma, Qué habríamos hecho sin usted, tía Sofi, le agradece Aguilar mientras se pregunta quién será en realidad esta tía Sofi.

Dime cómo es el cielo de nuestro verano, cómo se amontonan sobre nosotros estas nubes redondas y lanudas como ovejas, cómo en lo hondo de tus ojos se apacigua, mansa, mi alma, se obstinaba en preguntarle a la abuela Blanca el abuelo

Portulinus, refiriéndose a paisajes que no eran los que veía sino los que soñaba, porque ya por ese entonces andaba loco; loco como una puta cabra. Ella lo sacaba de la mano y lo hacía correr hasta cansarlo para aplacarle ese desenfreno que de otra manera podía arrastrarlo hasta los infiernos, aunque correr es un decir, siendo más bien un trotecito torpe de hombre ya un poco gordo, ya alejado de la juventud, ya muy entrado en las turbulencias de la demencia. Entrado y salido, desde luego, porque a veces no era loco y era entonces músico, un músico alemán de nombre Nicolás y de apellido Portulinus que con el correr del tiempo habría de ser el abuelo de Agustina, y que habiendo venido desde Kaub, un lugar con un río y un castillo, se había ido quedando entre los cañaduzales del muy tórrido pueblo de Sasaima, quizá por gracia de ese húmedo y tímido encanto de las tierras calientes que tan seductoras resultan para hombres como él, propensos a la ensoñación y al desvarío. El asunto de su procedencia nunca quedó claro porque no solía hablar de eso, y si alguna vez lo hizo fue en ese enrevesado español suyo, mal aprendido por el camino y que nunca pasó de ser la lengua provisional de quien no especifica si apenas está llegando o si todavía no se ha ido, y tampoco estaba claro por qué se había radicado precisamente en este lugar, aunque él mismo sostenía que si había escogido Sasaima entre todos los pueblos del planeta, era porque no conocía otro con un nombre tan sonoro.

Qué no diera yo por saber qué hacer, dice Aguilar, pero sólo tengo una angustia monstruosa, catorce noches sin dormir, catorce días sin descansar y la decisión de sacar a Agustina al otro lado aunque ella misma se oponga. Está furiosa. Está furiosa y desarticulada y abatida; el cerebro le estalló en pedazos y para ayudarla a recomponerlo sólo puedo guiarme por la brújula de mi amor por ella, mi inmenso amor por ella, pero esa brújula hoy por hoy es incierta porque me cuesta quererla, por momentos me cuesta mucho porque mi Agustina no está amable ni parece quererme ya, y me ha declarado una guerra a dentelladas de la cual vamos saliendo los dos hechos pedazos. Guerra o indiferencia, y no se sabe cuál de las dos es más difícil de lidiar, Aguilar se consuela pensando que no es ella quien lo odia sino esa persona extraña que ha tomado posesión de ella, esa lavandera energúmena para quien él no es más que alguien que ensucia todo lo que toca. Hay instantes en que Agustina parece aceptar una tregua y garrapatea dibujos para explicarle a Aguilar lo que le pasa. Pinta unos redondeles entre otros más grandes, unos redondeles que se desprenden de otros como racimos de ansiedad, y dice que son las células de su cuerpo redivivo que se reproducen y la rescatan. De qué me hablas, Agustina, le pregunta Aguilar y ella trata de explicarle trazando nuevos círculos, ahora minúsculos y apretados, furiosamente reteñidos con el lápiz sobre una hoja de cuaderno, Son partículas de mi propio cuerpo, insiste Agustina moviendo el lápiz con tal brusquedad que rasga el papel, irritada porque no logra explicar, porque su marido no logra entenderla. Porque tengo en mi contra el peso de una culpa, reconoce Aguilar, y es que conozco poco a mi mujer a pesar de haber convivido con ella durante lo que ya van a ser tres años. Sobre ese raro territorio que es el delirio, Aguilar ha logrado comprobar al menos dos cosas: una, que es de naturaleza devoradora y que puede engullirlo como hizo con ella, y dos, que el ritmo vertiginoso en que se multiplica hace que sea contra reloj esta lucha que además emprende tarde, por no haberse percatado a tiempo de los avances del desastre. Estoy solo en esta lucha. No tengo quién oriente ni vigile mis pasos por entre el laberinto o me indique cómo salir de él cuando llegue el momento. Por eso tiene que pensar bien; pese a la confusión Aguilar tendrá que ordenar la concatenación de los hechos con calma y a sangre fría, sin exagerar, sin dramatizar, buscando explicaciones escuetas y palabras claras que le permitan diferenciar las cosas de los fantasmas y los hechos de los sueños. Tengo que moderar el tono, serenarme y bajar el volumen, o estaremos perdidos ambos. Qué te está pasando, Agustina mía, dime qué hacías en ese hotel, ¿quién te hizo daño?, le pregunta pero sólo logra desatar en ella toda la rabia y el ruido de ese otro tiempo y ese otro mundo en los que se atrinchera, y cuanto mayor es la ansiedad de él, tanto más crece la virulencia en ella, No quiere contestarme, o no puede hacerlo; quizá ella misma no conoce la respuesta o no logra precisarla en medio de la tormenta que se le ha desencadenado por dentro. Como todo se le deshace en incertidumbre, Aguilar debe empezar por describir las pocas cosas que sabe a ciencia cierta: Sé que voy por la carrera 13 de mi ciudad, Santa Fe de Bogotá, y que el tráfico, ya de por sí pesado, está imposible a causa de la lluvia. Sabe que se llama Aguilar, que fue profesor de Literatura hasta que cerraron la universidad por disturbios y que desde entonces se ha ido convirtiendo poco a poco en casi nadie, en un hombre que para sobrevivir reparte a domicilio bultos de alimento para perros, Tal vez eso juegue a mi favor por cuanto nada importante me ocupa, dice, salvo la obstinación por recuperar a Agustina. Sabe también —lo sabe ahora, pero hace dos semanas no lo sabía— que cualquier demora de su parte sería criminal, Cuando todo empezó pensé que se trataba de una pesadilla de la que despertaríamos en cualquier momento, esto no nos puede estar pasando, me repetía a mí mismo y en el fondo me lo creía, quería convencerse de que la crisis de su mujer sería cuestión de horas, que se disiparía cuando cediera el efecto de las drogas, o los ácidos, o los tragos, o lo que fuera que hubiera consumido y que la hubiera enajenado de esa manera; algo en cualquier caso externo, de efecto devastador pero pasajero, o quizá algún acontecimiento brutal que no pudiera confesarle pero del que poco a poco se iría reponiendo. O uno de esos confusos episodios que se precipitan en esta ciudad en guerra de todos contra todos; historias de gente a la que le venden droga adulterada en algún bar, o le pegan en la cabeza para atracarla, o le hacen tomar burundanga para obligarla a actuar contra su voluntad. Al principio daba por sentado que había sido algo así, de hecho aún no descarto la posibilidad, y por eso mi primer impulso fue llevarla al servicio de urgencias más cercano, el de la Clínica del Country, donde los médicos de turno la encontraron agitada y delirante, según los términos precisos que utilizaron, pero sin rastro de sustancias extrañas en la sangre. Si me es tan difícil creer que realmente no hallaron huella de sustancias extrañas en su sangre, dice Aguilar, si me niego a aceptar ese diagnóstico, es porque implicaría la posibilidad de que lo único que haya aquí sea el alma desnuda de mi mujer y que la locura salga directamente de ella, sin la mediación de elementos ajenos. Sin atenuantes. Lo del alma desnuda se lo dijo ella misma, la propia tarde en que se desató este infierno; durante un instante y por una única vez se le humanizó la expresión y le imploró ayuda, o al menos intentó hacer contacto, y fue cuando le dijo Mira, Aguilar, mira mi alma desnuda; Aguilar recuerda esas palabras con la nitidez afilada con que la herida recuerda al cuchillo que la produjo.

El Midas McAlister le cuenta a Agustina que en medio de la barahúnda y de la borrachera los jugadores de polo le gritaban a la Araña, que seguía en el suelo, Párate, Araña, no seas maricón, no seas aguafiestas, no te tires la velada, y mientras tanto la Araña allá abajo, a oscuras y entre el barro y boqueando y encomendándose a Dios, sin poder moverse porque según se vino a saber más tarde, acababa de tronarse el espinazo contra el filo de la roca. Unos días después, cuando se percató de que todavía estaba vivo, se hizo llevar a Houston Texas en avión particular, a uno de esos megahospitales donde en su momento llevaron también a tu papá, le dice el Midas a Agustina, porque en este remedo de país a todos los platudos que se enferman se les da por peregrinar a Houston Texas convencidos de que en inglés sí los van a resucitar, de que el milagrito funciona si se paga en dólares, como si aquello fuera Fátima o Lourdes o Tierra Santa, como si no supieran de antemano que esos hígados floreados por la cirrosis no se los puede curar ni el mismísimo Dios tecnológico de los norteamericanos. Y aunque allá les arranquen media fortuna en electros, fonocardiogramas y pruebas de esfuerzo, o les incrusten un bypass en la pepa del alma, por lo general acaban igual que acá, bajo tierra y chupando lirio; mira no más, cosita linda, lo que le sucedió a tu señor padre, que se hizo llevar a Houston Texas sólo para tener que regresar poco después y ya vuelto fiambre en un avión de Avianca, justo a tiempo para su propio entierro en el Cementerio Central de Santa Fe de Bogotá. Pero el Midas insiste en volver al tema de la Araña que es el que le concierne a ella, Según habrás de entender, muñeca brava, eso fue lo que a ti te tronó la cabeza y a mí me jodió la suerte; créeme que me duele tu enfermedad, tú sabes mejor que nadie que si algún daño te he hecho en esta vida no ha sido por mi voluntad, le asegura a Agustina el Midas McAlister, y él mismo se sorprende de verse recitando tan conmovidos versos. Sucedió con la Araña que después de cuatro cirugías mayores y un platal invertido en rehabilitación, los doctores de Houston Texas lograron salvarle el pellejo pero no la dignidad, porque quedó parapléjico e impotente el infeliz, sembrado como en maceta entre una silla de ruedas y según sospecha el Midas, también incontinente, aunque la Araña jura que eso no, que no poder fornicar ni caminar ya es humillación suficiente y que el día que además se ensucie encima, se pega un tiro sin pensársela más. Cuando se arrulla en autocompasión, la Araña dice que mejor suerte que él tuvo el cabrón del Perejil, que a estas alturas debe andar cargando yeguas por las praderas del cielo, o sea, muñeca bonita, que esto ha sido una cadena de desastres y el primer eslabón que reventó fue la Araña, psicológicamente se reventó aunque su inmensa fortuna siga intacta, eso es lo que te quiero decir. Las vainas pasan porque pasan y el que tronó, tronó, y en esta jugada a tres bandas tronó la Araña, tronaste tú y troné yo, para no hablar de los actores de reparto. El asunto ocurrió un jueves, dice el Midas haciendo precisiones de calendario, ese jueves de perdición, cuando los cinco de siempre cenábamos en L'Esplanade, la Araña Salazar, Jorge Luis Ayerbe, tu hermano Joaco, el gringo Rony Silver y yo, ellos cuatro oliendo muy a Hermes y vestidos muy Armani, todos con corbatas Ferragamo de esas de pinticas hípicas directamente traídas de la Via Condotti, la de la Araña con estribitos, la de tu hermano Joaco con fusticas, la de Jorge Luis con sillitas de montar y la de Silver con unicornitos o algo por el estilo, como si los cuatro se hubieran puesto de acuerdo en esa mariconada, a L'Esplanade llegaron todos uniformados de gente decente, todos menos el Midas, que salió del baño turco derecho para el restaurante despidiendo vapor y derrochando bronceado, saludable hasta la punta de sus Nikes sin medias debajo, y sin camisa bajo su suéter de hilo crudo Ralph Lauren; tú sabes cómo voy vestido yo, Agustina chiquita, para qué te lo voy a contar, y me visto así para que a ellos nunca se les olvide que en materia de juventud me los llevo por delante, porque cualquiera de ellos podría ser mi padre, y mi madre cualquiera de sus esposas cincuentonas de bolso de cocodrilo y pulserotas de oro y vestido sastre en tono pastel, mientras que lo del Midas son hembritas a granel, top models, estrellitas de TV, estudiantes de arquitectura, instructoras de ski acuático, bellezas así flaquitas, mechuditas y medio histéricas, Agustina, como tú. La verdad, le confiesa el Midas, es que si hubiera escogido a una sola, para formar digamos un hogar, esa hubieras sido tú, mi reina sin corona; muy probablemente hubieras sido tú, que siempre has sido la más indómita de todas, la del cuerpito más sabrosito, tan loquita pero tan bonita. Pero qué va, qué cuentos de formar hogares, que forme hogares de huérfanos y de ancianos el padre Niccoló, que aspira a la santificación; el Midas McAlister qué hogar va a formar si así no es él ni su vida es esa vida, Mi vida es oropel como dice la canción, yo ando más que satisfecho con lo que me regaló el destino, una gata caliente para el frío de cada noche, que si algún problema ha tenido el Midas es el de la inapetencia, que de tanto caramelo a veces se ha sentido hastiado. Y en materia de billete también les doy vuelta y media a tu ilustre hermano Joaco, a tu difunto padre Carlos Vicente y a muchos de los old-moneys de Bogotá, que ya saben que cuando invito yo, les hago servir caviar pero en plato hondo, con cuchara sopera y al por mayor, Coman, hijueputas, les digo, aprovechen y replétense de caviar ruso, que en sus hogares tan egregios sólo viene de a cinco huevitos sobre tostaditas del tamaño de una moneda.

No te asustes Bichito, mi amor, le dice la niña Agustina a ese niño más pequeño que tiene abrazado, que a fin de cuentas toda esta ceremonia es para protegerte y curarte. ¿Como cuando Aquiles, Tina?, le pregunta el niño, medio repuesto ya del pánico, Sí, Bichi Bichito, como cuando a

Aquiles el Colérico, y él la interrumpe para contradecirla, Me gusta más cuando decimos Aquiles, el cubierto de vello color azafrán, De acuerdo, cuando a Aquiles, el de vello color azafrán, lo bañan en aguas del Éstige para hacerlo invulnerable, Me gusta más cuando decimos en aguas del Río Infernal, Es lo mismo, Bichito, quiere decir lo mismo, lo que importa es no olvidar que como lo agarran del talón, ese punto le queda vulnerable y por ahí pueden herirlo, No Tina, no pueden porque después, de grande, Aquiles el Colérico vuelve al Río Infernal a sumergir el pie débil y de ahí en más anda blindado de cuerpo entero. Porque al Bichi siempre se la monta el padre, se la tiene jurada pese a que es el menor, en cambio a Joaco no, Joaco es mi otro hermano, el mayor de nosotros tres, y a él mi padre ni le pega ni desaprueba lo que hace, ni siquiera cuando llaman a casa del Liceo Masculino a dar quejas de él porque organizó un incendio en el cuarto de herramientas o le hizo maldades al perro del celador, y al enterarse el padre lo lleva a su estudio y allí lo regaña pero sin ganas, o con ganas de lo contrario, de hacerle ver que en el fondo le gusta que su hijo mayor sea indisciplinado, que tenga fama de crack en fútbol y que saque buenas notas, Mientras seas uno de los mejores de tu clase tienen que aguantarse que de vez en cuando te salgas con la tuya, le dice Carlos Vicente Londoño a su hijo mayor, Joaquín Londoño, que desafortunadamente no lleva su mismo nombre pero sí su mismísimo espíritu, y el hijo lo mira confiado; De nosotros tres, dice Agustina, mi hermano Joaco es el único que no sufre de terrores, porque se da cuenta de que esos ojos amarillos que tiene mi padre, esas cejas pobladas que se juntan en la mitad, esa nariz grande y esa forma rara en que el índice se le estira hasta hacerse más largo que el dedo del medio, todos esos rasgos de mi padre son exactamente iguales a los suyos, por eso padre e hijo sonríen sin que se note, aun delante del vicerrector del

Liceo Masculino que ha llamado para anunciar que a Joaco le pondrán matrícula condicional porque toma cerveza en los recreos, pero Joaco y mi padre sonríen porque saben que en el fondo los dos son idénticos, una generación después de la otra, estudiando en el mismo colegio para varones, emborrachándose en las mismas fiestas, a lo mejor hasta empezando incendios en el mismo sitio o haciendo sufrir al mismo perro viejo, ese perro cuidandero que aún no se muere y que no se va a morir porque su suerte es estar todavía ahí cuando el hijo de Joaco, el nieto del padre, nazca y crezca lo suficiente para prolongar por tres generaciones su largo tormento de perro miserable, mira Bichi, mi dulce niño pálido, no podemos culpar a mi padre por preferir al Joaco, a fin de cuentas tú y yo celebramos ceremonias que no deberíamos, ¿entiendes lo que te digo?, cometemos pecados y lo que mi padre quiere es corregirnos, que para eso están los padres. Dice Agustina, Mi papá quería que su primogénito se llamara como él, Carlos Vicente Londoño, según cuenta mi madre ése era su gran anhelo pero por andar en sus asuntos no llegó a tiempo al bautizo, o al menos de eso lo acusa mi madre y no le falta razón, porque mi padre nunca fue de los que llegan cuando uno los está esperando, así que los padrinos aprovecharon su ausencia para ponerle al ahijado no el nombre de mi padre sino el del padre de la Virgen María, es decir Joaquín, a lo mejor creyendo que así la criatura caminaría mejor protegida por este valle de lágrimas, la madrina aseguró que en el Santoral no se conoce ningún Carlos Vicente porque ése no es nombre cristiano, o acaso alguien ha oído hablar de san Carlos Vicente obispo o san Carlos Vicente mártir, así que se convencieron de que era mejor ponerle Joaquín, y desde ese momento empezó la historia de esa gran frustración de mi padre. Para lograr que la perdonara, Eugenia, la madre, le aseguraba que al segundo hijo sí le pondrían Carlos Vicente,

Pero la que nací fui yo y como resulté hembra me pusieron Agustina y con eso aumentó el mucho esperar en vano a que por fin naciera el elegido que habría de llevar El Nombre, hasta que le tocó el turno de nacer al Bichi y por consenso y sin discusiones le pusieron Carlos Vicente Londoño, tal como estaba escrito y planificado en la obsesión de mi padre, pero la vida es tan tornadiza que él nunca quiso decirle así y por eso tuvimos que inventarle tanto apodo, que Bichi, que Bichito, que Charlie Bichi, que Charlie, todos nombres a medias, como de mascota. Qué culpa tienes tú, Bichi Bichito, de no parecerte a mi padre, de ser idéntico a mi madre y a mí; ella, tú y yo de piel tirando hacia lo demasiado pálido; asombroso, mi madre que se crió orgullosa de ser aria y justo se fue a casar con uno que medio la desdeñaba por desteñida y por pobre; blanquiñosos nos dice mi padre cuando nos ve en vestido de baño en la piscina de la finca Gai Repos, en Sasaima, y antes de que el Bichi vuelva a preguntarle qué quiere decir Gai Repos, Agustina le repite Quiere decir alegre descanso en alguna de las lenguas europeas que sabía hablar el abuelo Portulinus, que fue quien primero llegó a Sasaima, compró esa finca y la bautizó; eso te lo he explicado mil veces y con ésta van mil y una pero tú nada que aterrizas, qué problema contigo, Bichi Bichito, a veces pienso que tiene razón mi padre cuando dice que eres un niño que vive en las nubes y que de allá no hay quién te baje.

Nunca le ha perdonado a Agustina que viva conmigo, dice Aguilar refiriéndose a Eugenia, su suegra, a quien no conoce y probablemente no va a conocer nunca. Antes del delirio, cuando Agustina aún no suplantaba la realidad, o al menos no tan sistemáticamente, Aguilar no se preocupaba por preguntarle sobre su pasado, su familia, sus recuerdos buenos o

malos, en parte porque su oficio de profesor lo mantenía
asfixiado de trabajo y en parte, valga la verdad, porque no
le interesaba gran cosa, Me sentía unido a la Agustina que
vivía conmigo aquí y ahora pero no tanto a la que pertenecía
a otros tiempos y a otras gentes, y hoy, cuando sería decisivo
reconstruir el rompecabezas de su memoria, Aguilar llora sobre las preguntas que no le hizo, extraña esos interminables
relatos suyos, que encontraron en él oídos sordos, acerca de
peleas con los padres o con pasados amores, Me arrepiento y
me culpo por todo aquello que no quise ver cuando ella intentó mostrármelo porque preferí seguir leyendo, porque no
tenía tiempo, porque no le concedí importancia o por la flojera
que me daba escuchar historias ajenas, mejor dicho historias
de su familia, que me aburrían sobremanera. Esa gente se ha
negado a tratarme porque les parezco un manteco, la misma
Agustina me confesó alguna vez que ésa es la palabra que usan
para referirse a mí, un manteco, o sea un clasemedia impresentable, un profesor de mediopelo, y eso que aún no saben que
desde hace un tiempo ando sin trabajo; Agustina le contó que
además enumeran otros inconvenientes, como que no se ha
divorciado de su primera esposa, que no habla idiomas, que
es comunista, que no gana suficiente, que parece vestido por
sus enemigos. Es cosa más que sabida que entre esa gente
y la mía se levanta una muralla de desprecio, dice Aguilar,
pero lo extraño, lo verdaderamente intrigante es que la clase
a la que pertenece Agustina no sólo excluye a las otras clases
sino que además se purga a sí misma, se va deshaciendo
de una parte de sus propios integrantes, aquellos que por
razones sutiles no acaban de cumplir con los requisitos,
como Agustina, como la tía Sofi; me pregunto si la conde-
na de ellas se decidió desde el momento en que nacieron o
si fue consecuencia de sus actos, si fue el pecado original u
otro cometido por el camino el que les valió la expulsión

del paraíso y la privación de los privilegios, Agustina entre sus muchas faltas incurrió en una capital que fue meterse conmigo, porque el punto número uno del reglamento interno que rige a sus gentes es no andar codeándose con los inferiores y mucho menos metiéndose entre la cama con ellos, aunque claro, Agustina ya estaba desterrada cuando optó por mi compañía, así que quién sabe qué otros crímenes habrá cometido antes. Dice Aguilar que no quiere hablar más de la suegra porque le fastidia el tema, pero sólo por trazar un perfil del personaje se anima a contar que a raíz de esta crisis de Agustina les hizo la llamada telefónica más absurda, Mi suegra llama muy rara vez a nuestra casa y cuelga si soy yo quien le contesta, pero el otro día se dignó hablarme por primera vez en los tres años que llevo viviendo con su hija, y eso sólo porque Agustina se agitó muchísimo cuando supo que era su madre y se negó a pasarle al teléfono, No quiero hablar con ella porque su voz me enferma, repetía y repetía hasta que entró en uno de esos estados límites de ansiedad, así que a Eugenia no le quedó más remedio que hablar conmigo pero sin decirme nunca por el nombre, haciendo malabares con el idioma para evitar la alusión a mi vínculo con Agustina y usando un tono impersonal como si yo fuera el telefonista o el enfermero, es decir como si yo no fuera nadie y ella estuviera dejando un mensaje en el contestador, así fue como anunció que de ese momento en adelante se haría cargo de Agustina, Mire, señor, lo que mi hija necesita es descanso, me dijo, o no me dijo sino que le dijo a ese NN que tenía al otro lado de la línea, le advierto que hoy mismo me llevo a Agustina para un spa en Virginia, Cómo así que un spa en Virginia, señora, de qué me está hablando, le reviró Aguilar, y como junto a él Agustina gritaba que la voz de su madre la enfermaba, él tenía dificultades para escuchar a su suegra, que le estaba enumerando los tratamientos reconstituyentes que recibiría su hija en uno de los mejores spas del mundo, baños termales, terapia floral, masaje con algas hasta que Aguilar la paró en seco, Oiga, señora, el problema es sumamente serio, Agustina está mal, está en un estado de agitación incontrolable y usted me viene con que pretende llevársela a hacer meditación zen, Y quién es usted, señor, para decirme a mí qué es lo que le conviene a mi hija, al menos tenga la cortesía de preguntarle a ella si quiere o no quiere, Agustina, pregunta tu madre si quieres ir con ella a unos baños de aguas termales en Virginia, escúchela usted misma, señora, Agustina está diciendo que lo único que quiere es que colguemos ya el teléfono. Pero Eugenia, que parecía no oír o no querer oír, le comunicó a Aguilar que fuera como fuera la decisión estaba tomada y que su hija debía esperarla abajo, en la portería del edificio, pasaporte en mano y listo el maletín de viaje porque pasaría a recogerla dos horas más tarde para salir de viaje, Y como no tendré dónde parquear y ese barrio es tan peligroso, dígale por favor a mi hija que no me haga esperar, Pues no señora, Agustina no va a salir de esta casa por ningún motivo, así que bien pueda, vaya usted sola a que le pongan algas en Virginia, le dije y enseguida me arrepentí, mejor hubiera sido soltarle un no rotundo pero educado, me dejé ver el cobre, pensé, esta mujer cree que yo soy un patán y le acabo de demostrar que está en lo cierto. Molesto por haberme equivocado, perdí por un momento el hilo de la conversación y cuando me di cuenta Eugenia ya iba en Usted no sabe lo que esa muchacha me ha hecho sufrir, siempre ha sido sumamente desconsiderada conmigo, y Aguilar no podía creer lo que estaba escuchando, ahora resultaba que la víctima era Eugenia y que en realidad no estaba llamando a ofrecer su ayuda sino a presentar un memorial de agravios, y pese a que era la primera vez que la madre de Agustina y él cruzaban palabra, terminaron peleándose por teléfono con desenvoltura de viejos contendientes y lo que empezó siendo un intercambio breve y seco, en el que se sopesa cada palabra para no rebasar lo estrictamente impersonal, terminó de parte y parte en un diálogo de folletín, con atropellado intercambio de frases mal construidas, peor pensadas y tan llenas de mutuos reclamos que aquello resultó de una repugnante intimidad, O al menos así lo sentí yo, dice Aguilar, fue como si un desconocido pisara sin querer a otro por la calle y los dos suspendieran toda actividad para dedicar la tarde a escupirse a la cara, yo le reclamaba Lo que usted quiere no es curar a su hija, señora, sino separarla de mí, y ella me gritaba Usted me quitó a mi hija, señor, en un tono decididamente cursi del cual debe arrepentirse todavía, porque el patetismo se da por descontado en un pequeñoburgués como yo pero resulta imperdonable en una gran señora como ella, y es que para colmo yo a ella le sostenía el señora y ella a mí no me bajaba el señor, yo volaba de los nervios y supongo que ella también porque la voz le sonaba muy entrecortada, hasta que Aguilar le dijo que no cuatro o cinco veces seguidas, No no no, no señora, Agustina no sale de aquí, y entonces Eugenia le colgó el teléfono sin despedirse y hasta el sol de hoy.

Siendo músico de profesión, el abuelo Portulinus organizó su economía dando clases de piano a las hijas de las familias acomodadas del pueblo de Sasaima, entre ellas a Blanca Mendoza, una muchacha menuda que según se hizo evidente desde la primera lección, para pianista no prometía por su escaso oído y sus manos gruesas, y en efecto Portulinus nunca logró enseñarle ni siquiera las escalas musicales, pero en cambio terminó casándose con ella pese a que la doblaba en edad, y si lo hizo fue en parte por amor y en parte por compromiso, porque la dejó preñada en un acto irreflexivo y desconsiderado que se consumó a escondidas de los padres de ella y probablemente en contra de la voluntad de ella misma, comienzo de pésimo augurio para cualquier matrimonio, pero a la larga más que el augurio terminó pesando el manejo que el hombre le dio a su destino, y veinte largos años de fidelidad conyugal inquebrantable demostraron que si el abuelo Portulinus se había casado con esa niña que era entonces la abuela Blanca, lo había hecho más por amor que por compromiso. Además de cobrar por las lecciones de piano, Portulinus componía por encargo, para matrimonios, serenatas y festejos, ciertas tonadas regionales como bambucos y pasillos que según el decir de su esposa, pese a lo alemán le salían cadenciosos y andinos, y que llegaban al corazón de las gentes aunque en sus letras mencionaran veranos azules, nieves de antaño, bosques de pino, tonos ocres del otoño y otras añoranzas igualmente desconocidas en la ecuatorial Sasaima, donde nadie ponía en duda que Nicolás Portulinus fuera un hombre bueno, y si bien eran registradas ciertas rarezas de su carácter, se las pasaba por alto porque se le atribuían a su condición de forastero. Pero lo cierto es que a ratos, como por rachas, el abuelo Portulinus sufría alteraciones del ánimo más o menos severas y durante meses abandonaba las lecciones, dejaba de tocar y de componer y sólo rugía, o farfullaba, al parecer atormentado por ruidos que no provenían de este mundo, o al menos de eso se quejaba ante su mujer. Blanca, mi dulce Blanca, tu solo nombre despeja mis tinieblas, le decía cuando ella lo sacaba al campo para sosegarlo, corría de la mano de ella y luego tropezaba y salía rodando, como un niño gordo, por los altos y olorosos pastizales del verano, si bien se comprende que no era éste el verano de Sasaima, que allí no hay sino una sola y misma estación continuada durante los 365 días del año, sino aquel otro verano, tan distante ya, el que perdura en la dolida memoria de un extranjero.

La habitación de aquel hotel era lujosa, o pretendía serlo; Aguilar recuerda metros y metros de tela en cortinas y en colchas y una alfombra color durazno que despedía olor a nuevo. Al fondo estaba Agustina, sentada en el piso y como arrinconada entre la pared y la mesita de luz, un lugar donde a nadie se le ocurriría sentarse a menos que se hubiera caído, o hubiera pretendido protegerse, o esconderse en un rincón. La vi pálida y flaca y con el pelo y la ropa ajados, como si durante días no hubiera comido ni se hubiera bañado, como si de repente fuera la ruina de sí misma, como si una vejación le hubiera caído encima. Y sin embargo sus ojos brillaban, eso lo recuerda Aguilar con claridad, que al fondo de ese cuarto y desde ese rincón, ¿desde esa improvisada cueva?, los ojos de Agustina brillaban, con un destello malsano pero brillaban, como si la anemia que la agotaba no hubiera podido quebrantarle el ardor de la mirada, más bien por el contrario, en medio del súbito deslucimiento de su persona percibí en sus ojos un desafío que amedrentaba, un algo perturbador, de excesiva vibración, que hizo que mi mente evocara la palabra delirio, Agustina estaba poseída por algún delirio que le hervía por dentro con reverberación difícil, adversa. Y sin embargo hacía sólo cuatro días que Aguilar había salido de viaje y la había dejado pintando las paredes de la salita de su apartamento de verde musgo, color que ella misma escogió porque según le explicó, el feng shui lo recomienda para parejas como nosotros, y para evitar que se me viniera con alguna teoría oriental demasiado enrevesada, yo tuve cuidado de no preguntarle cómo eran las parejas como nosotros o por qué nos favorecía el verde musgo. Aguilar tenía que ir en su camioneta un miércoles a Ibagué, a entregar allá un pedido de Purina, y aprovechó que el seguro médico le ofrecía unos bonos en una tal Colonia Vacacional Las Palmeras, chabacana y clasemediosa como le dijo Agustina, pero que tenía piscina y cabañas y quedaba ubicada en una imponente hondonada entre montañas de tierra templada, y a fin de cuentas para qué ponerle peros si otra cosa mejor no hubiera podido pagar Aguilar de ninguna manera. Quería pasar allá unos días con mis dos hijos, Toño y Carlos, los que tuve con Marta Elena, mi primera mujer; hacía mucho necesitaba estar con ellos sin presiones de tiempo para ponerme al día en tanta conversación atrasada, para calibrar cómo andaban de ánimo y para seguir remendando, así fuera con un nuevo emplasto, la intimidad familiar que quedó quebrada cuando me separé de su madre. Ésa fue la razón para no invitar también a Agustina, pese a que se lleva bien con los muchachos y los muchachos con ella; es más, Aguilar no puede dejar de sentir que por momentos se establece entre ellos tres un vínculo generacional que trata de dejarlo a él por fuera, o por decirlo tal como lo percibe, un vínculo un poco hipnótico y de naturaleza casi física, cuando los ojos de sus dos hijos se prenden de la belleza de Agustina y ella, a su vez, observa con nostalgia esos cuerpos adolescentes y bien esculpidos como quien renuncia a un lugar que no le será dado visitar, La cosa es que cuando ella está presente algo se enfría unos grados entre mis hijos y yo, se nos acartona imperceptiblemente el diálogo, no podemos evitar sentirnos un poco en visita de cortesía. Cuando Aguilar le comunicó a Agustina que se iría solo al paseo, ella le montó uno de esos berrinches telúricos que estremecen el edificio y que han hecho que él la llame mi juguete rabioso, porque Agustina es así, divertida y ocurrente pero llevada de todos los demonios. Después ella se negó durante un par de horas a dirigirle la palabra y al final, ya más serena, preguntó cómo era posible que yo no comprendiera que a ella también le vendría bien un poco de descanso y de sol, que entre semana no le dedicaba tiempo por el trabajo y los sábados los pasaba con Toño y Carlos, a Aguilar le partió el alma escuchar los reclamos de Agustina porque en cierto modo ella es para él como una hija mayor a la que a veces relega en aras de los otros dos, y además porque el sol y la tierra caliente la vuelven todavía más deseable porque le aligeran el espíritu y le doran la piel, que suele tener de una blancura tan excesiva que linda con el azul, y además, dice Aguilar, Se me partió el alma porque ella tenía razón en lo que decía y todo lo que reclamaba era cierto, tan cierto como inevitable: nada en el mundo, ni siquiera su devoción por ella, impediría que Aguilar aprovechara esos bonos y esos días libres para irse solo con sus dos muchachos. Al ver que me mantenía firme en la decisión, Agustina se sacó de la manga ese viejo recurso suyo que tanto me irrita porque es tan irracional como imbatible y que consiste en decirme que tiene el pálpito de que algo malo va a suceder, y es que sólo quien tenga la ambigua suerte de convivir con un visionario puede saber de la tiranía que eso significa, porque al alertar sobre presentidos peligros, las corazonadas del visionario paralizan viajes, propósitos e impulsos, de tal manera que nunca llegas a comprobar si la supuesta fatalidad se hubiera cumplido o no; mejor dicho se cumple aunque no se cumpla, y la voluntad del adivino acaba imponiéndose sobre la de los demás. Por ejemplo, Agustina advierte No te vayas a Ibagué con los muchachos porque algo va a pasarles en la carretera, aunque en realidad en esta ocasión más que a un accidente específico se refería a una vaga adversidad, pero suponiendo que diga, como ha hecho ya otras veces, Algo malo puede pasarles en la carretera, se le apunta de entrada a una alta probabilidad de acertar, porque la vida es de por sí azarosa y dada a jugarnos malas pasadas, pero además porque en un país como éste, cruzado de arriba abajo por una maciza cordillera, las carreteras, por lo general en mal estado, se entorchan y se encabritan bordeando abismos y por si eso fuera poco, son tomadas un día sí y otro también por los militares, los paramilitares o los enguerrillados, que te secuestran, te matan o te agreden con granadas, a patadas, con ráfagas, con explosivos, cazabobos, mina antipersonal o ataque masivo con pipetas de gas. Lo segundo que suele lograr Agustina con sus advertencias agoreras, es que Aguilar cancele planes que por un motivo u otro a ella no le apetecen o no le convienen, y que encima de eso él le quede reconocido porque no puede evitar la secreta sospecha de que gracias a ella se ha salvado de la adversidad. El tercer punto a favor de Agustina es que si Aguilar desatiende su admonición y sufre, en efecto, algún accidente, aunque sea tan insignificante como el recalentamiento del motor del auto al subir la montaña, ella le puede cantar un Te lo advertí que suena triunfal aunque pretenda ser discreto, así que ante esta nueva premonición Aguilar tuvo que controlarse para no estallar y simplemente le dijo No, Agustina, te aseguro que en este viaje no va a pasar nada malo, Y cómo me equivoqué, Dios mío, de qué desastrosa manera me equivoqué esta vez.

¿Tienes tabaco, belleza?, le pregunta el Midas McAlister a Agustina, claro que no tienes, si ya no le jalas al vicio, yo en cambio antes tan saludable, rey de las endorfinas, pulmones cero kilómetros a punta de ejercicio, y acabé fumándome hasta los dedos desde que se me vino la pálida encima, quién lo hubiera dicho, la nicotina es lo único que medio ayuda a sobreaguar en la hecatombe. Aquella vez en L'Esplanade la Araña presidía desde la cabecera embutido en su silla de inválido, tieso el pobre como una nevera, y detrás de él, instalados en mesa contigua, sus dos esclavos favoritos, Paco Malo y el Chupo, que no esperaban afuera como ha establecido Dios para el gremio de los guardaespaldas, es decir empañando vidrio entre esos Mercedes que tanto enorgullecen a los tipos como tu padre y que a mí en cambio ni cosquillas me hacen, porque el Midas zafa de maquinaria pesada, el Midas vuela libre, liviano y a toda mierda en su moto Be Eme Dobleú, que en pique y en precio dobla a cualquiera de los carromatos de sus amigos, Yo siempre volando suave, sin guardaespaldas ni aspavientos y bajo la sola protección de mi angelito guardián, tal como me conociste hace quince años, muñeca, así tal cual sigo siendo, genio y figura hasta la sepultura. Y sepultura es en efecto; no creo que haya mejor nombre para esta muerte en vida a la que me tienen condenado. El Paco Malo y el Chupo se empacaban su pitanza codo a codo con los señores contrariándoles el esquema y haciéndolos sentir fatal, sólo porque la Araña, que andaba paranoico con los secuestros, tenía la soberbia de sentar al par de matarifes en la mesa vecina y les dejaba ordenar vinos franceses y platos con nombres en francés, qué zafada de ridículo total, los dos tipos brillando pistola debajo del sobaco, con sus corbaticas guácalis y sus chasquidos al mascar, que si la Araña no fuera tan hijueputamente rico, el franchute Courtois, dueño de L'Esplanade, no le hubiera permitido un desplante tan tenaz. En la cabecera la Araña estrenando parálisis de la cintura hacia abajo y a su derecha tu hermano Joaco, que como intermediario en la privatización de la Telefónica se acababa de embolsicar un dineral, a su izquierda el Midas y en los otros dos puestos Jorge Luis Ayerbe, que tenía encima a la prensa por una masacre de indios en el departamento del Cauca, de donde es esa familia suya tan tradicional y tan patrocinadora de paramilitares, porque hacía un par de meses los Ayerbe habían mandado a su tropita particular de paracos a espantar indios invasores de unas tierras realengas que según Jorge Luis le pertenecían legítimamente a su familia desde los tiempos de los virreyes, nada fuera de lo normal, recurrir a mercenarios es lo que se estila para controlar casos de invasión, sólo que esta vez a los paracos se les fue la mano en iniciativa y se pusieron a incendiar los tambos de los indios con los indios adentro y en consecuencia a Jorge Luis se le vino encima un enjambre embravecido de defensores de derechos humanos y una orgía de Oenegés. El otro presente era como siempre Ronald Silverstein, ese gringo al que llamamos Rony Silver, que por encima de la mesa visajea de gerente de una concesionaria Chevrolet y por debajo funge de agente de la DEA, secreto a voces, grandísima huevonada, si la Araña, a quien todo se le tolera por ser tan potentado, siempre le hace en la cara el mismo chiste flojo, qué buena gente, este Rony Silver, qué buen agente, y el Midas también se daba el lujo de llamarlo de frente 007 y el gringo tan risueño, Si el Rony Silver se aguantaba mis desplantes era porque a través de mí le llegaba la mordida y estos de la DEA son más podridos que cualquiera, y no sólo Silver se me ponía en cuatro patas sino todos ellos, campeonazos de la doble moral, y también tu padre y tu hermano Joaco, no vayas a creer que no, porque si antes eran ricos en pesos, fue él, el Midas McAlister, quien les multiplicó las ganancias haciéndolos ricos en dólares, que si por algo lo llaman Midas es porque todo lo que toca se convierte en oro, o al menos Ése era mi estilo anterior, porque ahora todo lo que toco se vuelve mierda, incluyéndote a ti, Agustina bonita, qué vaina, créeme que lo siento.

En Gai Repos nosotros tres, mi madre, el Bichi y yo tenemos que embadurnarnos de protector solar, dice Agustina que a pesar de eso los primeros días del veraneo andan colorados como camarones mientras que el padre y Joaco, morenos por naturaleza, de entrada se ponen dorados y les dicen

Cuidado con el sol, que a ustedes no los respeta. Sólo yo sé, le dice Agustina a su hermano pequeño, cuánto te hubiera gustado que tu índice fuera más largo que tu dedo del corazón y que el sol te respetara; sólo yo sé con cuánta ansiedad lo hubieras deseado pero no fue así, Bichi Bichito, tienes que reconocerlo y tienes que comprender a mi padre cuando te lo reprocha, porque razón no le falta. De nada te sirve tener tus bucles negros y tu piel tan clara y tus ojazos oscuros como de Niño Dios, porque hubieras preferido mil veces ser recio y un poco feo como ellos, es decir como Joaco y como mi padre. Angel Face, le dicen al Bichi de tan lindo que es, y la tía Sofi le dice Muñeco pero al padre no le hace gracia, sino que por el contrario le irrita el genio. Cerremos las cortinas, Bichi Bichito, para que nuestro templo quede a oscuras, le dice Agustina y el niño le responde, Me gusta más cuando dices quede en tinieblas, Está bien, para que quede en tinieblas, y hagamos todo sigilosamente porque los demás no se deben enterar. Cada vez que el padre le pega al hermano menor tiene lugar la ceremonia, en la noche de una habitación a oscuras, con un oficiante que es Agustina y un catecúmeno que eres tú, Bichi; tú la víctima sagrada, tú el chivo expiatorio, tú el Agnus Dei; con las nalgas todavía rojas por las palmadas que te dio el padre, tú, que eres el Cordero, te bajas los calzoncillos para mostrarme el daño y después te los quitas del todo, y yo también me quito los pantis y me quedo así, sin nada bajo el uniforme del colegio, con una inquietud que pica entre las piernas, con un miedito sabroso de que irrumpa en el cuarto mi madre y se dé cuenta de todo, porque el Bichi y su hermana saben bien, aunque a eso nunca le pongan palabras, que su ceremonia es así, sin calzones; si no, ni sería sagrada ni los poderes estarían en libertad de venir a visitarlos, porque son ellos los que me eligen a mí y no al revés, y siempre están conectados con las cosquillas que siento ahí abajo. Ésta es la Tercera Llamada, éste es nuestro secreto, aunque está claro que el verdadero secreto, el arcano mayor, el tesoro del templo son aquellas fotos, y por eso la ceremonia propiamente dicha sólo empieza cuando las sacan del escondite que queda encima de una de las vigas del techo, en el punto en que la viga penetra en la pared dejando un pequeño espacio que es invisible a menos de que alguien se encarame en el armario, pero es de suponer que hasta allá sólo tú y yo llegamos porque allá queda el sancta sanctorum, o sea el lugar donde las fotos permanecen ocultas y resguardadas. Tú, Bichito, eres el encargado de encender las varitas de sahumerio que nos producen mareo con sus hilos de humo dulce, y los dos niños se ríen, se acercan el uno al otro con alegría de compinches porque saben que jamás de los jamases encontrarán los demás esas fotos, ni sabrán que yo las tengo ni que con ellas celebramos nuestra misa ni que de ellas obtengo mis poderes ni que las encontré por casualidad una tarde después del colegio, dice Agustina, cuando escarbaba a escondidas entre las cosas que mi padre guarda en su estudio, porque aunque él tiene vedado entrar a ese lugar los niños lo hacen todo el tiempo, Agustina porque sabe que allí hay cosas prohibidas y su hermano Joaco porque siempre encuentra algún dinero para hurtar e invertir en los negocios de su amigo el Midas McAlister, que en el Liceo Masculino vende cigarrillos, cómics de segunda, amuletos amazónicos, fotos de ídolos del fútbol con autógrafo falsificado, cualquier cosa que le reporte ganancias a expensas de los ingenuos que a cambio de baratijas le entregan su dinero de la semana. Después de un rato de estupor, mejor dicho de varios días repasando una y otra vez aquellas fotos encerrada en el baño, Agustina supo sin sombra de duda que las había tomado él mismo, mi propio padre, no sólo porque las encontré en su estudio sino porque además los muebles que se ven en ellas son estos mismísimos suyos, la misma ventana, el mismo escritorio, la misma silla reclinomática y además porque el hobby de mi padre, aparte de la filatelia, es la fotografía, mi padre es un fotógrafo maravilloso y en casa guardamos por lo menos doce o quince álbumes con los retratos que él nos ha tomado, en nuestras primeras comuniones, en nuestros cumpleaños, en los fines de semana en la casa de tierra fría y las vacaciones en Sasaima, en los viajes a París, en la visita a conocer la nieve y en mil ocasiones más; que nos tome tantísimas fotos es la prueba de lo mucho que nos quiere, pero no hay ninguna foto como esas fotos, siendo lo más increíble que la mujer que aparece es igual a la tía Sofi, es la propia tía Sofi, o sea que aunque al principio Agustina no se lo podía creer al final terminó por reconocerlo, porque cualquiera que las mire se da cuenta enseguida, como también se dio cuenta el Bichi cuando se las mostré por primera vez, Es ella, dijo el Bichi, es la tía Sofi pero sin ropa, increíble, qué par de tetas gigantes tiene la tía Sofi.

Es que ella es sencilla, le dijo en un momento de calma Agustina a Aguilar, cuando éste le preguntó por qué razón a la tía Sofi le recibía de comer y en cambio a él no. La tía Sofi, que es sencilla, puede comprender para qué llena Agustina la casa de vasijas con agua mientras que Aguilar, que no es sencillo, se angustia por estupideces como que aquello se derrame, o se manchen las mesas, o se moje el tapete, o se resfríe Agustina o se chifle todavía más de lo que está, o nos chiflemos todos en esta casa. Mira, Aguilar, le dice la tía Sofi, lo que pasa es que la locura es contagiosa, como la gripa, y cuando en una familia le da a alguno, todos van cayendo por turnos, se produce una reacción en cadena de la que no se salvan sino los que están vacunados y yo soy uno de ésos, yo soy inmune, Aguilar, ésa es la gracia mía y Agustina lo sabe y confía en ello, mientras que tú tienes que aprender a neutralizar la descarga, Dígame, tía Sofi, a quién le reza Agustina con todo este trajín religioso del agua, La verdad no lo sé, yo creo que no reza sino que conversa, me responde Sofi mientras Agustina, devotamente hincada, cubre con un trapo un platón de agua y lo bendice, ¿Y con quién conversa, tía Sofi? Pues con sus propios fantasmas, ¿Y para qué tanta agua? Creo entender que Agustina quiere limpiar esta casa, o purificarla, dice la tía Sofi y Aguilar se sobresalta como si descubriera que en su mujer palpitan penumbras que él aún no sospecha, Y por qué querrá purificar la casa, Porque dice que está llena de mentiras, esta mañana estaba tranquila comiéndose el huevo tibio que le serví al desayuno y me dijo que eran las mentiras las que la volvían loca, ¿Cuáles mentiras? No sé, eso dijo, que las mentiras la volvían loca, ¿Y qué dice acaso de su propia mentira, estalló Aguilar, la de irse el fin de semana con un hombre a un hotel a espaldas mías?, Con cuál hombre, Aguilar, de qué hablas, Del que estaba con ella ese domingo en el hotel Wellington, no sabe cómo me atormenta eso, ¿Lo ves? Ahora eres tú el que delira, Aguilar, precisamente a eso me refiero cuando te digo que tu problema es que dejas que la locura te contagie, Pero si lo vi, tía Sofi, lo vi con mis propios ojos, Ten cuidado, Aguilar, el delirio puede entrar por los ojos, ¿Y entonces qué hacía con él, qué pueden hacer un hombre y una mujer en un cuarto de hotel si no es el amor sobre una cama?, Espera, Aguilar, espera, no saltes a conclusiones insensatas que aquí estamos enfrentados a un problema más hondo, en estos días Agustina ha estado hablando de su padre como si no hubiera muerto, Hace cuánto murió su padre, Hace más de diez años pero a ella parece que se le olvida, o que nunca ha querido registrar el hecho, no sé si la propia Agustina te lo habrá contado, Aguilar, pero pese a que lo adoraba, ni lloró su muerte ni quiso asistir a su entierro.

Blanca, mi niña blanca, tu solo nombre despeja mis tinieblas, le dice el abuelo Portulinus a su joven mujer pero no es cierto, porque Blanca pese a su empeño no siempre logra despejar sus tormentos, al contrario, con frecuencia sucede que la sola presencia de ella es para Portulinus un deslizadero hacia todo aquello que se bifurca y se enmaraña, porque nada enardece más al intranquilo que le digan tranquilízate, nada lo preocupa tanto como que lo inviten a despreocuparse, nada contraría tanto sus impulsos de vuelo como los aterrizados oficios de un samaritano. Así lo comprueba ella día tras día y sin embargo incurre una y otra vez en el mismo error, como si ante el oscuro trastorno de su marido, su capacidad de ayudar quedara reducida a una torpe angustia sin pies ni manos. Allá está el árbol dormido, dice Portulinus señalando un mirto que aparece a la orilla del camino a casa, no mango, ni ceiba, ni caracolí, ni gualanday ni ninguno de los miles de árboles suntuosos y aromáticos que en las tierras templadas se aprietan unos contra otros en profusión exacerbada, cargados de lluvia, de frutos, de parásitas o de pájaros, sino un mirto esmirriado y pequeñajo pero gigantesco en el recuerdo, un mirto que lo acompaña desde las tierras de su infancia y que por eso es el suyo, su árbol, la sombra que él escoge para tenderse a descansar durante los paseos matinales. Le gusta repetir que a través de sus ramas extendidas ese mirto dormido se alimenta de los sueños del aire, pero a alguien menos enredado en sus propias especulaciones le bastaría con anotar que se trata de un árbol con pepitas amarillas o pepitas rojas, según la época del año, o según el particular empecinamiento de cada pepita, factor irrelevante para lo único que interesa comprender por el momento, que Portulinus y Blanca se han sentado, como siempre, bajo aquel árbol para reincidir en un cierto diálogo dificultoso durante el cual él la observa con apremio, refrenando la avidez en la punta de la lengua al hacerle la pregunta que quema, ¿Nuestro árbol?, y experimentando un momentáneo alivio al escucharla ratificar, El árbol nuestro; ¿Tuyo y mío?; Tuyo y mío. ¿Tú y yo?, Tú y yo; ¿Nosotros dos? Sí, amor mío, nosotros dos. La habilidad conciliatoria del primer número par, el dos, repetido por ella día tras día bajo aquel mirto, le devuelve a él briznas de esa tranquilidad que se le ha perdido en algún lugar entre Kaub y Sasaima, ciudades que poco o nada tendrían que ver la una con la otra de no ser por esa línea imaginaria que Portulinus, con su recorrido, ha sabido trazar entre ambas. A él, hombre conocedor de la alquimia y aficionado a los acertijos cabalísticos, el número dos le permite defenderse, al menos durante el instante en que Blanca lo pronuncia, de esa insufrible dualidad que se interpone como un hueco entre el cielo y la tierra, el principio y el fin, el macho y la hembra, el árbol y su sombra, la pasión por su esposa Blanca y la urgencia de escapar de su control. Qué pesada te has vuelto Blanquita, qué gorda y qué amarrada al suelo, mientras que yo vuelo sobre tu cabeza, liviano y sin ataduras, y comprendo la simetría de los cristales, los circuitos de la sangre, las analogías de los números, la marcha de las constelaciones, las etapas de la vida, le decía Portulinus a su mujer, mirándola de repente con otros ojos, un ojo el de la compasión y el otro el del desprecio. Qué pequeña y gorda te veo allá abajo, mi Pequeña Bola de Manteca, y qué cerrada de entendederas, le decía Portulinus a su mujer, que además de ser delgada por naturaleza, había perdido varios kilos desde que las incursiones cósmicas de él se habían vuelto frecuentes, llevándola a oscilar dolorosamente entre el impulso de internarlo en un asilo para enfermos mentales, y la sospecha de que Portulinus en efecto comprendía, que comprendía mejor que nadie el entramado de las constelaciones, la música de las esferas, los misterios de los números y los desdoblamientos de los cristales. Al parecer, esa inquietud suya de alemán en pena estaba relacionada con una cierta ansia de vuelo que se resentía a rabiar cuando era contrariada, y que explica muchas de aquellas arremetidas contra Blanca que se desvanecían tan súbitamente como habían aparecido, dejándolo de nuevo sumido en ese amor rayano en la idolatría que lo ataba a ella, y a la tierra de ella, desde hacía más de dos décadas. ¿Tú y yo, Blanquita mía?, ¿Nosotros dos?, volvía a insistir entonces, sabiendo que lo único que podía defenderlo de los embates de la desmesura y del vértigo del vuelo era ese número, el dos, que le restituía el ritmo de la noche y el día y que le llegaba como refugio y última posibilidad, como absolución y reencuentro entre tú, Blanca mi amor, tabla de mi salvamento, y yo, Nicolás Portulinus, náufrago a la deriva en las aguas tormentosas de esta honda desazón.

Dice Aguilar, reconstruyendo en su memoria las horas anteriores a su viaje a Ibagué, que pese a lo disgustada que estaba Agustina por haber sido excluida del paseo se ofreció a ayudarlo a preparar el viaje, ¿Ya empacaste?, Ya empaqué, Déjame ver, y contra mi voluntad tuve que mostrarle el maletín en el que había metido el par de cosas que iba a necesitar, el vestido de baño y una novela de José Saramago. ¿Sólo eso?, ella por supuesto puso el grito en el cielo y añadió una piyama, cuatro camisetas, el cepillo de dientes, el dentífrico, el impepinable frasco de Roger & Gallet que me regala todos los cumpleaños y que según dice es la colonia que siempre usaba su padre, el beeper por si tenía que enviarme algún mensaje urgente, El beeper no, Agustina, no tiene cobertura fuera de la ciudad, De acuerdo, accedió ella, el beeper no, pero en cambio infiltró de contrabando una cachucha y varios pares de calzoncillos, no sin antes marcar cada prenda en letras grandes y redondas con la palabra Aguilar, porque una de sus manías particulares consiste en que pese a ser aparatosamente desordenada, o quizá para salirle al paso a su desorden, marca cada uno de los objetos que nos pertenecen, sean libros, lápices, radios, raquetas, maletas o sobretodos, es como si estampando nuestro nombre en las cosas, explica Aguilar, pretendiera controlarlas o dejarles claro que deben permanecer sumisas y no alejarse de su lugar asignado, que no por nada dice la gente que las cosas tienen paticas. Pero Agustina, protesté, ni que fuera yo niño de escuela, además quién se va a robar estos cuatro trapos que llevo, Cómo que quién, se burló ella poniéndose el anticuado vestido de baño del marido sobre sus bluyines ajustados, pero si es muy envidiable este modelito a cuadros, triple caucho en la cintura, doble bolsillo en la parte trasera, inflado como un globo para mayor confort, bien holgado de manga para que los huevos se asomen a tomar aire. Y tal vez fuera cierto que las cosas tienen paticas porque mis chancletas de goma no querían aparecer, recuerda Aguilar y dice que insistía en llevarlas, total ya entrado en gastos por qué no, si por presión de Agustina iba aperado hasta con piyama, que es una prenda que jamás usa, pero como no encontraron las chancletas por ningún lado tuvo que desistir, Menos mal, decía ella, Menos mal se te perdieron esas chanclas espantosas estilo doña Florina la Soltera asoleándose en su patio, ¿Y entonces con qué voy a andar por allá? Pues descalzo, Aguilar, ni se te ocurra pavonearte por tu colonia vacacional de pantaloneta a cuadros, zapato de amarrar y media tobillera, aunque allá todos deben andar así, muy Las Palmeras Fashion. Con mi pantaloneta

puesta y disfrazada de veraneante Agustina empezó a dar
voces a lo cheerleader, a hacer monerías por el cuarto y a
burlarse de mi paseo a punta de chacota, Con la pe-pe-pé,
con la lo-lo-ló, con la pe, con la lo, con la pe-lo-tica, ¡pon-
gámonos todos nuestras chanclas de caucho para bajar a la
piscina, siiií!, recreación organizada en Las Palmeras a cargo
de personal especializado, se me van distribuyendo en grupos
según la edad, ánimo allá los de las canitas que nadie dice que
ellos no pueden, participa en la rifa de un Walkman portátil,
¿te acuerdas, Aguilar, que así decía ese boleto que nos enchu-
faron una vez en Unicentro, un Walkman portátil?, a pensar
en positivo, amigos, no olviden reclamar su camiseta perso-
nalizada con nuestro logo I love Las Palmeras, ¡Sí señor, cómo no, Las Palmeras es mejor!, y hubiera seguido brincando
y gritando si Aguilar no la detiene, ya está bueno, Agustina,
deja de payasear, será muy cursi mi colonia vacacional pero
la Purina no me da para pagar una suite en el Waldorf, Pues
aunque sea cursi a mí también me hubiera gustado ir, me la
devolvió Agustina virando hacia el tono lúgubre, y yo para
mis adentros me dije luz roja, alto ahí, no sigamos por ese ladito porque volvemos al drama de antes, así que la dejé sola
un rato y me bajé a pie hasta la barbería de don Octavio. Al
final de la tarde la invité al cine y luego a comer fondue en
uno de esos chalets vagamente suizos del centro, ella decidió
que volviéramos a ver El decamerón de Pasolini, y pese a que
ya lo habíamos visto tantas veces estuvimos contentos, eso lo
puede afirmar Aguilar con certeza. Fue una noche tranquila
y estuvieron contentos porque Agustina, ya hecha a la idea de
quedarse sola, la emprendió de nuevo con su deporte predi-
lecto que es divertirse a costa de Aguilar, esta vez tomándole
el pelo, literalmente, por el corte que le había hecho don Octavio, un peluquero de los tiempos del hambre que trasquila
casi al rape, según dice para que al menos en tres meses uno

no tenga que volver a visitarlo. Quedaste como el pollo Chiras, le decía Agustina a Aguilar, Y quién es el pollo Chiras, Si quieres conocerlo mírate no más al espejo, vaya, vaya, Aguilar, qué peinaducho chucho. Como ya se sabe de memoria El decamerón, Agustina ni bolas le puso y se pasó toda la película montándomela con el motilado, y como todavía tenía cuerda cuando salimos al frío de la calle, empezó a jugar a cubrirme la cabeza desplumada con la bufanda dizque para que no me resfriara, Déjame cuidarte, Aguilar, que la calva es el talón de Aquiles de la tercera edad, Por la calva muere el pez, y mientras caminábamos desde el centro por la carrera Séptima a la medianoche, es decir plena happy hour de raponazos y puñaladas, ella me organizaba en la cabeza un turbante a lo Greta Garbo, unas orejas de Conejo de la Suerte con los dos extremos de la bufanda, un trapo palestino a lo Yasser Arafat, al tiempo que yo, tenso y vigilante, iba pendiente de cada bulto que se agitaba en la calle solitaria, un par de figuras encorvadas sobre el calor de una hoguera en la esquina de la Jiménez de Quesada, otras envueltas en cartones que parecían dormir en el atrio de San Francisco, un muchacho drogado hasta el tuétano que nos siguió un trecho y afortunadamente pasó de largo, y yo queriendo decirle a mi mujer, que no paraba de improvisarme gorros, pelucas y tocados, Aquí no, Tina mía, espera a que lleguemos a casa, pero no se lo dijo porque sabe bien que de la exaltación a la melancolía a Agustina le basta con dar un paso, y luego subieron hasta las Torres de Salmona atravesando las sombras apenas dispersas por los focos amarillos del Parque de la Independencia, enfrente tenían al cerro de Monserrate y como su mole era invisible en la oscuridad, la iglesia iluminada que se asienta en su cumbre flotaba en la noche como un ovni, en esa iglesia se mantiene guarecido un Cristo barroco que ha caído bajo el peso de su cruz, el más aporreado, quebrantado y doliente de los dioses, cubierto su cuerpo de moretones y de lamparones y de estragos de sangre, pobre Cristo maltratado hasta las lágrimas, pensaba Aguilar, cómo se nota que te duele todo aquello y cuánto se parece a ti esta ciudad tuya que desde abajo te venera y que a veces te echa en cara que nos marcaste con tu sino, Señor de las mil caídas, y que nos aplastó tu cruz de manera irremediable. En la punta de Guadalupe, el cerro vecino a Monserrate, se erige una Virgen tamaño King Kong que intenta abarcarnos con su abrazo y Agustina, que observaba cómo la enorme estatua parecía ascender con los brazos extendidos e irradiando luz verde, me dijo Mira Aguilar, hoy la Virgen de Guadalupe parece una avioneta. Mientras atravesábamos el parque yo iba pendiente de acechanzas y ella iba pisando las caperucitas blancas que caen de los eucaliptos para que soltaran el aroma, hasta que el sueño, que la fue amodorrando, le aniñó las facciones, le aletargó los reflejos, la colgó de mi brazo y la llevó a apoyar la cabeza en mi hombro. Monserrate se iba acercando y Aguilar pensaba, a quién tutelarás tú, viejo cerro tutelar, si acá abajo, que se sepa, cada quien anda librado a su suerte y cuidando su propio pellejo.

Hasta la Araña Salazar, que es tan quisquilloso que retira en seco la pauta publicitaria de cualquier medio de comunicación que ose mencionarlo para bien o para mal, hasta la Araña toleraba que en esas cenas de los jueves en L'Esplanade le hiciéramos bromas sobre lo más sagrado, que es el asunto de su masculinidad, le cuenta a Agustina el Midas McAlister. Esa noche nos bajábamos varias botellas de Brunello di Montalcino, ya por el segundo plato, cuando empezamos a entrarle de lleno al chismorreo sobre sexo, ya sabes, todo ese repertorio de chistes de machos, que si fulano resultó rosqueto, que si tal se come a la mujer de cual, que si el presidente de la República nombró a su amante en la dirección de tal instituto, tú sabes la jugada cómo va, aquí es un don nadie el que no asegura que se ha comido hasta a su madre, y entonces la Araña dijo no sean guaches, no nombren la soga en casa del ahorcado, Hombre Araña qué vaina no me digas que sigues con el problemita ese, no me digas que todavía no se te para, le dijo el Midas palmeándole la espalda, y si la Araña nos toleraba esos lances era porque en el fondo lo hacían sentir mejor, ¿entiendes lo que te digo, nena? En el fondo esas bromas lo consolaban con el engaño de que su drama era pasajero, y es que Midas y los otros sólo le hacían la burla por el ladito y con maña, llevándolo a creer que no sabían de sobra que su impotencia sería imperecedera y no tendría compón. Hombre, Araña, en mi Aerobic's Center tengo unas santas dispuestas a hacerte el milagro, le soltó el Midas de frente, como retándolo, y la Araña, reticente, No creás viejo, no creás que no lo he intentado todo, coca en la pinga, pomadas de placenta, hasta me mandé traer una coneja de Playboy y lo único que logré hacer con ella fue el papelón. Pero yo le insistía a la Araña, bella Agustina, yo le insistía confiado en el personal femenino que tengo a mi servicio y aprovechando para alardear, Te apuesto lo que quieras, hombre Araña, a que las nenitas del Aerobic's Center te reaniman a ese entelerido que tienes ahí colgando, y para qué habré abierto la boca, si mi perdición, y también la tuya, mi reina sin corona, empezó cuando Silverstein, Joaco y Ayerbe me cogieron la caña, Ya está, saltaron largo los tres, apuesta casada, todos contra Midas, si las flaquitas esas se la alegran a la Araña, todos le pagamos a Midas; si no, el paganini es él. ¿Y la Araña? En este trance la Araña no apuesta, ni pierde ni gana, la Araña sólo pone el pipí y la buena voluntad. Silver, Joaco y Jorge Luis apostaron de a diez millones por testuz, todos contra Midas y Midas contra todos, si a la Araña se le paraba yo me echaba al coleto los treinta paquetes, pero si perdía... y yo sabía que iba a perder. Así no, qué va, voy al muere, protestó Midas, haciéndose el estrecho aunque ya había decidido que sí, que sí se le medía a la apuesta, ¿entiendes por qué, muñeca brava? Pues porque aunque perdiera ganaba por otro lado. Ellos me llenaban la copa creyendo que si se me subía el vino a la cabeza iba a transar, y entonces yo haciéndome el pendejo le pregunté a la Araña, dime la verdad, Araña Salazar, con juramento sobre la memoria de tu santa madre, ¿lo tienes muerto apenas, o muerto de solemnidad?, y la Araña le juró por su madre que definitivamente muerto no, que a veces sentía cosquillas, remedos de apetencia e incluso en un par de oportunidades un intento de erección. Entonces ya está, dijo el Midas, meto para ésa, pero me tienen que dar tres chances, o sea, que si falla el primero nos vamos para el segundo, y si falla el segundo todavía me queda una tercera posibilidad, así vamos afinando puntería, vieja Araña, tú solo tienes que confesarme qué onda te entusiasma, qué te alborota el deseo y nos vamos por ahí derecho hasta el triunfo final. Entonces la Araña puso sus condiciones que eran a saber, ante todo putas no, ni lobas ni negritas, ni mayores de veintidós, Quiero que sean blancas e hijas de papi, muñecas finas, estudiantes universitarias de esas que se forran en lycra y sudan la gota gorda en tu Aerobic's y comen sushi con palitos y toman Gatorade, niñas decentes que hablen sin acento por lo menos el inglés. Y que no sea una sola sino una parejita, pero eso sí, hembras las dos, y que se las arreglen entre ambas con profusión de cariñitos y detalles primorosos y delante de mí. Ya está. Pero los otros tres amigos querían ver, ¿te das cuenta, preciosa?, ver para creer, atestiguar con sus propios ojos si se le erigía o no el monumento a la Araña Salazar. No problema, dijo el Midas, ese vidrio grande que hay en mi oficina por el otro lado es espejo y te da full pantallazo panorámico sobre el gimnasio, podemos mirar y no nos ven. Increíble la Araña, semejante caimacán y casi llora de feeling como si de verdad le estuviéramos facilitando el camino a la redención; No te preocupes, Miditas, hijo, que no te hago quedar mal, y yo, Cuenta conmigo, Araña, que te la monto de lujo con dos primores de first y vas a ver que despegas, y la Araña, patética, abrazándolo, Te quedaría agradecido de por vida, hombre Midas, eres un sol.

A veces me sucede que el pálpito, o la adivinación, me viene de repente aunque no estemos en la ceremonia, dice Agustina, por ejemplo en clase de matemáticas o de cualquier otra cosa o en la misa de los viernes en el colegio, cuando Ana Carola Cano, que es la más soprano de todo el coro y que es de su clase, hace el solo del Panis Angelicus con esa voz tan aguda que les pone a todas la piel de gallina y los ojos como al borde del llanto, sobre todo si la capilla está repleta y las monjas y las niñas flotan en la nube de incienso y respiran mal en ese aire requemado, porque en esa capilla apenas cabe tanta gente, tanto cirio y tanta azucena, y es ahí donde más cae sobre mí la tembladera premonitoria, dice Agustina, y para que no lo noten agacho la cabeza y me cubro la cara con ambas manos como si ardiera en fervor religioso, pero lo que está pasando en realidad es que los poderes, que han entrado en ella, le están mandando la Primera Llamada y le advierten a gritos que esa noche el padre le va a pegar al Bichi. Paso el resto del día con una jaqueca tremenda y no puedo poner atención en clase porque dentro de mí aún resuena el eco del Poder que me obliga a actuar, y no veo la hora de que toquen la campana de las cuatro para salir del colegio, llegar a casa y advertírselo al Bichi, que no por nada es mi hermano menor y yo soy la designada por los poderes para protegerlo.

Alguna vez incluso la voz es tan apremiante, tan áspera, que a media mañana Agustina se vuela del colegio, que queda en la calle 71 con carrera Cuarta, y corre sin parar hasta el colegio del niño, que queda en la 82 con 13, Sólo para anunciarle que mi padre le va a pegar, y como el celador del Liceo Masculino no me deja entrar porque es hora de clase, invento la mentira de que por favor dejen salir al niño Carlos Vicente Londoño, del curso quinto elemental, porque su hermana vino a avisarle que su abuelito se está muriendo, y al rato llega a la portería el Bichi todo ofuscado porque lo ha hecho interrumpir un examen parcial de geografía, Qué fue, Tina, cuál abuelito, y ella, que en ese momento cae en cuenta de que es absurdo lo que está haciendo y de que mejor hubiera sido esperar a que ambos llegaran por la tarde a casa, de todas maneras le dice Pues nuestro abuelito Portulinus, el alemán que nunca conocimos porque regresó a Europa, ¿Y qué tiene que ver, Tina, acaso alguien trajo la noticia de que se está muriendo allá en Europa? Parece que sí, le miente ella, pero olvídalo y vete tranquilo a terminar tu examen, y cuando ya el Bichi se aleja lo detiene con un grito, Mentiras, Bichito, el abuelo Portulinus no tiene nada que ver en esto, lo que vine a decirte es que esta noche mi padre te pega. Después de pronunciar esas palabras emprendo la carrera hasta llegar a casa, sin fijarme siquiera en el paso de los automóviles al cruzar las calles y sin detenerme aunque me tropiece o meta los pies entre los baches y luego ya en mi casa, en el comedor, me siento a la mesa a tomarme la leche de chocolate con galletas de nata con mantequilla y mermelada que siempre me dan a las cinco, y hago las torrecitas que tanto me gustan, galleta, capa de mantequilla, capa de mermelada, otra vez galleta y vuelva a empezar hasta que se hace un rimero así de alto, Agustina se come su torrecita de galletas y cuando entra Aminta, la cocinera, le pregunta Qué le pasó niña Agustina que tiene las rodillas aporreadas, y al mirármelas veo que me sangran y que en ambas me brillan unas raspaduras llenas de arena que no sé ni cómo ni cuándo me las he hecho. Y es que no siempre el Bichi es agradecido conmigo, porque tiene unas islas de vida en las que cree que no me necesita. Ni que fuera Ulises en persona, el Bichi se pone muy gallito cuando le dice a su hermana Ahora no, Tina, ahora no. Ya basta, Tina, le gritó la otra vez sin acercarse siquiera adonde estaba ella, ahora no quiero hablar de eso, Pero Bichi, por qué no, si es por tu bien y estás en hora de recreo, Sí, pero yo estaba contento echando trompo con Montes y con Méndez, Es que me entró el pálpito de que mi padre anda disgustado contigo y que si te descuidas tal vez esta tarde te pegue, Tal vez, Tina, pero eso será esta tarde, ahora mismo estoy contento echando trompo con Montes y con Méndez. Otras veces le he dicho, Bichito esta noche no comamos en el comedor con los demás porque los poderes anuncian que hoy seguro te pegan, y en esas ocasiones le hemos pedido a mi madre permiso para comer en mi cuarto con el pretexto de que hay un programa de televisión que no nos queremos perder por nada del mundo, y mi madre generalmente dice que bueno y hace que Aminta nos suba la comida en los charoles de plata. En la televisión sintonizan cualquier bobería porque no es verdad que vayan a dar un programa favorito, y cuando Agustina ve que al Bichi se le cierran los ojos del sueño le dice Ya pasó el peligro, ya puedes irte para tu cuarto, pero de aquí hasta allá no hagas nada que enfurezca a mi papi, Es que no sé, Tina, qué es lo que lo enfurece, Todo lo enfurece, Bicho, no hagas nada porque todo lo enfurece. Entonces mi hermanito me agradece porque lo he salvado y al día siguiente durante el desayuno me dice al oído, Si no fuera por ti, Agustina, anoche yo habría sufrido.

Lo último que pensó Aguilar de su mujer el día de la partida, viéndola acometer la tarea de pintar las paredes del apartamento por segunda vez en lo que iba del año, fue Qué inútil es pero cómo la quiero. Me asalta con frecuencia ese pensamiento dual, dice Aguilar, tal vez porque no me siento respaldado por ella en mi esfuerzo por conseguir el sustento en estos tiempos duros, además no es fácil para él resignarse a repartir comida para perros teniendo un doctorado en Literatura, y le reprocha a Agustina su consuetudinaria indiferencia hacia las actividades productivas, que simplemente no van con ella, Es muy activa, o como está de moda decir ahora, muy creativa; teje, borda, hornea, sienta ladrillo, echa pala, martilla, siempre y cuando el producto no tenga una finalidad práctica ni lucrativa, quiero decir que ese miércoles, como todos los días, cuando la dejé en casa Agustina se ocupaba de un oficio arbitrario para disimular su incapacidad de asumir un trabajo sistemático; con el pelo revuelto y agarrado en la coronilla de cualquier manera, pero una cualquier manera que siempre me resulta seductora aunque signifique que tampoco ese día se vestirá ni saldrá a buscar trabajo. Esa manera de no peinarse quiere decir que no desea que la importunen con nada relativo a la realidad, y sin embargo su pelo revuelto lleva a Aguilar a desearla y como todo lo de ella, lo hace estremecer ante el privilegio de tener a su lado a esa criatura de espléndida belleza que de tan graciosa manera se niega a crecer, frente a la cual cada día se profundiza más esa diferencia de dieciséis años que a ella la hace tan joven y a él ya no; con unas medias de lana roja y sin zapatos y como de costumbre todavía en piyama a las once del día, encaramada en una escalera con la brocha en la mano, gritándome Ciao, amore por encima de unos Rolling Stones a todo volumen, y luego a último minuto corriendo hasta el ascensor para preguntarme por enésima vez si de verdad me parecía cálido ese tono verde musgo que había escogido para las paredes de nuestra sala. Desde el interior del ascensor Aguilar le repitió que sí, que muy cálido, Sí linda, muy bonito y acogedor ese verde musgo, y en ese momento la doble hoja de la puerta metálica se cerró entre ellos dos con la brusquedad de un destino que se quiebra, porque a mi regreso, cuatro días después, un hombre desconocido en un cuarto de hotel me entregaba a una Agustina que ya no era Agustina. Yo la había llamado el miércoles en la noche desde Ibagué para decirle que no, que pese a sus temores no nos había ocurrido nada malo, y que sí, que sí me gustaba el verde musgo de la sala, Menos mal que te gusta, le contestó ella, porque esto está quedando más verde que el charco de las ranas, y Aguilar colgó con la sensación apacible de que todo estaba en orden. En realidad en los días siguientes no la volví a llamar, no sé bien por qué; supongo que para no hacerles el desaire a mis hijos, o para demostrarles que era cierto que al menos ese tiempo se los iba a dedicar a ellos incondicionalmente y sin interferencias. El domingo a mediodía regresó Aguilar a Bogotá, le había prometido a Agustina que lo haría a más tardar a las diez de la mañana para que pudieran pasar juntos el resto de ese día, como solían hacerlo, pero había sido imposible sacar a los muchachos de la cama suficientemente temprano así que de Ibagué habían partido un par de horas más tarde de lo previsto, Pero lo importante es que hacia el mediodía ya me encontraba en la ciudad, que estaba lluviosa y desierta, y dejé a mis hijos en casa de su madre, Bájense rápido muchachos, dije contra mi voluntad, me traicionaba la impaciencia por ver a Agustina y entregarle los regalos que le había traído de tierra caliente, un bulto de naranjas, un racimo de guineo y una bolsa de bizcochitos de achira, Ya estuvo, se decía a sí mismo, qué bien estos días con mis hijos pero ya, ya estoy otra vez aquí y es día domingo; claro que en esta ansiedad por retornar cuanto antes no dejaban de cumplir su parte ciertas preguntas que le había sembrado por dentro Memorial del convento, la novela portuguesa que acababa de leer, que también trataba de una mujer vidente, y esas preguntas eran, ¿si Blimunda es vidente, por qué no va a serlo Agustina?, ¿adónde hubiera ido a parar el alma de Sietesoles si no hubiera confiado en las facultades de Blimunda?, ¿por qué si Sietesoles puede creer en su mujer, no puede Aguilar creer en la suya? Por lo pronto sólo quería llegar a esa plácida tarde de domingo en casa con Agustina, nuestros mejores ratos juntos siempre han sido los domingos, libres de tensiones, asilados los dos del resto del mundo y entregados a una estupenda combinación de sexo, siesta, lectura, son cubano, cerveza helada y de vez en cuando un Ron Viejo de Caldas; no sé a qué se debe, pero los domingos siempre me han funcionado bien con Agustina, aun en plenas épocas de tormenta los domingos han sido entre los dos remansos de encuentro y de tregua en los que Agustina se comporta simplemente como lo que es, una muchacha, una muchacha aguda, bonita, desnuda, apasionada, alegre, mejor dicho una muchacha y no un bicho raro, ¿y por qué los domingos?, pues según la explicación que ella misma da, porque es el único día en que yo accedo a cerrar puertas y ventanas y desconecto el teléfono y dejo por fuera al resto del mundo; me hace reír, porque asegura que si el universo fuera del tamaño de nuestra alcoba y sus únicos habitantes nosotros dos, su cabeza funcionaría como un relojito suizo. Así que después de leer Memorial del convento no veía la hora de llegar a casa para encontrar allí a mi propia Blimunda, la de los ojos abiertos al porvenir, todavía en piyama y encaramada en la escalera, brocha en mano y cantando a voz en cuello a los Stones, desentonada como siempre, porque avemaría si Agustina es negada para el canto y lo más divertido es que ni cuenta se da, el pobre Mick Jagger que va por un lado y ella que ni se arrima por ese vecindario, tal vez en su familia nunca se lo han hecho notar, o a lo mejor el problema es hereditario y todos allá son de oído clausurado, quién sabe cómo será esa gente. Dice Aguilar que iba alegre y sangriligero sabiendo que pronto se desgajaría de lleno sobre la ciudad ese aguacero que ya soltaba sus primeras avanzadas y que al llegar a casa él observaría a través de los ventanales desde su cama y abrazado a su chica, ahí sí que como quien ve llover, o más tarde sentado en su mecedora de mimbre al lado del calentador y con los pies en alto sobre el baúl de cuero, salvado del diluvio universal, leyendo el periódico y chequeando de tanto en tanto con el rabillo del ojo a la niña Agustina, que estaría haciendo exactamente lo mismo que cuatro días antes, es decir, que pintaría las paredes de verde musgo según indica el feng shui para parejas como la nuestra, Hoy me sorprende recordar que al abrir ese día la puerta de mi apartamento, yo tenía la certeza absoluta de que ese momento de la llegada empataría con el de la partida sin ninguna fisura, en dócil solución de continuidad. Tal vez por eso, aunque en un primer reflejo alzó la mano para timbrar, luego se arrepintió y optó por abrir con la llave, para no perturbar lo que adentro estaría transcurriendo sin alteraciones desde la despedida, De ahí que no encontrar a Agustina me contrariara y me produjera tanta desazón y además un ramalazo de miedo, pero no el miedo de quien presiente una desgracia ni nada por el estilo, sino el miedo de quien cuenta a ojo cerrado con una felicidad que de repente no parece tan asegurada. Sólo habían transcurrido cuatro días. Cuatro días de ausencia durante los cuales no tengo ni pálida idea de lo que pudo suceder; cuatro días oscuros y atroces que se tragaron mi vida como agujeros negros, Cuando se fue para Ibagué, en el apartamento sólo había medio muro verde y a su regreso toda la sala estaba verde ya, de donde Aguilar dedujo que no sólo durante la tarde del miércoles, sino además durante todo el día jueves, su mujer debió permanecer en casa pintando paredes. Ya tenía el cerebro reventado cuando la recogí el domingo en el hotel Wellington, así que lo que debo averiguar es qué sucedió durante el viernes y el sábado. No son cuatro días sino solamente dos, cuarenta y ocho horas de vida, lo que se ha borrado de todos los relojes.

Quién sabe qué dirán las gentes de Sasaima cuando ven a Nicolás Portulinus sentado en el café, en una esquina apartada, con una bufanda de lana entorchada al cuello pese al calor y la mirada fija en ninguna parte. ¿Pero hay acaso un café en la campesina y lluviosa Sasaima, remota población de montaña? Desde luego que no, aquel café sólo espejea de los recuerdos que un extranjero ha traído de otro continente; tienda de grano será más bien, o cantina, heladería en el mejor de los casos, y quienes allí entran deben decir al verlo Es el señor alemán, o Es el señor profesor, y lo dejan solo con su botella de cerveza en la mano dando por descontado que así, raros y desencontrados, son todos los alemanes, o al menos todos los músicos nacidos en ese país. Porque se toma poco a poco su cerveza, abotagado entre su bufanda de lana, hasta que Blanca viene por él y se lo lleva, indignada con quienes dudan de su cordura y empecinada contra toda evidencia en no reconocer ante los demás su desmoronamiento. Pero pese a la porfía de ella, día a día se va haciendo más evidente esa rareza que cuando Portulinus calla es un destello ambiguo en el ojo, es un malestar de manos hinchadas que dejan la huella de su humedad sobre la superficie de la mesa, es un aire de andar sumido en mundos que no comparte con nadie, es un peinado que no corresponde, como de persona que tras dormir la siesta olvida pasarse el cepillo por la cabeza, es un nerviosismo de pájaro en los movimientos. Y es un cierto pánico que le sale de adentro y que se va esparciendo, como leve contagio. Pero más que todo lo anterior, la locura de Portulinus es dolor. Es el inmenso dolor que en él habita. Ahora, tanto tiempo después, sobre la chimenea de la residencia de Eugenia, la menor de sus hijas, están enmarcadas y expuestas dos fotografías del abuelo Portulinus, una tomada a los veintinueve años y la otra a los treinta y nueve, lo cual permite establecer un antes y después como de anuncio de cirugía plástica o de producto para adelgazar, sólo que en este caso en vez de mejoría hay pura pérdida y la contraposición revela cómo, en el lapso de diez años, tomó posesión del músico un ritmo biológico abominable que debía estar hermanado con la creciente perturbación de su espíritu. Antes: aspecto amable y seductor, bucles que encuentran la manera de organizarse suavemente alrededor de la cara, mirada que escruta sin dejar de ser soñadora, vida interior intensa pero aún equilibrada. Después: cara fofa y sufrida como de señora fofa y sufrida de cincuenta años, rasgos refundidos, mirada oscura y confusa, párpados abultados de señora feísima que ha llorado mucho, bucles sin brillo y aplastados de mala manera contra la oreja izquierda. Antes todo está por ganar y después todo está perdido; se registra un daño irreversible en el ánimo, es decir, un efecto venenoso en las emanaciones del alma.

Día tras día a partir del episodio oscuro, Aguilar se parquea un rato frente al hotel Wellington, a suficiente distancia de la puerta principal para que los porteros no recelen la presencia de su camioneta destartalada, y observa por el espejo retrovisor el movimiento de gentes que entran y salen con o sin maletas, el revuelo de guardaespaldas alrededor de algún personaje que se baja de un Mercedes blindado, el resquemor de los extranjeros que se le miden a la calle bogotana, las reverencias que a diestra y siniestra reparte un botones vestido de mariscal, el regateo de un vendedor ambulante de caramelos, los pasos rápidos de una mujer que atraviesa la calle, en fin, los gestos naturales, predecibles, de todos aquellos que pueden considerarse habitantes del territorio de la razón, Qué suerte que tienen, carajo, piensa Aguilar, y se pregunta si serán conscientes de su enorme privilegio. Confiesa que no sabe bien qué es lo que espera allí parqueado en la puerta de ese hotel, ¿Que regrese el amante de Agustina, que yo lo reconozca, me abalance sobre él y le rompa la cara? Supone que no. ¿Que me le abalance y le exija explicaciones sobre lo que le sucedió a mi mujer, sobre el daño que le hizo a mi mujer? Tal vez. Pero la verdad es que no creo que ese hombre vaya a aparecer por aquí, y además en el fondo ni siquiera creo que sea el amante de ella, a fin de cuentas lo único que hizo, que me conste, fue abrir una puerta; quién me asegura que no era el conserje. Así que espío vaguedades, vigilo con esperanza pueril y difusa, como si el tiempo pudiera dar marcha atrás, dice, y yo lograra evitar que el episodio oscuro aconteciera, porque repasar una y otra vez lo vivido se ha vuelto mi tormento primordial, repasarlo para diseñarlo en nuevos términos, para imaginar caminos diferentes al ya recorrido, para desviar retrospectivamente el cauce de las cosas e impedir que desemboquen en este punto de dolor extremo al que Agustina y yo hemos llegado. A veces Aguilar traspasa las puertas del hotel, verifica que no esté de turno en la recepción el hombre mayor, de gafas, que lo atendió el domingo que vino a recogerla, se sienta en una de las mesas del lobby y pide un té con leche que un mesero le sirve en juego de plata y luego le cobra a un precio desmedido. Permanezco al acecho en ese lugar, dice, en medio de los afanes de la gente, esperando el momento propicio para acercarme a alguno de los empleados de la recepción a preguntar por el registro de huéspedes de aquel fin de semana; si me lo dejaran ver, especula, al menos tendría una lista de nombres y tras alguno de esos nombres habría una persona que podría decirme lo que necesito saber, pero desde luego no se atreve a pedirla porque no se la darían, lo mandarían a la porra por andar averiguando lo que no le importa, Sí me importa, les gritaría, es lo único que me importa en esta vida, pero con más razón llamarían a Seguridad, mirándolo como a secuestrador en potencia. Aunque de pronto no. Entre los empleados del turno nocturno ha distinguido a una muchacha muy desparpajada; Aguilar lo nota en su actitud de mujer que se gana la vida a brazo partido, en su manera de mirar directo a los ojos, en su falda diez centímetros más corta que la de sus compañeras, en el gesto vigoroso con que su mano de uñas esmaltadas echa hacia atrás la melena crespa. Tiene toda la pinta de estar dispuesta a saltarse las imposiciones laborales de su hotel y a jugarse el puesto a cambio de nada, a cambio de ayudar a un necesitado, de hecho ya debe tener al administrador disgustado con esa minifalda discotequera y ese peinado irreglamentario, y todo sólo porque sí, porque ella parece ser así, fuerte y solidaria y acostumbrada a hacer lo que le da la gana, Este país está lleno de personas así, dice Aguilar, y yo he aprendido a reconocerlas al rompe. Pero qué tal que no sea cierto; temo pifiarme con ella y al final no me animo a preguntarle nada, claro que el impedimento principal no es tanto ése como la convicción de que en cuanto regrese al escenario de los hechos, éstos se van a repetir en una especie de replay insoportable, quiero decir que lo que más me frena es la sospecha de que los sucesos siguen palpitando en el lugar donde ocurrieron, y tengo miedo de salirles al encuentro.

Mañana sí, me digo mientras me alejo del Wellington, mañana volveré, esperaré a que la Desparpajada termine su turno, la invitaré a un café lejos del hotel, lejos de la mirada del supervisor, y le haré un interrogatorio.

Claro que el Midas McAlister no creyó ni mierda cuando la Araña le dijo que apostara con confianza porque el pájaro no lo tenía muerto del todo; si el Midas casó la apuesta pese a todo fue porque en el fondo no le importaba perder, o al menos eso le dice a Agustina, total el dinero que me tumbaran se los descontaría del billetal que a través de mí les enviaba Pablo Escobar y ellos ni cuenta se darían siquiera, qué cuenta se iban a dar, si aplaudían con las orejas por la forma delirante en que se estaban enriqueciendo, al mejor estilo higiénico, sin ensuciarse las manos con negocios turbios ni incurrir en pecado ni mover un solo dedo, porque les bastaba con sentarse a esperar a que el dinero sucio les cayera del cielo, previamente lavado, blanqueado y pasado por desinfectante. ¿O es que acaso tú creías, reina mía, que las cosas eran de otro modo? ¿Acaso no sabías de dónde sacaban los dólares tu hermano Joaco y tu papá y todos sus amigotes, y tantos otros de Las Lomas Polo y de la sociedad de Bogotá y de Medellín, para abrir esas cuentas suculentas en las Bahamas, en Panamá, en Suiza y en cuanto paraíso fiscal, como si fueran jet set internacional? Por qué crees que tu familia me recibía en su casa como a un sultán, le pregunta el Midas a Agustina, por qué desempolvaban para mí el cristal de Baccarat y los cubiertos Christofle, y me servían mousses y patés y blinis preparados por las propias manecitas de tu señora mamá, a pesar de que yo te había dejado embarazada y que ni a las malas había accedido a casarme contigo, como exigía tu papá. ¿Por qué crees que pese a todo me recibían como a un sultán, pasando por encima de tu rabia y de tu humillación? Pues porque hasta la langosta que me servían en el plato la pagaban gracias a mí; no pongas esa cara de sorpresa, muñeca bonita, no me hagas reír, no me vengas a decir que ese pequeño enigma no lo habías resuelto aún, porque en qué quedan entonces tus poderes de adivinación. El negocio que el Midas manejaba era incruento y suculento y no tenía nada que ver con el Aerobic's Center, que no era más que fachada. Para que te quites de una buena vez la venda de los ojos, Agustina, te voy a simplificar en dos palabras la movida chueca para que la veas en Technicolor y gran angular. La Araña, el Silver, Joaco y otros tantos le daban al Midas, en cheque de viles pesos colombianos, cada uno una suma equis que él le hacía llegar a Escobar, y cuando Escobar coronaba su embarque de coca en los USA, les devolvía su inversión de nuevo a través del Midas, pero ¡oh magia, magia!, esta vez venía en dólares y con una ganancia espectacular, del tres por uno, del cuatro por uno y hasta del cinco por uno, según el santo capricho de san Escobar. Así ellos, sin entrar en pleitos con la justicia ni desdorarse ante la sociedad, se convertían en orondos e invisibles inversionistas del narcotráfico y engordaban a reventar sus cuentas en el exterior; Escobar quedaba satisfecho porque lograba blanquear fortuna y el Midas tampoco se quejaba, porque se guardaba una tajada de consideración. La vaina implicaba riesgos, claro está, y para medírsele había que tener sangre fría, porque si el embarque no coronaba, Pablo ni siquiera reintegraba la inversión. El trato del cinco por uno hacía que a los old-moneys se les escurrieran las babas, pero tenía su contrafómeque como todo en esta vida, y era que no había derecho al pataleo, es decir que los olímpicos inversionistas no podían protestar ni decir esta boca es mía en caso de que el dinero se les demorara o no les llegara jamás. Para no mencionar que en cualquier momento cualquiera se podía morir, según el derecho que san Escobar se otorga sobre las vidas de los que se enriquecen a expensas suyas, no sé si me entiendes, muñeca brava, yo sé que las finanzas no son tu fuerte; lo que te quiero decir es que en el instante en que te metes al bolsillo un dólar que venga de Pablo, automáticamente pasas a ser ficha suya, te conviertes en mequetrefe de su propiedad. A todas éstas ya te imaginas quién era el que se jugaba el pellejo en tierra de gringos, allá tocándoles los testículos a los bravucones de la DEA, pues nadie menos que este pecho, el Midas McAlister, aquí tu servidor. Tan pronto Pablo le mandaba aviso de que ya estaba cocinado el pastel, el Midas viajaba a Miami, se instalaba en un hotel discretongo de Coconut Grove, esperaba a que le llegaran las maletas repletas con los billetes que provenían de la venta callejera de la droga, se guardaba lo suyo y el resto se los consignaba a los impolutos inversionistas de Bogotá. Misión cumplida, el Midas volvía a casita, y ya está.

Mañana, mañana sí lo haré, se decía Aguilar a sí mismo todos los días, sentado en el lobby del hotel Wellington, mientras se tomaba un té que encontraba absurdamente caro. Hasta que se atrevió. El viernes pasado entré al Wellington hacia las nueve de la noche, dice, sabiendo que en la recepción encontraría a la Desparpajada de las uñas larguísimas y la melena embravecida. Allí estaba ella en efecto, muy ejecutiva y muy eficiente y muy improvisando idiomas según la nacionalidad de cada huésped extranjero, así que me le acerqué poniendo mi mejor cara para que no se notara al rompe que no soy más que un pobre diablo muerto de angustia porque se le enloqueció la mujer que ama, y le dije con mi mejor voz de VIP que venía a hacer una reservación para una pareja de amigos que quería venir a pasar unos días en Bogotá, ¡Stop!, error, cometí el primer error, nadie viene a Bogotá porque quiere, aquí sólo llegan los que no tienen más remedio, Bueno, continué, vienen a Bogotá estos amigos y me pidieron que les hiciera la reservación, Desde luego, señor, no hay ningún problema, Bueno, sí, señorita, hay un pequeño problema y es que me pidieron que le echara una vuelta a la habitación antes de darle el visto bueno, y ahí me pareció que ella empezaba a mirarme con ojos de policía, ¿sería policía, como todos los recepcionistas de todos los hoteles del mundo? Bueno, es que mis amigos ya estuvieron una vez aquí, en este hotel, hace unos meses, Stop, estaba dando más explicaciones de las necesarias, Bueno, es que mis amigos desean volver a la misma habitación que ocuparon la vez pasada porque les gustó el jardín que se ve desde la ventana. Ella me preguntó entonces de qué habitación se trataba, La 413, le respondí y me sentí un poco enfermo al pronunciar ese número tan estrechamente asociado a mi desdicha, No le puedo mostrar la 413 porque está ocupada en el momento, señor, dijo ella revisando la pantalla y arreglándoselas para golpear las teclas acertadas en el computador pese a sus uñas kilométricas, eran un prodigio digno de los récords Guinness estas diez uñas, cada una de ellas perfectamente pintada a franjas de esmalte rojo, blanco y azul, como una minibandera de Francia, observó Aguilar y se preguntó si aquella decoración se la haría ella misma, las uñas de la izquierda con la mano derecha, ¿y las de la derecha con la mano izquierda?, debía ser ambidextra esta muchacha para lograr semejante proeza, y enseguida sus pensamientos volaron hacia las bellas uñas ovaladas de Agustina, siempre cortas y jamás pintadas, y hacia el estuche de nácar que fue de su abuela Blanca y donde guarda las limas, las pinzas, las barritas de naranjo y demás utensilios para hacerse la manicure, Agustina pronuncia la palabra en francés y Aguilar al escucharla se frunce y le cae encima, Existe la palabra en español y es casi idéntica, Agustina, entre nosotros se dice manicura, fíjate qué fácil, en estas tierras nos hacemos la manicura y no la manicure, con la ventaja de que no tenemos que esforzarnos tanto pronunciando. Aguilar, que se apoya sobre el mostrador de la recepción del hotel Wellington, suda del remordimiento cuando se percata de la brusquedad con que le censura a Agustina sus amaneramientos de niña rica, Qué desagradable soy con ella a veces, reconoce con dolor; afortunadamente Agustina se pasa por la faja mis comentarios agrios y sigue en lo suyo como si nada, y no sólo vuelve a pronunciar manicure otras diez veces sino que además asegura con la mayor naturalidad que la barrita para hacer que asome la luna de la uña debe ser de palo de naranjo, qué típico de Agustina decir hacer que asome la luna de la uña en vez de removerse la cutícula, como dice todo el mundo; mi mujer es capaz de vivir en una casa de pobres como la mía, donde sólo comemos costillas porque para lomo no nos alcanza, y al mismo tiempo considerar imprescindibles objetos tan rebuscados como las tales barritas de naranjo, hace justamente un año, cuando Aguilar viajó invitado por una universidad alemana a un simposio sobre el poeta León de Greiff, se gastó casi todo el dinero extra que llevaba comprando en un duty-free del aeropuerto de Francfort las cremas de belleza marca Clinique que Agustina le había encargado, Porque Marta Elena, mi primera mujer, siempre se las arregló con las cremas Ponds que se consiguen en cualquier droguería, pero no, Agustina, como toda su gente, tiene esa maña horrible de desdeñar sistemáticamente los productos nacionales y de estar dispuesta a pagar lo que sea por vainas de afuera que aquí no se consiguen, y los pensamientos se detienen ahora en la cara de ella, que siempre le ha parecido asombrosamente hermosa, y en sus ojos oscuros que ya no lo miran, Por eso me he vuelto invisible, desde que Agustina no me ve, me he vuelto el hombre invisible, especula Aguilar hasta que se percata de que la Desparpajada le está hablando, Pero si quiere le puedo mostrar la 416 que es prácticamente la misma cosa, la voz lo hace regresar abruptamente y le cuesta entender dónde está y quién le dirige la palabra, ¿Señor?, insiste ella, le digo que si quiere le puedo mostrar la 416. La 416, claro, muchas gracias, señorita, siempre y cuando la 416 también dé sobre el jardín de las acacias. También, sí señor, dará sobre un ángulo diferente pero supongo que se alcanzarán a ver las acacias, dígame cuando estarían llegando sus amigos, Aguilar improvisa una fecha que ella anota, No hay problema, confirman las banderitas de Francia sobre el teclado, para entonces ya estará disponible la 413 y le aseguro que esas acacias no se habrán movido de allí, Mis amigos son gente que se fija en esos detalles, le dice Aguilar con una risita tonta para salirle al paso a su ironía, Por supuesto, señor, el cliente tiene la palabra. La Desparpajada me toma por sorpresa al preguntarme a boca de jarro cómo me llamo y le respondo que Sergio Stepansky, como el alter ego del poeta León de Greiff, que es lo primero que me viene a la cabeza, no sé bien por qué no he querido revelarle mi nombre a esta mujer en la que había decidido confiar, Sígame, señor Stepansky, más que pedirme me ordena así que camino detrás de ella hacia el piso cuarto. Volvía al lugar de los hechos para revivir, para obtener alguna información, para recordar, para vomitar, para aliviarme, para torturarme, no podría precisar para qué, para agarrarme de algo. Mi conmoción crecía a cada paso y empecé a respirar agitadamente, tanto que la Desparpajada me preguntó si estaba bien, No es nada, respondí, he fumado demasiado y las escaleras me dejan sin resuello, pero como habíamos subido en ascensor me hizo saber con una de sus miradas que se percataba de que yo era un bicho raro, y sin embargo me dijo educadamente Sí, el cigarrillo es cosa seria. Ella caminaba delante de mí y aunque yo llevaba una especie de muerte entre pecho y espalda, no pude dejar de mirarle las piernas; era realmente bonita esta trigueña que me iba enumerando las ventajas del hotel, los méritos que lo hacían acreedor a cada una de las cinco estrellas que alumbran su logo, si esta señorita supiera que me voy muriendo, pensaba Aguilar mientras ella seguía elogiando el restaurante italiano, las habitaciones recién remodeladas, el gimnasio con servicio de entrenadores profesionales, el bar del último piso abierto las veinticuatro horas, y yo rebobinando mi agonía, fue por este mismo corredor que parece interminable, este mismo tapete que amortigua mis pisadas, la puerta que se abrió entonces se vuelve a abrir ahora, el hombre alto y moreno que ese día me recibió en la 413 parecía más trasnochado que preocupado, retengo clara noción de su estatura y de su color de piel pero no logro detallar el resto de su figura, se me desdibuja en la memoria o quizá nunca llegué a mirarle la cara, tampoco oí su voz porque cuando le pregunté por Agustina se limitó a dejarme entrar sin decir una palabra, así que no pude comprobar si era suya la voz masculina que encontré grabada en el contestador de mi casa al regresar de Ibagué, esa voz que me advertía que debía recoger a Agustina en este hotel. El hombre me abrió la puerta y debió irse enseguida porque ya no estaba un momento después, cuando lo busqué desesperadamente para averiguar qué le había ocurrido a mi mujer. No bien traspaso la puerta, me parece volver a ver a Agustina arrinconada en el suelo y mirando absorta por la ventana hacia las acacias, suena el radioteléfono que la Desparpajada trae en la mano y ella contesta, habla un poco con alguien y luego le dice a Aguilar, Disculpe si lo dejo solo un momento, señor Stepansky, pero me requieren abajo, no se preocupe que enseguida regreso, lo tranquiliza porque sospecha que algo le pasa pero Aguilar, que tiene la cabeza en otra cosa, no acaba de comprender qué es lo que le están diciendo, Mire usted mismo la habitación si quiere, añade la Desparpajada, aquí está el clóset y aquí dentro la cajilla de seguridad, aquí está el baño, la televisión se prende así, ya vuelvo, discúlpeme un segundo, señor Stepansky. Aquel día, allá en su rincón, mi mujer retiró los ojos de las acacias, todo sucedía tan lentamente que me daba la impresión de que un instante definido y único enmarcaba cada uno de sus movimientos, luego giró la cabeza, al verme pareció volver a la vida y su rostro se suavizó como si de repente lo hubiera bañado un infinito alivio, se levantó, vino hacia mí como quien regresa a lo suyo después de un siglo de ausencia, Ya estás aquí, me dijo y yo la abracé con mucha fuerza, la sentí apretarse contra mí y supe que estábamos salvados, aún no sabía de qué pero estábamos salvados, Ya pasó todo, Agustina, por grave que haya sido ya pasó, vámonos a casa, amor mío, le susurré al oído pero sentí que de repente todo su cuerpo se tensionaba y repelía al mío, si en un primer momento me buscó, luego se apartó bruscamente de mí, si antes me reconoció, un instante después no sabía quién era yo o no quería saberlo, sus gestos se volvieron teatrales y sobreactuados, me observaba profundamente disgustada, quizá no era a mí a quien esperaba, es el pensamiento que ahora atraviesa mi mente como un estilete, Yo con usted no voy a ninguna parte, me advirtió y su voz resonó falsa como la de un mal actor que recitara un parlamento de memoria, me dio la espalda y regresó a su rincón, se desplomó de nuevo sobre la alfombra como una muñeca rota y volvió a quedar absorta en el movimiento que el viento le imprimía a las ramas de las acacias.

¿Entonces de verdad crees, le pregunta el Midas McAlister a Agustina, que tu noble familia todavía vive de las bondades de la herencia agraria? Pues bájate de esa novela romántica, muñeca decimonónica, porque las haciendas productivas de tu abuelo Londoño hoy no son más que paisaje, así que aterriza en este siglo XX y arrodíllate ante Su Majestad el rey don Pablo, soberano de las tres Américas y enriquecido hasta el absurdo gracias a la gloriosa War on Drugs de los gringos, dueño y señor de este pecho y también de tu hermano como antes lo fue de tu padre, ¿o acaso no cachas que en las muchísimas hectáreas que heredó Joaco hoy sólo florecen los caballos de polo, las villas de recreo y los atardeceres con arreboles, porque el billete contante y sonante le llega, dulcemente y por debajito, de los chanchullos con el gobierno y de las lavanderías de Pablo? ¿Y crees que Pablo recurre a tu hermano, a la Araña, a todos nosotros, porque de veras tiene necesidad del dinero nuestro? Al principio tal vez pero después ya no, corazón mío, por supuesto que no; si lo sigue haciendo es para controlarnos, esa movida se la inventó para arrodillar a la oligarquía de este país, así me lo dejó entender él mismo, con una sola frase, la primera de las dos veces que lo he visto en persona. Me había hecho viajar a Medellín en un vuelo comercial y esperar en un hotel del centro a que sus hombres vinieran a recogerme, me llevaran a un aeropuerto clandestino y de ahí hasta Nápoles en su avioneta particular, una Cessna Titan 404 piloteada por un gringo veterano del Vietnam. ¿Nápoles? Nápoles es el caprichoso nombre que le puso Pablo a una de sus muchas haciendas, una que queda en el corazón de la selva y que tiene tres piscinas olímpicas y pistas de motocross y un zoológico paradisíaco con elefantes, camellos, flamencos y toda suerte de bichos, porque ahí donde lo ves, Pablo es Greenpeace y deportista y de izquierda y defensor de los animales y todo eso. Cuando me lo presentaron me decepcionó, yo que iba preparado para conocer al Capo di tutti Capi y lo que veo es un gordazo de bigotito con una mota negra en la cabeza que no se deja peinar y una panza reverenda que se le derrama por encima del cinturón. Eran las doce del día, hacía un calor espantoso y yo, que estaba agotado de tanto viaje y tanta tensión, caigo allá de buenas a primeras en medio de una orgía de lo más destemplada, Pablo y sus sicarios flotando en humo de marihuana y apercollando a unas garotas de lentejuelas y plumas que acababan de importar en otra avioneta directamente de Río de Janeiro, y como si el calor que hacía fuera poca cosa, las garotas esas nos bailaban la samba en las narices, nos echaban encima sus encantos y no nos dejaban conversar, y yo ahí, sudando a mares y atrapado en ese carnaval de los cojones cuando lo único que quería era aclarar rapidito los términos del negocio para poder largarme de una buena vez. Pero Pablo, muy atento, casi que tímido, preguntaba si el amigo Midas no querría otro traguito de whisky, que si un porrito de Santa Marta Golden, que si un trocito de chivo a la brasa, que si una garota para divertirme un rato, y yo No, muchísimas gracias, don Pablo, qué lástima pero es que estoy de afán, qué pena con usted pero quisiera regresar lo más pronto posible a Bogotá, mientras me decía para mis adentros que lo único que me faltaba en esta perra vida era trabarme y emborracharme en medio de ese calor infernal y hartarme de chivo y de garota en compañía de esa pandilla de criminales en camiseta, Dios mío, que no me adivinen los malos pensamientos, pensaba, porque me cocinan a la brasa a mí también. Y entonces Pablo se quita a las garotas de encima, me llama a un ladito y antes de despedirse me dice una frase, una sola frase que me abrió los ojos de una vez y para siempre, Qué pobres son los ricos de este país, amigo Midas, qué pobres son los ricos de este país. ¿Entiendes las implicaciones que eso tiene, Agustina chiquita? Es el tipo de cosa que quien ha nacido pobre nunca llega a comprender, y resulta que aparece este gordo con su inteligencia monstruosa, se la pilla al vuelo y por eso es él quien va ganando la partida, muñeca bonita, de eso no te quepa duda; él, nacido en el tugurio, criado en la miseria, siempre apabullado por la infinita riqueza y el poder absoluto de los que por generaciones se han llamado ricos, de pronto va y descubre el gran secreto, el que tenía prohibido descubrir, y es que a estas alturas de su corta vida ya es cien veces más rico que cualquiera de los ricos de este país y que si se le antoja los puede poner a comer de su mano y echárselos al bolsillo. Esta oligarquía nuestra todavía anda convencida de que maneja a Escobar cuando sucede exactamente al revés; para la Araña Salazar, para tu señor padre, para el vivo de tu hermano, Pablo Escobar no es más que un plebeyo que ante ellos se quita el sombrero; cometen el mismo error que cometí yo, mi princesa Agustina, y es un error suicida: la verdad es que el gordazo ya nos comió a todos crudos, y es por eso que tiene la barriga tan inflada. ¿Y yo? Yo fui como quien dice el mesero de Escobar: le serví a mis amigos en bandeja, de postre me encimé yo mismo y luego le facilité el Alka-Seltzer para que hiciera la digestión.

Si Agustina me hablara, suspira Aguilar, si yo pudiera penetrar en su cabeza, que se ha vuelto para mí espacio vedado. Tratando de que suelte prenda saco el álbum con las fotografías que conserva de cuando era niña y me pongo a repasarlas sin prisa, sin demostrar demasiado interés, deteniéndome como al acaso en los personajes de su familia que creo identificar. Esta señora alta y delgada que debe ser Eugenia, su madre, me sorprende porque no parece tan bruja como me la imaginaba, al contrario, en cualquier caso más que bruja parece una Blancanieves por el pelo tan negro, la boca tan roja y la piel tan blanca, Mira Agustina, le dice Aguilar, mira cómo te pareces a tu madre, pero Agustina ni caso le hace. De este muchachito presumido que sale aquí disfrazado de beisbolista no se puede esperar nada bueno; moreno y mayor que Agustina, debe ser su hermano Joaco, muy pendiente siempre de exhibir ante la cámara alguna proeza, como alzar un objeto pesado o clavarse en la piscina de cabeza. Este otro niño más pequeño, carapálida y ojos de azabache, igual a la madre, igual a la hermana, debe ser el menor, Carlos Vicente, a quien llaman el Bichi, y parece recién rescatado de un orfelinato. Aquí se ve todo el grupo familiar sentado en medialuna y sonriéndole al fotógrafo, ¿y esta guapetona que cruza tan buena pierna?, avemaría, pero si es la tía Sofi, qué bien que estaba hace unos años la tía Sofi. ¿Y Londoño, el padre de Agustina, el jeque del clan? Por ningún lado aparece, a menos que sea él quien toma las fotos, desde luego alguien tuvo que tomarlas, todo indica que Londoño orquesta la farsa pero no actúa en ella. Hay otras gentes, abundan los gestos amables, los juegos de pelota, las celebraciones colectivas en escenarios confortables, los rituales predecibles de una felicidad de cajón, happy birthday to you, marcha triunfal de Aída, amigos siempre amigos, muy pronto junto al fuego, Réquiem de Mozart, el día que tú naciste nacieron todas las flores, todo el repertorio de una vida que va cumpliendo organizadamente sus ciclos, como si lo hiciera a propósito para que el fotógrafo pudiera captarla y pegarla ordenadita en los álbumes. Y de vez en cuando, nunca en el centro, aparece la niña que fue Agustina, mirando hacia la cámara con aprensión, como si no se sintiera del todo cobijada por el aura de aquel bienestar, como si no perteneciera cabalmente a aquel grupo humano. Lo que yo buscaba al sacar el álbum, dice Aguilar, era captar su atención, devolverla a un pasado que la estremeciera y la hiciera romper el aislamiento; quería arrancarle una pista, o al menos un comentario, algo que me indicara un punto de partida. Pero ella pasa los ojos sobre su propia gente como si no la viera, como si no la conociera, como si le estuvieran mostrando fotos del personal de planta del almacén Sears o de un periódico francés de hace dos años. Por primera vez siento que algo me liga a las gentes de su familia, y es lo insignificantes que somos ante los ojos de ella; insignificantes por cuanto no significamos, no emitimos signos, Agustina no es susceptible a las señales que provienen de nosotros. Cuando Aguilar devuelve las fotografías a su lugar en la repisa, piensa que lo único que ha logrado comprobar con su triste test de laboratorio es que el delirio carece de memoria, que se reproduce por partenogénesis, se entorcha en sí mismo y prescinde del afecto, pero sobre todo que carece de memoria. Busca entonces otras pistas, nuevos hilos conductores, y se pregunta por ejemplo qué revelación podrá obtenerse de un crucigrama, qué combinación de palabras que sea fundamental, o qué clave que te permita comprender algo que te concierne de vida o muerte y que un momento antes te importaba un cuerno. Porque en estos días de locura Agustina ha desarrollado afición por los crucigramas y Para mi sorpresa, dice Aguilar, el domingo se levantó temprano y dijo que quería leer el periódico, cosa que no ha hecho nunca en su vida porque es uno de esos seres a quienes lo que ocurre en el mundo exterior no les incumbe, pero el domingo se levantó temprano y Aguilar se levantó con ella albergando una esperanza, a fin de cuentas era domingo, que siempre ha sido día de tregua y de encuentro entre ellos, Yo diría más, añade Aguilar, yo diría que estaba casi convencido de que precisamente por ser domingo la crisis de Agustina iba a cejar, o como mínimo a amainar, en cualquier caso estaba predispuesto a interpretar hasta la más leve señal como síntoma de la esperada mejoría. La observó ponerse una sudadera sobre la piyama y luego, por petición expresa de ella, bajaron los dos a la droguería a comprar la edición dominical de El Tiempo, al regresar Agustina se metió de nuevo en la cama sin quitarse la sudadera y Ése fue el primer revés para mi esperanza porque yo no veía la hora de recuperar su cuerpo desnudo, su presencia de muchacha que un domingo por la mañana se muestra generosa con su cuerpo desnudo; que no se quitara la sudadera para meterse bajo las cobijas podía ser entendido como una advertencia, algo así como si me estuviera diciendo que llevaba puesta una coraza, y no se dedicó a leer el periódico que acabábamos de traer sino a completar las líneas horizontales y verticales del crucigrama con un interés que desde hacía días no demostraba por nada, salvo sus ceremonias con agua. Aguilar recalca lo de la coraza porque antes del episodio oscuro lo que hacían en la mañana del domingo era el amor, y según él lo hacían con un fervor admirable, como si se desquitaran del sexo a la carrera que entre semana le imponían a él los madrugones al empezar el día y el agotamiento al terminarlo, Los domingos hacíamos el amor desde que nos despertábamos hasta que nos arrinconaba el hambre, entonces bajábamos a comer lo que encontráramos en la nevera y volvíamos a subir para seguir en lo mismo, luego dormíamos o leíamos un rato y nos abrazábamos de nuevo, a veces ella quería que bailáramos y lo hacíamos cada vez más lenta y estrechamente hasta que terminábamos de nuevo en la cama, no sé, dice Aguilar, era como si el domingo realmente fuera un día bendito y ningún mal pudiera permearlo, por eso me levanté esa mañana lleno de esperanza, y en efecto Agustina volvió a recurrir a mí, después de días de indiferencia glacial volvió a buscar mi compañía aunque por lo pronto no fuera para besarme sino para que le dijera qué provincia española empieza por Gui, termina en a y tiene nueve letras, de todas maneras eso fue para mí como un regalo, el solo hecho de que me reconociera y me dirigiera la palabra ya era un cambio de la tierra al cielo, Dime, Aguilar, cómo se llama la glándula salival situada detrás del maxilar inferior, me hacía preguntas por el estilo que me obligaban a rebuscar en mi cabeza y en el diccionario enciclopédico esa respuesta acertada que me significara la aprobación por parte suya, la sonrisa que por un instante borrara de su cara esa expresión sin afecto que ahora la marca como una cicatriz, y me permitiera confirmar que alguna vez amé, que seguía amando, que podré volver a amar a esa persona apertrechada entre su sudadera que se metió en mi cama a resolver un crucigrama y que estuvo todo el día en ésas con un fanatismo obsesivo que fue minando mi esperanza, ya por la tarde Aguilar había comprobado que si le preguntaba: ¿Cómo me llamo?, ella no sabía responderle, pero que en cambio se mostraba rápida para adivinar cuál tribu del antiguo Yucatán tiene seis letras y empieza por It. Temo que si pudiera entrar en la cabeza de ella como en una casa de muñecas, dice Aguilar, y pasear por el comprimido espacio de los diversos cuartos, lo primero que vería, en la sala principal, sería cirios del tamaño de fósforos, encendidos en torno a un pequeño ataúd que contendría mi propio cadáver, yo muerto, yo olvidado, yo muñeco desteñido y rígido y tamaño Barbie en la casa toda color rosa de la Barbie, o mejor dicho tamaño Ken, que es el insignificante compañero de la Barbie; un Ken ridículo y abandonado en su diminuta salita color verde musgo, él mismo de color verde musgo también, porque ya lleva rato difunto. Pero de nuevo a Aguilar lo traicionó la cabeza, de nuevo sangró por la herida, Quítate esa sudadera y hagamos el amor, le dijo a Agustina con un impresentable tonito imperativo sin duda nacido del rencor de que con él no quisiera y en cambio sí con ese hombre del hotel. Ella tiró lejos el crucigrama, salió de la alcoba y cuando fui a buscarla estaba otra vez trajinando con tiestos llenos de agua y no quiso volver a hablarme, ni a mirarme, pese a que traté por todos los medios de deshacer mi error e interesarla de nuevo en el crucigrama, Mira, Agustina, quién iba a creerlo, esta palabra por p que nos falta aquí es palimpsesto, fíjate, cuadra perfectamente, pero Agustina ya no quiso saber nada de mí ni del crucigrama ni de este puto mundo. ¿Será por culpa mía que se está enloqueciendo? ¿O será su locura la que me contagia?

He adquirido otro poder, dice la niña Agustina, uno que me sacude tan fuerte que me deja medio muerta, un poder que se traga todas mis fuerzas; mirando hacia atrás, dice, creo que en eso se me fue la infancia, en hacer fuerza y acumular poder para impedir que mi padre se fuera de casa. Ayer, hoy, muchas veces, casi siempre lo oye pelear con su madre y amenazarla con las mismas palabras, que si tal cosa me largo, que si tal otra me largo, y ante todo Agustina no quiere que su padre se largue porque cuando está aquí y está alegre es lo mejor del mundo y no hay nada, nada en esta vida como su risa, como su limpio olor a Roger & Gallet y sus camisas inglesas de rayitas azules y blancas; a veces, cuando la casa está oscura, miro a mi padre y me parece que brilla, que despide un halo de limpieza, de elegancia y de buen olor, me gusta cuando me pide que me suene o que me limpie algún resto de comida que me ha quedado en los labios, porque entonces me pasa su pañuelo blanco entrapado en agua de colonia Roger & Gallet. He visto cómo el papá de Maricrís Cortés la sienta sobre sus rodillas y me arrimo al mío esperando que haga lo mismo pero no lo hace, tal vez si se lo pido pero no me atrevo porque no es muy el estilo de mi padre eso de estar sentándose a los hijos en las rodillas o andar repartiendo besos y abrazos, pero toco el paño gris de su pantalón, que es así de suave por ser puro cashmere según dice mi madre, y que en realidad no es gris sino charcoal porque los colores con que viste mi padre sólo en inglés tienen nombre, y yo lo idolatro aunque a mí mucha atención no me presta porque sus favoritos son Joaco, para mimarlo, y el Bichi para atormentarlo, y porque tiene que trabajar todo el día y cuando está aquí se ocupa de su filatelia, pero Agustina, que poco a poco ha ido aprendiendo a tener paciencia, espera a que le llegue el turno, que siempre le llega a las nueve en punto, a la hora que ella llama de nona, o sea el momento de prepararnos para pasar la noche protegidos contra los ladrones cerrando todas las puertas y todas las ventanas y mi padre me dice, Tina, ¿vamos a echar llave?, es la única vez que me llama Tina y no Agustina y ésa es para mí la señal, a partir de ese instante y por un rato todo cambia porque él y yo nos metemos en un mundo que no compartimos con nadie, me da su llavero pesado que va sonando como un cencerro, me toma de la mano y vamos recorriendo los dos pisos de la casa empezando por el de arriba, entramos a los cuartos aunque estén a oscuras y como estoy con él no me da miedo, la luz que despide mi padre llega hasta los rincones y dispersa el miedo, él y yo vamos callados, no nos gusta hablar mientras desempeñamos el sagrado oficio de ajustar con tranca los postigos de las ventanas y de echar en las puertas cerrojo y candado, me refiero a mi casa de antes, la del barrio Teusaquillo, porque después vendría la de La Cabrera, donde nunca hubo hora de nona porque es una construcción moderna que se cierra sola y porque ya por entonces mi padre no me llamaba Tina ni me daba su llavero, porque su cabeza andaba totalmente en otra cosa. Pero ésta es la casa de la Avenida Caracas en el barrio Teusaquillo y Agustina se sabe de memoria qué llave es de dónde, la Yale dorada con la muesca arriba para la puerta que da de la cocina al patio, la que tiene grabado un conejo para la verja de atrás, la cuadradita que dice Flexon para el otro candado, para el portón que da a la calle las dos más largas, Agustina, que no necesita mirarlas porque con el solo tacto las sabe reconocer, las tiene listas para pasárselas al padre antes de que se las pida, tan pronto estire la mano, y siente que la felicidad la inunda cuando él le dice Bravo, Tina, ésa es, no te confundes nunca, ni yo mismo soy tan ducho; Cuando me celebra así pienso que a lo mejor sí me admira aunque no me lo esté diciendo todo el tiempo, y vuelvo a saber que valió esperar hasta la hora de nona, que pase lo que pase durante esa noche y el día siguiente yo sólo tengo que esperar a que vuelvan a ser las nueve, cuando mi padre dice Vamos Tina y la niebla se despeja, porque también esta noche le dará a Agustina su mano morena y grande de venas bien marcadas, la argolla de matrimonio en el dedo anular y en la muñeca ese Rolex que cuando él murió le entregaron a ella y que ella empezó a usar en su propia muñeca aunque le quedaba enorme y le colgaba como una pulsera, adónde habrá ido a parar ese reloj que fue del padre y ahora es de ella, perdido el reloj, perdida la mano, demasiado vivo el recuerdo y metido siempre entre las narices el olor, el idolatrado olor a limpio del padre. Agustina añora esa casa grande y cálida, bien protegida e iluminada y Con todos nosotros resguardados adentro mientras que la calle oscura quedaba afuera, del otro lado, alejada de nosotros como si no existiera ni pudiera hacernos daño con su acechanza; esa calle de la que llegan malas noticias de gente que matan, de pobres sin casa, de una guerra que salió del Caquetá, del Valle y de la zona cafetera y que ya va llegando con sus degollados, que a Sasaima ya llegó y por eso no hemos vuelto a Gai Repos, de ladrones que rondan y sobre todo de esquinas en las que se arrodillan los leprosos a pedir limosna, porque si a algo le temía yo, si a algo le temo, es a los leprosos porque se les caen los pedazos del cuerpo sin que se den cuenta siquiera. Pero el padre cierra bien la casa y la hija le dice sin palabras Tú eres el poder, tú eres el poder verdadero y ante ti yo me doblego, y centra toda su atención en pasarle la llave que corresponde porque teme que si falla se va a romper el encanto y él ya no le dirá Tina ni le agarrará la mano. Durante ese recorrido de cada noche, dice Agustina, yo desdeño a cualquiera que pueda molestar a mi padre y lo obligue a dejarnos, así sea mi madre que lo aburre, o el pobre Bichito que tanto fastidio le produce, o sobre todo ella, la tía Sofi, que es la principal amenaza, por culpa de la tía Sofi se van a separar mi padre y mi madre y nosotros los niños vamos a quedar a merced de los terrores de afuera. ¿O es acaso la tía Sofi quien retiene a mi padre en esta casa? ¿También a ella la visitan los poderes, sobre todo cuando se desnuda?

¿Cómo puedo trabajar, Blanca paloma mía, le decía el abuelo Portulinus a la abuela, si me hielan la sangre los muertos, si me revelan sus tristezas con golpecitos insistentes en la mesa? Descuida, Nicolás, deja que yo me interponga entre los muertos y tú para que no se te acerquen. Porque las inclinaciones diarias de Portulinus, o por mejor decir sus obsesiones, giraban en torno a una proliferación de rompecabezas y de acertijos que él se imponía descifrar bajo presión de vida o muerte, como eran, por ejemplo, las órdenes que los espíritus mandan a través de algo que él llamaba la tabla de las letras, o sus imperceptibles toques en los vidrios, por no hablar del entrevero de palabras que se establece en los crucigramas, los mensajes escondidos tras las notas de sus propias composiciones, las voces que hablan en secreto, o el contenido de la página de un libro abierto al azar, o la oculta lógica de los pliegues que se forman en las sábanas durante una noche de insomnio, o la significativa manera como los pañuelos se amontonan dentro del cajón de los pañuelos, o peor aún, del hecho inquietante de que un pañuelo aparezca, por decir algo, en el cajón de las medias. Cierto día, al levantarse, Portulinus encontró una sola pantufla al lado de la cama y experimentó un estremecimiento de terror ante las tretas que contra él podía estar preparando, desde su escondite, la pantufla prófuga. Tienes que encontrarla, le ordenó a Blanca en un tono de voz que ella encontró francamente siniestro. Tienes que encontrarla, mujer, porque está al acecho. ¿Quién, Nicolás? ¿Quién está al acecho? Y él exacerbado, estallando en rabia, ¡Pues la jodida pantufla! ¡Jodida mujer! ¡Te ordeno que me encuentres la otra pantufla antes de que sea demasiado tarde! Ante eventualidades como ésta, Blanca solía comportarse con el aire despreocupado y la seguridad convencional de una esposa que considera normal la propensión a la simetría —toda pantufla debe ir acompañada por su compañera, según dictan las leyes compensatorias— y tal vez su conducta tenía justificación, ya que bien podía tratarse tan sólo del berrinche de un marido que no quería andar por la casa con un pie calzado y el otro descalzo, aspiración elemental y comprensible en cualquier hombre y con más razón en un músico temperamental y de evidente talento como era Portulinus; en cualquier caso nadie dudaría de la cordura de Federico Chopin si le pidiera a George Sand que le ayudara a encontrar la otra pantufla, más bien por el contrario, orate estaría si anduviese medio descalzo por los pasillos de ese caserón mallorquino cruzado por todos los vientos, que sin duda tenía gélidos pisos de mármol o de baldosa, ciertamente dañinos para un enfermo febril que se levanta con el único fin de pasar al cuarto de baño, tan tembloroso y exangüe que no es sensato imaginárselo saltando en pata de gallo, menos aún si no es al baño adonde se dirige sino que se abalanza sobre el piano, porque en medio de la fiebre le acaba de ser revelado un nuevo Nocturno. Y lo que era válido para

el gran Chopin, ¿por qué no iba a serlo para Nicolás Portulinus, compositor de bambucos y pasillos en la población co-
lombiana de Sasaima? Siguiéndole el ritmo a este raciocinio,
se comprende un poco mejor cómo, pese a todo, el realismo
doméstico de Blanca a veces le servía a su marido de puente
hacia la cotidianidad, o mitigador del envite frenético, porque aunque por vías antagónicas —las del uno enfermas y
las de la otra reconocidamente sanas— ambos terminaban
deseando que reapareciera la pantufla, si bien llama la atención que siempre fuera ella, y nunca él, quien concretara el
operativo pidiéndole a la mucama que subiera a la habitación
y que con una escoba la rescatara de debajo de la cama.

Ya no más. Aguilar no aguanta más. No logra contenerse, sabe que es la mayor estupidez que puede cometer y sin
embargo va derecho y la comete: al llegar a casa le pregunta a
Agustina quién es el hombre que estaba con ella en el cuarto
del hotel. Gesticulando como un galán de película mexicana
le exijo explicaciones, le armo un escándalo de celos, a ella,
que tiene semejante boroló en la cabeza, que llora por cualquier cosa, que se defiende atacando como una fiera, que no
sabe dónde está parada. Y como no me responde sigo insis-
tiéndole sin piedad, sospecho que inclusive zarandeándola un
poco, ¿Así que no recuerdas? Te lo voy a recordar entonces,
le digo y hago sonar la voz masculina que encontré grabada
al regresar de Ibagué; tercer y último mensaje (pero primero
en orden de aparición ante quien desgraba, porque en este
contestador antediluviano el tiempo queda registrado al revés), muy altanero el hablante, ¿No hay nadie ahí? ¿Dónde
coños puedo llamar, entonces? Segundo mensaje, misma voz,
que ya empieza a impacientarse, ¿Hay alguien ahí? Es sobre Agustina Londoño, urgente, a ver si la pueden recoger

en el hotel Wellington porque no está bien. Mensaje inicial, misma voz, en ese primer momento todavía neutra, Llamo para pedir que recojan a Agustina Londoño en el hotel Wellington, en la carrera 13 entre 85 y 86, ella no está bien. De verdad no sé qué necesidad tengo de empeorar las cosas y alterar a Agustina haciéndola escuchar esto, debe ser que me están derrotando los nervios, trata de justificarse Aguilar, o la urgencia de saber qué fue lo que pasó durante mi ausencia, o el cansancio de todas estas noches en blanco, o deben ser los celos, más que todo los celos, qué vaina tan perversa son los celos. Sabes, Agustina, ese domingo me hice mil preguntas después de escuchar las grabaciones, mientras volaba en la camioneta hacia el Wellington a recogerte, como por qué, si te había pasado algo, me estaban llamando de un hotel y no de un hospital, o ¿tan mal estará que no puede avisarme ella misma? ¿Y por qué quien llama no se identifica? Si es una trampa qué clase de trampa será; te habrían atropellado, te habrían secuestrado, te habrías caído, un hueso partido, una pelea con tu madre, una bala perdida, un atraco, pero entonces por qué me mandan a un hotel. Otro hubiera sospechado que su mujer se recluyó en un cuarto de hotel para suicidarse pero Aguilar no barajó esa posibilidad, Te aseguro Agustina que eso ni lo pensé siquiera, porque sé que el suicidio no forma parte de tu extenso repertorio. ¿Sabes cuántas preguntas puede hacerse una persona a lo largo de las sesenta cuadras que se estiran desde nuestro apartamento hasta ese hotel? Por lo menos cuatro por cuadra, o sea 240 preguntas, todas inconducentes y disparatadas. Pero entre todas ellas había una pregunta reina, una duda más pertinaz que las demás, y era si tú me querrías, Agustina, si me seguirías queriendo pese a eso que te había sucedido y que yo aún no sabía qué era. Aguilar aprieta una vez más el repeat del contestador y Agustina, que durante toda la escena ha permanecido muda, se zafa de su puño que la retiene agarrándola por la muñeca, entra a la cocina, trae de allá una jarra llena de agua y la vierte entera sobre el sofá. Hay que enfriar, dice, es malo lo caliente, lo que está caliente duele.

Pero volvamos a lo nuestro, le dice el Midas McAlister a Agustina, volvamos a la apuesta que quedó casada ese jueves en L'Esplanade. Quedamos tan disparados con el asunto que durante toda la semana no hablamos de nada más, telefonazo va, telefonazo viene, a carcajada limpia por cuenta de la Araña y de su lánguido pipí. Yo hacía los preparativos para el primer round, que quedó fijado para la noche del viernes de la semana siguiente a partir de las nueve, y ellos se dejaban caer por el Aerobic's o me pegaban un timbrazo para que los mantuviera al tanto. Para referirnos al tema sin dar boleta empezamos a llamarlo Operación Lázaro, por aquello de la resurrección. A todas éstas y por otro lado le llega al Midas al Aerobic's Center un trío de gordas alharaquientas que se bajan de una nave deportiva de un sorprendente color verde limón, tres rubionas teñidas con saña como para borrar cualquier rastro de pigmentación, cocos de oro que les dicen, no sé si me hago entender, te estoy hablando de una trinidad deprimente, mi linda Agustina, de tres nenorras de muy mal ver. Vienen enfundadas en ropa indebida, mallas imitación leopardo, sneakers de plataforma y ese tipo de horror, rebosantes todas tres de entusiasmo con la idea de bajar kilos por docenas y jurando por Dios que están preparadas psicológicamente para empezar a alzar pesas, a darle al spinning, a cumplir rigurosamente con la dieta de la piña, a practicar el yoga y todo lo que las pongan a hacer, viniendo tres veces por semana o más si es necesario para recuperar la silueta, porque así dijeron, la silueta, qué palabra como de otra generación.

¿Que si stepping? Huy sí, qué rico, en eso me inscribo yo, ¿y rumba aeróbica? Huy sí, qué emoción, en eso también, a cuanta cosa se le iban apuntando y cuando ya estaban en confianza porque me habían confesado su peso y su edad, mejor dicho cuando ya eran como de la casa, me abrazan y me sueltan de frente la noticia de que son primas políticas de Pablo y que fue personalmente la esposa de Pablo, prima hermana de ellas, quien les recomendó mi gimnasio, y yo, mosqueado, les pregunto De cuál Pablo me están hablando, Pues cuál Pablo va a ser, el único Pablo, Pablo Escobar. Un momento, egregias damas, les digo con maña para que no me noten el disgusto soberano, adónde creen que van, yo tengo que cuidar el estatus de este establecimiento y a ustedes la demasiada plata se les nota al rompe, les digo por disimular, por no soltarles en la cara que sólo a unas narcozorras como ellas se les ocurre plantarse pestañas postizas para hacer spinning, que a las llantas congénitas no hay jogging que las derrote y que los conejos monumentales, el culo plano y las piernas cortas denotan un deplorable origen social. La cosa es que las despaché, ¿me comprendes, muñeca Agustina, si te digo que debo mantener ojo avizor para que no se me vaya a pique el nivel de la clientela? Y claro, dejar que entraran tres mafiosudas de esa calaña, para colmo comadres de Escobar, significaba quemar el local, que a fin de cuentas no es sino fachada para el dinero en grande que proviene del lavado, así que puse a las cocos de oro de patitas en la calle, Váyanse mis amores con la competencia, al Spa 92 o al Superfigure de la 15 con 103, que allá las adelgazan más y mejor, les recomendé confiando en que Pablo, que ante todo es negociante, iba a estar de acuerdo con mi elemental medida de precaución. Y según parece me equivoqué. Me falló la psicología y la cagué de cabo a rabo, porque antes que negociante don Pablo me resultó hombre de honor. Pero eso es anécdota aparte, Agustina bonita;

sólo retenla allá, en un rincón de tu cabecita loca, porque
después va a entrar a jugar un papel. Por ahora olvídate de esas
tres mujeres tal como en su momento me olvidé yo, que las
vi partir sumamente ofendidas, calle abajo en su descapotable
color verde limón, y que no bien doblaron la esquina, desa-
parecieron tanto de mi vista como de mi memoria.

A veces a Agustina le nace por dentro la rabia contra el
Bichi y lo regaña igual que su padre, No hables como niña,
le grita y enseguida se arrepiente, pero es que no soporta la
idea de que su padre se vaya de casa a causa de tantas cosas
que le agrian el genio, yo detesto que mi padre utilice contra mi hermanito su mano potente, dice Agustina, yo siento
punzadas en la boca del estómago y ganas de vomitar cuando
veo que mi padre va convirtiendo al Bichi en un niño cada
día más triste y más apocado. Pero es que tampoco resisto la
idea de que mi padre se vaya de casa, A ver, nena, nena, no se
deje pegar, conteste, defiéndase, pégueme más duro usted a
mí, le dice con sorna mi papá al Bichi mientras lo acorrala a
cachetaditas, como retándolo, y yo ¡Sí, Bichito, dale!, ¡dale,
Carlos Vicente Junior, defiéndete con cojones!, qué ganas de
que por fin contestes con toda la furia de tus testículos y de
tus hormonas y que le revientes a mi padre esas narices grandes que tiene, que le rompas aunque sea un poquito la boca
a ver si por fin se da por satisfecho y se siente orgulloso de ti
y a gusto con todos nosotros, pero el Bicho es débil, le falla a
la hermana cuando ella más lo necesita, sólo sabe aguantar y
aguantar hasta que ya no da más y entonces se sube a su cuarto
a berrear, como una nena. Ahí es cuando todo mi odio se vuelca
contra mi padre y quiero gritarle a la cara que es una bestia, un
animal asqueroso, un verdugo, que es un cobarde que maltrata a un niño, pero a fin de cuentas no le digo nada porque

los poderes huyen en desbandada y el pánico se apodera de mí, y entonces pienso que tal vez a mi madre le suceda lo mismo, que soporta lo que sea con tal de que mi papi no la deje. Pero nuestra ceremonia es otra cosa, durante nuestra ceremonia secreta el Bichi y yo, y sobre todo yo, nos volvemos todopoderosos más allá de todo control, es el momento supremo de nuestro mandato y arbitrio. El ritual de nuestra victoria. Nos encaramamos en el armario, sacamos las fotos de la ranura entre la pared y la viga y las ponemos sobre mi cama, primero así no más, como caigan, mientras arreglamos todo lo demás, con la televisión prendida a alto volumen para que nadie sospeche. El Bichi me espera sin calzoncillos mientras que yo, sin pantis y con las cosquillas esas, bajo por la escalera del servicio hasta la alacena y me robo una de esas servilletas de lino que según dice mi madre fueron de mi abuela Blanca, la esposa del alemán. Son unas servilletas anchas, almidonadas, que la madre pone en el comedor grande cuando vienen invitados a cenar, y que tienen iniciales antiguas bordadas en una esquina. Durante esa parte de la ceremonia, Agustina debe empeñarse con sumo cuidado porque la falda del uniforme es corta y plisada y si se mueve mucho las sirvientas se van a dar cuenta de que debajo no lleva nada; Por el robo de la servilleta me puedo ganar un regaño que sería lo de menos, lo grave es que a mi madre le soplen que ando sin pantis, porque es capaz de matarme por eso. Traigo del baño un platón lleno de agua y ya de vuelta en mi cuarto cerramos bien la puerta, encendemos las velas y apagamos la luz, y con el agua del platón hacemos las abluciones, que quiere decir que nos lavamos bien la cara y las manos hasta dejarlas libres de pecado, y luego Agustina dobla la servilleta de la abuela Blanca en forma de triángulo, hace que el hermano pequeño se acueste sobre la cama y levante las piernas, le coloca la servilleta por debajo como si fuera un pañal, le echa talco Johnson y lo frota bien como si fuera su bebé y luego le acomoda el pañal, que sujeta con un gancho de nodriza. Lo que sigue es vestirnos con los ropajes, siempre los mismos, el mío una vieja levantadora de mi madre de velours color vino tinto y sobre los hombros la mantilla negra de ir a misa que fue de mi abuela; lo tuyo, Bichito, es el pañal y sobre el pañal un kimono negro de flores blancas y amarillas de un Halloween en el que me disfrazaron de japonesa, hubiéramos querido pintarnos la cara pero no lo hacemos por temor a que después los rastros de pintura nos delaten. Para ponerse los ropajes, Agustina y su hermano se paran de espaldas el uno al otro y no se miran hasta quedar listos, y entonces empieza lo de las fotos que es lo más importante, el centro de todo, la Última Llamada, porque ésos son los ases de nuestro poder, bastos, copas, oros, espadas: las cartas de nuestra verdad. Tú y yo sabemos bien que esas fotos son más peligrosas que una bomba atómica, capaces de destruir a mi padre y de acabar su matrimonio con mi madre y de hacer estallar nuestra casa y aun toda La Cabrera si así se nos antoja, por eso antes de ponerlas en orden encima de la tela negra debemos hacer, siempre, el juramento: pronunciar las Palabras. ¿Juras que nunca vas a revelar nuestro secreto?, te pregunto en voz baja pero solemne y tú, Bichi, entrecerrando los ojos dices sí, lo juro. ¿Juras que a nadie, bajo ninguna circunstancia o por ningún motivo, le vas a mostrar estas fotos que hemos encontrado y que son sólo nuestras? Sí, lo juro. ¿Juras que aunque te maten no las mostrarás ni le confesarás a nadie que las tenemos? Sí, lo juro. ¿Sabes que son peligrosas, que son un arma mortal? Sí, lo sé. ¿Juras por lo más sagrado que nadie se va a enterar jamás de nuestra ceremonia, ni de nada de lo que en ella pasa? Sí, lo juro. Luego tú me tomas a mí idéntico juramento, iguales preguntas e iguales respuestas, y empezamos a mirar las fotos una por una y a colocarlas en su debido lugar sobre la cama, la tía Sofi con la camisa abierta, la tía Sofi desnuda sobre la silla reclinomática del estudio de mi papi, la tía Sofi sentada sobre el escritorio con tacones altos y medias de seda, la tía Sofi recostada de espaldas y mostrándole a la cámara las nalgas, la tía Sofi mostrando las tetas mientras mira a la cámara con una sonrisa tímida e inclina la cabeza de una manera anticuada, la tía Sofi en sostén y pantis y la que preferimos tú y yo, la que siempre colocamos más alta, sobre el promontorio de la almohada: la tía Sofi con joyas, peinada de moño y vestida con un traje largo, negro y muy elegante pero que le deja una teta tapada y a la vista la otra, y ni tú ni yo podemos quitar los ojos de esa cosa enorme que la tía Sofi se deja por fuera a propósito y con toda la intención de que nuestro padre se enamore de ella y abandone a mi madre, o sea a su propia hermana, que no tiene las tetas poderosas como ella.

Pero ¿cómo puedo componer, dulce Blanca mía, le pregunta Portulinus a su esposa, si los vivos tampoco me dan tregua? Descansa, Nicolás, tiéndete aquí junto a mí, sobre la hierba, bajo las ramas de nuestro mirto, y permite que el buen sol te caliente los huesos. Entonces él recomienza la retahíla del apremio, ¿Has dicho nuestro mirto, el árbol nuestro?, en un idéntico bis que se desenvuelve hasta la trémula frase final, ¿nosotros dos?, y aún por tercera vez trata de cerciorarse para aplacar la ansiedad pero en ese punto ella, que en el fondo sabe que ya no habrá alivio, se apresura a decir basta. Ya basta, Nicolás, que me fatigas, le pide, alerta a frenar ritmos y reiteraciones que abran en él las puertas del desvarío, aunque quisiera decirle ya basta, Nicolás, que me enloqueces, pero sabe que no hay que mencionar la soga en casa del ahorcado. Y es que pese a su juventud Blanca es de piedra y sobre esa piedra él construye su vida, mi fortaleza en lo alto, le dice, o mi castillo fortificado, o en alemán mi starkes Mädchen, y así lo confirma ella cada vez que puede, según consta en las páginas de su diario: «Siento que mi coraje es suficiente para lo que pueda venir, y tratándose de mi amado Nicolás, puede venir cualquier cosa. Pero yo vivo sólo para él y siempre le brindaré mi amor y mi apoyo, pase lo que pase». Blanca es starkes Mädchen pero hay una cosa que la hace tambalear y esa cosa es la palabra que maltrata y acorrala, y más aún si sale de los labios de su marido, carnosos y cálidos, rojo clavel calenturiento, tan propenso a la revelación como al disparate. Siempre creí que las dificultades que por épocas tenía Nicolás para expresarse en castellano le venían por el hecho de ser extranjero, les confesó Blanca a sus dos hijas, Sofi y Eugenia, cuando éstas fueron adultas, Hasta que descubrí, porque me lo contó una prima suya que pasó por Colombia de regreso hacia Alemania y que bajó hasta Sasaima a visitarlo, que también en su propia lengua natal a veces era coherente y otras veces tartajoso y confuso. Por esa misma señora vine a saber que de niño, en su natal Kaub, Nicolás tuvo serias dificultades para aprender a hablar, y que tartamudeaba a duras penas y eso en su mejor momento, ya que por lo regular se refugiaba en un silencio obstinado donde sólo a sus melodías interiores les daba cabida, hasta el punto de que a los cuatro años de edad su señor padre, temiendo sordera o atrofia cerebral, lo llevó hasta una ciudad vecina para hacerlo examinar por un especialista en asuntos del lenguaje, con el resultado de que le fue confirmado lo que ya sabía de sobra, que el pequeño Nicolás, talentoso y precoz para el piano, era lerdo y negado a la hora de hablar, y porfiado más allá de las amenazas paternas y aun del castigo físico cuando se emperraba en cerrar el pico y en taparse los oídos para desentenderse de la voz humana, aun de la suya propia, como si lo lastimara, o se le colara hasta la nuez del cráneo para estallarle por dentro. Así que tanto en la madurez como en la infancia Nicolás Portulinus tenía una relación dificultosa con las palabras que explica esos profundos silencios suyos que se fueron haciendo cada vez más prolongados, Si te hablo demasiado, Blanca, vida mía, el amor por ti se me vuelve incierto y se me escapa. Por eso compensaba componiendo para ella tonaditas infantiles de letra sencilla que la complacían y la hacían pensar que su marido a veces parecía un niño; ella, que sí era niña, veía a su viejo marido como un niño dulce, distante y callado. Pero otras veces a Nicolás le daba por hablar torrencialmente y enganchaba en mal castellano una frase con otra formando trenes equívocos y vertiginosos, y entonces Blanca sentía temor y trataba de escampar, bajo un hermetismo de paraguas negro, de esa lluvia de sílabas que le anegaban el alma. A trancones y arrastrando demasiado las erres él le jura amor eterno, la acorrala con promesas de felicidad, la asusta con expresiones de celos e interrogatorios sin fin. La ahoga en el verbo: Ya basta, Nicolás, no resisto una palabra más, suplica ella en un susurro y así logra que a aquel mirto regrese el silencio pacificador. La amabilidad del mediodía vuelve a extenderse en torno a ellos y las piezas sueltas del universo encajan en su lugar, sin forcejeos ni resabios. Y en este punto de sus vidas se encuentran ahora que descansan bajo el mirto, o al menos eso cree Blanca, porque en cuanto a Portulinus, Portulinus anda a la deriva, muy cerca y a la vez muy lejos. Portulinus piensa: Blanca está al acecho. Si los inmensos ojos de Blanca no lo escrutaran él podría hacer su memento, pero ella, que vigila, le impide navegar a sus anchas por el mar de sus cavilaciones. En lengua alemana y para sus adentros, Portulinus ruega que Blanca deje libre el espacio que él necesita para moverse y que no acapare el aire que él quisiera respirar, que no se adueñe de todas sus dudas ni pretenda amaestrar sus pensamientos, y es que Portulinus está y no está con Blanca bajo aquel mirto durante el mediodía plácido de Sasaima, porque dentro de él cada cosa ha comenzado a duplicar y a triplicar su propio significado. El aire en torno suyo se ha cargado de ofuscamiento y se ha vuelto espeso; lo que su cabeza sueña se va apoderando poco a poco de lo que está allá afuera, y en medio de la naturaleza radiante y verde del trópico aparecen ante él, pálidas y nocturnales, unas ruinas griegas que nada tienen que ver con el estar aquí ni con el ser ahora, y que son las mismas ruinas griegas con las que soñara la noche anterior, y la otra y la otra, remontándose en un continuo delirio hasta las brumas de su adole-scencia. ¿Qué estoy haciendo yo en medio de estas ruinas ominosas, desde cuándo se desdibujan los colores, por qué me pierdo en borrones de sangre, de quién es toda esta sangre que resbala por la fría lisura del mármol y por qué está herido aquel muchacho, qué hace entre las ruinas y por qué sangra, si es intocable y etéreo, si se llama Farax y sólo en mis noches existe, si este Farax, dulce y herido, habita desde siempre en el registro de mi memoria? Blanca sospecha que tras la aparente calma de Nicolás se están agitando sentimientos terribles y sus ojos se vuelven inmensos para escrutarlo, se vuelven intensos para impedirle el escape, le piden que por favor, por lo que más quiera, pronuncie palabras que sean sensatas y comedidas, que se abstenga de las demasiadas palabras y de las que tienen mil significados en vez de uno solo, como Dios manda. Háblame de cosas y no de fantasmas, le ruega Blanca a su marido, sin entender que él merodea por unas ruinas donde cosas y fantasmas son la misma cosa. ¿Me amas, dulce Blanca mía?, le pregunta Portulinus y ella le asegura que sí, Ya te dije que sí, que te amo hasta el sufrimiento, se lo asegura muchas veces sin entender que lo que a él le inquieta es otra duda. Él quisiera, él necesita, pedirle que se aleje un poco: Apártate, mujer, déjame que sueñe solo, no menciones este árbol que está aquí y este sol que calienta ahora, no me aprisiones, te lo ruego, de este lado de acá, porque mi alma ya alzó el vuelo hacia la otra parte. Eso es lo que quisiera decirle pero le suplica todo lo contrario, que también es cierto: No te alejes, Blanca mía, que sin ti no soy nadie. Y no es la cabeza reseca y reloca de Portulinus la única que se disocia; es sobre todo la propia realidad, con el ambiguo peso de su doble carga.

Dice Aguilar: intento meter el brazo entre el lodazal de la locura para rescatar a Agustina del fondo, porque sólo mi mano puede jalarla hacia afuera e impedir que se ahogue. Eso es lo que debo hacer. O quizá no, quizá lo acertado sea precisamente lo contrario, dejarla quieta, permitirle que vaya saliendo ella sola. He amado mucho a Agustina; desde que la conozco la he protegido de su familia, de su pasado, de su propia estructura mental. ¿La he apartado de sí misma? ¿Me odia por eso, y ésa es la razón por la cual ahora ni se encuentra ni me encuentra? Pretendo librarla de su tormento interior al precio que sea, negándome a aceptar la posibilidad de que en este momento para ella sea mejor su adentro que su afuera; que tras los muros de su delirio, Agustina celebre fiestas. Aguilar llega al apartamento y lo encuentra tan silencioso que hasta los pensamientos se oyen volar. Sentada frente a la ventana, Agustina mira hacia afuera con un aire tan perdido que parece existir allá, en ese punto de fuga hacia donde dirige la mirada, y no entre esas cuatro paredes que los encierran. Aguilar la mira y recuerda una frase hecha que de golpe cobra significado: la bella indiferencia de las histéricas. Agustina está callada e indiferente, como casi siempre en estos días en que se ha ido deshaciendo del lenguaje como quien se quita un adorno superfluo. La tía Sofi le cuenta a Aguilar que horas atrás la acompañó a lavarse el pelo con champú de manzanilla y que luego, al ver con cuánta tranquilidad se lo secaba con cepillo y secador, la dejó un momento sola mientras trajinaba un poco en la cocina. Minutos después echó de menos el ruido del secador, subió para ver qué pasaba y se la encontró sentada donde está ahora, alelada, inmóvil como una estatua, con el pelo a medio secar. Dice Sofi que eso debió ser hacia las cinco de la tarde, y que desde entonces ni se ha movido ni ha abierto la boca. Aguilar le suplica una y otra vez a Agustina que le diga algo, una palabra siquiera, pero es inútil; entonces me siento a su lado, la imito en eso de atontarse mirando hacia el vacío y al cabo de un rato ella abre la boca y me muestra su lengua: la tiene horriblemente lastimada, en carne viva, como si se la hubiera quemado. Al ver aquello me sale de la garganta una especie de aullido que hace que la tía Sofi se alarme y acuda. Aparentando tranquilidad —no sé de dónde saca tanto aplomo esta señora— examina detenidamente la ulcerada lengua de Agustina, dice que la panela rallada es lo único que sirve para sanar las heridas en el interior de la boca y trae un poco en un plato. Agustina saca su lengua malherida y se deja poner la panela con docilidad de animalito apaleado, pero por mucho que le pregunto cómo se hizo semejante barbaridad, no explica nada. La tía Sofi se disculpa ante mí por lo que llama su imperdonable descuido, Es que si la hubieras visto en el baño unos minutos antes haciéndose el blower como si nada, me explica, como si arreglarse el pelo fuera la cosa más natural, como si esta noche saliera a cenar o al cine, como si no estuviera enferma ni tramara martirizarse a sí misma tan pronto yo volteara la espalda… Interrumpo en seco a la tía Sofi porque una duda funesta me cruza por la mente: ¿Agustina habrá mascado vidrio? ¡Por Dios! ¿Habrá comido vidrio y estará rota también por dentro? No, asegura la tía Sofi, serénate, Aguilar; la lengua está muy fea pero no está cortada, no sangra, parece más bien quemada. Pero ¿con qué? ¿Con qué pudo quemarse de esa manera brutal? No puedo más. Necesito esconderme en el baño, a llorar un rato. A llorar sin parar durante un día, dos, tres. Desde que se lastimó la lengua, Agustina ni puede hablar ni puede probar bocado, así que su único alimento ha sido el Pedyalite, un suero fisiológico que se les da a los niños deshidratados. Pero hoy ni siquiera eso acepta. Con un vaso de suero en la mano, Sofi le ruega que se tome un sorbo pero Agustina hace de cuenta que no la escucha y ante la excesiva insistencia, aparta el vaso con un gesto brusco, luego se me acerca y bregando a pronunciar las palabras pese a su lengua hinchada, me dice Este Pedyalite amarillo no me gusta, Aguilar, quiero ese rosado que viene con sabor a cereza. No me hagas reír, Agustina, le digo, y es verdad que me estoy riendo como no me reía desde el domingo en que empezó todo esto, y pese al horror y al sobresalto que me ha producido la incomprensible manera como se ha dañado la lengua, me sigo riendo, a solas, mientras camino hasta la farmacia a comprarle el suero rosado con sabor a cereza, y es que en ciertos momentos excepcionales, a veces en medio de las peores crisis, la normalidad parece apiadarse de nosotros y nos hace breves visitas. El martes pasado, por ejemplo, Agustina y Aguilar, después de sobrevivir a un par de días atroces, tuvieron un rato de calma. Fue sólo un rato, cuenta Aguilar, pero fue bendito. Hacia las siete de la noche yo ya había terminado de hacer los repartos del día y entré al apartamento con el alma en la boca y sin saber cómo iba a encontrarla a mi llegada, y muy para mi sorpresa no me recibió ni la indiferencia de sus rezos ni la iracundia de sus ataques, sino un tibio olor a comida que empañaba los vidrios de la cocina. Y en medio de aquel olor, una Agustina de expresión juvenil y despreocupada preparaba una sopa sobre la estufa y me decía, como si nada, Es una sopita de verduras, Aguilar, a ver si te gusta. Sólo esa frase, que desde el martes me repito como si fuera un mantra, es una sopita de verduras, a ver si te gusta. Dice Aguilar que cuando la escuchó se quedó ahí parado, paralizado por la sorpresa, sin atreverse a mover por temor a que se esfumara esa cotidianidad prodigiosa y limpia de angustia que volvía a visitar su casa por primera vez después de tantos días; sin abrazar a Agustina por temor a merecer su rechazo y al mismo tiempo temiendo que se le destemplara el ánimo si no la abrazaba; sin contarle de su rutina con los repartos del día para evitar que saliera el tema de la señora de Quinta Camacho, una persona amable que vive sola con su cocker spaniel y que todos los meses llama para encargarle un bulto de Purina, y con quien Aguilar jamás ha cruzado algo distinto de un gracias, por parte de ella, cuando le entrega el pedido y otro gracias por parte de él cuando la señora le entrega el dinero, y que sin embargo, dice Aguilar que no sabe cómo, se fue convirtiendo para Agustina en fuente de sospechas sobre mi fidelidad conyugal; todo esto antes del episodio oscuro, claro está, me refiero a escenas de celos y a peleas tontas que hasta hace poco formaban parte de nuestra vida de pareja y que a mí me aburrían a morir, y que sin embargo ahora añoro. Así que el martes, cuando encontré a Agustina preparándome una sopa de verduras me quedé parado en medio de la cocina sin hacer nada, reteniendo en la mano el paquete de Almacenes Only con la media pantalón en tono velvet black que la tía Sofi me pidió por el beeper, como alimentándome de esa calma prodigiosa que en cualquier momento habría de acabarse para no regresar hasta quién sabe cuándo, y fue la propia Agustina quien primero habló para preguntarme que si estaba cansado por qué no me daba un baño mientras ella terminaba de cocinar, y me lo dijo en el mismo tono de no hay problema que solía tener antes de que todo esto empezara. Subí a ducharme tal como me había indicado y me quedé esperando en la habitación, en silencio y temblando de expectativa, hasta que ella me llamó; me llamó por mi nombre, es decir por mi apellido, con un grito que casi se podría decir alegre. Ya está la sopa, Aguilar, gritó ella desde la cocina y Aguilar bajó despacio, escalón por escalón para no romper el hechizo, ella sirvió tres platos, uno para él, otro para Sofi y otro para ella misma, los puso sobre la mesa con pan francés caliente, se sentaron y comieron en silencio. Pero fue un silencio sin reproches ni tensiones, un silencio reposado y benigno que me hizo creer que estábamos superando la crisis, que ya debíamos estar casi al otro lado, que Agustina se estaba curando de lo que fuera que le había dado, y un poco más tarde ella se metió en la cama a mi lado, entreveró sus piernas con las mías, prendió el televisor y dijo Qué bueno, están dando El Chinche, hace mucho no lo veo, y empezó a reírse del gracejo de alguno de los personajes y yo me reía también, con cautela, atento a cualquier señal, a cualquier cambio, recordando que hace unos meses me habría incomodado que me interrumpiera la lectura prendiendo el televisor, no se lo hubiera dicho pero ciertamente me habría incomodado, más aún si se trataba de un programa tonto como El Chinche, y pensar que ese mismísimo gesto que antes me molestaba ahora me devolvía a la vida, como si la vida no necesitara ser más que eso, como si con los chistes del Chinche bastara, y como ella seguía tranquila me sorprendí a mí mismo dispuesto a arrodillarme para ofrecer acción de gracias, y lo hubiera hecho si hubiera sabido a cuál dios se le debía el milagro. Agustina miraba el televisor y Aguilar, que la miraba a ella, comprobaba que su cara volvía a ser familiar y volvía a ser bella, como si por fin se disipara la mala niebla. Pero cuando se acabó El Chinche y Aguilar le preguntó si quería que apagara ya el televisor, sintió que ella volvía a mirarlo con expresión vacía y supo que aquella tregua había llegado a su fin. Y es que el rostro de mi mujer ha cambiado desde que está enferma, para utilizar una expresión que en estos días le he oído atribuirse a sí misma. Añoro su mirada burletera de niña echada a perder, esa que tanto me perturbó la primera vez que la vi, a la salida del cineclub, y que me llevó a soltarle una frase muy de proleto que de no haber sido ingenuo no habría pronunciado, Tienes unos ojos enormes de niño famélico, le dije dándole pie para que ironizara durante una semana entera, pero a fin de cuentas la frase no era tan desacertada y por momentos vuelve a tenerlos, vuelve a tener ojos de niño famélico, pero sólo por momentos, porque cuando me mira sin verme siento que ya no le quedan pestañas, ni retina, ni iris, ni párpados, y que en cambio sólo le queda el hambre; un hambre feroz que no puede ser saciada. A Agustina, mi bella Agustina, la envuelve un brillo frío que es la marca de la distancia, la puerta blindada de ese delirio que ni la deja salir ni me permite entrar. Ahora tiene un gesto permanente como de pelo en el plato, un rictus que es al mismo tiempo de sorpresa y de asco; el reverso de una sonrisa, el aleteo de un desengaño. Y yo me pregunto hasta cuándo.

Mi madre se arregla porque esta noche va a salir con mi padre, dice Agustina, tal vez irán al cine o a alguna fiesta. Ella está contenta y yo la acompaño en el baño, por la radio suena una canción que me parece muy linda, mi madre se sabe la letra y yo la admiro por eso, porque canta a tono con la voz que sale de la radio, delante de mi padre no lo hace nunca porque él se burla y le dice que tiene oído de latonero, además mi padre opina que escuchar la radio es una costumbre de gente inculta. Agachada sobre el aguamanil, la madre de Agustina se está lavando la melena negra y su única hija, que soy yo, Agustina, la ayudo a enjuagarse con un cazo de agua tibia, sobre la cabeza inclinada de mi madre vierto el agua y veo cómo corre por su nuca arrastrando hacia el sifón los restos de espuma, mi madre, alta y delgada, sólo lleva puesta una combinación de nylon color uva con encaje, lo recuerdo con claridad, dice Agustina, porque debe ser una de las únicas veces en la vida que mi madre y yo hemos conversado. Madre, le pregunto, por qué las niñas no usamos combinación de nylon, Las niñas usan crinolinas, me dice, para lucir las faldas bien esponjadas. Ahora Eugenia, la madre, se ha puesto rulos por toda la cabeza y se los seca con el secador mientras su hija la mira, No, no miro directamente a mi madre, sólo el reflejo de mi madre en el espejo, la acompaño en el baño porque me gusta ver cómo sobre la combinación color uva se pone su vestido de paño verde, muy entallado porque es una mujer esbelta, Madre, yo no quiero usar más esa crinolina que me esponja las faldas, a mí me gustan los vestidos entallados como este verde que te has puesto para salir con mi padre, Eso será de grande, cuando salgas con muchachos, Con muchachos no, piensa Agustina, yo voy a salir con mi padre, Por ahora debes usar los tuyos, sigue diciéndole Eugenia, tus vestidos bordados en smock y con mucho vuelo en la falda, mira a tu compañera Maricrís Cortés, se ve preciosa con esos que le cose su tía Yoya. Dime, madre, qué quiere decir tu nombre, Ya te lo he dicho mil veces, Vuelve a decírmelo, Eugenia quiere decir de bella raza, Y qué quiere decir Agustina, Quiere decir venerable, ¿Venerable?, hubiera preferido llamarme Eugenia. Mi madre se pinta los labios de rojo brillante y dice que cuando yo cumpla los quince va a dejar que me los pinte también, pero de rosa perlado, a ella no le gusta que las jóvenes se pinten la boca de rojo, dice que los padres no deberían permitírselo, que para eso está el rosa perlado, más delicado y discreto. Mi madre se echa perfume detrás de las orejas y en las muñecas pero por la parte de adentro, por donde corren unas venitas que esparcen el aroma por todo el cuerpo, me dice que ella sólo usa Chanel No. 5 que es el que siempre le regala mi padre de cumpleaños y me lo echa a mí también, un poquito en las muñecas y detrás de las orejas, que es donde perdura. Le pregunto si cuando cumpla los quince me va a dejar usar Chanel No. 5 y dice que no, que para las jovencitas lo mejor es pura agua de rosas porque los olores fuertes las hacen ver viejas. Cuando se le seca el perfume se abrocha al cuello su collar de perlas, pero antes no; me advierte que sobre las perlas no debe caer perfume, porque las mata. ¿Acaso están vivas? Sí, vienen vivas del mar y las mantienes vivas con la sal de tu cuerpo, ¿Y el olor del perfume las mata? Las mata el alcohol que contiene el perfume, tonta. Suena el teléfono y mi madre suelta el secador para ir a contestar, tal vez sea mi padre que la llama a recordarle que van a salir esta noche, mi madre le baja el volumen a la radio para que le llegue nítida su voz y corre a avisarle que ya le falta poco, que ya está prácticamente lista, desde el baño Agustina escucha que discuten por el teléfono y sabe que se están peleando. ¿Ya no van a salir, y ella no se pondrá su vestido verde? ¿De nada valieron las perlas, ni los rulos, ni ese perfume que se echó para nada, para nadie? La madre sigue en el dormitorio y el secador ha quedado al alcance de Agustina sobre el mueble del baño, ella lo enciende y deja que el aire caliente le caiga en la cara. En un mechón mojado me hago un rulo, como mi madre, luego me lo seco y apago el secador porque su ruido no me deja escuchar las palabras de rabia que se dicen, la voz llorosa de mi madre, observo el interior de ese tubo por donde sale el aire y veo que adentro tiene un espiral de alambre. Lo enciendo de nuevo y veo que el espiral se pone al rojo vivo, como un caramelo.

Siento deseos de tocar ese alambre tan rojo con la punta de la lengua. Mi lengua quiere tocarlo, muy rojo, muy rojo, mi lengua se acerca, mi lengua lo toca.

Llegó por fin el viernes del carisellazo, le cuenta el Midas McAlister a Agustina, el día de echar la moneda al aire para ver si salía erección o fracaso, bueno, en realidad sería el primer intento de tres, y como la Araña había dejado bien claro que si algo lo conmovía en esta vida era una parejita de hembras, blanquitas ellas pero corrompidas, virginales y areperas, de buena familia y de malos modales, el Midas, que ya tenía armado el tinglado, lo llamó muerto de la risa esa mañana, Todo al pelo para esta noche, viejillo pillo, y la Araña al otro lado del teléfono, trabucando las palabras muy azarado porque debía tener cerca a su señora esposa, Qué hubo Miditas, hijo, en qué va ese business que tenemos pendiente, y yo haciéndome el pendejo y cantándole esa canción arrabalera que dice Dama, dama de alta cuna y de baja cama, no te imaginas, Agustina preciosa, la conmoción de ese hombre, como quien dice esa noche iba a ver su hombría puesta en bandeja, su honra o su humillación a la vista de todos, y todavía por teléfono se atrevía a fanfarronear, Éntrale sin miedo al trato, Midas my boy, que últimamente ando con unos bríos muy arrechos y no te defraudo, y el Midas, como para darle confianza, Cool, viejo Araña, tú full frescura, que las dos inversionistas que te conseguí te paran ese negocio en un santiamén. Las nueve de la noche era la hora fijada para la función y el lugar el Aerobic's ya cerrado y vacío, arriba en mi oficina el Rony Silver, tu hermano Joaco, el paraco Ayerbe y yo, camuflados detrás del falso espejo como en palco de honor, mientras abajo se inauguraba el circo con el numerito de las dos bailarinas sobre la tarima y el payaso quieto en su silla de ruedas, la Araña todo risas nerviosas y ruegos a Dios como niño de primera comunión, y al frente suyo el par de muñecas empeloticas y haciéndole al mece-mece y al besuqueo con música disco y spot lights, muy bonuticas ellas y esforzándose a fondo, como se dice dando lo mejor de sí, porque el Midas les había negociado al triple o nada, triple si entusiasmaban al cliente, nada si no lo lograban. Todo a pedir de boca, cinco estrellas, top ten, no había detalle que no fuera perfecto y sin embargo, Agustina consentida, la verdad es que de entrada empezó a verse que la cosa iba al muere. La Araña se retorcía de la cintura para arriba pero su piso de abajo seguía deshabitado; viendo que aquello no funcionaba, las dos chiquitas aceleraron el contoneo y exageraron el toqueteo, pero nada; ya se habían quitado toda la ropa y nada, ya habían mostrado hasta las amígdalas y nada, cómo será que allá detrás de nuestro espejo hasta nosotros tres, los de funcionamiento masculino pleno, después del furor del primer cuarto de hora perdimos el interés y pasamos a hablar de política, y Silver, que esa noche estaba simpático, comunicativo que llaman, nos contó que en la embajada norteamericana, donde trabaja, tienen un aparato que detecta explosiones y que sólo durante el martes pasado en Bogotá estallaron sesenta y tres bombas, Ah, gringos huevones, dije yo, necesitan aparatos para detectar unos bombazos que nos proyectan a todos contra el techo, Pablo Escobar está de mal humor, dijo tu hermano Joaco, tanta bomba se debe a que el Partido Liberal lo acaba de expulsar por narco de las listas electorales para el Senado, Al hombre no le gusta el título de Rey de la Coca, dijo Silver, prefiere el de Padre de la Patria, No le falta razón, suena más democrático, Suena, pero es la misma vaina, A ver, hombre Silver, decinos qué más detectas con tu aparato detector de explosiones allá en la embajada, este berraco espía debe informarle al Pentágono hasta cuántos pedos se tira el presidente de Colombia, y estábamos en la chacota, muñeca Agustina, riéndonos de la sangrienta parodia nacional, cuando en ésas alguien timbra afuera, Quién podrá ser a estas horas, Nadie, dijo el Midas, no abrimos y ya está, pero quienquiera que fuera no compartía la misma opinión, cansado de timbrar sin resultados se prendió a la bocina del auto como para despertar a todo el vecindario, te imaginas, Agustina, un barrio residencial y justo frente al Aerobic's algún demente decidía reventar la quietud de la noche con tan descarada alharaca, y a la Araña, hasta ese momento muy colaboradora y esforzada, se le fue a la mierda el buen humor, Díganle a ese hijueputa que suspenda la serenata, gritaba, que con ese ruidajo no se le para ni a Dios, pero el de la bocina ya estaba otra vez en la puerta y le daba de patadas como si quisiera echarla abajo, Ya vengo, les dijo el Midas a los otros y volando en adrenalina bajó las escaleras de dos zancadas, resuelto a poner en su sitio al impertinente, y cuando abrí, muñeca Agustina, me quedé helado cuando vi que era ni más ni menos que Misterio, el bandido que me servía de enlace con Pablo Escobar, con quien jamás de los jamases me citaba en el Aerobic's sino de auto a auto en las afueras de Bogotá, en el estacionamiento de los Jardines del Recuerdo, qué mejor escenario que un cementerio para encontrarme con ese cadáver ambulante que es el tal Misterio. Menos mal me abrió, McAlister, me dijo con su indefectible tono de velada amenaza, traigo órdenes de don Pablo de entregarle este mensaje, Hombre Misterio, viejo amigo, perdóname la demora, estábamos aquí en una fiestica privada con unos amigos y yo qué me iba a imaginar que fueras vos, No se imagine nada, sólo abra bien las orejas porque le traigo una noticia grande, mejor dicho una deferencia que quiere tener con usted el Patrón, Claro que sí, Misterio, si querés hablamos aquí afuerita, o mejor entre tu Mazda para no aguantar frío, le sugirió el Midas haciendo malabares para que el infeliz no se le colara al Aerobic's y los socios distinguidos no constataran la calaña de hampones con los que se pactaba el lavado, mejor que vieran sólo el milagro y se ahorraran el santo, porque eso sí te digo, Agustina mi reina, ese Misterio bonito no era, misterio pero de los dolorosos, con los ojos inyectados en basuco, la pinta esquelética, el aliento de tumba y el pelo grasiento. Hombre, Misterio, qué te trae por acá, le fue diciendo el Midas mientras entraba en su auto, pero me dio mala espina, Agustina bonita, te juro que me metí a ese Mazda como quien baja al cadalso y que si lo hice fue sólo por evitar el encontronazo entre esa rata canequera que es Misterio y esas ratas de salón que son mis amigos bogotanos, Soltá pues la noticia, hombre Misterio, Nada, que le traigo una razón del Patrón, Y cuál será, Pide don Pablo que usted le consiga doscientos millones en rama para pasado mañana, ¿Doscientos millones?, Ya me oyó, doscientos, que se los devuelve dentro de quince días al cinco por uno, ¿Cinco por uno?, repetí yo, ¿Usted se cree eco?, le reviró Misterio con esa suprema irritación nerviosa que caracteriza a los basuqueros consumados, Pues vaya, vaya, qué generosidad la de Pablo, lo calmaba el Midas mientras mentalmente calculaba que una ganancia tan grande compensaba de sobra este ratico frondio que estaba pasando, ¿Y eso?, le preguntó a Misterio para no dejarse ver las ganas, ¿Será que el gran Pablo anda con problemas de liquidez? Usted sabe cómo está la cosa, son tiempos de persecución, y el Midas pensó que Pablo, que últimamente tenía al Bloque de Búsqueda, a la DEA y al Cartel de Cali pisándole los talones, ya no debía andar con garotas en su hacienda Nápoles, sino encaletado en algún escondite con la pálida encima y la huesuda detrás, Y cómo me los devolvería Pablo si se puede saber, le preguntó a Misterio, Que los paga en monitos, eso fue lo que mandó decir, Monitos son money orders, mi vida

Agustina, en la jerga del lavado les dicen así, Pues con el mayor gusto mi querido Misterio, lo peliagudo es que doscientos millones en cash no se consiguen de la noche a la mañana, Pues usted verá, McAlister, esto es como las lentejas, las tomas o las dejas, yo vuelvo de hoy en quince con los monitos entre el bolsillo y usted verá si tiene los pesos o no los tiene, ah, y la última cosa, el Patrón quiere que en este trato sólo entren usted, el informante y el tullido, dijo Misterio y se perdió en la noche haciendo chirrear llantas y dejando en el aire su estela malsana, y yo me quedé ahí parado un buen rato con tamaña inquietud en el alma, cómo diablos conseguir semejante platal si sólo podía recurrir a la Araña y a Silverstein, porque ya habrás comprendido, Agustina bonita, que a esos dos se refería Pablo Escobar cuando hablaba del tullido y del informante. ¿Que si Pablo sabía que Rony Silver trabajaba para la DEA?, pues claro que lo sabía, por eso mismo se relamía cada vez que podía untarle la mano, si fue el propio Pablo quien me dijo, cuando empezamos a entrar en acuerdos, que buscara al gringo y lo comprometiera, Esos de la DEA ganan por punta y punta, se había reído Escobar, por eso cuando caen, revientan el doble de feo.

Yo no sé, dice Aguilar, esta tragedia empieza a tomar visos de melodrama. Hasta la tía Sofi, tan aplomada, a veces habla como en telenovela y suelta frases de Doctora Corazón. Y qué decir de Agustina, que parece sacada de las páginas de Jane Eyre, y qué decir de mí, sobre todo de mí, que vivo con esta angustia y esta lloradera y esta manera de no entender nada, y de no tener identidad, sobre todo eso, siento que la enfermedad de mi mujer avasalla mi identidad, que soy un hombre al que vaciaron por dentro para rellenarlo luego, como a un almohadón, de preocupación por Agustina, de amor por Agustina, de ansiedad frente a Agustina, de rencor con Agustina. La locura es un compendio de cosas desagradables, por ejemplo es pedante, es odiosa y es tortuosa. Tiene un componente de irrealidad grande y tal vez por eso es teatral, y además estoy por creer que se caracteriza por la pérdida del sentido del humor, y que por eso resulta tan melodramática. Hoy le llevaba yo un sánduche de queso a Agustina, que en todo el día no ha querido levantarse de la cama. Se lo preparé con mantequilla, derretido en la waflera como a ella le gusta, y estaba a punto de entrar al dormitorio cuando alcancé a escuchar que la tía Sofi le pedía perdón, le decía algo así como ¿Podrás perdonarme, Agustina?, y le insistía, Podrás perdonarme por lo que hice. Así que la tía Sofi tiene su pasado y su pecado, pensé; ya sabía yo que aquí había gato encerrado y que detrás de esa familia se cocinaba un Peyton Place de mucho cuidado. Por fin voy a enterarme de algo, pensó Aguilar, y sin ser notado esperó detrás de la puerta a que el diálogo empezara, pero pasaban los minutos y Agustina seguía muda, ni otorgaba el perdón ni lo negaba, y entonces la tía Sofi desistió, el sánduche se enfrió y Aguilar regresó a la cocina a recalentarlo. De vuelta a la alcoba encontré a Agustina adormilada y a Sofi mirando el noticiero, y digo bien, mirando, porque había suprimido el volumen del televisor y se contentaba con las imágenes, que de contento no tenían nada, y sacudí un poquito a mi mujer por el hombro para que comiera pero sólo logré que me dijera sin mirarme que odia los sánduches de queso, y ante eso la tía Sofi se sintió en la obligación de mediar, como hace siempre, Perdona a tu mujer, muchacho, ella lo que tiene es dolor y lo disfraza de indiferencia, y Aguilar, mientras masticaba el sánduche rechazado, Sí, yo perdono a mi mujer, tía Sofi, pero dígame, y a usted, ¿quién tiene que perdonarla? ¿Estabas escuchando?, me preguntó, quiso saber si de verdad quería que me contara y siguió hablando sin esperar respuestas, Te lo cuento por el bien de esta niña, porque hace parte de mi aporte involuntario a su tragedia, se trata de algo que yo hice y que a ella le causó mucho daño, Mejor bajemos, tía Sofi, le dije tomándola por el brazo, dejemos a Agustina aquí dormida y conversemos en la sala, Si no pongo un rato los pies en alto se me van a estallar, dijo ella sentándose en el sofá, y Aguilar la ayudó a colocar las piernas sobre una pila de cojines. Saqué una botella de Ron Viejo de Caldas, dice Aguilar, me pareció que podía facilitar una conversación que prometía no ser fácil, así que ahí estábamos, cada uno con su trago en la mano, Aguilar en la mecedora de mimbre y la tía Sofi en el sofá con los pies en alto, ¿Musiquita?, preguntó él para animarla y puso Celina y Reutilio. Fue una de esas cosas, me dijo la tía Sofi como para arrancar a hablar pero después se frenó, se quedó callada un buen cuarto de hora, como gozando del alivio en los pies sin zapatos, como saboreando sorbo a sorbo el Viejo de Caldas y dejándose llevar por ese bálsamo que es el son cubano, y yo la dejaba estar, cuenta Aguilar, bien que se merecía esa mujer un rato de reposo. Entonces ella se rió con una risa de alguna manera liviana, una risa que iba en contravía del relato duro que había anunciado y que yo estaba esperando, y me pidió que escuchara lo que estaba cantando Celina, Óyela, ella te lo explica todo, devuelve la canción que acaba de sonar, y yo hice lo que me pedía y Celina arrancó a cantar esa parte de Caballo Viejo que dice Cuando el amor llega así de esta manera uno no tiene la culpa, quererse no tiene horario ni fecha en el calendario cuando las ganas se juntan. Así que se juntaron las ganas, tía Sofi, y usted no tuvo la culpa, Así es, Aguilar, se juntaron las ganas y nadie tuvo la culpa, Nadie tiene nunca la culpa de nada, tía Sofi, pero échese otro ron y centrémonos en el asunto del perdón, dígame por qué le pedía perdón a Agustina, Le pedía perdón por unas fotos que acabaron con la familia. Cuenta Aguilar que según lo que le contó la tía Sofi, su hermana Eugenia y el marido de ella, Carlos Vicente Londoño, la invitaron a vivir con ellos cuando se mudaron al norte, A una casa que era enorme, me dijo la tía Sofi, bueno, que todavía es porque ahí sigue viviendo Eugenia con su hijo Joaco y la familia de él, ese Joaco es un muchacho, cómo te lo describiría, para mí distante, un hombre que ha triunfado en la vida pero que habita en un mundo que no es el mío, un señoritingo que pisa fino como diría mi madre, pero tiene un mérito innegable y es que siempre se ha hecho cargo de Eugenia, y te digo, Aguilar, que ésa es una labor de titanes, pero ahí está el lado bueno de mi sobrino Joaco, no todo podía ser pérdida, no sabes con cuánta paciencia y delicadeza trata a la madre. Mi hermana Eugenia, tan bella ella, porque créeme fue una preciosidad, pero siempre ha andado perdida en una como ausencia, Cuerpo sin alma ciudad sin gente, le decía Carlos Vicente cuando la miraba, sobre todo en el comedor, a la hora de la cena, ella sentada en la cabecera bajo la lluvia de retazos de arco iris que caían desde las arañas del techo, perfecta en sus perfiles como un camafeo, e igual de quieta. Igual de pétrea. En cambio yo no era delicada, Aguilar, yo no era perfecta, y a diferencia de Eugenia, tan esbelta, yo había heredado este empaque alemán que me ves ahora, desde joven he sido grande y pesada, como mi padre. Pero yo estaba viva por dentro. La casa era de ella, el marido era de ella, los niños eran hijos suyos. Yo en cambio era un parásito, una arrimada, una tía soltera a la que había que acoger porque se había quedado sin lugar en esta vida, y todo lo que tenía en esa casa lo tenía de prestado. Así era por fuera, pero las cosas por dentro se daban más bien a la inversa. La solitaria era Eugenia, la silenciosa, la siempre bien comportada y mejor arreglada, la incapaz de amar sin sufrir, la que se alimentaba de apariencias, y los vacíos de afecto que ella iba dejando yo los iba llenando; era yo, y no ella, la que atendía en la cama a su esposo como una esposa y la que amaba a sus hijos como una madre, la que hacía con ellos las tareas y los llevaba al parque y los cuidaba cuando estaban enfermos, la que se ocupaba del mercado y de supervisar el oficio doméstico, que si por Eugenia fuera todos los días habríamos comido lo mismo, y no porque no supiera, si es una estupenda cocinera, sino por pura ausencia de alegría, porque deja que las sirvientas se las arreglen solas y ella jamás se mete a la cocina, digamos que en términos generales por falta de bríos al levantarse cada día por la mañana. Carlos Vicente Londoño era un buen tipo, a su manera convencional y aburridonga era un tipo bueno, divinamente bien vestido como dicen aquí en Bogotá, siempre de traje oscuro, siempre recién afeitado y pulcrísimo, muy necesitado de afecto, de alguien que lo hiciera reír un poco, ciertamente no era el más brillante de los hombres, con decirte que sus grandes diversiones eran la filatelia y la revista Playboy. Su tragedia era su hijo menor, el Bichi, un niño inteligente, imaginativo, dulce, buen estudiante, todo lo que se puede esperar de un hijo y más, pero con una cierta tendencia hacia lo femenino que el padre no podía aceptar y que lo hacía sufrir lo que no está escrito, vivía convencido de que en sus manos estaba la posibilidad y la obligación de corregir el defecto y enderezar al muchacho, siempre que yo intentaba ponerle el tema, Carlos Vicente perdía la compostura y no tenía empacho en decirme que con qué derecho opinaba si yo no era la madre. Para colmo el niño era de una belleza irresistible, si tu Agustina es linda, Aguilar, el Bichi lo es todavía más, y en ese entonces irradiaba una especie de luz angelical que lo dejaba a uno perplejo, pero eso no hacía sino agravar las cosas para su padre. Eugenia tenía una costumbre, y era que todos los años se iba una semana con sus tres hijos para Disneylandia, en la Florida, y me invitaba pero yo me negaba con cualquier pretexto, claro, no podía confesarle que yo a mi Mickey Mouse lo tenía en casa. Esa semana era para mí la más importante del año; no sabes, Aguilar, lo bien que la pasábamos con Carlos Vicente, sin tener que aparentar ni esconder nada porque la propia Eugenia aprovechaba para darles las vacaciones obligatorias a las sirvientas, así no se le iban por Navidad y Año Nuevo que era cuando más las necesitaba, ¿Tú le cocinas a Carlos Vicente, Sofi?, me preguntaba mientras hacía las maletas, y yo Claro que sí, vete tranquila que yo me ocupo de eso, ¡y vaya si me ocupaba! Salíamos a bailar en las casetas populares o íbamos a ver películas mexicanas, siempre en el centro o en el sur de la ciudad, por esos barrios obreros donde ni de milagro se asoma la gente conocida que puede llevar el chisme, tú sabes que del norte al sur de Bogotá hay más distancia que de aquí a Miami, si hubieras visto a Carlos Vicente, tan figurín de sociedad que parecía que se hubiera tragado un paraguas, pues en el anonimato del sur aflojaba, se volvía simpático con la gente, bailaba como una pirinola en los bares perratas, nos encantaba ir al Cisne, a La Teja Corrida, al Salomé, al Goce Pagano, buscábamos a Alci Acosta y a Olimpo Cárdenas donde se estuvieran presentando y allá íbamos a escucharlos, borrachitos y enamorados hasta la madrugada, la vida no nos regalaba sino una semana al año pero te juro, Aguilar, que nosotros sabíamos aprovecharla. Pues fue en una de esas ausencias de Eugenia y los niños cuando descubrimos lo divertido que podía ser lo de las fotos. Yo le conocía a Carlos Vicente su afición por las conejas de Playboy y le tomaba el pelo, qué clase de bichos son los hombres, le decía, que prefieren las mujeres de papel a las de carne y hueso, y como él era excelente fotógrafo se le ocurrió pedirme que lo dejara retratarme desnuda y yo encantada, que junto a la chimenea, indicaba él, pues venga, que bajando las escaleras, que sobre la alfombra, que péinate así, que ponte esto, que quítate todo, te juro, Aguilar, que jamás vi a Carlos Vicente tan entusiasmado, me tomaba cinco o seis rollos que mandaba revelar no sé dónde, en cualquier caso lejos del barrio, y luego nos gustaba celebrar las mejores, nos burlábamos de las malas, en otras yo aparecía demasiado gorda y le tapaba los ojos para que no las viera. Increíble, la interrumpe Aguilar, apuesto a que esa colección de fotos no la pegaban en el álbum familiar al lado de las primeras comuniones, Calla, Aguilar, deja que acabe de contarte antes de que me arrepienta, un día o dos antes del regreso de los viajeros nos despedíamos de todo eso y lo quemábamos en la chimenea, pero de vez en cuando había alguna que a él le gustaba mucho y me decía, Esta foto no la quemo por nada del mundo porque es una obra de arte y te ves divina, No seas terco, Carlos Vicente, que después es para problemas, No te preocupes, Sofi, me tranquilizaba, que la guardo entre la caja fuerte de mi oficina y esa clave no la sabe nadie. Aguilar se para a cambiar el disco y a servir otra ronda de Viejo de Caldas y en ese momento aparece en la puerta de la sala Agustina con la misma sudadera sucia que no ha querido cambiarse desde el episodio oscuro, con esa expresión embrujada de quien espera algo muy grande pero que no ha de ocurrir en este mundo que compartimos, y nos muestra el par de peroles que sostiene en las manos. ¡Ay, Jesús!, suspira la tía Sofi bajando resignadamente los pies de los cojines, esta niña va a empezar otra vez con el jaleo del agua.

La abuela Blanca y el abuelo Portulinus se apartan del viejo mirto y caminan hacia el río. Portulinus avanza con dificultad por entre el tejido espeso de verdores demasiado intensos, quisiera taparse los poros y los agujeros del cuerpo para que no se le cuele esa vaharada de olor vegetal, va aturdido de calor y de humedad y se detiene a rascarse los tobillos hinchados de piquetes de zancudo, Aguanta un poco, Nicolás, le dice Blanca, ya casi llegamos, cuando metas los pies en el agua te sentirás mejor, Es cierto, ya puedo escuchar el río, dice él con alivio porque ha empezado a llegar hasta sus oídos un redentor rodar de catarata, ya está cerca el caudal de agua limpia que se revienta contra las rocas del despeñadero. ¡Es el Rin!, exclama Portulinus con una emoción apenas contenida y su esposa lo corrige, Es el río Dulce, cariño, estamos en Sasaima, En Sasaima, claro, repite él y emite una risita frágil a manera de disculpa, Claro que sí, Blanca mía, tienes razón como siempre, éste es el río Dulce. Antes de saltar hacia el vacío, el agua se detiene mansamente en un pozo abrazado por piedras lisas y negras, la pareja se sienta sobre una de esas piedras y Blanca le ayuda a Nicolás a arremangarse el pantalón y a quitarse los botines y las medias, y él, ahora más sereno, deja que la amable frescura del agua le suba por los pies, le recorra el cuerpo y le sede el cerebro, Qué bueno, Blanquita, qué bueno es mirar cómo corre el agua, y ella le comenta que está preocupada por la gripa crónica que tiene Nicasio, el mayordomo, Tisis ha de ser, opina Portulinus, Tisis no, Nicolás, calla esa boca, Dios nos proteja de la tuberculosis, es sólo gripa, el problema es que es crónica, Las gripas crónicas se llaman tuberculosis, dice Nicolás, Eso será en alemán, se ríe ella, Me gustas cuando ríes, te ves tan bonita, entonces ella le cuenta, A la familia Uribe Bechara le encantó el bambuco que les compusiste para el matrimonio de su hija Eloísa, ¿Les gustó?, pregunta él, yo pensé que se iban a molestar por esa parte que habla del amor que se desangra gota a gota, Y por qué les iba a molestar, si esa parte es muy bonita, Sí, pero olvidas que el padre del novio murió de hemofilia, ¡Ay, Nicolás!, qué obsesión tienes hoy con las enfermedades.

Ven acá, Blanca paloma mía, deja que te abrace y miremos juntos la inocencia con que el agua se detiene en el pozo antes de precipitarse, Ahí tienes letra para otro bambuco, se burla ella y así siguen conversando de las cosas que día tras día van conformando la vida, de cuántos huevos están poniendo las gallinas, de la tardanza de las lluvias grandes, de la pasión por los pájaros de su hija Eugenia y la afición por el baile de su hija Sofía, y el lenguaje de él va fluyendo sin dificultad ni alteración del sentido hasta que Blanca comprueba que el río, que lo arrulla y lo calma, lo ha adormecido, El Rin, dice Portulinus desde la duermevela y sonríe entrecerrando los ojos, El Rin no, querido mío, el río Dulce, Deja, mujer, que vuelen mis recuerdos, ¿a quién pueden hacerle daño?, el río Rin, el río Recknitz, el Regen, el Rhein, repite él pronunciando despacio para saborear la sonoridad de cada sílaba, y no menciona al Putumayo ni al Amazonas ni al Apaporis, que también son sonoros pero que son reales y de este hemisferio, sino al Danubio, al Donau y al Eder, que están muy lejos si es que están en algún lado, así que Blanca comprende que ha llegado el momento de regresar a casa, le seca los pies con su falda, le echa saliva con el dedo en los piquetes de zancudo para que no le escuezan, le calza de nuevo los botines amarrándole bien los cordones para que no se los vaya pisando por el camino, lo toma de la mano y lo aleja de allí, porque sabe que debe impedir que los sueños de Portulinus echen a correr tras los sonidos del agua. En una de las páginas de su diario, la abuela Blanca habría de escribir, «como anda cansado y nervioso por el exceso de trabajo, a Nicolás lo tranquiliza ver correr el agua del río, pero si la escena se prolonga demasiado, se empieza a exaltar y debemos alejarnos de allí cuanto antes». Lo que la abuela omite en su diario es que cuando el abuelo repite los nombres de los ríos de su patria, el Aisch, el Aller y el Altmuh, el Warnow, el Warta y el Weser, lo hace en riguroso orden alfabético. Cosas de loco. Manías que habrían de llevarlo a la tumba. Es decir, manierismos o reiteraciones que le ayudan a desconectarse de lo real, o al menos de lo que es real para alguien como Blanca. El Saale, el Sree, el Sude y el Tauber, reza Nicolás como si fuera letanía, y en su interior empieza a resonar un rumor que viene de otro lado y que se lo va llevando. Ese mismo día, al regresar el matrimonio a casa después del paseo a ese río que para Blanca es el Dulce y que en cambio para Portulinus es el listado entero de los ríos de Alemania, Eugenia, la menor de sus hijas, taciturna criatura, hermosa y pálida y en flor de pubertad, les comunicó la noticia de que durante su ausencia había venido buscando a padre, a pie desde Anapoima, un muchacho que deseaba tomar lecciones de piano, y si Portulinus le preguntó entonces a su hija menor ¿Qué muchacho? fue más por mera deferencia hacia ella, Eugenia la tristonga, Eugenia la obnubilada, la siempre en otra cosa, y el hambre que a esa hora lo acosaba lo llevó a interesarse más por el olor a pernil que salía del horno que por conocer la respuesta de su hija sobre quién era aquel muchacho que había venido a preguntarlo, respuesta que sería vaga según se sabía de antemano, porque vagos eran todos los decires de esa hija, y en cuanto a Blanca, la madre, se supo por lo que después habría de escribir en su diario que a todas éstas se hallaba ya en la cocina, ocupándose del pernil asado e ignorante de aquel diálogo. Contrariamente a lo esperado, Eugenia le respondió a su padre con una viveza inusual en ella, Un muchacho rubio y bonito, con un morral a la espalda. Portulinus, afable y hospitalario siempre y cuando no estuviera raro —¿y además cómo no ser afable con un muchacho rubio y bonito que llega cansado después de un viaje a pie desde Anapoima?—, preguntó si la hija había invitado a aquel visitante a entrar, si le había ofrecido al menos una limonada, pero no, el muchacho no había aceptado nada; sólo había anunciado que si el profesor de piano no estaba, entonces volvería mañana. No siendo otro el asunto, la familia se sentó a la mesa en compañía de Nicasio, el mayordomo de la gripa perenne, de la esposa de éste y de un par de comerciantes de Sasaima, y fue servido el pernil de cerdo con papas criollas y verduras al vapor. Portulinus estuvo aterrizado y encantador y a cada uno de los presentes le hizo un minucioso interrogatorio sobre el estado de su salud, y en medio de la conversación bulliciosa y del ajetreo de bandejas y jarras que iban y venían a lo largo de la mesa, la niña Eugenia contó, sin que le prestaran atención, que el muchacho rubio traía entre el morral unos soldaditos de plomo. Me permitió jugar con ellos mientras esperaba a que ustedes llegaran, les dijo Eugenia pero no la escucharon, y los ordenamos en triple fila por el corredor y él silbaba marchas marciales y decía que habíamos montado un gran desfile militar, además me dijo que esos soldados eran sólo unos cuantos que había traído consigo por ser sus favoritos, pero que en casa, en Anapoima, había dejado muchísimos más.

¿Quién está afuera, madre?, pregunta Agustina, ¿quién está afuera, Aminta? Habla de su primera casa, la de antes de que la familia se mudara al norte, la casa blanca y verde del barrio Teusaquillo, sobre la Avenida Caracas, y afuera hay alguien y no quieren decirle quién es. El bus del colegio pasa a recogerme temprano por la mañana, hace sonar la bocina y la tía Sofi se ríe y dice Ese pobre bus muge como una vaca enferma. ¿Dónde están mis cuadernos, Aminta, dónde están mis lápices? Pero no me dejan salir, no quieren abrir el portón, miran a través de la mirilla entornada, algún día tenía que suceder que hasta Aminta tuviera miedo de algo. ¡Señor leprosito, hágase a un ladito para que pase la niña!, grita la tía Sofi, que todavía no vive con nosotros pero que es la única que sabe solucionar las cosas, A un ladito, por favor don leprosito. Suéltame, tía Sofi, que me voy para el colegio, pero ella me retiene con su abrazo, me tapa la cabeza con su suéter de orlón blanco, ese que tenía perlas falsas en vez de botones, y así salimos a la calle rapidito, para que yo no vea. ¿Para que no vea qué? ¿Para que no vea a quién?, pero ya no está por aquí la tía Sofi para responderme. Pues para que no vea al leprosito, me dice Aminta, ¿Quién es, acaso? Un pobre enfermito. ¿Y por qué no puedo verlo? Su mamá dice que no debe verlo, porque se impresiona. Es muy horrendo el pobre, blanquiñoso como un muerto, con la piel podrida y un olor a cementerio que le sale de la boca. Mi cabeza ha logrado escapársele al suéter de la tía Sofi y mis ojos lo han visto, un poco, o sueñan con él en la noche, es un bulto sucio y sostiene en la mano un trozo de cartón con un letrero. Son letras mal escritas, como de niño que todavía no aprende, letras de pobre: mi madre dice que los pobres son analfabetos. Eso es sucio, niña, ¿Qué cosa es sucia? Ya sé la respuesta, es sucio todo lo que viene de la calle. Pero yo quiero verlo, tengo que verlo, el leproso ha escrito algo para que yo lo lea. ¿Qué dice ahí, Aminta? ¿Qué dice ahí, madre? ¿Alguien puede leerme lo que está escrito en su cartón sucio? Que le den limosna porque viene de Agua de Dios, eso me responden pero no les creo. ¿Qué es Agua de Dios? Apúrate, Agustina, que te deja el bus, Que me deje, yo quiero saber qué es Agua de Dios, Ahora móntate al bus y después te explico, Explícame ya mismo, Agua de Dios es el lazareto donde mantienen encerrados a los enfermos de lepra para que no se vengan a la ciudad a contagiar a la gente. Entonces por qué está aquí, por qué vino a pararse frente a la puerta de mi casa, no mi casa de ahora sino la de antes, ¿se escapó de Agua de Dios para venir a buscarme? Ahora sé que mi padre coloca trancas y candados en la noche para que no se nos cuele el contagio de Agua de Dios con sus carnes blancas y hediondas que se caen a pedazos. Dime Aminta, cómo es, a qué huele su olor, ¿quién dice que tiene la muerte pintada en la cara? Yo quiero saber qué ven las cuencas vacías de sus ojos, ¿se le vuelven de cera los ojos y se le derriten? Dice Aminta que los ojos se le deshacen en pus, ¡Calla, loca, no digas esas cosas! Mami, Aminta me mete miedo con el leproso, te van a echar, ¿oíste, Aminta?, por embustera; mi mami dijo que te iba a echar del trabajo si seguías asustando a los niños. Ya no tengo que preguntárselo a nadie porque ya lo sé: tengo el Poder y tengo el Conocimiento, pero aún me falta la Palabra. Creen que no entiendo pero sí entiendo; le conozco la cara a eso que es horrible y que espera en lo oscuro, al otro lado de la puerta, quieto bajo la lluvia porque se escapó de donde lo tenían encerrado, y que espía con sus ojos vacíos hacia el interior de nuestra casa iluminada. ¡Apaga las luces, Aminta!, pero ella no me hace caso. Nuestra casa de antes, aquella blanca y verde de la Avenida Caracas donde nacimos mis dos hermanos y yo; estoy hablando de los tiempos de antes. Después de que mi padre cierra los postigos yo voy tapando con el dedo, uno por uno, todos los agujeros que hay en ellos, porque mi madre dice que lo que sucede en las familias es privado, que nadie tiene por qué andar metiendo las narices en lo de uno, que los trapos sucios se lavan en casa. Frente al Leproso mis poderes son pequeños y se van apagando como una llamita que ya no alumbra casi nada. ¿Acaso sabe él que al final va a salir victorioso? ¿Acaso sabe que un día mi padre se va a largar y ya no va a estar aquí para cerrar con llave? La hora del leproso es la de nuestro abandono, Ay, padre, dame la mano y vamos a cerrar las puertas, que si escapó de Agua de Dios es porque ya sabe. ¡Señor leprosito, hágase a un ladito para que pase la niña!

No me gusta, Aminta, no me gusta que la tía Sofi grite tan fuerte esa palabra, la niña, porque ésa soy yo, y si él aprende a nombrarme me contamina, se vuelve dueño de mi nombre y se me cuela adentro, llega hasta el fondo de mi cabeza y ahí hace su cueva y se queda a vivir para siempre, en un nido de pánico. En el fondo de mi cabeza vive un pánico que se llama Lepra, que se llama Lazareto, que se llama Agua de Dios, y que tiene el don de ir cambiando de nombres. A veces, cuando hablo en Lengua, mi pánico se llama La Mano de mi Padre, y a medida que voy creciendo me voy dando cuenta de que hay otros acosos. Los agujeritos que atraviesan los postigos de mi casa son redondos, astillados en los bordes, como ojos con pestañas sobre la cara verde de la madera. ¿Qué son esos agujeritos, madre? ¿Qué son esos agujeritos, padre? Siempre me responden No es nada, No es nada. O sea que los postigos tienen agujeros y ya está, es lo propio de ellos, como tener ojos las personas. Una noche, durante la ronda de las llaves a la hora de nona, mi padre me confiesa que han sido los francotiradores del Nueve de Abril. Yo comprendo sus palabras: los francotiradores del Nueve de Abril han abierto esos agujeros en los postigos de nuestra casa. ¿Y con qué los abrieron, padre?, Con sus disparos, ¿Dispararon contra nosotros?, No, contra la gente, me dice, pero no añade una palabra más. ¿Contra cuál gente, padre? La gente, la gente, las cosas son como son y no hay para qué estar hablando de ellas. ¿Y tuvimos miedo?, le pregunto entonces y él me responde que yo no había nacido cuando sucedió eso. Va creciendo el número de los seres dañinos contra los que debemos protegernos, los leprosos de Agua de Dios, los francotiradores del Nueve de Abril, los estudiantes con la cabeza rota y llena de sangre, y sobre todo la chusma enguerrillada que se tomó Sasaima ¿y que mató al abuelo Portulinus, madre? ¿Al abuelo Portulinus lo mató la chusma? No, el abuelo Portulinus abandonó a la abuela Blanca y regresó solo a Alemania. Hay otros acosos que mi miedo va reconociendo porque no sabe quedarse quieto; mi miedo es un animal en crecimiento que exige alimentación y que se va tragando todo, empezando por la hermana y la madre de Ben-Hur, que se vuelven leprosas y van por ahí muertas de la vergüenza y escondiéndose de la mirada de las gentes en un patio abandonado donde las hojas son barridas por el viento. Y también Mesala, el enemigo de Ben-Hur, al que le pasan por encima a galope tendido los cascos de los caballos y las ruedas de los carros durante una carrera de aurigas, dejándolo convertido en el peor guiñapo sanguinolento que uno pueda imaginar. La sala de cine estaba casi vacía durante el matiné y yo no me atrevía ni a moverme en la butaca, era Aminta quien me acompañaba, creo, porque esa tarde mi madre estaba enferma, Deja en paz a tu madre que está deprimida, decía la tía Sofi que todavía no vivía con nosotros, y yo veo a Mesala convertido en guiñapo y a esas dos mujeres de piel blanquecina y reventada en ampollas que se cubren con mantos y con harapos. Aminta me dice No se asuste, niña, ésas son cosas de la Biblia. Pero es que yo le temo a la Biblia, me parece un libro pavoroso; mi madre, que es piadosa, ha puesto una en cada dormitorio pero yo por las noches saco la mía y la dejo encerrada en el garaje, porque sus páginas están llenas de leprosos. Por mucho que esas dos mujeres se tapen, las delata el hedor de sus llagas y por eso se refugian en el patio abandonado de esa casa que antes fue de ellas, cuando estaban sanas, y que fue lujosa. También mi vieja casa del barrio Teusaquillo tenía un patio en el que hoy no vive nadie, y yo le pregunto a mi padre si en ese patio las hojas secas se estarán arremolinando. Mi madre dice que hasta nuestra casa nueva no va a llegar la chusma amotinada que viene del sur, pero sé que sí puede llegar porque yo la traigo en el recuerdo, o en el sueño, y todos los sueños vienen de muy atrás, de tiempos de la Biblia. La tía Sofi fue a protestar al colegio, No le lean esas cosas a la niña porque no las entiende y ya tiene la cabeza atiborrada de burradas, así les dijo y yo lo repito porque me suena bonito, con muchas erres, me río cuando lo recuerdo porque reconozco que es cierto, desde pequeña he sido una que vive así como dijo la tía Sofi, con la cabeza atiborrada de burradas. En el colegio le dijeron que era la formación espiritual y que en clase de religión era obligatorio leer esas cosas. No te preocupes, mami, yo sé que a nuestra casa no van a poder entrar, ése es el mensaje que todas las noches me transmite la mano idolatrada de mi padre. ¿Y si mi padre se larga? Cuando se largue va a empezar el gran pánico. A la mañana grito para que Aminta me traiga el desayuno a la cama, en la bandeja de plata, como le ha enseñado mi madre. Jugo de naranja, leche caliente con Milo, pandeyucas, huevo tibio; Aminta me trae cosas que son buenas. Pero trae también la noticia: Ese señor ha estado parado toda la noche frente a la casa, esperando. No me mientas, Aminta, ¿acaso viste el hueco horrendo que tiene en vez de boca? ¿Viste sus brazos en carne viva? Dime, Aminta, dime qué dice su letrero, cómo voy a defenderme de él si no entiendo su mensaje. Creo haber soñado con su voz podrida que entraba por mi ventana para decirme Yo soy enfermo del mal de Lázaro. ¿Quién era Lázaro, madre? Leonorita Zafrané, la profesora que hace la vigilancia en los recorridos del bus del colegio, jura que también ella ha visto al leproso parado frente a mi casa. También a ella le pregunto qué está escrito en su cartón pero tampoco sabe y en cambio me reprocha, Eres injusta con la madre y con la hermana de Ben-Hur, me dice, porque al final a ellas Cristo Redentor les hizo el milagro de la sanación. ¿Entonces ya no se arrastran en las noches por entre las hojas secas del patio? No, ya no. ¿Ya no se esconden en el patio de mi vieja casa de Teusaquillo?

No, eso nunca, eso te lo inventaste tú, que inventas demasiadas cosas. Gracias, Leonorita Zafrané, muchas gracias por sacarme esa burrada de la cabeza, mi problema, Leonorita, es que tengo la cabeza atiborrada de burradas. Esta tarde vamos mi madre, el Bichi y yo en nuestro Oldsmobil amarillo con capota negra, ella manejando y nosotros dos sentados en el asiento trasero. Nos gusta montar en el Oldsmobil porque sus ventanas de vidrios polarizados se abren y se cierran con sólo apretar un suichecito automático, y porque huele a nuevo. Está recién comprado, es último modelo. Hay mucho tráfico, el trancón de autos no nos deja avanzar y entonces mi madre se vuelve rara, habla mucho y muy rápido. Hace calor, mami, déjame abrir la ventana, pero ella no me deja. ¿Por los raponeros? Sí, por los raponeros. El otro día a mi tía Sofi un raponero le arrancó de un tirón su cadena de oro y le lastimó el cuello, La cadena es lo de menos, le dijo mi padre cuando se enteró de lo que había pasado, a eso se le encuentra reemplazo, Pero de la cadena llevaba colgada la medalla del Santo Ángel que fue de mi madre, protestó la tía Sofi que sólo estaba de visita porque todavía no vivía con nosotros, Pues te vamos a regalar una idéntica, le aseguró mi padre, Ni te sueñes, lo contradijo mi madre, esa medalla era una morrocota antigua, dónde vamos a conseguir otra como ésa, No importa, dijo mi padre, por ahora lo urgente es que se haga ver de un médico porque le dejaron un rasguñón feo y se le puede infectar. En el cuello de la tía Sofi quedaron pintadas dos de las uñas del raponero, todavía tiene las marcas y mi papi le dice que es el mordisco de Drácula, en cambio ya no tiene su Santo Ángel ni su cadena de oro y hoy no viene con nosotros en el Oldsmobil, pero de todos modos llevamos las ventanas bien cerradas a pesar del calor, por si acaso. Es que me mareo, mamá, si no entra el aire, Pues aunque estés mareada no abras la ventana. El Oldsmobil queda atrapado en un nudo ciego de coches que no pueden echar ni para atrás ni para adelante. Mi madre revisa una vez más si los seguros de las puertas están puestos; ya lo ha hecho varias veces pero vuelve a hacerlo. ¿Estás enojada, madre?, le pregunto porque cuando el Bichi y yo hacemos ruido se irrita, pero dice que no, que no es eso, y ordena que nos pasemos para el asiento de adelante, al lado de ella. Tápense los ojos, niños; con las dos manos tápense bien los ojos y prométanme que no miran, pase lo que pase. Nosotros obedecemos. Ella nos sujeta con toda la fuerza de su brazo derecho mientras maneja el timón con el izquierdo; no nos deja levantar la cabeza y nosotros no podemos ver lo que sucede afuera. Pero podemos escuchar los gritos en la calle, los gritos que se acercan, y sabemos aunque no la veamos que hay gente que pasa junto al auto gritando. ¿Qué pasa, madre? Nada, no pasa nada, dicen sus palabras pero su voz dice todo lo contrario. Ahora nos ha ordenado permanecer abajo, acurrucados contra el piso del carro, donde se ponen los pies, y aquí sólo puedo ver los cuadros de la falda escocesa de ella, los pedales, los tapetes que son grises, una moneda caída, alguna basura, los zapatos del Bichi que son rojos y casi redondos de tan pequeñitos, como unas rueditas. El zapato de mi madre tiene el tacón muy alto y aprieta un pedal y luego el otro y otra vez el primero, acelera y frena, acelera y frena y yo escucho el latir de su corazón, el tictac de mi propio pavor y unas palabritas que va diciendo el Bichi, que va contento aquí abajo jugando con la moneda que encontró debajo de la silla. Yo lo abrazo muy fuerte, Sigue jugando, Bichi Bichito, que no te va a pasar nada, mis poderes me dicen que estás a salvo, y le juego con la moneda para que se distraiga, pero sé que están pasando cosas. ¿Qué pasa, madre? No pasa nada. ¿Entonces podemos salir ya y sentarnos en el asiento? No, quédense allá abajo. Mi madre quiere protegernos, de algo, de alguien, me doy cuenta de eso, sé que alrededor de nosotros ocurren cosas que ella puede ver, y yo no. Son los leprosos, ¿no es cierto, madre? Cómo se te ocurre, valiente disparate. ¿Se escaparon de Agua de Dios y ya están acá? Mi madre me ordena que no diga tonterías porque asusto a mi hermanito. ¡Pero si ya está asustado y está llorando! Yo sé que han sido los leprosos aunque más tarde, ya en casa, ya por la noche cuando todo ha pasado, mi padre me repite mil veces que lo de hoy por la calle ha sido una protesta de los estudiantes contra el gobierno. No importa lo que me digan, yo no les creo, y al otro día mi padre me muestra las fotos de la revuelta estudiantil que publicaron los diarios, pero ni por ésas le creo. Mi padre intenta explicarme que mi madre no quería que mi hermanito y yo nos impresionáramos y que por eso ha impedido que viéramos a los estudiantes que pasaban corriendo y sangrando por entre los automóviles con las cabezas rotas a culatazos. Pero yo sé que no es así, sé que los leprosos han llegado por fin. Miles de leprosos han abandonado Agua de Dios y han invadido a Bogotá, Santa Mano de mi Padre, protégeme de la invasión de los leprosos. Aunque sé que no hay que fiarse demasiado de esa Mano.

Aguilar a duras penas logra pegar el frenazo para no atropellar al mendigo que de buenas a primeras sale de la lluvia y se le atraviesa a su camioneta, Pero qué mierda hace este loco suicida, por poco lo mato y el corazón me patea del sobresalto pero según parece a él toda la escena le importa un bledo, simplemente hace parte de su rutina y de los gajes de su oficio, y sin que yo sepa a qué hora ya está metiendo por mi ventanilla una mano mendicante, Dame para un cafecito, hermano, que el frío está berriondo, me tutea como si dos segundos atrás yo no hubiera estado a punto de cargármelo con el auto, y parece muy satisfecho él, digamos que hasta orgulloso de haber logrado su cometido pragmático y premeditado de detenerme a la brava para poder pedirme una limosna: aquí estás otra vez, demencia, vieja conocida, zorra jodida, reconozco tus métodos camaleónicos, te alimentas de la normalidad y la utilizas para tus propios fines, o te le asemejas tanto que la suplantas. Cuando mi hijo Toño tenía siete años me preguntó una vez, ¿Cierto, papá, que uno es loco por dentro? Ahora que le doy vueltas a su pregunta, recuerdo un detalle del día en que conocí a Agustina. Quiero decir personalmente, porque en ese tiempo era conocida por todo el país como la vidente que acababa de localizar mediante telepatía a un joven excursionista colombiano que andaba extraviado desde hacía días en Alaska, y que como tenía la característica de ser el hijo del entonces ministro de Minas, había acaparado día tras día la atención de la prensa mientras duró la misión de su rescate, que fue coordinada a dos bandas entre un grupo de marines allá en los hielos perpetuos y ¡Oh!, quién si no Agustina Londoño acá en Santa Fe de Bogotá, dando pistas parapsicológicas, clavando los alfileres de su intuición en un mapa de las regiones árticas y emitiendo pálpitos paranormales desde el propio despacho del ministro de Minas. Como al muchacho refundido al final lo encontraron, todo el país, empezando por el gabinete ministerial en pleno, ardió en fervor patriótico como si hubiéramos clasificado para la Copa América y la prensa no dudó en atribuirle la totalidad del éxito al poder visionario de Agustina, minimizando tanto los designios de Dios como los esfuerzos de los marines, que fueron a fin de cuentas quienes lo rescataron vaya a saber de qué iglú, alud, glaciar o inconveniente boreal. Pocos días después del desenlace, que fue para Agustina algo así como un magna cum laude en ciencias adivinatorias, me la presentaron a la salida de un cineclub. Sólo me dijeron Ella es Agustina y yo, que no até cabos con la historia aquella de Alaska, sólo vi a una Agustina cualquiera, eso sí muy bella, que hablaba hasta por los codos asegurando que era extraordinaria la película que acabábamos de ver y que a mí me había parecido pésima, y lo primero que pensé, antes de que me aclararan de qué Agustina se trataba, fue Qué muchacha tan linda pero tan loca. Y sin embargo la palabra loca en ese momento no tuvo para mí resonancias negativas. En los días que siguieron pude ir constatando que Agustina era dulce y era divertida y que, según la patología descubierta por mi hijo Toño, era loca por dentro; Agustina, toda de negro, andaba vestida medio de maja, medio de bruja con mantillas de encaje, minifaldas asombrosamente cortas y guantes recortados que dejaban al aire sus largos dedos de blancura gótica; Agustina se ganaba la vida leyendo el tarot, adivinando la suerte, echando el I Ching y apostando al chance y a la lotería, o eso decía pero en realidad se mantenía de la renta mensual que le pasaba su familia; Agustina tenía el pelo muy largo y era medio hippy y era medio libre; Agustina fumaba marihuana y viajaba cada primavera con su familia a París y odiaba la política y aturdía a quienes la admirábamos con un perfume bárbaro y audaz que se llama Opium; Agustina vivía sola y en su apartamento no tenía muebles sino velas, cojines y mandalas trazados en el piso; recogía gatos callejeros y era una mezcla inquietante de huérfana abandonada e hija de papi, de niña bien y nieta de Woodstock. Mientras que yo, un profesor de clase media, dieciséis años mayor que ella, era marxista de vieja data y militante de hueso colorado y por tanto desdeñaba la locura chic en sus versiones tipo ¡Ay, qué locura!, No seamos locos o Hicimos la cosa más loca, y me sentía incómodo con lo que dio en llamarse el realismo mágico, por entonces tan en boga, porque me consideraba al margen de la supercherría y de la mentalidad milagrera de nuestro medio, y de las cuales Agustina aparecía como exponente de lujo. Y sin embargo bastó con que ella me hiciera reír, porque era aguda y era irreverente; bastó con que me tomara la mano entre las suyas para leerme las líneas de la palma y me preguntara por qué me azotaba tanto si yo era un bacán y un tipo chévere, queriendo decir con eso que por qué me tomaba las cosas tan a pecho. Bastó con que me llamara viejo porque fumaba Pielrrojas, porque usaba argolla matrimonial y hablaba de lucha de clases; bastó con que me puyara con que no había proleto —ésa fue la palabra que usó— que no dijera, como yo, cabello en vez de pelo y rostro en vez de cara y que no usara pantalones como los que yo llevaba puestos, de fibra sintética, color chocolate y bota campana. No eran propiamente color chocolate ni tenían bota campana, pero había dado en el blanco con lo de la fibra sintética y es inclemente cuando encuentra una fisura por donde filtrar su burleteo. Bastó con que al soltarme la mano me la dejara impregnada de ese olor penetrante y sensual que yo, que no sé nada de drogas, creí que era el de la marihuana y que cuando se lo dije se volviera a burlar y me aclarara que no era marihuana sino un perfume que se llama Opium, y bastó también con que unos meses después, cuando fui a comprarle un frasco de Opium para llevárselo de regalo, me enterara de que un perfume francés costaba lo que yo me ganaba en la quincena. Bastó con que empezara a decirme Aguilar a secas, borrándome el nombre de un plumazo y dejándome reducido al apellido, pero sobre todo bastó con que una mañana soleada, en el Parque de la Independencia, así no más, sin previo aviso, se inclinara a amarrarme un zapato que llevaba suelto. Estábamos ambos sentados en un banco y yo trataba sin éxito de darle piso real a uno de sus tantos proyectos empecinados y enseguida olvidados, una autobiografía que me había pedido que la ayudara a escribir, y en ésas ella vio que mi zapato estaba suelto, se inclinó y me lo amarró, y cuando le pregunté si una niña de Opium no se desdora al atarle los cordones a un proleto de fibra sintética, me contestó con un mohín, Fue pura demagogia. Pero no, no había sido demagogia y por eso me enamoré; tampoco había sido pleitesía ni sometimiento sino ademán amable y no premeditado de quien ve un zapato desamarrado y se agacha a amarrarlo, sea de quien sea el pie que lo calza. Cuando le comenté a Marta Elena, la madre de mis hijos, de quien ya por entonces andaba separado, que me había prendado de una niña linda porque se había agachado a amarrarme el cordón del zapato, ella me sorprendió al responderme Qué cristiano eres pese a todo. Otra me hubiera tachado de machista pero Marta Elena me conoce bien y sabe que por ahí no va el asunto, a ella no se le escapa el efecto subliminar y fulminante que sobre mí surten los obispos que les lavan los pies a los ancianos, los santos que les ceden su abrigo a los mendigos, las monjas que les dedican sus días a los enfermos, los que dan la vida por algo o por alguien: ese tipo de gesto excesivo o exaltado que hoy día resulta tan anacrónico. Así que bastó con eso, y con su asombrosa belleza, para que yo pensara de Agustina qué loca tan linda y me enamorara de ella perdidamente y hasta el día de hoy, sin sospechar siquiera que la locura, que no era eso que Agustina tenía entonces sino que es esto que tiene ahora, no es para nada linda sino que es pánica y es horrenda.

Cómo te dijera, muñeca Agustina, el Midas busca las palabras para explicarle y pone una cara que no le cuadra, cara como de dolida ensoñación, o de sueños que se han quebrado como platos, déjame hacerte una pregunta, Agustina bonita, ¿tú crees que existe esa maricada que los gringos llaman un winner?, pues si existe, ése soy yo, un ganador nato, un talento natural en el oficio del triunfo, qué mejor testigo de eso que tú, que has salido perdedora de todas las partidas que hemos jugado el uno contra el otro, y sin embargo mírame aquí, mordiendo el polvo de la derrota. La cosa es que a mí la visita del Misterio me dejó muy mal sabor, no me preguntes por qué, si había venido a ofrecerme el negocio del siglo y yo jamás he sido supersticioso porque para eso te tengo a ti, tan linda y tan brujilda, pero tan pronto el Midas McAlister abrió la puerta y vio allí parado a ese pajarraco de mal agüero, ardiendo en fiebre de basuco y corrompiendo el aire con su aliento de chupacadáveres, a él, el rey Midas, el golden boy, el superstar de la sabana, lo invadió de arriba abajo una piquiña incómoda, una sensación de que todo invitaba al mal genio en esa ocasión perversa, Y sobra informarte, Agustina cuchi-cuchi, que a la Araña no se le paró esa noche, primer intento fallido tal como era de prever, crónica de un fracaso anunciado, y la verdad, yo ya quería que dejáramos el jueguito de ese tamaño, pagar mi apuesta desafortunada y decirle a la Araña Ya estuvo suave, viejo Araña, no jodamos más con esa vaina, resígnate a hacer dinero porque las artes amatorias ya te abandonaron, a esas alturas del jolgorio el Midas arrastraba el ánimo por el piso y eso que acababan de ofrecerle un negocio increíble, y sin embargo lo único que sentía era malestar y empalago y ganas locas de irse a la cama, Ganas de irme solito a mi cama a hundirme en un sueño tranquilo y subterráneo con la luz bien apagada y herméticamente cerrados los blinds, blackout absoluto contra el ataque del sol en la mañana, pero el bueno de la Araña, que no se pillaba la razón de mi bajonazo, gimoteaba convencido de que la culpa era suya y no paraba de pedirme perdón por el fracaso, No todo está perdido, Midas my boy, me reconfortaba con un entusiasmo patético y sin fundamento, Te fallé al final pero te juro que estuvimos a milímetros de lograrlo, me insistía el bendito Araña y no lograba sino atizarme la depre, Hubiéramos ganado la apuesta, me aseguraba, si esas dos criaturas que me trajiste no hubieran sido tan desganadas y tan haraganas, la próxima vez tráeme unas hembras de verdad, unas panochas ardientes, no más muñequitas de porcelana que eso me la deja fría. Pero viejo Araña, reviraba el Midas, si te traje a las muchachas tal como las solicitaste, bilingües y modositas y alimentadas con sushi, No del todo, Midas my boy, creo que entre tú y yo hubo bache generacional y vacío de comunicación, se te escapó el detalle de que a los hombres de mi edad nos gustan las hembras contundentes y calientes y me enchufaste un par de anoréxicas de esas que hay que conservar en el freezer, no paraba la Araña de improvisar disculpas para disimular su vergüenza, A los hombres como yo nos gustan papandujas y madurongas, y tú, Miditas, hijo, me saliste con un par de crías desnutridas y desamparadas que estaban buenas para adoptarlas pero no para fornicárselas. No te preocupes viejo Araña que ya nos sonreirán tiempos mejores, así le decía yo, que cuando me conviene puedo ser el hijueputa más lambeculos del mundo, y al mismo tiempo disimulaba la mala leche para no jorobar tamaño business que teníamos pendiente, No te vayas todavía, Arañita, viejo man, deja que yo despache para sus casas al Joaco y al paraco Ayerbe y tú quédate en mi oficina con el Silver un cuartico de hora más, que les tengo razón de Escobar, y cuando les conté la meganoticia a la Araña y al Silver, omitiendo detalles alevosos como que el Patrón los llamaba respectivamente el Tullido y el Informante, a ambos les entró la silenciosa y se quedaron pasmados en sus sillas, quiero decir que al principio como que no les sonó la vaina, les dio por preguntar y por enredarse en dudas, que por qué ahora Pablo nos pide efectivo si siempre nos ha recibido cheques, que por qué nos está buscando otra vez si ha transcurrido tan poco tiempo desde el último cruce, y era fundamentada su reticencia, mi niña Agustina, porque Escobar siempre deja pasar más de seis meses antes de buscarte de nuevo, no por nada él es el Patrón y sabe cómo tiene que rotar a su personal beneficiario, eso me lo sabía yo de memoria y no entiendo cómo lo olvidé, parece que la codicia se las lleva bien con el Alzheimer, lo peor es que el asunto me olió mal desde el principio, pero era tan suculento el botín que opté por desactivar la alarma. A la Araña y al Silver tampoco les sonó del todo así que medio se rascaron la cabeza, medio protestaron con cualquier pretexto, digamos que se quejaron de la dificultad de conseguir tanto billete en rama de la noche a la mañana, actuaban haz de cuenta como quien se gana el premio gordo de la lotería y rezonga porque no sabe qué va a hacer con tanta plata, pero al rato ya se habían sacudido de encima cualquier prevención o prejuicio y se sacaban del bolsillo el Mont Blanc y la libretica Hermes para jalarle a las cuentas, que si consignamos en tal, que si invertimos en cual, y por ahí derecho nos fuimos entregando todos al entusiasmo, y es que al fin y al cabo ganarse ochocientos millones de un solo jalón es cosa que no te sucede a diario. Pero puntuales, mis amores, recuerden que la condición de Pablo es que el dinero esté vivito y coleando y aquí en mi mano a más tardar pasado mañana, les advertí yo al momento de la despedida, ahí en la acera frente al Aerobic's, ya cerca de las dos de la madrugada, y antes de abordar cada cual su nave nos agarramos a los picos y a los abrazos como si fuéramos colegiales en el día del grado, hermanados los tres en la dulzura del oro cercano. Al otro día el Midas, tal como había previsto, amaneció sin ánimos para levantarse y con la sensación de haber tenido un mal sueño, Soñé que me montaban una persecuta tenaz, una vaina así bien paranoica, no te puedo especificar bien porque fue una pesadilla borrosa, mi reina Agustina, borrosa pero tan fea que me hizo amanecer convaleciente, si es que se puede llamar amanecer eso de abrir los ojos cuando ya el sol va por la mitad del cielo, se me pegaban las cobijas y nada que me soltaban y yo sin saber si se trataba de una gripa de esas asiáticas que quería tomarme por asalto, o si era trastorno por el dineral que me iba a caer encima, o simplemente cagazo de salir mal parado de toda esa historia, o a lo mejor un revoltijo de esas tres cosas; lo cierto es que sólo quería invernar, quiero decir que ni para pararme a orinar me daban las fuerzas, porque sabía que fuera de la cama me iba a ver baboso y ridículo como un miserable caracol sin su concha. Y cuando eso me pasa no me creerás pero me da por pensar en ti, Agustina bonita, y eso viniendo de parte mía debes tomarlo como una declaración de amor berracamente impresionante porque nunca he sido hombre dedicado a cultivar recuerdos, lo pasado siempre se borra de mi disco duro, lo que no es el momento para mí es tierra de olvido, claro que dirás que de qué te han servido en la vida mis declaraciones de amor si en la práctica me comporto como un cerdo, y sin embargo es verdad que pienso en ti cuando estoy solo en mi dormitorio, que es como decir mi templo, y es verdad también que para el caspa que soy, no hay avemaría que valga aparte de tu recuerdo. Por eso a veces me pongo a meditar sobre lo que hubieran podido ser tu vida y la mía si no fueran esto que son, y ese pensamiento me envuelve en la modorra y me va hundiendo en la flojera y ahí sí que menos quiero saber del mundo que se extiende más allá de mi dormitorio, que a fin de cuentas viene siendo mi único reino, muñeca Agustina, tú lo visitaste en tu noche espantosa, después de que armaste el bochinche y que desataste el tierrero que dio al traste con todo, pero estabas tan loquita que no debes ni acordarte, y no creas que te culpo, Agustina vida mía, esa familia tuya siempre ha sido un manicomio, lo que pasa es que a ti se te nota demasiado mientras que tu madre y tu hermano Joaco lo disimulan divinamente, es increíble con cuánta sanfasón cabalga Joaco sobre la locura sin dejar que lo tumbe, como si fuera uno de sus nobles caballos de polo, y en cambio a ti, Agustina chiquita, la locura te lleva de sacudón en sacudón y de porrazo en porrazo, como en rodeo tejano. Pero te estaba hablando de mi dormitorio, porque si el mundo de afuera me quedó grande, en cambio tendrías que verme entre las cuatro paredes de mi cuarto, hasta yo mismo me asombro al comprobar que mi voluntad se extiende por esas ocho esquinas sin trabas ni contratiempos, cuando estoy ahí dentro, con pie firme en mi terreno, parecería que hasta el tiempo se estira o se encoge a mi antojo. Te mostré, Agustina, pero no lo viste, el gran estilo con que todo lo enciendo y lo apago con sólo oprimir un botón de ese juguetico tan sumamente bonito que es el control remoto, me fumo un cachito de marihuana y sostengo mi control remoto como si fuera bastón de mando, desde la cama amortiguo las luces y regulo la temperatura ambiente, pongo a tronar mi equipo Bose, abro y cierro cortinas, preparo café como por arte de magia, enciendo la chimenea con fuego instantáneo, preparo el baño turco o el jacuzzi para desinfectarme en borbotones de agua y cocinarme al vapor hasta quedar libre de polvo y paja, y luego me doy una pasadita por esa ducha especialmente diseñada para mí con múltiples chorros tan poderosos que servirían para apagar incendios pero que esa noche no sirvieron a la hora de calmarte a ti, mi bella niña histericoide, aunque te apliqué alternativamente el agua helada y la recontracaliente. Todo es limpísimo en mi habitación, muñeca Agustina, no sabes cuánta limpieza puede comprar el dinero, y más aún si tu madre es una santa como lo es la mía y como lo es toda madre de clase media, una santa que sabe tararear los jingles de detergentes que salen en la tele y que recoge tu ropa sucia y te la devuelve impecable al día siguiente, lavada y planchada y organizada en rimeros perfectos entre tu clóset. El resto de mi apartamento no me interesa y por eso no intenté mostrártelo siquiera, es inmenso y aburrido y lo he declarado parte de las vastas desolaciones exteriores, debe ser por eso que en la sala aún no he puesto muebles y en el comedor, que compré para doce comensales, no me he sentado a comer ni la primera vez, porque hacerlo solo me produce nostalgia y la idea de tener que invitar a los otros once me da soponcio, pero lo más patético de todo es la terraza, que en el centro de sus ochenta metros cuadrados tiene un parasol de rayas rojas y blancas que hasta ahora no ha protegido del sol a nadie, y alrededor seis palmeras enanas sembradas en macetas que por mí bien pueden crecer hasta el cielo porque me da igual, creo que en esa terraza playera con vista al asfalto no he puesto nunca el pie, o tal vez sí, una sola vez, el día en que visité el apartamento para comprarlo. La sala, el estudio, el comedor grande y el pequeño, la terraza, la cocina, todo eso queda del lado de allá de mis fronteras, para mí la patria es mi dormitorio y la réplica del vientre materno es esa cama king size en la que me acuesto con hembritas lindas a las que ni siquiera les pregunto el nombre, precisamente entre esa cama dormitaba yo la mañana siguiente del encuentro con Misterio cuando a eso de las diez sonó el teléfono y me despertó dejándome sentado de un golpe, a mí, que había tomado la decisión inquebrantable de quedarme haciendo pereza entre las sábanas hasta la una de la tarde, levantarme a trotar y luego pegarme un baño de media hora redonda, desayunar con granola y jugo de zanahoria y salir hecho un tigre a conseguir el dinero para Pablo. Pero sonó el teléfono y era la voz de la Araña que le soltaba un Vente ya para mi oficina que te tengo que contar un chisme, Hombre, Arañita, dime la vaina por entre el tubo que no estoy de humor para levantarme, pero la Araña con su mejor tono de ministro sin cartera le hizo saber que el asunto era privado y prioritario y el Midas salió volando a su encuentro, renunciando al jogging y a la granola y a la ducha eterna por temor a que hubiera algún impedimento para conseguirle la plata a Pablo, y cuando el Midas llegó, la Araña le sirvió un whisky, lo metió a una sala de juntas donde no había gente y ahí solos los dos, sentados al extremo de la mesa kilométrica, se le arrimó como para susurrarle al oído algún secreto, el Midas de verdad creyó que la Araña le iba a decir que no le jalaba al asunto con Pablo y se echó a temblar, esa posibilidad lo aterraba más que nada en el mundo, primero porque la apetencia de esa ganancia espléndida ya había hecho nido en su pecho y segundo por miedo a la revancha, porque es bien sabido que el Patrón no admite un no por respuesta. ¿Sabes cuándo fue?, le preguntó la Araña insuflándole entre la oreja su aliento espeso y el Midas, despistado, Cuándo fue qué cosa, Pues cuándo fue que estuve a punto de lograrlo, De lograr qué cosa, Arañita querido, no prolongues el suspenso, Pues qué va a ser, dormilón atolondrado, te pregunto si sabes cuándo estuve a punto de lograr una erección anoche. Y yo no podía creer que el tipo me hubiera sacado de la cama y obligado a ir hasta allá por semejante cretinada, así que le dije Claro que lo sé, viejo podrido, casi se te para cuando supiste todo lo que te ibas a ganar con Escobar, Estoy hablando en serio, Midas my boy, ¿sabes cuándo fue? El día de san Blando que no tiene cuándo, hubiera querido responderle el Midas pero en cambio se armó de paciencia y le preguntó en plan cómplice, A ver, viejito querido, confiésame cuándo fue. Entonces la Araña le contó que esa noche había tenido un amago de erección cada vez que una de las chiquitas le hacía maldades a la otra, ¿Quieres decir cuando le daba las nalgadas y eso? Sí, eso, cuando le hacía así y así con el rejito ese, lástima que fuera de mentirijillas, y la Araña le comunicó al Midas que para el segundo intento de

Operación Lázaro quería que se especializaran en ese ladito rudo, pero esta vez en serio, sin tanto teatro y sin tanto juguete. ¿Debo entender entonces que quieres que te consiga una masoquista profesional, de esas de cueros negros y cadenas y tal? Debes entender lo que te dé la gana, Miditas, hijo; yo te doy la orientación general y tú te ocupas de los detalles, lo único que te aclaro es que desde anoche se me han despertado unas ganas locas de ver una hembrita que sufra en serio. De acuerdo, dije yo por seguirle la corriente, pero para mis adentros, niña Agustina, tomé la decisión de montar la sesión en privado, sin tener de testigos a Joaco, ni a Ayerbe ni al gringo, para que no se enteraran del nuevo fracaso. Porque no era cosa de quemar así el segundo cartucho, que a fin de cuentas sería el penúltimo, y si bien el Midas había casado aquella apuesta a sabiendas de que iba al muere y sólo por divertirlos un rato, en el fondo tener que perder le emberriondaba el genio, Es que Agustina, nena, apuesta es apuesta y al final no quieres perderla por estúpida que sea. Tú me miras de frentolín con esos ojazos negros que tienes, Agustina bonita, y piensas que si le seguí la idea a la Araña no fue por ganar la apuesta, sino más bien por obsecuencia. ¿Por qué no le canté a la Araña la verdad, por qué no le dije que su pobre pájaro no se le iba a parar ni con grúa y que además el jueguito ese ya no le hacía gracia a nadie? ¿Estás pensando que fue por la misma razón de siempre y que si una y otra vez le hago caso a la Araña es porque soy incapaz de romper el hechizo que sobre mí ejercen él y todos los old-moneys? ¿Porque aunque trate de disimularlo mi admiración por ellos es superior a mi orgullo, y por eso tarde o temprano acabo haciéndoles de payaso? Si me sueltas a bocajarro ese rollo moralista, Agustina chiquita, si me dices que mi peor pecado es la obsecuencia, con el dolor de mi alma tendré que aceptarlo porque es estrictamente cierto; hay algo que ellos tienen y yo no podré tener aunque me saque una hernia de tanto hacer fuerza, algo que también tienes tú y no te das cuenta, princesa Agustina, o te das cuenta pero eres suficientemente loca como para desdeñarlo, y es un abuelo que heredó una hacienda y un bisabuelo que trajo los primeros tranvías y unos diamantes que fueron de la tía abuela y una biblioteca en francés que fue del tatarabuelo y un ropón de bautismo bordado en batista y guardado entre papel de seda durante cuatro generaciones hasta el día en que tu madre lo saca del baúl y lo lleva donde las monjas carmelitas a que le quiten las manchas del tiempo y lo paren con almidón porque te toca el turno y también a ti te lo van a poner, para bautizarte. ¿Entiendes, Agustina? ¿Alcanzas a entender el malestar de tripas y las debilidades de carácter que a un tipo como yo le impone no tener nada de eso, y saber que esa carencia suya no la olvidan nunca aquéllos, los de ropón almidonado por las monjas carmelitas? Ponle atención al síndrome. Así te hayas ganado el Nobel de literatura como García Márquez, o seas el hombre más rico del planeta como Pablo Escobar, o llegues de primero en el rally París-Dakar o seas un tenor de todo el carajo en la ópera de Milán, en este país no eres nadie comparado con uno de los de ropón almidonado. ¿Acaso crees que tu familia aprecia a un hombre como tu marido, el bueno del Aguilar, que lo ha dejado todo, incluyendo su carrera, por andar lidiándote la chifladura? Pero si tu familia ni siquiera registra a Aguilar, mi reina Agustina, decir que tu madre lo odia es hacerle a él un favor, porque la verdad es que tu madre ni lo ve siquiera, y a la hora de la verdad tampoco lo ves tú, no hay nada que hacer, así se sacrifique y se santifique por ti, Aguilar será siempre invisible porque le faltó ropón. ¿Y yo?, pues otro tanto mi reina, ante mí se arrodillan y me la maman porque si no fuera por mí estarían quebrados, con sus haciendas que no producen y sus pendentifs de diamantes que no se atreven a sacar de la caja fuerte por temor a los ladrones y sus ropones bordados que apestan a alcanfor. Pero eso no quiere decir que me vean. Me la maman, pero no me ven. El Midas le dice a Agustina que le va a ahorrar los detalles del capítulo siguiente de Operación Lázaro porque fue un asunto sórdido, que basta con asegurarle que en esa segunda fase de la apuesta no se esforzó en absoluto, nada de primores ni de sutilezas, simplemente buscó en el periódico un anuncio sadomasoquista, agarró el teléfono y contrató a una cabaretera que por golpe de ingenio se hacía llamar Dolores y que tenía montado con su chulo un numerito a domicilio de tortura moderada, le negoció la tarifa, le fijó fecha y se desentendió. En la noche señalada llegó al Aerobic's Center la Dolores con su verdugo, sus aperos y sus instrumentos de castigo y la cosa era deplorable, mi linda Agustina, como de circo de pueblo, ella una mujer rutinaria y sin inspiración, lo que se llama una burócrata del tormento, y él un saltimbanqui de pelo engominado y traje de gala color vino tinto, te juro princesa que lo único que yo sentía al verlos era desolación, así que el Midas cumplió con encenderles todas las luces del gimnasio, los dejó allá abajo haciendo su performance ante la Araña y esos dos escoltas, el Paco Malo y el Chupo, que lo siguen como malas sombras, se subió a su oficina, tomó la calculadora y se puso a echar cifras porque ya por entonces hacía un par de días le habían mandado todo el dinero a Escobar a través de Misterio y estaban esperando a que se les cumpliera el milagro de la multiplicación de los panes y los peces. Te dije que la mujer aquella del show s&m se llamaba Dolores, retén en mente ese nombre, Agustina bonita, porque la mala estrella de la Dolores nos está jodiendo con su luz negra.

Sucedió al sexto mes del único embarazo de Agustina, dice Aguilar refiriéndose en realidad a su único embarazo con él, porque antes ya había tenido otro y ese primero había terminado en aborto voluntario, ella misma se lo contó y de paso le soltó el nombre de un Midas McAlister que había sido su compañero de cama; ese nombre, Midas McAlister, se le quedó grabado en la memoria a Aguilar porque no era la primera vez que se lo oía mencionar a su mujer, pero además porque el sujeto sonaba también por otros lados, a lo mejor las páginas sociales de El Tiempo pero sobre todo en las habladurías que lo señalaban como lavador de dólares. Pero a lo que íbamos, retoma el hilo Aguilar, la cosa es que llevábamos cinco meses esperando al niño cuando los médicos nos comunicaron que era probable que lo perdiéramos debido a una preeclampsia. A partir de ese momento Agustina se volvió a dedicar de lleno, como hacía cuando la conocí, a esa retorcida modalidad del conocimiento que tanto fastidio y desconfianza me produce y que consiste en andar interpretando la realidad por el envés y no por el haz, o sea en guiarse no por las señales evidentes y nítidas que le llegan sino por una serie de guiños secretos y manifestaciones encubiertas, que escoge al azar y a los cuales les concede, sin embargo, no sólo poder de revelación, sino además de decisión sobre los acontecimientos de su vida. Los médicos nos dijeron que sólo una quietud casi absoluta podría, eventualmente, hacer que el embarazo transcurriera bien y que se salvara el niño, y mi Agustina, que se aferraba a la criatura con todas sus fuerzas, optó por permanecer día y noche inactiva entre la cama, casi petrificada, temerosa de cualquier movimiento que precipitara la pérdida, y fue entonces cuando empezó a fijarse en los pliegues que se forman en las sábanas. Espera, Aguilar, no te muevas, me pedía al despertar, quédate quieto un momento, que quiero ver cómo amanecieron las sábanas. Al principio Aguilar no entendía nada y se limitaba a observar cómo ella pasaba los dedos por los pliegues y las arrugas del tendido, con inmenso cuidado para no alterarlos, Dice el mensaje que todo saldrá bien y que cuando el niño nazca le voy a poner Carlos en honor a mi hermanito menor, me comunicaba aliviada, y se sumía en una especie de letargo del que yo no lograba arrancarla ni con el desayuno, que todos los días le llevaba a la cama porque me daba cuenta de que eso la reconfortaba. ¿Qué mensaje, Agustina? ¿De qué mensaje me hablas? Del que quedó escrito anoche aquí, en las sábanas. Por Dios, Agustina, ¡qué pueden saber las sábanas! Ellas saben mucho de nosotros, Aguilar, ¿acaso no han estado durante toda la noche absorbiendo nuestros sueños y nuestros humores? No hay que preocuparse, Aguilar, las sábanas dicen que el niño está bien por ahora. Pero las sábanas no siempre nos traían noticias alentadoras, y empezó a suceder cada vez con mayor frecuencia que tras estudiar ese mapa inexistente que ella veía dibujado en la cama, Agustina se echara a llorar, desconsolada. La criatura está sufriendo, me decía entre sollozos y en medio de una crisis de angustia que yo no hallaba cómo calmar, ni echando mano a los exámenes de laboratorio, que indicaban estabilidad, ni recurriendo a la opinión favorable de los médicos, ni apelando al sentido común. Como si se tratara del dictamen de un juez despiadado, los pliegues de las sábanas determinaban el destino nuestro y el de nuestro hijo, y no había poder humano que hiciera reflexionar a Agustina sobre lo irracional que era todo aquello. Para desgracia nuestra, de nada valieron ni los esfuerzos de los médicos, ni la heroica dedicación de Agustina. Perdimos el bebé y eso no hizo sino comprobar el don adivinatorio de las sábanas y consolidar su tiranía sobre nosotros. Pero eso no sucedió inmediatamente. Por el contrario, un par de semanas después de la pérdida, Agustina, que no volvió a mencionar el asunto y que parecía repuesta de cuerpo y alma, se dedicó con bríos a un negocio de exportación de telas estampadas con técnica de batik. Fue una época gozosa en la que el apartamento se convirtió en una fábrica a pleno vapor, y yo me tropezaba con los bastidores, con los rollos de algodón de Bali, con los baldes llenos de aceites vegetales. No podíamos cocinar porque la estufa era el lugar destinado a calentar la cera, así que nos las arreglábamos con sánduiches y ensaladas o con pollo asado que pedíamos al Kokorico de la esquina, y para poder bañarnos teníamos que retirar de la ducha metros de tela que escurrían índigo y cochinilla y no sé qué más tinturas orgánicas, y recuerdo con particular horror una masa pegotuda y amarilla que Agustina llamaba kunyit; el famoso kunyit se quedaba pegado en todo, en las suelas de los zapatos, en las tesis de mis estudiantes, en los tapetes, sobre todo en los tapetes, cuando el kunyit atacaba a un tapete, había que darlo por muerto. Esa del batik ha sido una de nuestras mejores épocas. Porque tú andabas radiante, Agustina, inventando diseños y ensayando mezclas de colores; te pintabas un punto rojo en la frente, te envolvías en saris, en sarongs, en pashminas y en pareos y escuchábamos todo el santo día discos de Garbarek, de Soeur Marie Keyrouz y de Ravi Shankar, ¿te acuerdas, Agustina, de Paksi?, la tal Paksi, esa vendedora de artesanías de Java que parecía boyacense pero que se decía nacida en Jogykarta, esa que se ofreció como maestra en la técnica y que después no hallábamos cómo sacarla de casa. Pero a finales de ese año el negocio de batik empezó a hacer agua. Agustina, que había invertido una fortuna en materiales y que no había logrado exportar nada, empezó a entristecerse y a caer en la inactividad, y arrastraba por los suelos un ánimo que no le daba ni para deshacerse de la parafernalia de aquella industria doméstica que seguía invadiendo nuestro espacio, ahora convertida en basura y en lamentable testigo de una derrota. No te preocupes, Agustina mía, que pretender competir con los indonesios en batik era como si ellos quisieran monopolizar la producción de nuestro ajiaco, trataba yo de consolarla restándole importancia al descalabro pero no había nada que hacer, la melancolía seguía tirándola hacia abajo, en picada. Fue entonces cuando Agustina volvió a hablarme del mandato de las sábanas, que esta vez le indicaban que había llegado la hora de buscar un segundo embarazo. Yo le reviré exasperado que me importaba un cuerno lo que dijeran las sábanas, si tú lo deseas, si estás dispuesta a correr otra vez los riesgos, entonces cuenta conmigo y lo intentamos de nuevo, pero te advierto que estoy harto de toda esta historia, que no acepto que hasta para acostarte conmigo tengas que consultarle a las sábanas, o la ouija, o a los santos, pero claro, Agustina no hacía caso, Agustina nunca ha hecho caso, no oía mis reclamos y seguía esperando que de alguna parte le llegaran mensajes e indicaciones sobre cómo actuar y pensar. Era como si hubiera perdido la capacidad de tener una opinión propia, y se dejaba paralizar por el miedo a tomar por sí misma cualquier determinación. Lo único que atinaba a decir era El médico dice..., las sábanas indican..., según el horóscopo..., anoche tú me dijiste..., como tú te niegas..., mi madre opina..., la señora que me echa las cartas... Agustina parecía una autómata, y se aferraba a opiniones ajenas y a señales caprichosas que nos hundían hasta el cuello en un lodazal de indecisiones. Y sin embargo, aquello todavía no era la locura. Y si lo era, se estaba apenas anunciando.

Algunas cosas escapan al control de mi Visión, dice Agustina, porque son más fuertes que mi don de los ojos y ni siquiera las fotos secretas de la tía Sofi tienen poder suficiente para controlarlas, y de todas esas cosas, la sangre es la que más me inquieta. Se refiere a la Sangre Derramada, que la toma por sorpresa y la derrota cada vez que se escapa de donde debe estar, o sea de la parte de adentro de la gente. Cuando va obedeciendo el recorrido de sus circuitos ocultos, la sangre no me preocupa porque es invisible, no tiene olor y no arma escándalo con el torrente de sus muchísimos glóbulos blancos y rojos. Se diría que Dios la creó tranquila y secreta pero eso no es cierto; la sangre, como la leche hervida, siempre está esperando una oportunidad para derramarse y cuando empieza ya no quiere detenerse. Ven, Bichi Bichito, niño pequeñito, ven que te voy a cortar esas uñas que tienes renegras de andar jugando con tierra, y el Bichi, confiado, le extiende la mano a su hermana Agustina; es tan dulce la mano de mi hermano pequeño, es tan bello mi niño con sus rizos negros y es tan indefenso, nos sentamos los dos sobre la cama, con mi mano izquierda sujeto bien la suya y con la derecha sostengo el cortaúñas y él, mientras tanto, con la que le queda libre juega a juntar motas de las que se forman en la colcha de lana, mientras yo le corto las uñas el Bichi está pensando en otra cosa, o quizá no está pensando en nada, como todavía es tan pequeño su pensamiento está lleno de motas así que se olvida de su propia mano mientras Agustina, que es apenas mayor, le corta de un clic la uña del meñique, un poquito de uña que salta y cae al suelo y que es la cosa más diminuta que existe en el planeta, si el propio Bichi es mínimo, cómo será la uña de su dedo meñique. Dice Agustina: creo que por entonces todavía no sabía hablar el hermanito mío. Quédate quieto, bebé, no te muevas tanto, este dedo se llama anular porque aquí es donde se usa el anillo, hago sonar otro clic y salta por el aire ese nuevo filito de luna creciente, Ya van dos uñas, Bichito, no nos quedan sino tres y si no te mueves vamos a acabar muy pronto, este dedo más grande es el del corazón, no sé por qué lo llamarán así, quédate quieto que no me dejas hacer, vuelve a sonar el clic y la primera cosa inesperada es que esta última pizca de uña no brinca en el aire sino que cae redondita y blanda sobre mi falda, la segunda cosa, pero no enseguida sino después del paso de un silencio grande, es el inexplicable alarido que pega el niño Bichi como porque sí, fuera de toda proporción y sin retirar su mano que sigue atrapada entre las mías, su manita todavía regalada y expuesta como si ese grito no tuviera nada que ver con ella, y sólo al rato, pero muy al rato, cuando ya el grito del Bichi se hace intermitente y se convierte en llanto, sólo entonces los ojos de Agustina ven, por primera vez desde que se abrieron al mundo, cómo va saliendo eso que es tibio y rojo y que mancha la colcha, ya el Bichi ha liberado su mano y se la lleva a la cara que también le queda pegajosa y manchada, Déjame ver, Bichi, por favor, trato de mirarle el dedo para comprender qué pasa pero se me nubla la cabeza porque estoy temblando, el miedo me quita los poderes y me asaltan tantas voces que no comprendo ninguna, la peor de las voces, la que más me paraliza, es la que me repite que he lastimado al Bichi, que le he hecho daño, al igual que mi padre, Perdóname, Bichito, te lo suplico, y él me muestra su mano roja de sangre y sus ojos están llenos de lágrimas, Cállate, mi amor, cállate mi niño, si gritas así no me dejas ver nada. A mi mente, que ha empezado a funcionar muy lento, llega una voz pequeña que me revela que esa uña blanda que acabo de cortar no es uña sino que es el pedacito de yema que ahora le falta a su dedo, Yo te lo arreglo, Bichito mi amor, pero no llores así que me van a castigar por haberte hecho daño, y el Bichi trata de no llorar, todavía se queja pero ya muy quedo, es increíble cómo empata su dedo con la yema que ha quedado suelta, se volverían a pegar si no fuera por esta sangre que sigue saliendo, porque esto es la Sangre, Bichi Bichito, esto se llama la.Sangre Derramada y ya está llegando a mis oídos la Voz Mayor, la que me advierte Tu hermanito va a morir porque toda la sangre que tiene por dentro se le va a salir por la punta del dedo, entonces ya no me importa que me castiguen ni que el Bichi grite y salgo corriendo a llamar a mi madre porque ante todo no quiero que el Bichi se muera, y según creo recordar lloré toda esa noche y unas manchas de color marrón que quedaron en la colcha fueron testimonio del mal que le hice, y cuando mi hermano Bichi y yo ya éramos más grandes, él seguía un poco mocho del dedo porque la yema nunca le volvió a crecer, le faltaba la puntica del dedo del corazón y todavía debe faltarle, cada vez que pienso en eso lloro, empiezo a llorar y no puedo parar de sólo pensar que de cualquiera hubieras esperado un daño pero no de mí, dondequiera que estés, Bichi, hermanito, qué no daría yo porque no te doliera esa herida que te hice. Después de eso el hilo de sangre volvió a esconderse y a correr por dentro, a la espera de una nueva oportunidad para confundirme y para nublarme el don de los ojos. La Cabrera era un barrio moderno, protegido por calles privadas y celadores envueltos en ruanas que se apostaban durante las veinticuatro horas en garitas con vidrios blindados enfrente de cada casa, y a los niños nunca nos dejaban solos porque ahí estaban para cuidarnos mi madre o Aminta o cualquiera de las otras mujeres del servicio doméstico, o si no la tía Sofi, que ya se había mudado a vivir con nosotros, pero una tarde Aminta se voló a escondidas a ver a su novio y no sabe Agustina qué pasó con los demás adultos pero ella y sus dos hermanos se quedaron solos y alguien timbró a la puerta, No abras, Agustina, no abras, Bichito; nos tenían prohibido abrir la puerta pero me asomé por la ventana y vi que era el celador de los vecinos, tenía puesta su ruana de lana de chivo negro y desde afuera me hizo entender que sólo quería un vaso de agua, Mira, Joaco, es un vigilante y sólo quiere agua, y corrí hasta la cocina a traérsela y abrí la puerta para dársela y él tomó dos sorbos pero la tercera vez que quiso llevarse el vaso a la boca se le cayó al piso y se hizo añicos, luego se recostó un poco contra la pared y se fue escurriendo, debió sentir calor porque se quitó la ruana sin decir una palabra y entonces ya estaba caído en el suelo abrazado a su ruana, el Bichi salió a ver qué pasaba y se paró a mi lado y al rato el señor celador desde el suelo me pidió que por favor le diera más agua, y ya había empezado a suceder aquello: la Sangre se le iba saliendo despacio, abriéndose camino fuera de su cuerpo, y una voz le dijo a Agustina que sólo el agua podría controlar la voluntad de la Sangre que se Derrama, El celador me dijo que le diera agua y yo comprendí sus palabras, me estaba enseñando que no moriría si le daba agua así que corrí a la cocina a traerle otro vaso, Qué haces, le gritó el Joaco y ella, Le traigo más agua porque tiene sed, Qué sed va a tener, si se está muriendo, ¿no ves que lo hirieron y se está muriendo? Pero sí tenía sed, trató de incorporarse y estiró la mano hacia mí, hacia el vaso que yo le entregaba, sus dedos rozaron los míos que todavía guardan el recuerdo de ese roce, pero no agarró el vaso sino que se escurrió de nuevo como de medio lado, despacito también él, igual que su sangre que ya era un gran charco oscuro sobre el mármol blanco de la entrada de mi casa, la punta de los zapatos del Bichi llegaba hasta el borde del charco y yo lo empujé hacia atrás con mi brazo, No toques esa sangre, le dije, pero el Bichi no me obedeció, ¿Acaso creíste, hermano, que la sangre era ese día como las aguas del Éstige y que tocarla nos haría invulnerables? Después siguió una tarde muy larga, al principio soleada y cada vez menos hasta que el aire se puso de color violeta y a cada cosa le nació una sombra precisa, como cortada con tijera, y de la montaña empezó a bajar el frío pero yo no lo sentía porque estaba parada a orillas de la sangre de ese hombre, sin poder quitarle los ojos de encima ni moverme, mis ojos muy abiertos y cada vez más penetrantes, como estatua de sal porque la visión de la sangre paraliza mis poderes y me atrapa, ya el Bichi no estaba conmigo ni tampoco el Joaco y hasta el propio celador parecía haberse ido, de él tal vez no quedaban frente a mí sino su cuerpo, su ruana negra y su sangre pero yo seguía ahí, sin moverme, convocada por aquello que estaba sucediendo y que era la muerte de un hombre, por primera vez en mi vida la muerte de un hombre, y en algún momento de esa larga tarde llegaron en una patrulla de la policía dos señores de bata gris, uno de ellos se puso guantes de caucho, se acuclilló frente a ese muerto que ya era como mío de tantas horas que me había pasado mirándolo, o acompañándolo tal vez si es que acaso él se percataba de mi compañía, ya yo conocía de memoria su bigotico ralo y la mirada perdida del ojo que le quedó abierto y los dos zapatos que se le cayeron dejando a la vista sus pies encogidos entre los calcetines como dos caracoles que se retraen al perder la concha, Más adelante en la vida he podido comprobar que es una especie de ley que los muertos pierdan los zapatos. Agustina pensaba, Este muerto es mío porque sólo yo lo acompaño en su muerte, sólo yo estoy aquí con los ojos fijos en sus calcetines que son de color marrón con punticos blancos, y me sorprendo al comprobar que también los muertos usan calcetines; Agustina asegura que en ese momento pensó que los varones se dividen en dos, de un lado los que usan calcetines negros o gris charcoal, como su padre, y del otro lado los demás, que usan calcetines más o menos marrones con punticos claros. El hombre de los guantes de caucho trató de mover al muerto pero él no se dejó, como si prefiriera seguir abrazado a su ruana en esa posición incómoda, entonces el de la bata se puso a buscarle en los bolsillos y encontró un radiecito de pilas que todavía sonaba, con poco volumen pero sonaba, seguía soltando música y propagandas y torrentes de palabras como si el celador todavía pudiera escucharlas y Agustina

147

pensó: El radio es lo único que queda vivo de este hombre. De otro bolsillo le sacaron cuatro monedas y un peine pequeño que el de los guantes metió entre una bolsa de plástico junto con el radio, que ya había apagado para que no siguiera sonando, y luego el otro que estaba con él también se puso guantes, estiró los dedos índice y del corazón de la mano derecha y encogió los otros tres como hacen los curas cuando le echan desde el altar una bendición a los fieles, lo va a bendecir para que no se vaya al infierno, pensé, pero no, no era eso, con los dos dedos de la bendición lo que hizo fue buscarle las heridas a mi muerto, una por una fue metiendo los dos dedos entre ellas mientras decía Arma blanca, axila izquierda, seis centímetros de profundidad; arma blanca, cuatro centímetros, espacio intercostal derecho entre séptima y octava, así fue contando rotos en el cuerpo tendido mientras una mujer de azul que vino con ellos anotaba en su libreta hasta que llegaron a nueve y dijeron: Nueve heridas de arma blanca, una le interesó el hígado. Los dos hombres y la mujer se movían, iban a la patrulla y volvían, pisaban la sangre del celador y dejaban las huellas de los zapatos pintadas en rojo sobre el mármol de la entrada, hasta que mi padre y mi madre regresaron a casa al mismo tiempo pero en distintos autos y armaron un tremendo escándalo, Agustina podía escuchar sus palabras pero no las comprendía, Que cómo así, que los niños no pueden ver eso, Joaco, Agustina, Bichi, se van enseguida cada cual para su cuarto, Cómo es posible que no estén ni Aminta ni Sofi y qué irresponsabilidad es ésta. Padre, fueron nueve heridas de arma blanca, Madre, fueron nueve heridas de arma blanca, nosotros tratábamos de contarles lo del radiecito y lo del vaso de agua pero ellos no querían escucharnos, Padre, qué quiere decir le interesó el hígado, Madre, dónde queda el hígado, pero mi padre cerró con doble llave la puerta de casa con nosotros adentro y mi muerto quedó afuera, nunca supe cómo se llamaba y no dejo de preguntarme si el agua que le di también se le habrá escapado por los rotos del cuerpo. Ya he dicho que antes de suceder, las cosas me envían tres llamadas, y la Tercera Llamada de la Sangre sonó en mis oídos en la piscina de Gai Repos, en Sasaima, y resonó en la cara de reproche que puso mi madre, cuántas veces no habré visto su cara que se descompone por cosas que yo hago o que digo o por cosas que a mí me pasan, ¡cara de tanto disgusto!, y esta vez fue porque la Sangre Derramada salía de mí, corría entre mis piernas y manchaba mi traje de baño, y mi madre con su gran belleza y su cara de espanto, tan delgada y pálida en su vestido blanco de verano, me tomó por el brazo y me dijo Tienes que salirte ya de la piscina, y quiso envolverme en una toalla pero yo, que estaba jugando ladrones y policías con mis primos y con mis hermanos, yo que era un ladrón sólo me afanaba porque no me atraparan, Suéltame, madre, que me apresan si no salto al agua, el agua es el refugio de los ladrones, madre, soy un ladrón y acaso no ves que me van a atrapar. Pero ella no me soltaba, me apretaba el brazo con tanta fuerza que me lastimaba, Te vino, Agustina, me dijo, te vino, pero yo no sabía qué me había venido, Tápate con la toalla y éntrate conmigo ya mismo a la casa, pero yo tiré la toalla y zafé mi brazo de la mano de mi madre y me tiré al agua y ahí fue cuando la vi, saliendo de mí misma sin permiso de nadie y tiñendo de aguasangre la piscina, Ésta es la Tercera Llamada, pensé, y no sé bien qué pasó después, sólo recuerdo que al final, ya dentro de la casa, la tía Sofi me dio un Kotex, yo ya los conocía porque los robábamos del baño de mi madre y los usábamos como colchones en los canastos de los pollitos vivos y teñidos con anilina que nos regalaban en las primeras comuniones, pollitos de plumas verdes, pollitos lilas, rosados o azules que duraban pocos días y había que enterrarlos, mi padre decía que al teñirlos les habían hecho una maldad porque los envenenaba el colorante. Ponte esto en los pantis, me dijo la tía Sofi dándome el Kotex, Ven, te enseño cómo, pero Agustina lloraba y no quería hacerlo, le parecía horrible que la sangre se le saliera por ese lado y le manchara la ropa y que su madre la mirara con cara de reproche, como se mira a quien hace algo sucio, a quien Ensuciacon-su-sangre. Luego la tía Sofi dijo Pobre mi niña, tan chiquita y ya le vino la regla, y como afuera mis primos y mis hermanos gritaban llamándome para que regresara al juego de ladrones y policías, yo me sequé las lágrimas y le dije a mi madre Voy a contarles a ellos lo que me pasó y ya vuelvo, y centellearon los ojos de mi madre y de su boca salió la Prohibición: No, Agustina, esas cosas no se cuentan. ¿Qué cosas no se cuentan, madre? Esas cosas, entiéndelo, las cosas íntimas, y entonces fue ella quien se asomó por la ventana y les dijo a mis primos y a mis hermanos Agustina no va a salir ahora porque prefiere quedarse aquí con nosotras jugando una partida de naipes, Qué partida de naipes, madre, aquí nadie está jugando naipes y a mí no me gustan los naipes, yo quiero seguir jugando ladrones y policías, pero mi madre no me dio permiso porque dijo que el sol aumentaba la hemorragia, así dijo, la hemorragia, y era la primera vez que yo escuchaba esa palabra, y cuando entró el Bichi a preguntar qué me pasaba mi madre le dijo que no me pasaba nada, que simplemente quería jugar a los naipes. Ahí fue cuando entendí por tercera vez que mi don de los ojos es débil frente a la potencia de la Sangre, y que La Hemorragia es incontenible y es inconfesable.

No pudo escoger peor lugar para venirse abajo. Cuenta Aguilar que aunque lo que menos hubiera querido era descomponerse en público, no fue capaz de aguantar hasta llegar a la camioneta, Se me fue el alma al piso allí mismo, en ese cuarto de hotel, al ver por la ventana esas acacias negras que el viento movía contra la noche iluminada, esas mismas acacias que Agustina miraba tan absorta el domingo del episodio oscuro, como si se dejara hipnotizar por ellas. Lo poco que quedaba de mi reserva de coraje de repente huyó de mí y escapó como por entre un desagüe, y no fue tanto el peso de la enfermedad de su mujer lo que derrotó a Aguilar, fue más bien el recuerdo nítido de ese primer momento de lucidez en ella, ese instante de reconocimiento que le pacificó la expresión y la hizo correr a su encuentro, abrazarlo con fuerza y aferrarse a él como el ahogado a la tabla, ese minuto único e irrepetible en que todo estuvo solucionado, en que la tragedia se detuvo justo antes de dar el golpe, como si se hubiera arrepentido de su propósito de destrozarlos, Vámonos a casa, Agustina, le dijo Aguilar, pero ya era demasiado tarde, el instante de posible salvación se había esfumado, ella estaba otra vez anonadada y ya no se fijaba en él, su atención había vuelto a quedar atrapada en esas acacias que movían las ramas como queriéndole decir Tú no eres de aquí, no perteneces a este mundo, no tienes recuerdos, no conoces a este hombre que te reclama, lo único que te liga a él es el desprecio y el enfado. Así que tan pronto la Desparpajada se retiró para atender el llamado que le habían hecho por radioteléfono, Aguilar no pudo mantenerse más en pie y se sentó en el borde de la cama, quemado por dentro por el ardor de ese recuerdo, y cuando la muchacha regresó, unos minutos después, encontró postrado al cliente que había dejado solo en la habitación 416, ¿Señor Stepansky? ¿Señor Stepansky, le sucede algo? Algo, sí, señorita, me sucede que soy el esposo de una mujer que perdió la cabeza en la 413, Cómo así, le preguntó ella, y él le confesó que ni se llamaba Stepansky ni tenía amigos que quisieran alojarse en ese hotel, Me llamo Aguilar y lo que necesito saber es qué pasó con mi mujer, usted debe saber, se llama Agustina Londoño y es una joven alta y pálida, vestida de negro, eso fue hace veintiocho días exactamente, Aguilar le indicó las fechas y se enredó tratando de explicarle que él la había recogido el domingo pero que no sabía con quién había llegado ni cuándo exactamente, ¿Una muchacha espectacular, tipo artista, o actriz, pero como muy rara, toda vestida de negro y con el pelo demasiado largo? Es una buena descripción de mi mujer, reconoció Aguilar, y claro, la Desparpajada sí recordaba, Yo ya no estaba aquí al día siguiente, cuando hicieron el check out, pero era yo, precisamente, la que atendía en recepción la noche anterior, cuando ellos llegaron, ¿Cuando quiénes llegaron? Pues esa que usted dice que es su mujer y el hombre que iba con ella, ¿acaso no era usted mismo? Ése es el problema, que no era yo mismo, y entonces la Desparpajada se disculpó diciendo que si se trataba de asuntos de engaños prefería no meterse, Es que uno nunca sabe, señor Stepansky, Me llamo Aguilar, Es verdad, ya me lo dijo, lo que pasa, señor Aguilar, es que en ese tipo de enredos no hay que tomar partido porque uno nunca sabe, No es un asunto de engaños, es un problema gravísimo de salud mental y usted tiene que ayudarme, es un deber humanitario, Espere, espere, señor Aguilar, ante todo tranquilícese un poco, venga, quédese aquí conmigo un momentico, y lo curioso fue que cerró la puerta de la habitación como para brindarle a ese hombre que sufría un instante de paz y consuelo y luego se sentó a su lado en la cama, tan cerca de él que sus piernas se tocaban, Mire, señor Aguilar, en un hotel como éste pasa de todo, cada tanto gente rara viene a parar aquí a hacer cosas raras, pero en medio de las rarezas, no crea, hay una rutina que uno acaba por aprenderse, la variedad de lo raro se reduce a cinco cosas, se lo digo yo que lo tengo muy estudiado, o es sexo, o es alcohol, o droga, o golpes o disparos, a eso se reduce el repertorio, mire cómo es la vida, hasta la rareza tiene su monotonía, por ejemplo episodios de cuchillos o de suicidios por aquí no han habido, Ha habido, la corrigió Aguilar que no puede evitar ser profesor hasta en las peores circunstancias, No señor, no han habido, en otro hotel de esta misma cuadra sí se les suicidó un rumano pero aquí en el Wellington no hemos visto de eso, y la muchacha del 413, la que usted dice que es su esposa, de ella sólo sé decirle que podía estar drogada, o podía ser loca o simplemente supernerviosa, era difícil saber, en cualquier caso estaba muy acelerada, de todas maneras las pertenencias de ella siguen estando aquí porque dejó el maletín, le dijo la Desparpajada a Aguilar, pero cuando él le pidió que se lo entregara, le respondió que por disposición de la administración no podrían entregárselo sino a la propietaria en persona, Pero si la propietaria en persona está loca, alzó la voz Aguilar y se puso de pie, cómo quiere que venga a reclamar un maletín si está loca en persona, se enloqueció personalmente aquí, en la habitación 413 de este hotel, usted misma acaba de reconocer que fue testigo, y la Desparpajada, tirándole de la manga del pantalón para que se volviera a sentar, No, señor Aguilar, no se enloqueció aquí, cuando vino ya estaba loca, o al menos enferma, o en cualquier caso sumamente agitada. Acordaron no hablar más en el hotel, a la Desparpajada sólo le faltaban cuarenta y cinco minutos para terminar su turno, si el señor quería podían ponerse una cita después, en algún café, Sí, el señor sí quería, desde luego que el señor quería, y entonces ella propuso que fuera a las diez y cinco en un comedero de la carrera 13 con calle 82 que se llama Don Conejo, la Desparpajada, que ahora traía del baño un poco de papel higiénico para que Aguilar se sonara, le dijo que en ese sitio hacían unas empanadas buenísimas y que por esa razón ella lo frecuentaba cuando salía hambrienta del hotel; Don Conejo quedaba cerca pero no tanto como para que los descubrieran sus compañeras de la recepción, además sólo a ella le gustaba porque aunque las demás reconocían que las empanadas eran buenas, les molestaba salir de allí con la ropa impregnada en olor a fritanga, Mire, señor Aguilar, yo comprendo la angustia que tiene por lo de su esposa y con mucho gusto lo ayudo en lo que pueda, a mí me parte el alma verlo en ese estado, hoy por ti mañana por mí y todo eso pero ahora tenemos que salir de aquí porque si me pillan en éstas me echan, tranquilícese un poco y más tarde hablamos, yo le prometo que si me espera en Don Conejo le ayudo, o al menos lo acompaño en su pena, es que cuando uno trabaja en un hotel termina por volverse medio enfermera, no crea, usted no es el primero, aquí viene a parar mucha gente solitaria y emproblemada, pero ahora salgamos de aquí que me mata el administrador si me ve en conversaciones raras con un huésped, Yo no soy un huésped, No, usted no es un huésped, peor aún, usted quién sabe quién sea. Así me dijo la Desparpajada pero al mismo tiempo me sonreía como dejándome saber que no le importaba no saberlo, yo era un desconocido que había llorado mirando por la ventana de uno de los cuartos de su hotel, es decir, yo era el tipo de hombre que ella estaba dispuesta a acoger y a apoyar y seguramente también a llevar a su cama, porque así era ella, de eso me había dado cuenta desde el primer momento. Regresaron al lobby cada cual por su lado, ella por el ascensor y él por las escaleras, y desde un teléfono público llamé a la tía Sofi a preguntar por Agustina y a avisar que llegaría tarde, Está dormida, me respondió, y yo arranqué a caminar sin ton ni son por el frío de las calles con las manos entre los bolsillos y el cuello de la gabardina levantado, Humphrey Bogart de pacotilla por entre esas mujeres fieras y enormes que son los travestis y esas universitarias empacadas a presión entre bluyines que son las prostitutas, iba mirando el reloj a cada momento como si eso acelerara el tiempo, necesitaba que fueran las diez y cinco para encontrarme con esa muchacha y soltarle el tropel de preguntas que me bullían en la cabeza, pero también, reconoce Aguilar, porque la cercanía de ella era un alivio en medio del infierno por el que estaba pasando, y cuando ya faltaba poco se encaminó hacia Don Conejo y encontró que estaba cerrado, así que atravesó la calle y se sentó en el café de enfrente, cerca de la puerta de entrada para estar atento a la llegada de ella, pidió té y se hundió aún más entre el cuello de su gabardina porque con esa pálida que traía encima no deseaba encontrarse con nadie que no fuera ella, pero tenía que suceder que en la mesa vecina estuvieran sentados dos antiguos compañeros suyos de militancia que se le acercaron porque andaban recogiendo firmas para denunciar la desaparición forzada de alguien, Aguilar no supo de quién porque no puso atención a lo que le dijeron ni leyó la denuncia antes de firmarla, Tengo que huir de este lugar, pensó, pagó el té, se despidió de ellos y salió a la calle justo en el momento en que la Desparpajada cruzaba la esquina y se dirigía hacia Don Conejo, Sólo que al primer golpe de vista no la reconocí, dice, porque se había quitado el sastre azul oscuro de la falda corta y ahora llevaba puestos unos pantalones negros que por algún motivo no le sentaban, quizá porque le quedaban demasiado apretados, además se había recogido el pelo en una cola de caballo y ya no me pareció tan atractiva, es más, casi me convencí de que era otra y las que me sacaron de la confusión fueron sus uñas, uñas así no podía haber sino esas diez en todo el universo mundo, y sólo cuando ya la tenía a un par de metros de distancia se percató Aguilar de que el maletín que traía debía ser el de Agustina, ¡Me lo trajo!, le gritó, Sí, se lo traje, esperemos que no se me arme un lío por eso. Echaron a caminar por la carrera 15, que estaba desbaratada motivo obras públicas; el movimiento de las volquetas y el estrépito de los taladros ahogaban las preguntas de Aguilar así que prefirió seguir camino callado, pensando sólo en ese maletín que ahora cargaba y que era la constatación de que todo había sido premeditado, su mujer no había llegado a ese cuarto de hotel por casualidad o por accidente sino que había empacado sus cosas y abandonado el apartamento voluntariamente y con un propósito definido, y ese propósito era la cita con el hombre aquel, quién sabe desde cuándo la estaba planeando y tal y tal, una catarata de especulaciones de ese corte que Aguilar prefiere no recordar, andaba tan embebido dándome cuerda hasta el infinito con ese asunto que ni sabía por dónde caminaba, mientras tanto la Desparpajada corría detrás de él encaramada en unos zapatos de plataforma que le dificultaban el equilibrio por entre las troneras abiertas en el asfalto y pretendía derrotar a gritos el rugir de taladros para contarle vaya a saber qué cosas de su vida, algo sobre las várices de su madre, sobre lo que costaban los colegios de sus hermanos, y cuando pasaban frente a la Clínica del Country lo detuvo por el brazo y lo hizo entrar, Venga, le gritó, aquí hay una cafetería chiquita donde no nos vamos a encontrar con nadie, ya que nos fallaron las empanadas acompáñeme a dona y a café con leche que me muero de hambre, Aguilar no atinó a decirle a tiempo que precisamente ahí no, que en esa clínica no porque era el único souvenir que le faltaba recolectar en ese horrendo tour de la memoria, así que cuando se vino a dar cuenta ya estaba sentado comiéndose una dona redonda y rosada justo frente al letrero que decía Urgencias en frías letras azules, las mismas Urgencias donde atendieron a Agustina la noche del episodio oscuro. No probó bocado, comentó la Desparpajada, Pero si me comí media dona, Tú no, tu mujer cuando estuvo en el hotel, ¿Dices que no probó bocado? No, el tipo que la acompañaba bajó a cenar solo al restaurante, ordenó lo suyo y dispuso que a ella le llevaran lo mismo a la habitación, pero luego la bandeja apareció intacta en el corredor, y cuando te digo intacta es intacta, es que ni siquiera levantó las cubiertas para ver qué contenían los platos, lo sé porque al otro día volvió a ocurrir lo mismo, es decir el domingo, él bajó a desayunar solo y ordenó que a ella le subieran el desayuno, que tampoco probó, y cuando esas cosas se dan los meseros nos avisan, porque puede ser señal de que algo torcido está pasando en una habitación, yo no sé, señor Aguilar, sinceramente le digo que eso no parecía un encuentro de enamorados, Hay encuentros de enamorados que no salen bien, dijo él, Ay, señor Aguilar, contigo no hay caso, te estoy diciendo con toda franqueza que lo de ellos era muy poco romántico, por ejemplo si yo me quedara una noche con un novio…, Fue muy difícil, todo lo que está pasando es muy difícil, le dijo él después de un silencio largo, silencio sólo por parte suya porque ella había seguido especulando sobre lo que habría hecho con un novio en un hotel como el Wellington, No sabes lo duro que ha sido todo esto, repitió Aguilar y cayó en cuenta de que aún no sabía cómo se llamaba, Me llamo Anita, ya se lo he dicho tres veces pero usted sólo tiene oídos para su dolor, también le conté que mantengo a mi madre y a mis hermanos y que aparte de trabajar en el hotel, administro un chuzo con fotocopiadora y servicio de fax en el garaje de mi casa, qué le voy a hacer, con lo del hotel no me alcanza, Dónde queda tu casa, Anita, le preguntó Aguilar reconociendo para sí mismo que era bueno estar con esta Anita, que era bueno que se llamara Anita pero que le gustaba más con el pelo suelto, Si quieres consolarme, Anita, suéltate el pelo, le pidió pero ella no le hizo caso y le siguió echando un cuento larguísimo del cual Aguilar sólo retuvo el dato de que Anita vivía en el barrio Meissen, una barriada proletaria que él conocía bien porque décadas atrás la había frecuentado para organizar mítines y vender el periódico

Revolución Socialista, El Meissen, mi querida Anita, queda en el mismísimo carajo, Sí, señor, me lo vas a decir a mí, que del Meissen al hotel me echo todos los días hora y media de bus y otro tanto a la vuelta, y era gracioso ver cómo Anita, con las puntas de sus diez banderitas de Francia, se las arreglaba para sostener su dona rosada y llevársela a la boca, y eran rosados y redondos y redulces, al igual que la dona, sus labios generosos y regalados que se acercaban demasiado a los míos con el pretexto de decirme cualquier cosa, pero ni siquiera esos labios de muchacha apetitosa me hacían olvidar el maletín que reposaba debajo de la mesa y que contenía mi desdicha y mi despecho, Voy a abrirlo aquí mismo, delante de ti, Anita, porque no soportaría hacerlo solo, y Anita, que había empezado a tutearlo pero que por momentos parecía arrepentirse y regresaba al Usted, le dijo Dale, señor Aguilar, ábralo, qué importa, pensarán que son los objetos personales que le traemos a un familiar enfermo, y yo fui sacando cosa por cosa y colocándola sobre la mesa de fórmica, unas cuantas prendas de ropa interior de algodón blanco, una camiseta mía que tiene estampada la palabra Frijolero y que a Agustina le gusta usar para dormir, dos blusas que no debió alcanzar a ponerse porque estaban limpias y planchadas, Qué raro, opinó Anita, tu esposa llegó al hotel con la apariencia muy descuidada siendo que tenía ropa limpia entre el maletín, cómo te dijera, cuando la vi pensé que era el colmo que una mujer tan bella se presentara así, como mascada por las vacas, Aguilar seguía sacando cosas, un estuche con el cepillo de dientes y el dentífrico, una crema limpiadora Clinique, unas Alturas de Machu Picchu de Pablo Neruda que él mismo le regaló poco después de conocerla, Qué cosa es Machu Picchu, quiso saber Anita, Unas ruinas incaicas que quedan en los Andes peruanos, y como ella agarró el libro y vio que en la primera página tenía una dedicatoria firmada por mí, «A Agustina, en el pico más alto de la tierra», me preguntó si había estado con mi mujer allá encaramado, No, la verdad no, Entonces qué quisiste decirle con esto, Pues no lo sé, debía estar muy entusiasmado para escribir semejante cosa, Y quién es Pablo Neruda, se empeñó en saber pero no le contesté por estar pendiente de aquellos objetos, un cepillo de pelo, otros potingues también marca Clinique, una pomada con cortisona, Y eso para qué, Para la alergia, como Agustina tiene la piel tan blanca a veces le dan alergias y se echa pomadas, No te preocupes, señor Aguilar, me dijo Anita agarrándome de pronto la mano, si el hombre que estaba con tu mujer fuera su amante, ella no habría llevado estos pantis tan simplones sino unos de encaje negro o rojo tipo tanga y un brassier menos soso que éste, No la conoces, Anita, mi mujer es de las que siempre usan ropa interior sencilla y blanca, Ya veo, entonces deben estar casados por la Iglesia, No, Agustina y yo vivimos juntos sin la bendición de nadie, Entonces, preguntó Anita, por qué llevas argolla matrimonial en el dedo, Me la dio mi primera mujer, la madre de mis hijos, mira, por dentro está grabado su nombre, Mar-ta-E-le-na, y al ver eso Anita, azucarando la voz y entornando los ojos, le dijo Qué personaje eres, señor Aguilar, vives con una mujer y llevas la argolla de otra, me parece que necesitas que una tercera entre a arreglar ese pleito, y acercándose demasiado le dijo Esta noche va a pasar algo, como insinuando que algo sentimental o sexual iba a pasar entre nosotros, pero como yo rehuía tanto lo uno como lo otro me eché bruscamente hacia atrás y ella, dándose por aludida, se apresuró a aclarar, Quiero decir en el país, siento que esta noche en el país va a pasar algo tremendo, Y cómo no, le contestó Aguilar, si casi todas las noches pasa algo tremendo pero anoche no pasó nada y antenoche tampoco así que por mero cálculo de probabilidades hoy nos toca, y cuando iba por la mitad de esa frase sentí curiosidad de saber a qué olía su pelo, Suéltatelo, Anita, le volví a pedir y como esta vez me hizo caso, se nos vino encima toda esa melena crespa y yo, agradecido y reblandecido por dentro, acerqué la nariz y aspiré el perfume dulzón de su champú, ¿Durazno?, le pregunté, Increíble, señor Aguilar, adivinaste, es Silky Peach de L'Oréal. Sin retirar la nariz de su pelo le hablé de aquella tarde de mis quince años en que por dejarme ir demasiado rápido cuesta abajo en una bicicleta prestada, perdí el control y fui a parar contra una cerca de alambre de púas que me cortó de mala manera el antebrazo derecho y me arrancó un jirón de la piel del cuello, todavía tengo ambas cicatrices, mira Anita, puedes verlas, y ella recorrió con la yema de su índice esta marca fea que cruza mi garganta mientras preguntaba Por qué me cuentas eso, Te lo cuento por lo que siguió después, en la enfermería del barrio, donde el doctor Ospinita, que a falta de grado universitario oficiaba de médico a punta de buena voluntad, me desinfectó las heridas y me las cerró con veintisiete puntos, todo eso a palo seco porque la anestesia era un lujo inconcebible en un vecindario pobretón como el mío, Ajá, comentó Anita poniendo cara de seguir sin entender qué tenía aquello que ver con ella, Bueno, te lo cuento porque es uno de los recuerdos más dulces de mi vida, quiero decir, lo que me pasó en esa ocasión con una señora, era una mujer joven y en mi memoria aparece como muy hermosa aunque he olvidado su nombre y los rasgos de su cara, o quizá nunca llegué a saber su nombre ni a verle mucho la cara, no era la enfermera, era simplemente alguien que se encontraba allí, en esa enfermería, a lo mejor esperando turno para que la atendieran, a ella o a algún hijo o familiar al que habría acompañado, y cuando me vio vuelto un Cristo y aterido del pánico ante la aguja curva y el hilo de nylon con que Ospinita apuntaba hacia mi cuello, ella se ofreció para tranquilizarme y lo que hizo fue asombroso, se sentó en la cabecera de la camilla, colocó mi cabeza sobre sus muslos sin importarle que le empapara la ropa con mi sangre, con una mano sostuvo en alto la bolsa para la transfusión con que Ospinita buscaba contrarrestar la hemorragia, y aquí viene lo que de verdad tuvo importancia, Anita, lo que no olvido, y es que con la mano libre esa mujer me acariciaba el pelo, y era tal el arrobamiento que me producían sus caricias que yo sólo pensaba en su mano, yo cerraba los ojos para concentrarme en sus caricias y así pude olvidarme del dolor y del miedo y de la visión de mi propia sangre, yo sólo flotaba en el placer inmenso que me producían esos dedos que acariciaban mi pelo; cada vez que me siento morir, Anita, como he sentido todos estos días, como estoy sintiendo ahora, el recuerdo de esa mujer me sostiene, mejor dicho el recuerdo de esa mano de mujer, y si te lo estoy contando a ti es porque tu presencia surte en mí un efecto parecido, y como Anita al escuchar aquello empezó a ronronear como una gata, Aguilar se echó de nuevo hacia atrás y cambió de tónica, Y a propósito de dedos, le dijo por decir algo, santo Dios, muchacha, qué uñas tan largas tienes, te las pintas tú misma o te lo hacen en la peluquería, apuesto a que tú no sabes, bella Anita la del barrio Meissen, para qué sirven los palitos de naranjo. Me paré para llamar otra vez a la tía Sofi y avisarle que ya salía para allá, y al regresar a la mesa le dije a la Desparpajada Mira, Anita, si tuviera quince años te pediría que me acariciaras el pelo un buen rato, pero estoy viejo y jodido y en medio de una tragedia así que más bien vámonos, anda, te llevo hasta tu casa. ¿Tienes carro?, me preguntó incrédula, como si no me viera cara de propietario o no pudiera creer el milagro de salvarse de hora y media de bus por una noche, ¿Que si tengo carro?, digamos que más o menos, digamos que tengo una cosa destartalada que a duras penas se puede llamar carro pero que te llevará sana y salva hasta tu casa. Ahora me hace gracia recordar con cuánta seguridad le dije esta última frase, cuenta Aguilar, porque por poco no se me cumple, quiero decir que con Anita en el asiento del copiloto tomé hacia el sur por la carrera 30, que a esa hora tenía muy poco tráfico, y cuando íbamos a la altura del Estadio Nemesio Camacho nos sacudió un cimbronazo brutal que alcanzó a levantar la camioneta del asfalto, al tiempo que un golpe de aire nos lastimaba los tímpanos y un ruido seco, como de trueno, salía de las entrañas de la tierra y luego se iba apagando poco a poco, como en sucesivas capas de eco, hasta que un silencio absoluto pareció extenderse por toda la ciudad, y en medio de esa quietud mortal escuché la voz de Anita que decía Una bomba, una berraca bomba putamente grande, debió estallar cerca de acá, te lo advertí, señor Aguilar, te advertí que esta noche iba a pasar algo espantoso. Pero yo pensaba sólo en Agustina, me atenazaba el pálpito de que algo hubiera podido sucederle, Anita encendió la radio del auto y así nos enteramos de que acababan de volar el edificio de la Policía en Paloquemao, a unas doce cuadras de donde estábamos y a unas ocho del lugar donde el estallido seguramente habría despertado a Agustina aterrorizándola, si es que acaso la onda expansiva no había alcanzado a reventar las ventanas de mi apartamento, y se me vino a la mente la imagen de ella levantándose de la cama en estado de conmoción y pisando los vidrios rotos, y era tan vívida aquella imagen que se me convirtió en certeza, literalmente vi que Agustina caminaba con los pies descalzos por el piso cubierto de astillas y me entró una urgencia enorme de estar junto a ella. No sé cuánto tiempo estuve callado y perdido en esa obsesión mientras manejaba hacia el Meissen a lo que daba la camioneta para dejar a la muchacha que venía a mi lado y volver a casa sin perder un instante; me afanaba la idea de que Agustina de alguna manera hubiera podido salir lastimada, claro que al mismo tiempo me sorprendía a mí mismo dándole demasiadas vueltas a la posibilidad de que así fuera, no sé, era como si se moviera en mí algo no del todo sano, algo como un inconfesable ojo por ojo, tan hondamente me había herido su desamor. Así que cuando Anita habló, me había olvidado a tal punto de ella que su voz me tomó por sorpresa, Señor Aguilar, me dijo, no me va a perdonar el atrevimiento, pensará que con qué derecho me entrometo, pero opino que usted sufre demasiado casado con esa loca.

Fuera de mí todo remordimiento, dijo en voz alta Nicolás Portulinus después del almuerzo aquel en que se comieron el pernil de cerdo. Tras tomarse una taza de infusión digestiva y un trago largo de extracto de valeriana, repitió ¡Fuera de mí, todo remordimiento!, a manera de súplica, o de conminación para que los efectos letárgicos de la valeriana le concedieran la breve beatitud de una siesta. Luego le pidió a Blanca que le desatara los botines porque su cuerpo abotagado se negaba a doblarse lo suficiente como para permitir esa maniobra, se recostó sobre su alta cama protegida por la nube de gasa de un mosquitero, se dejó adormecer por el sordo retumbar del río Dulce, que se despeñaba en cascada frente a su ventana, y volvió a ver, en medio de una cierta luz que él mismo describe como resplandor artificial, las superficies pulidas de un escenario antiguo —que en otras ocasiones definiría como ruinas griegas— sobre el cual dos muchachos luchan, se lastiman y sangran. «En el sueño, yo permanezco con los pies clavados al piso —escribiría después en su diario— anonadado por el brillo metálico de la sangre e inerme ante el llamado de la carne desgarrada. Uno de los luchadores me es indiferente, el que se mueve de espaldas a mí de tal manera que no le veo el rostro. Tampoco sé su nombre, pero eso no me inquieta. Sueño que su nombre no tiene importancia. En cambio el otro muchacho me compromete profundamente; creo reconocer que es el más joven de los dos y quizá el más débil, de eso no estoy seguro, pero sí de que se queja y se lame las heridas de manera lastimera.» Hacia las cinco de la tarde Portulinus se despierta y se levanta de la cama, aunque como es tan difusa la condición de su mente, digamos más bien que se levanta sin haberse despertado del todo. Lleva puesta una bata de seda estampada con entrevero de ramas color verde bosque sobre fondo negro, calza las pantuflas aquellas que suelen refundírsele causándole tanto enfado, tiene el pelo aplastado de medio lado por haber estado sudando contra la almohada y todavía flota en los ardores del sueño que lo visitó durante la siesta. Como obedeciendo una orden, toma pluma y papel pautado, se sienta al piano y le dedica un par de horas a componer esa tonada que desde hace meses zumba en sus oídos sin que él logre atraparla. Desde el jardín, su esposa Blanca lo espía a través de las celosías, constatando feliz que Nicolás vuelve a componer después de meses de no hacerlo, «por fin ha renacido en él la energía creativa —escribiría ella más tarde en una carta— y vuelvo a escuchar los acordes que brotan de las honduras de su alma». Blanca, que además cree percibir que a su marido se le ha despejado un tanto la mirada, se pregunta ¿Acaso no soy la mujer más feliz del mundo?, sospechando que en ese momento en efecto lo es. Por eso observa arrobada a su marido a través de las celosías de la ventana mientras él, sentado al piano, llena una página tras otra de papel pautado, haciéndose el que apunta notas y compases para tener contenta a su mujer, o para convencerse a sí mismo de su propio contento. Pero en realidad sólo garrapatea moscas y patas de mosca, manchas negras y palotes disparatados que son la transcripción exacta de su doloroso estrépito interior. Sobre aquel muchacho luchador y ensangrentado con quien ha soñado no cabe preguntar cómo era sino cómo es, porque Portulinus sueña con él con frecuencia y desde hace años, y así se lo deja saber a su mujer esa noche cuando ya los sapos, los grillos y las chicharras enardecen la oscuridad con sus cantos, Blanca, querida mía, le confiesa, volví a soñar con Farax, ¿Quién es ese Farax, Nicolás, le pregunta ella con visible inquietud, y por qué siempre te asalta en sueños? Es sólo mi inspiración, contesta él tratando de aquietarla, Farax es el nombre que le doy a mi inspiración, cuando me visita, ¿Pero es un él, o una ella? Es un él, y me transmite la exaltación necesaria para que la vida valga la pena, Dime, Nicolás, insiste ella, ¿es alguien a quien conozcas? ¿Lo he visto yo alguna vez? ¿Es un sueño o un recuerdo?, pero Nicolás no está para responder tanta pregunta, Se llama Farax, Blanquita mía, conténtate con saber eso, y en ese punto los interrumpe su hija Eugenia, la siempre taciturna pero en este instante iluminada, que les trae la noticia de que ha vuelto a golpear a la puerta el estudiante de piano que ha venido desde Anapoima preguntando por el Maestro, Está otra vez aquí el muchacho rubio, les dice la niña con el alma palpitándole en la boca, De qué muchacho estás hablando, Del que vino ayer con sus soldados de plomo entre el morral, quiere saber si padre podrá darle unas lecciones de piano. Para atender al recién llegado Nicolás bajó a la sala, amplia y amueblada con unas cuantas sillas en torno al gran piano Bluthner en palo de rosa que Portulinus mandó traer de Alemania y que hoy, toda una vida después, reposa en casa de Eugenia, en el barrio La Cabrera de la ciudad capital, convertido en una enorme antigualla silenciosa. Portulinus entró a la sala de su casa de Sasaima y vio que el visitante de Anapoima se había sentado al piano sin autorización de nadie y que acariciaba con mano reverente la preciosa madera roja de vetas oscuras, pero esa osadía en vez de irritarlo le pareció señal de carácter desenvuelto y ahorrándose los saludos de cortesía fue directo al grano, Si quieres lecciones, muéstrame cuánto sabes, le ordenó al muchacho y éste, aunque no se lo habían preguntado, dijo que se llamaba Abelito Caballero y quiso presentar la retahíla de referencias que traía memorizada, aclarando que venía por recomendación del alcalde de Anapoima y que había estudiado en la Escuela de Música y Danza de ese pueblo hasta llegar a saber más que la única maestra, doña Carola Osorio, razón por la cual aspiraba a recibir formación más avanzada por parte del Maestro Portulinus, pero como éste no parecía interesado en su historia, el muchacho desistió de suministrarle información no requerida y optó más bien por arremangarse la camisa para darle libertad a sus brazos, sacudió la cabeza para despejarla, se frotó las manos para que entraran en calor, se echó la bendición para contar con la ayuda divina y se soltó a tocar un vals criollo llamado La Gata Golosa. Aunque la timidez hacía que el muchacho trabucara aquí y allá las notas, Portulinus, que empezó a respirar pesadamente como si lo sofocara una fuerte conmoción interior, sólo atinaba a susurrar Bien, bien, bien, tanto si La Gata Golosa se deslizaba con agilidad como si trastabillaba, Bien, bien, bien, suspiraba Portulinus y sus ojos no daban crédito a lo que veían, los visos dorados del pelo, las manos todavía infantiles y sin embargo ya diestras, el moño de seda negro que aquel recién llegado llevaba anudado al cuello como si fuera un muñeco, el morral de cuero curtido que seguía cargando a la espalda. Tampoco los oídos de Portulinus podían dar crédito a lo que escuchaban, esa música que parecía bajar dulcemente desde lo alto para ir tomando posesión de la penumbra de la sala, lo cierto es que tanto su corazón como sus sentidos le anunciaban que lo que estaba sucediendo tenía que ver con una vieja profecía; que aquello era, por fin, el cumplimiento de una anhelada promesa. Tratando de dilucidar si sería aceptado como alumno o no, el muchacho apartaba de vez en cuando los ojos del teclado para mirar de soslayo al afamado profesor alemán que sudaba y resoplaba a su lado en bata de levantarse y pantuflas, pero no lograba interpretar su expresión ni comprender el significado de esos bien, bien, bien que el Maestro farfullaba indiscriminadamente, tanto si tocaba bien como si se equivocaba. Cuando terminó la pieza, sintió con aprensión que el gran músico se le acercaba por detrás, le rozaba el hombro con la mano, le decía casi al oído Debo llamar a mi esposa y a continuación hacía un aparatoso mutis por el foro, inclinando el corpachón hacia adelante y sin fijarse dónde ponía los pies, como si tuviera urgencia de llegar a algún otro lado. Abelito Caballero se quedó solo en la habitación ahora silenciosa, resintió un peso excesivo en la espalda, cayó en cuenta de que no había descargado el morral y procedió a hacerlo, se sonó para aliviar la congestión nasal que le producía el olor a humedad que impregnaba aquel lugar, se cruzó de brazos y se dispuso a esperar, hasta que descubrió el aleteo de una pequeña presencia en uno de los rincones, se puso de pie para investigar de qué se trataba y descubrió, agazapada detrás de un mueble, a la niña delgada y tímida que ayer y hoy le había abierto la puerta, Si quieres, volvemos a armar el desfile militar, le propuso, y como ella asintió con la cabeza, él sacó del morral los soldaditos de plomo y se pusieron en ello, los dos de rodillas en el piso, Yo me llamo Abelito, creo que ayer no te lo dije, Y yo me llamo Eugenia, no te lo había dicho tampoco. Mientras tanto Portulinus buscaba a Blanca por toda la casa y por fin daba con ella en la alacena, Qué diablos hacías en la alacena, Blanquita condenada, ¡ven inmediatamente que hay un prodigio en la sala!, le anunciaba y la jalaba de la mano, Ven, Blanquita mía, ven a conocerlo, es él, está tocando La Gata Golosa en el piano, ¡ven rápido que es él, es Farax!, y ella, alarmada al ver a su marido tan agitado, trataba de tranquilizarlo y de mermarle intensidad a su arrebato, No inventes cosas, Nicolás, cómo va a ser Farax si Farax sólo existe en tus sueños, Calla, mujer, no sabes lo que dices, ven, tienes que conocer a Farax.

El Midas le explica a Agustina que así llegaron al desenlace de la farsa aquella. Es que la vida monta el tinglado, mi reina Agustina, y en él bailamos los muñequitos según el son que nos toquen, lo que sucedió fue que la tal Dolores y el haragán que la torturaba montaron su pantomima, un espectáculo bastante deplorable pero como en materia de afición sexual no hay nada escrito, a que no sabes quién volaba de entusiasmo con aquella barbarie barata, pues quién iba a ser si no la Araña, no creo exagerar si te digo que nunca nada, desde el día en que nació, le había producido semejante éxtasis, te juro que lo vi amoratado entre su silla de ruedas gritándole al chulo ¡Dale más! ¡Payasadas no, pónganse serios! ¡Dale con ganas! y otras zafadas por el estilo, como un Nerón paralítico y ebrio de dicha que azuza a sus leones para que hagan maldades. Ahí fue cuando el Midas decidió subirse a su oficina y desentenderse de ese minicirco romano, Tú dices, muñeca linda, que por la Araña me aguanto lo que sea pero cómo sería de deprimente aquello que hasta yo puse mis límites, sus gritos de júbilo sobrepasaban mi nivel de escrúpulos, qué de risitas y de cosquilleo, lo habrán bautizado con ropón almidonado pero no pasa de ser un campesino enriquecido y corrupto, su bisabuelo habrá sido el precursor de la civilización en nuestra patria, pero te aseguro, Agustina chula, que esa noche él parecía un cromañón contento, y como en esta vida todo se da vuelta y cuando menos lo esperas lo blanco es negro y lo negro blanco, así también la dicha de la

Araña se fue volviendo fastidio con los engaños de la Dolores, La cosa no nos está funcionando del todo, Midas my boy, me dijo con la voz entrecortada por el jadeo, esta mujer tiene un 80 por ciento de estafadora y un 20 por ciento de comediante, mucho quejido y mucho lamento de dientes para afuera, mucha actuación y lágrimas de cocodrilo y poco sentimiento verdadero, esto es un numerito bien montadito, mejor practicado y muy poco sincero. Y cómo explicarle a la Araña que no era el momento para ponerse exigente, si a fin de cuentas aquella mujer no era Nuestro Señor Jesucristo para dejarse crucificar por la redención sexual de ningún cristiano. Pero tú sabes bien hasta qué niveles astronómicos puede llegar a ser veleidoso la Araña, le dice el Midas a Agustina, estaba clarísimo que su sed de dolor ajeno no se iba a calmar con una pantomima cualquiera, así que empezó a exigirle resignación y mansedumbre a ella y a cuestionarle al chulo la falta de profesionalismo y de compromiso en su desempeño como verdugo, y como ninguno de los dos le hacía demasiado caso me la fue montando a mí, empezó a insinuar que yo era el responsable por no contratar un espectáculo verosímil, una mise en scène convincente, así que yo, Pilatos McAlister, ni corto ni perezoso me lavé las manos, la vez pasada la Araña ya me había achacado la responsabilidad de su disfunción eréctil, por darle nombre científico al infortunio de su pipí de trapo, y por muy obsecuente que yo sea, Agustina de mis cuitas, no me iba a dejar colgar de nuevo el sambenito. Así que el Midas se encerró en su oficina, bajó la persiana del ventanal que da al gimnasio para no ver nada de lo que ocurría allá abajo, se metió un cachito de maracachafa y se dedicó por entero a jugar Pacman, que es lo que suele hacer para proteger su mente de lo que la fastidia y para hacer a un lado la realidad cuando se pone fea, El Pacman, Agustina primorosa, es el mayor descubrimiento del siglo, ahí no hay dolor, ahí no hay amor ni remordimientos y tu pensamiento no te pertenece, así que el Midas prendió la pantalla, conectó su juguete electrónico y se fue quedando como hipnotizado, Yo ya no era yo, le cuenta a Agustina, sino una bolita bocona y dientuda que tenía que recorrer el laberinto comiéndose unas galletas que le daban fuerzas para liquidar a unos fantasmitas que le salían al paso, y empecé a ganar bonos y mi puntaje se disparó hasta el cielo, porque ahí donde me ves, reinita linda, yo soy campeón universal de esa carajada, te juro, Agustina, que en esta tierra no ha nacido el cabrón que me gane a mí en esto del Pacman, soy capaz de tragarme todo el galleterío de una sola sentada, y si de vez en cuando de abajo me llegaba un bramido de la Araña pidiendo sangre, yo hacía como si no fuera conmigo, yo seguía inconmovible y en plan sano, pac, pac, pac, comiendo galletas y correteando por mi laberinto, yo no era más que una bolita con ganas locas de galleta y con odio jarocho por los fantasmas, y si a mis oídos se colaba algún lamento femenino, yo hacía como si no lo escuchara, lo siento, chica Dolores, no te puedo ayudar, tú estás fuera de mi pantalla, pero claro que a ratos ella se quejaba feo y entonces el Midas se ponía nervioso y se desconcentraba, permitía que los fantasmas hicieran de las suyas y perdía vidas en el Pacman a lo loco, No es que yo sea sentimental, le aclara a Agustina, pero cometí el desatino de conversar con la Dolores antes del espectáculo, la subí a mi oficina para arreglar lo del pago y ahí charlamos un poco, en realidad sólo los formalismos pertinentes; cuando el Midas le entregó el dinero, le encimó una propina que ella le agradeció en nombre de su hijo pequeño y ahí fue cuando él cometió el error imperdonable, incurrió en el embeleco de preguntarle cómo se llamaba el niño y resultó que John Jairo, o Roy Marlon, o William Ernesto, cualquier binomio bilingüe de esos, Lo grave fue que ese niño se me infiltró en la conciencia porque atentar contra la infancia atormentando a una madre no es para nada mi estilo, yo creo que eso fue lo que me puso tan inquieto. Luego ya vino el desenvolvimiento de la gran función, el vodevil de azotes y ganchos y chuzos y pellizcos y nalgadas, y de repente como que se aquietó aquello y empezaron a sonar abajo las máquinas del gimnasio, el viejo y conocido runrún de las poleas, el golpe seco de las pesas al asentarse contra la base, el traqueteo familiar de las prensas, y el Midas se relajó pensando que al menos los dos escoltas, el Paco Malo y el Chupo, saturados de sadomasoquería se habían dedicado más bien a calentar músculo en los aparatos, Que les aproveche, par de gorilones fofos, a ver si rebajan esas barriguitas sebadas en L'Esplanade, pensó el Midas McAlister, les puso a todo volumen una música disco por los altoparlantes para que se acompasaran y se sumergió en el Pacman con fijación de maníaco, No sé cuántas horas se me fueron ahí, Agustina muñeca, te juro que cuando estoy en ésas pierdo por completo la noción del tiempo, pac, pac, pac, abro y cierro la bocota y devoro galletas, pac, pac, pac, subo y bajo por el laberinto destruyendo fantasmas, y hubiera seguido así, dándole la noche entera, si por mi oficina no se asoma el Chupo a decir que don Araña me requería abajo porque se había presentado un inconveniente. Ave María Purísima, suspiró el Midas poniéndole stop al juego en el momento más emotivo y armándose de paciencia, ahora quién se aguanta a la Araña lloriqueando y disculpándose por su nuevo fracaso erótico sentimental y exigiéndome que le monte para mañana la próxima stravaganza, y al llegar abajo lo vio muy anciano y muy gordo e infinitamente hastiado entre su silla de ruedas, Qué hubo pues, Araña my friend, le preguntó el Midas en tono condescendiente, Lo que hubo fue que sacó la mano la mujercita, amigo Midas, que Dios la tenga en su gloria. Ni te cuento lo que sentí, Agustina bonita, mejor dicho sí te lo voy a contar, al principio no entendí lo que la Araña me estaba diciendo, pero cuando señaló con el dedo hacia el fondo, hacia donde están los aparatos, sobre una de las estaciones múltiples, la Nautilus 4200 Single Stack Gym, mi aparato más amado y recién adquirido, acondicionado con deck para pectorales, extention station para las piernas, barra para abdominales, ancle cuff, torre lateral y stack de 210 libras, allí sobre mi aparato vi que yacía la Dolores toda desarticulada, como si la hubieran desnucado al amarrarla y hacerle demasiado fuerte hacia atrás con la correa, como si la hubieran descuartizado, como si se hubieran puesto a jugar con ella convirtiendo en potro de tortura a mi Nautilus 4200, como si se les hubiera ido la mano y la hubieran reventado. ¿Está muerta?, les pregunté a la Araña y a sus dos matones, que estaban allí esperando que yo hiciera algo, y ahora comprendía el Midas a qué se debía ese ruido de pesas y de poleas que había escuchado hacía rato y que lo hizo pensar que lo peor ya había pasado, cuando justamente en aquel momento las cosas se salían de madre hasta la repugnancia, ¿Está muerta? Está hijueputamente muerta, dijo la Araña, muerta, muerta, muerta para siempre, pero muévete, Midas my boy, no te quedes ahí parado poniendo cara de duelo porque esto no es un velorio, lo del luto y las condolencias dejémoslo para más tarde que ahora tenemos que deshacernos de este cadáver, ¿Y el tipo que estaba con ella?, preguntó el Midas, Ése se fue a dar una vuelta, No jodás, Araña, decime dónde está el tipo antes de que sea demasiado tarde, Ya te lo dije, Miditas hijo, lo mandamos de paseo porque no quería colaborarnos, antes de que la chica nos jugara esta mala pasada le habíamos sugerido a su novio que mejor se fuera para su casa porque se negaba a jugar recio y lo que no sirve que no estorbe, que se fuera tranquilo, le habían dicho, que aquí su prometida quedaba bien recomendada, Fuera, Manitas de seda, que este asunto es para varones, La Araña pensó que sus dos colaboradores, el Paco Malo y el Chupo, podían hacer el trabajito con más empeño que el mequetrefe, Qué iba a sospechar yo, Miditas querido, que estos dos me iban a resultar un par de patanes tan indelicados, y es que el muy gallina ni siquiera chistó cuando le sugerimos que nos dejara solos con la dama, le dice la Araña al Midas refiriéndose al proxeneta, al principio pataleó un poco pero desistió de defender a su socia tan pronto el Chupo le aconsejó que no se pusiera flamenco porque le podía sangrar el culo, Arréglatelas como puedas, mamita linda, que yo me piso, ésa fue su despedida gallarda, y ahí mismo fue sacando una peinillita para repasarse el copete como si así recompusiera su dignidad mancillada, se envolvió en su capa de prestidigitador y alacazam, desapareció como por encanto en la noche bogotana. Y ahora el hijito de la Dolores había quedado huérfano y allí estaba ella como entregada a su suerte, como resignadamente muerta, tal vez a punta de ensayos ficticios se encontraba bien preparada para esta representación que resultó ser definitiva y auténtica, Ahora sí fue de verdad, le dijo el Midas a la mujer a manera de obituario. Y lo que sigue de ahí en adelante, muñeca Agustina, es puro trámite y asunto técnico, bajar a la chica del aparato, enroscarla entre un tapete y, a una orden de la Araña a sus matones, verla partir hacia lo desconocido entre el baúl del Mercedes, Sólo regresan acá cuando estén al cien por cien seguros de que la difunta desapareció para siempre y nadie va a saber de ella hasta el día de la Resurrección de los Muertos, ésas fueron las instrucciones perentorias de la Araña, y cuando ya estaban lejos los dos criminales y la víctima, yo subí y desconecté la música disco, que a todas éstas seguía tronando como un ruido del infierno, limpié con cariño mi Nautilus 4200 y le brillé el acero hasta que no quedó huella, a fin de cuentas la máquina era inocente, luego apagué las luces del gimnasio y me senté en silencio en el suelo, al pie de la silla de la Araña, hundí la cabeza entre las rodillas y me puse a pensar en ti, Agustina divina, que es lo que hago cuando no quiero pensar en nada.

Aguilar lo sintió tan pronto abrió la puerta del apartamento: era el olor acre de la extrañez. Impregna la casa cuando Agustina se pone rara, cuando sufre una de sus crisis, y yo he aprendido a reconocerlo y a asimilarlo a mi propia tristeza, que huele a eso mismo; sé que toda mi persona ha llegado a rezumar ese olor. Tras dejar a Anita en el Meissen, la noche de la bomba de Paloquemao, había regresado a las Torres de Salmona por toda la calle 26, escuchando por el camino las sirenas de unas ambulancias que la densa polvareda del desastre volvía invisibles; la radio anunciaba cuarenta y siete muertos más un número impreciso de cadáveres entre las ruinas pero Aguilar sólo pensaba en las astillas que habrían cortado los pies de Agustina, Milagrosamente la detonación no había quebrado ninguna de las ventanas de mi apartamento y enseguida me di cuenta de que a sus pies no les había pasado nada porque cuando finalmente llegué, ella estaba calzada; estaba completamente vestida y llevaba zapatos de tacón alto y eso sorprendió a Aguilar, que en un primer momento lo interpretó como una señal alentadora porque desde que había ocurrido el episodio oscuro su mujer andaba entregada al desgaire en cuanto al arreglo de su persona, salvo los breves instantes en que recuperaba algún grado de conciencia de su existencia física, lo demás era el puro arrebato centrípeto de su introspección; la locura se mira el ombligo, dice Aguilar, mi mujer permanece día y noche en piyama o a lo sumo en sudadera, olvidada de comer, de escuchar, de mirar, es como si contuviera dentro de sí misma la totalidad de su horizonte de sucesos. Por eso me sorprendió verla de nuevo de pantalón oscuro y chaqueta, con el pelo agarrado en una moña y zapatos de tacón alto, como si estuviera lista para salir a la calle pero antes de hacerlo tuviera que disponer una serie de cosas dentro de la casa, siendo esa serie de cosas básicamente un compulsivo llevar objetos de aquí para allá y de allá para acá, aunque lo de ahora ya no sea el conocido trasegar de tiestos con agua, a fin de cuentas inofensivo en comparación con esto, sino más bien una suerte de reorganización doméstica que no tiene lógica visible para mí pero que a ella le exige toda la concentración y la energía, quien no haya convivido con un delirante no sospecha siquiera la desaforada cantidad de energía que puede llegar a desplegar, la cantidad de movimientos por segundo. Por órdenes de su sobrina, la tía Sofi permanece en un rincón de la sala sin atreverse a mover porque cada vez que lo intenta, Agustina monta en cólera y se lo impide, también a Aguilar lo conmina a quedarse quieto donde está y establece las reglas de una nueva ceremonia que los otros no comprenden, una original epifanía de la demencia que consiste en ejercer un control implacable del territorio, ellos habitan del lado de allá, Agustina de este lado y está pendiente como un cancerbero, o un agente de aduanas, de que nadie transgreda esa frontera imaginaria, ese Muro de Berlín o Línea Maginot que aún no se sabe para qué habrá trazado, Mi padre va a venir a visitarme, anuncia de repente, mi padre me advirtió que si ustedes están en mi casa, él cancela su visita porque no quiere verlos aquí, quédense allá, carajo, allá es la casa de los hijueputas y aquí es la mía, usted atrás, usted atrás, le grita a Aguilar.

Yo mientras tanto pensaba en ti, que es lo que hago cuando no quiero pensar en nada, le dice el Midas McAlister a Agustina, digamos que me fascina la textura que adquieres en el recuerdo, lisa y resbaladiza y sin responsabilidades ni remordimientos, algo así como acariciarte el pelo, la pura sabrosura de acariciarte el pelo siempre y cuando eso pudiera hacerse sin consecuencias, mala pasada nos jugó Dios con eso de que una cosa lleva a la otra hasta que se forma la endiablada cadena que no para, te juro que el infierno debe ser un lugar donde te encierran con tus consecuencias y te obligan a lidiar con ellas. Por eso prefiero recordarte tal como te vi las primeras veces que tu hermano Joaco me invitó después del colegio a su casa y allá aparecías tú y era como si el aire se quedara quieto, eras una muñeca como yo jamás había visto otra, eras un juguete de lujo en la tienda más costosa, la suntuosa hermana de mi amigo rico, a lo mejor por eso desde entonces te ha dado por hacerte la loca, para obligarnos a reconocer que eres de carne y hueso y a aceptarte con todas tus consecuencias. En tanto que tu hermano Joaco es uno de esos tipos que nunca tuvieron que vestirse con ropa heredada de los hermanos, mi perfil, en cambio, es el de alguien que sólo hoy día, después de mucha lucha, sabe vestirse como Joaco Londoño y tiene con qué, pero no lo hago, mi niña Agustina, porque me doy el lujo de ostentar mi propio swing. Es que soy un auténtico fenómeno de autosuperación, un tigre de la autoayuda, pero cargo desde siempre con la mancha de haberme presentado al Liceo Masculino el primer día de clases como no tocaba, y eso que me esforcé, y sobre todo se esforzó mi mamacita linda que me compró todo nuevo, me peluqueó como pudo y me mandó con la piel brillante a punta de estropajo y de jabón, pero se le escaparon varios detalles que al fin y al cabo cómo no se le iban a escapar, si la señora era una viuda recién llegada a la capital apenas con lo necesario para mantener la dignidad, lo cual sobradamente explica que fueran innumerables los errores que cometió sobre mi persona y mi presentación personal en ese decisivo primer día de clases, por ejemplo, maleta de cuero nueva, saco de lana verde tejido por sus propias manos y pantalón de paño acalorado, pero entre tanto disparate, mi bella Agustina, hubo uno que resultó mortal, las medias blancas, porque al grito de «Media blanca, pantalón oscuro, marica seguro» tu hermano Joaco, joven príncipe de la manada, se me tiró encima y me dio una paliza fenomenal, misma que le agradezco hasta el día de la fecha porque a bofetones me sacudió de encima de una vez por todas el empaque de provinciano huérfano de padre, y esa tarde le robé a mi mami dinero de la cartera para comprarme un par de medias oscuras y un bluyín, después la hice llorar anunciándole que se olvidara de tejerme más saquitos porque no me los iba a poner, y apenas me repuse de la tunda que me había dado Joaco le caí yo a él y le partí la madre, y de verdad se la partí, hasta el punto de que tuvieron que enyesarlo. Por ese procedimiento quedaron en empate y de ahí en adelante el Midas McAlister se dedicó a imitar en todo a su amigo Joaco, a espiar cada uno de sus movimientos, Porque en el Liceo Masculino, mi bella reina pálida, yo no aprendí álgebra ni barrunté la trigonometría ni me enteré de qué iba la literatura ni tuve con la química ningún tipo de encuentro, en el Liceo Masculino yo aprendí a caminar como tu hermano, a comer como él, a mirar como él, a decir lo que él decía, a despreciar a los profesores por ser de menor rango social, y en una escala más amplia, a derrochar desprecio como arma suprema de control; cómo no iba a ser Joaco mi luz y mi guía si mi padre era una lápida a la que mi madre y yo le poníamos claveles el día de los muertos y en cambio el suyo le regaló un Renault 9 cero kilómetros con tremendo equipo de sonido cuando apenas éramos unos críos de cuarto bachillerato, fue en el Renault 9 de Joaco donde los oídos del Midas McAlister se abrieron al milagro del misis braun yugota loblidota de los German Germis, y a Joaco cómo lo admirábamos porque era el único que podía pronunciar Herman's Hermits y cantar con todas las sílabas Mrs Brown you've got a lovely daughter; todo para el Midas eran revelaciones y deslumbramientos cada vez que Joaco le permitía acercarse a su mundo, Disparados a toda mierda en ese Renault 9 nos volábamos los retenes y los semáforos en rojo, hacíamos alarde de machos alfa tirándoles monedas a las prostitutas de las esquinas y parqueábamos en el Crem Helado, desmelenados y triunfales como jóvenes caníbales, y a pedir perros calientes y malteadas al auto, cómo iba a sospechar el Midas, recién llegado de provincia y alojado en un apartamentico interior del decoroso barrio San Luis Bertrand, discretamente agrupado en torno a la iglesia de su santo patrón, Dime, Agustina bonita, cómo iba yo a saber que en esta vida existe ese invento espléndido que se llama malteada de vainilla y que si la pides por micrófono te la acercan al auto. Los discos que le traían de Nueva York a Joaco, y el olor a nuevo de su Renault 9, y esa libertad dorada de niños que vuelan sin licencia de conducir por la Autopista al Norte, todo esto era demasiado para el Midas McAlister, el corazón le latía con una ansiedad desconocida y salvaje y sólo atinaba a repetirse a sí mismo Todo esto tiene que ser mío, algún día será mío, todo esto, todo esto, y mientras tanto cantaban el Yésterdei de los Bicles y también los Sauns of Sailens de Sáimonan Garfúnquel, siempre maldiciendo a Sáimonan por haberle robado esa canción a los indios latinoamericanos, para terminar con la explosión sideral y absoluta, el orgasmo cósmico que era el Satisfacchon de los Rolin, ¡aicanguet-no! ¡satisfac-chon!, Ése se volvió mi grito de batalla, mi desiderata, mi mantra, ¡Anaitrai! mi credo, ¡Anaitrai! mi secreto, ¡Anaitrai! mi conjuro, Dale, Joaco, dime qué quiere decir Anaitrai, qué berraca palabra tan poderosa y tan extraordinaria, pero él era muy consciente de la superioridad que sobre nosotros le otorgaba el dominio del inglés y se daba el lujo de dejarme con las ganas, Eso quiere decir lo que quiere decir, sentenciaba y luego cantaba él solo con su acento perfecto, I can't get no satisfaction 'cause I try, and I try, and I try, y entonces yo me obstinaba, desfalleciendo, suplicando, Dale, flaco, no seas rata, dime qué significa Anaitrai, dime qué es Aicanguet-no o te rompo la jeta, pero él, implacable y olímpico, sabía exactamente qué tenía que contestar para ponerme en mi sitio, No insistas, McAlister, que sólo los que tienen que entender, entienden. Claro que yo me inventaba mis propios trucos desesperados de supervivencia social, como la vez que descubrí, entre la ropa guardada de mi padre, una camisa marca Lacoste, molida y descolorida a punta de uso y demasiado grande para mí, pero eso era lo de menos, nada podía empañar la gloria de mi descubrimiento y con las tijeras de las uñas me di a la tarea de desprender el lagartico aquel del logo, y de ahí en adelante me tomé el trabajo de coserlo diariamente a la camisa que me iba a poner, te ríes, reina Agustina, y yo también me río, pero no sospechas hasta qué punto el hecho de exhibir ese lagarto Lacoste en el pecho me ayudó a confiar en mí mismo y a llegar a ser el tipo que soy. Mediante mi proceso de espionaje sistemático de ese mundo tuyo llegué a percatarme de cuál era esa peculiar habilidad que yo tenía y tu hermano Joaco no, digamos que en tu casa y en el Liceo Masculino se me reveló la divina paradoja, yo, el provinciano perrata, el de la mamá en pantuflas, el apartamentico en el San Luis Bertrand y la carpeta de crochet sobre el televisor, yo sabía hacer dinero, princesita mía, eso se me daba como respirar, mientras que tu hermano, hijo de ricos y nieto de ricos y criado en la abundancia tenía ese sentido atrofiado, y mi lucidez fue comprender a tiempo que los Joacos de este mundo no iban a poseer sino lo que heredarían, y que no por nada dice aquí la gente que «Bisabuelo arriero, abuelo hacendado, hijo rentista y nieto pordiosero», o sea un lento espiral descendente, mi reina Agustina, donde el esplendor de antaño va perdiendo poco a poco el lustre sin que nadie se dé mucha cuenta, y donde la riqueza originaria se va erosionando y de ella no van quedando sino el gesto, la pompa, el sentimiento de superioridad, el ademán de grandeza, el lagartico de la camisa Lacoste bien visible en el pecho. En cambio yo, que arrancaba sin nada, yo estaba adquiriendo un don, Agustina vida mía, un don que era hijo de la necesidad y de la angustia: el de hacer plata; plata contante y sonante. Pero aún me faltaba lo más grave, Agustina preciosa, lo verdaderamente grave en medio de tanto detalle menor, y era llegar a la casa de mi amigo Joaco y encontrar que ahí estabas tú, haciendo tareas junto a tu madre, porque entonces me salía de lo más hondo el suspiro de verdad, el que me quebraba el pecho, Ay, señora Londoño, ¡Yugota loblidota! Porque año tras año, creciendo al lado nuestro pero inalcanzable, ahí estuviste tú, mi amor Agustina, la bellísima hermana de Joaco, la estrella más distante y más extraña, tan esbelta y tan blanca, siempre perdida entre tu propia cabeza como quien se esconde entre los trastos del ático, tú eras la medalla de oro, el Grand Prix reservado al mejor de todos, el único trofeo que tu hermano Joaco nunca nos podría quitar, porque él podía ser el más rico y sacar las mejores notas y llevar ropa de marca; él podía ser el putas del tenis y del ski acuático, el de las primaveras en París, el del eterno bronceado, pero había una única cosa a la que tu hermano Joaco tenía prohibida la entrada, Agustina belleza, y esa única cosa eras tú. La segunda vez que te vi fue en el comedor de tu casa del barrio La Cabrera, que a mí me parecía un palacio de sultanes, una mansión de los duques de Windsor, y ahí estabas tú haciendo torrecitas de galletas con mantequilla y mermelada, Joaco y yo en un extremo de la mesa y en el otro extremo tú sola debajo de la gran araña de cristal, absorta en tus torres de galletas, tan menudita, tan transparente, con tus ojos negros absolutamente inmensos y tu pelo negro locamente largo, ¡hasta dónde te llegaba el pelo, mi niña Agustina! Yo creo que por ese entonces te llegaba casi al suelo, y cuando por fin pude desprender mis ojos de ti, miré a mi alrededor y comprendí que esa habitación encerraba todos los componentes de mi dicha, lo que te quiero decir es que en ese momento algo hizo clic dentro de mi cabeza y supe que lo que tendría que conseguir para ser feliz estaba allí mismo, esos techos altos en exceso como si albergaran titanes y no humanos; esa lámpara de prismas de cristal que ponía a bailar mil fragmentos de arco iris sobre el mantel blanco; esos floreros tan atiborrados de rosas que parecía que hubieran tallado una rosaleda entera para abastecerlos; esa vajilla de una porcelana delicada como cáscara de huevo, esos cubiertos pesados que nada tenían que ver con los utensilios latosos y livianos que en el San Luis llamábamos cubiertos, Son de plata, me gritaste de un lado al otro de la mesa y ésa fue la primera cosa que en esta vida me dijo tu boca, y ahí supe también que tendría que tener tu boca. Tu boca de labios finos y dientes perfectos, es que de verdad te digo que ese día dilucidé más cosas de las que cabría esperar del niño de doce o trece años que era por entonces, por ejemplo me fijé bien en el asunto de los dientes, porque tan perfectos como los tuyos eran los de tus hermanos y también a punta de ortodoncia, y esa misma tarde, husmeando en los baños de tu casa y averiguando de qué sustancia estaba hecho ese mundo distinto al mío que me seducía hasta el trastorno, me enteré de que tú y tu familia no se lavaban los dientes con un cepillo de dientes como el resto de los mortales sino con un aparato gringo que llamaban Waterpic, y el Midas McAlister tomó la decisión, que cumplió al pie de la letra, de empezar a juntar dinero vendiendo en el colegio fotos de rubias empelotas, primero para comprarse un Water-pic y después para pagarse un tratamiento de ortodoncia, Fíjate cómo es este mundo, princesa Agustina, a la precocidad de mi inteligencia le debo haber comprendido desde temprana edad que con los dientes amarillos, torcidos o picados no se llega a ninguna parte, y que en cambio una sonrisa perfecta como la de los niños Londoño y como la que yo mismo conseguí más tarde, era tan útil o más que una carrera universitaria. Claro que también fue revelador para mí el hecho de que los alimentos que dos sirvientas, perfectamente disfrazadas de tal, servían en la vajilla de cáscara de huevo sobre aquella mesa de doce puestos de tu casa paterna, mesa que dicho sea de paso era casi idéntica a la que hoy en día tengo en mi propio apartamento, esos alimentos, te decía, o sea chocolate con pandebonos, almojábanas y galletas de nata, eran exactamente los mismos que me servía mi madre en la vajilla Melmac de plástico indestructible en nuestra sala-comedor del San Luis Bertrand, ese detalle me hizo gracia, mi reina Agustina; me hizo gracia ver que aunque entre los tuyos eso se llamara tomar el té y entre los míos tomarse las onces, a las cinco de la tarde las dos familias servían a la mesa las mismas harinas amasadas a la manera del campo, en pleno barrio chic de Bogotá, las mismísimas almojábanas del San Luis Bertrand, y de ahí deduje que la diferencia infranqueable entre tu mundo y el mío estaba sólo en la apariencia y en el brillo externo, eso me dio risa pero también me dio ánimos para emprender la lucha. Pues si el problema es sólo de empaque, me dije ese día, y ya te advertí que sólo tenía trece años, entonces yo podré franquear esa diferencia infranqueable, y en efecto al cumplir los treinta ya la había franqueado y ya había sido mía tu boca, y dos arañas auténticas de cristal de Baccarat, un comedor para doce sin estrenar, un juego de veinticuatro puestos de cubiertos de plata y una sonrisa impecable, y sin embargo mírame hoy, convertido en la sombra de mí mismo, derrotado por ese error de percepción —a fin de cuentas no se podía esperar tanto de la inteligencia de un niño— que consistió en deducir que la diferencia era mera cuestión de empaque. No lo era, claro que no lo era, y heme aquí pagando con sangre mi equivocación.

A Aguilar todavía se le eriza la piel cuando recuerda el episodio de la línea divisoria porque tal vez antes ni en los peores momentos su mujer lo había repudiado con tanta saña; apretando los dientes y con un remolino de rabia bailándole en los ojos, Agustina le ordenaba que se mantuviera a raya, Yo hacía lo posible por obedecerle a ver si se calmaba, dice Aguilar, pero la división geográfica impuesta por ella era móvil y eso dificultaba más aún las cosas, es decir que se corría más acá o más allá según su errático capricho y por tanto era imposible no equivocarse, en un momento dado Aguilar se sentó en una de las sillas del comedor, que curiosamente había quedado de su lado, ante lo cual Agustina se apresuró a anexarle esa península a su propio territorio, reclamó el comedor como suyo y a Aguilar lo sacó de ahí con cajas destempladas, Si tratabas de dar un paso hacia cualquier lado te caía como una fiera, Fuera de aquí hijueputa, me decía, mi padre a usted no quiere ni verlo ni en pintura y a usted sí que menos, cerda inmunda, le decía a la pobre tía Sofi, que fruncía la cara en un gesto de culpa, de angustia o de supremo cansancio, la mujer que hasta ese momento había demostrado toda la entereza y la presencia de ánimo se veía ahora amilanada ante la virulencia excepcional de este episodio, desde que estaba en nuestra casa no había presenciado algo igual y a decir verdad yo tampoco, esto de ahora eran realmente palabras mayores, Váyanse a hacer sus porquerías a otro lado, cerdos asquerosos, Agustina estaba tan energúmena y sus groserías eran tan desmedidas que no podían ser simplemente groserías, es decir mero uso hiperbólico del lenguaje, tenía que ser cierto que sentía una urgencia enorme de sacarnos de su casa, tenía que ser cierto que la supuesta presencia, o llegada, o regreso de ese padre suyo era un acontecimiento desgarrador que bifurcaba su existencia, de un lado ella con su padre, del otro el resto despreciable de los mortales. Aguilar la observa y quisiera darse en la cabeza contra las paredes al pensar en todo lo que nunca le preguntó sobre ese señor Carlos Vicente Londoño, que pese a haber muerto hace años ahora resulta ser el oscuro huésped que permanece al acecho, el que lo desaloja de su propia casa y lo aparta de su mujer, Ese señor que es la viva encarnación de todo lo que aborrezco y que para Agustina, en cambio, es objeto de una adoración incompresible, casi religiosa, o religiosa sin el casi; Lo más difícil de todo, confiesa Aguilar, fue constatar el control que el señor Londoño ejercía sobre su hija, hasta el punto de hacerme pensar en la palabra posesión, que ni siquiera forma parte de mi vocabulario por pertenecer a ese reino de lo irracional que para nada me interesa, y sin embargo era ésa, y no otra, la palabra que aquella noche me venía una y otra vez a la cabeza. Aguilar no podía evitar sentir que le recorría las venas, como un hielo líquido, la convicción de que su mujer estaba poseída por la voluntad del padre; el desdoblamiento de ella se manifestaba tan intensamente, que a Aguilar le costaba meter su propia razón en cintura para no olvidar que era la mente enferma de su mujer la que se apropiaba de la supuesta voluntad del padre, y no al contrario. Siempre he tenido la sensación de que durante sus crisis mi mujer atraviesa por unas zonas de devastador aislamiento, es como si se encontrara brutalmente sola en un escenario mientras yo observo su actuación desde una platea donde estoy rodeado por el resto del género humano, y sin embargo esta vez sabía que el solitario era yo y que en cambio ella estaba acompañada; acompañada por una fuerza superior a sí misma, que era la voluntad de su padre difunto. Agustina hablaba sin parar sobre su padre y su próxima visita, pronunciando las palabras a tal velocidad que era imposible entenderle, además porque la mitad del tiempo hablaba hacia adentro, aspirando las frases como si en vez de sacarlas de sí, las recogiera del aire y se las quisiera tragar, Agustina, amor mío, no te tragues las palabras que te vas a atorar, pero mi voz no le llegaba, todo lo nuestro era extrañeza y distancia, éramos dos animales agotados que no logran acercarse el uno al otro pese a estar entre la misma cueva, mientras que abajo la ciudad palpitaba en silencio, agazapada y rota, como si la hubiera quebrado el horror de esa noche y ahora esperara el inicio de la próxima andanada. Agustina, vida mía, no permitamos que la locura, vieja enemiga, acabe con cualquier atisbo de dicha, pero Agustina no escucha porque esta noche ella y la locura son una, Mi mujer está loca, me reconocí a mí mismo por primera vez esa noche, y sin embargo ese pensamiento no logró convencerme, no es así, Agustina vida mía, porque detrás de tu locura sigues estando tú, pese a todo sigues estando tú, y a lo mejor, quién quita, allá en el fondo también sigo estando yo, ¿te acuerdas de mí, Agustina?, ¿te acuerdas de ti misma? Aguilar nunca ha sentido miedo de que ella le haga daño físico, mal podría hacérselo siendo él diez centímetros más alto y doblándola en peso y en volumen, y sin embargo esa noche el miedo estaba allí; todo en la actitud de ella manifestaba deseo de agredir, de herir, su manera de agarrar y de esgrimir los objetos denotaba resolución y hasta urgencia de golpear con ellos, Lo último que deseaba en esta vida, dice Aguilar, era trenzarme en una pelea a golpes con la mujer que adoro sabiendo que sería yo quien terminaría lastimándola, y sin embargo ella hacía lo posible por precipitar un episodio de ese tipo, buscaba por todos los medios una especie de descarga definitiva e irreversible de violencia física que pusiera fin a mi decisión de no agredirla pasara lo que pasara, era como si se hubiera propuesto derrotar mi obstinación por mantener la coexistencia en medio de todo pacífica, como si se empeñara en despojarme de ese infinito amor por ella que me permite rehuir sistemáticamente todas sus provocaciones; tal vez Agustina comprendía que sólo así podría deshacerse del principal obstáculo para la llegada de su padre, Y ese obstáculo era yo, dice Aguilar. ¿Quién había sido este señor Londoño, cuál su relación con la hija, a cuenta de qué sus poderes sobre ella? Qué no daría Aguilar por saberlo. Cuando llegué al apartamento esa noche con mi triste trofeo en la mano, con esa prueba contundente de mi derrota que era el maletín que Agustina había llevado consigo al Wellington, venía obsesionado con ese otro hombre con quien mi mujer había pasado una noche, bueno, una de la que yo tuviera noticia, sólo Dios sabía cuántas más habrían sido, así que coloqué el maletín bien visible encima de la mesa del comedor para que ella se lo topara de sopetón, necesitaba conocer su reacción, saber si era capaz de mirarme a los ojos, pero lo que hizo fue arrojarlo con furia hacia mi lado, Quién dejó esta mierda aquí, preguntó y enseguida se olvidó del asunto; el delirio que le producía la inminente llegada del padre la mantenía hiperquinética, casi que irradiaba luz por el acceso de fiebre, y yo empecé a darme cuenta de que aunque fuera cierto el cuento del amante aquel, y aunque a espaldas mías Agustina tuviera otros cien amantes, el verdadero rival, el indestructible, el que estaba anclado en lo profundo de su trastorno, y posiblemente también de su amor, era el fantasma de ese padre de quien yo no podía hacerme siquiera una idea vaga, aparte de la preconcebida caricatura del terrateniente santafereño que me había formado desde un principio, El hombre me lleva esa ventaja, pensó Aguilar, la ventaja de ser para mí una incógnita. Encerrado tras el muro de rechazo que ha erigido su mujer, a Aguilar le dio por recordar esa loca autobiografía que en algún momento ella pretendía que le ayudara a escribir y que no llegó ni a la primera página, Ahora estoy convencido de que realmente me estaba suplicando auxilio, que necesitaba repasar con alguien los acontecimientos de su vida para encontrarles sentido, y poner en su justo lugar a su padre y a su madre sacándoselos de adentro, donde la atormentaban, para objetivarlos en unas cuantas hojas de papel, pero en ese entonces cómo iba yo a saberlo, la verdad es que me pareció que la idea disparatada de la autobiografía era otro de esos palazos de ciego que ella va dando a diestra y siniestra simplemente por falta de ganas de abrir los ojos para fijarse por dónde anda. La cosa sucedió así, cuenta Aguilar, después de que me la presentaron aquella vez en ese cineclub, me despedí de ella muy conmovido por su belleza, que a decir verdad me golpeó como de rayo, pero como quien dice un rayo que te deslumbra y luego se desvanece, o sea sin dejar en mí ni la menor inquietud en el sentido de que pudiera esperar un segundo capítulo para ese primer encuentro, seguro como estaba de que aquella muchacha rara, rica y hermosa era una de esas estrellas fugaces que atraviesan tu camino y siguen de largo, así que fue enorme mi sorpresa cuando resultó que una nota que encontré en mi cubículo en la Universidad venía firmada ni más ni menos que por ella.

Mi padre me ordenó que volviera antes de la medianoche, dice Agustina, y yo no quise retrasarme ni un solo minuto; debo cumplir las órdenes como la Cenicienta, y más en mi caso porque provienen directamente del padre. Él así lo desea, su bondad me permitió ir al cine con el muchacho del Volkswagen con la condición de que regresara antes de la medianoche, cuando fui a meter la llave en la cerradura para entrar a casa, a la hora indicada, allí estaba él, mi padre, alerta y despierto y esperándome en un sillón de la sala, ¿Eres tú, padre?, y en la oscuridad sonó su voz grave, resopló su espíritu vigilante, la lumbre de su pipa, Con quién venías entre ese automóvil, Sola con el muchacho que me trajo, Nunca más, tronó mi padre, Sola entre un automóvil con un tipo nunca más porque no te lo permito, y ella se sorprende de que la voz del padre esté tan exaltada, tan perturbada, nunca antes había yo hecho algo que lo estremeciera, durante los años anteriores había sido desobediente, grosera o mala estudiante y por todo eso había recibido reprimendas severas del padre, pero nada como esto, Hasta esa noche mi padre conmigo siempre había sido distante, incluso cuando me regañaba lo hacía desde una como ausencia y de repente bastó con que yo hiciera lo que hice para ganar la atención y el celo de mi padre, para hacerlo vibrar, para no dejarlo pensar en nada que no fuera mi salida de noche y mi cumplimiento estricto de sus órdenes, Si llegas tarde es porque no me respetas, Yo te respeto, padre, si ésa es tu condición, yo la cumpliré para siempre. Llegué a la medianoche, padre, como ordenaste, Pero venías sola entre ese carro con un tipo, que sea la última vez, y luego Agustina se acostó en su cama y no podía dejar de preguntarse si su padre habría adivinado lo que sucedió, que el muchacho del Volkswagen me invitó a cine pero no me llevó, estuvimos conversando sin salir del carro mientras comíamos perros calientes en el Crem Helado, hasta que él sacó del pantalón su Gran Vela Blanca, Agustina no la vio en la oscuridad de la calle desierta, no la miró con sus ojos de la cara que se negaron a verla, pero la vio con su mano y supo que era enorme y que tenía la textura de la cera, luego tuvo que soltar aquello para alcanzar a llegar a casa justo a la media-noche tal como se había comprometido con el padre, Y allí lo encontré esperándome en la penumbra de la sala, donde refulgían su incertidumbre y la lumbre de su pipa, nunca antes el padre la había esperado, nunca antes su voz se había dirigido a ella con un tono alterado, Agustina piensa que casi demente, Por qué estabas sola con ese tipo si te advertí que debían salir acompañados, Sólo me trajo, padre, y ella, que no quiso confesarle que había conocido eso, se preguntó si tam-bién lo tendría el padre y si ése era su Gran Bastón de man-do, Y ya luego entre mi cama no me podía dormir, dice Agus-tina, y lo que me mantenía despierta no eran el auto ni la noche ni mi primera cita a solas, ni siquiera eso que salió del pantalón del muchacho y que tenía la textura de la cera, sino saber que el padre se había quedado esperándola hasta tarde, que el padre no se había acostado por estar pendiente de ella, nunca antes, dice Agustina, nunca antes. Cuando me volvie-ron a invitar a cine yo dije que sí porque supe que eso inquie-taría y desvelaría al padre, esta vez Agustina no llegaría a las doce en punto sino un poco más tarde para empujar unos centímetros más la ansiedad del padre, desafiaría su ira pero sólo un poco, no tanto como para que la golpeara, sólo un poco para comprobar que era cierto lo que creyó percibir esa primera vez, que si ella salía de noche con un muchacho el padre no podría ignorarla, por fin Agustina había aprendido a hacer algo que acaparaba la atención de su padre, y esa se-gunda vez fue con otro muchacho, que sí la llevó al cine, y Agustina le pidió que le dejara tocar la Gran Vela, Él me dejó y esta vez ardía, ya no tenía la textura de la cera sino que ardía y me quemaba la palma, y Agustina regresó a casa sabiendo que el padre, que quizá adivinara lo que ella había hecho, es-taría allí esperándola al borde de un estallido de rabia que al final no estallaría porque no podía incriminarla, sólo podía agonizar con la sospecha de algo que quizá ella habría hecho entre ese automóvil aunque él no pudiera comprobarlo pero le doliera, le doliera, por sí o por no al padre habría de dolerle, él mismo se encargó, con las pulsaciones de su zozobra, de revelarle ese secreto, de otorgarle ese poder sobre él, de cederle esa cuota de maniobra que ella sabría aprovechar de ahora en adelante, quién aprovechaba esta agonía, quién se sometía a ella, ¿el padre?, ¿la hija?, era un asunto que se mordía la cola y que no podía acabar de descifrarse. Luego sucede la tercera vez en la vida que el padre está pendiente de ella, Pero esta vez su furia contenida ha aumentado, dice Agustina, aunque apenas unos grados más, no lo suficiente como para que me pegue —a mí nunca me pegó, sólo al Bichi— pero sí para que le tiemble la voz cuando me reproche haber llegado quince minutos tarde, padre me prohibirá volver a salir con el nuevo muchacho y ésa será para mí la prueba de su afecto, de su ávido afecto vigilante, Te lo prohíbo, Agustina, ¿me entiendes?, con éste nunca más, y fue entonces cuando Agustina le juró por Dios que con ése nunca más, Te lo juro, padre, que no vuelvo a salir con ése, si a ti te disgusta no lo hago más, Sí, Agustina, me disgusta, hay algo raro en ese muchacho, en su manera de mirar, no sé quiénes serán sus padres, no quiero que andes con desconocidos, Sí, padre, sí, padre, sí, padre. Ya entre la cama, Agustina voló de fiebre y de orgullo por ser el objeto del disgusto del padre y le ofreció en una pequeña ceremonia, solitaria, secreta y a oscuras, que con ése nunca más saldría, Te lo ofrendo, padre, se dijo a sí misma como en rezos, con ése nunca más porque tú me lo pides, y tampoco con los que tienen esa manera de mirar, con los que tienen padres desconocidos, con los que te inspiren desconfianza por cualquier motivo, que a la larga vienen siendo todos, Y cumplí con mi ofrenda, todas las veces cumplí con ella, dice Agustina, cumplí mi juramento, nunca más volví a salir con éste o con aquél, siempre los busqué nuevos, desdeñé a los desdeñados por el padre, como regalo a él, que exigía sus cabezas y yo se las ofrendaba a cambio de que me esperara en el sillón con su pipa, mirando una y otra vez el reloj para supervisar la hora de mi regreso, minuto a minuto mi padre celando mis noches y yo cada vez salía con uno distinto y a todos les pedía que me dejaran tocarles la Gran Vela y así aprendí que las había de muchas clases y tamaños, unas ardientes y otras frías, unas veloces y otras lentas, sólo con la mano, sólo con la mano, nunca accediendo a dejarlas arrimar a otras partes de mi cuerpo, jamás entre las piernas, o al menos así fue en esos primeros meses, con la mano era suficiente para que el padre lo adivinara por las sombras que yo traía en la cara y no pudiera decirme nada porque no tenía pruebas, sombras y gestos son casi lo mismo que nada, sólo con poner la mano en la Gran Vela de todos los que me llevaban al cine o al Crem Helado de la calle 100 yo pude asegurarme de que el padre estuviera atento y pendiente de mí hasta la medianoche, me funcionaba bien el recurso de llegar quince o veinte minutos tarde y me emocionaba saber que para él serían un largo tiempo de agonía, Nunca antes, dice Agustina, tuve las llaves del amor del padre, y pensar que sólo las descubrí cuando empezaron a invitarme al cine, nunca antes y nunca después pude tener a mi padre pendiente de mí, Con ese tipo no sales más, era su exigencia y era su manera de castigarme y sobre todo de castigarse a sí mismo porque yo había llegado veinticinco minutos tarde, A ése no vuelves a aceptarle invitaciones porque es de Pereira o de Bucaramanga o de Cali y a mi padre sólo le gustan los bogotanos de familia conocida, y a la hora de la verdad ésos tampoco si mascan chicle o si en la mesa manejan mal los cubiertos, padre siempre les encuentra el pierde, detesta no saber de quién son hijos los que me sacan a pasear en auto y yo sé que está en mis manos la posibilidad de darle gusto, que sólo tengo que hacer un pequeño sacrificio, dice Agustina, sacrificarlos a ellos, que no son gran cosa, a cambio del gran beneficio de ganar para mí la atención del padre, para centrar en mí todo su interés hasta la medianoche, Sí, padre, yo renuncio a ellos, por ti yo renuncio a los que han sido y a los que vengan, uno por uno y todos al tiempo, si tú me esperas despierto y al llegar me miras con el terrible interrogante en tus ojos, que quieren estar seguros de que yo no hice aquello entre el automóvil, y yo le juro al padre que no hice nada pero sé cómo decírselo para sembrarle adentro esa duda que lo mata, la verdad es que en el cine lo hice pero sólo un poco y lo hice por ti, padre, para mantenerte desvelado y en vilo, por fin supe comprender cómo ejercer mis poderes sobre el padre, No sé si habrá sido tu amor el que conquisté entre los automóviles de mis mil y un novios, padre, no sé si habrá sido tu amor o si habrá sido sólo tu castigo.

Como «un regalo de la noche» describe en su diario Nicolás Portulinus a ese muchacho que llegó de Anapoima solicitando las lecciones de piano del gran músico de Alemania y de Sasaima, esa aparición que con manos todavía suaves pero ya expertas interpretó ante el maestro La Gata Golosa con un profesionalismo que parecía incompatible con su largo pelo de niña rubia, con su voz que oscilaba entre los picos agudos de la infancia y los valles de una gravedad que va conquistando terreno, así que ante el visitante inesperado el gran maestro quedó transido y enteramente vulnerable como si acabara de presenciar un milagro, este niño salido de ninguna parte era lindo y dotado y había aparecido así como así, como caído del cielo, como salido de un sueño, como «un regalo de la noche», según escribió Portulinus en su diario. Pero a diferencia de los luchadores de las ruinas griegas, hijos dilectos del delirio, el joven intérprete de La Gata Golosa era real, vaya si era real, valga decir de carne y hueso, hermoso hasta la crueldad, infantil, desbordante de talento; este Farax parece inventado por Nicolás en uno de sus raptos de idealización pero no está herido como los jóvenes de mármol, no sangra por la herida, está sorprendentemente vivo y sano y se puede tocar, se podría tocar, o se quisiera; se adivina cuánto le gustaría a Nicolás tocarlo, de hecho osó tocarlo en el hombro, o si es demasiado decir tocar habría que matizar el verbo, le rozó apenas el hombro ese día en que todo empezó. Y ahora entra Blanca en escena, traída de la mano por Nicolás para que contemple el prodigio con sus propios ojos, Ven, Blanca mía, le ha dicho él, vas a escuchar una música como la que no has escuchado nunca antes, Blanca viene molesta e incrédula, curada desde hace mucho de espantos e inquieta por las ráfagas de alucinación que vuelven a surcar la frente de su esposo, Blanca busca fuerzas donde ya no las tiene para acometer una vez más la tarea fatigosa de bajar las fantasías de Nicolás a tierra, reducirlas a sus justas proporciones, y sin embargo, según confiesa en su diario, cuando ve a la criatura que está sentada al piano la invade una sensación rara, «de repente sentí que me devolvían la capacidad de perdonar», de perdonar la vida por sus rigores y de perdonarse a sí misma por sus errores, de perdonar a Nicolás por sus terrores y de volver a empezar, «si yo tuviera que darle una explicación a este sentimiento extraño y profundo que me invadió al ver y escuchar a Abelito, a quien Nicolás desde ya ha dado en llamar Farax, tendría que decir que es la viva imagen del Nicolás que conocí hace muchos años, cuando todo era aún promesa y posibilidad sin sombras», léase cuando su marido aún era ese hombre fuerte y recién llegado de Alemania en quien la alucinación parecía

mero toque poético y el retorcimiento todavía no era evidente; de golpe, por arte de birlibirloque, al mirar a este joven
que toca al piano La Gata Golosa, Blanca tiene otra vez ante
sí a un Nicolás limpio, liviano, indoloro, y se reprocha a sí
misma por consentirse el aleteo de una grata pero injustifica-
da sensación de que la vida volvía a los comienzos y le depara
una segunda oportunidad. En cuanto a Farax, tan pronto vio
a esa mujer de rostro fino, ojeras cuaresmales y pestañas so-
ñadoras que entró a la sala de la mano del maestro, tuvo la
sensación de que el miedo le paralizaría las manos y le impediría desempeñarse al piano pero en realidad no sucedió así,
por el contrario, sus manos respondieron con alegría y confianza porque ante aquella mujer de mirada sombreada Farax
se sintió en casa, como con una madre, como con una hermana, como con alguien a quien podría amar, tal vez alguien a
quien ya ama, desde el primer instante. Para escuchar al visitante Nicolás y Blanca se sientan juntos y con las manos entrelazadas, él todo temblor y expectativa, apoyando apenas
las nalgas en el borde del sofá y produciendo chasquidos con la
boca como si tuviera hambre y le fueran a servir un manjar;
ella trata de hacer dos cosas al tiempo, con un ojo mira al
adolescente y con el otro vigila la mirada de su esposo. Farax,
a su vez, se entrega al ritmo del pasillo olvidándose de su público ilustre, se mece en la butaca para marcar el compás y
acompaña la melodía con un tarareo inconsciente, encantador, infantil. Cuando La Gata Golosa llega a su fin, es pro-
nunciada una de esas frases célebres, en apariencia simples
pero cargadas de resonancias y que sellan el destino tanto de
quien las dice como de quien las escucha, Tú y yo nos entendemos, le dice Nicolás a Farax, utilizando el tú en vez del
usted pese a que apenas se conocen, a la diferencia de edad de
más de veinte años, a que el uno es el maestro y el otro el
aprendiz. Farax no sabe cómo reaccionar ante el inesperado

tuteo, ante la mirada encendida del maestro, ante el roce de su mano en el hombro, pero alcanza a comprender que su vida ha de cambiar a partir de ese Nos entendemos que le llega al oído como un soplo húmedo. ¿Podríamos escuchar algo más?, pregunta Blanca con una voz enternecida que no es del todo la suya, y Farax, como si comprendiera la trascendencia del momento, empieza a tocar el Danubio azul con toda la solemnidad del caso. Más allá de la euforia que dejan translucir las líneas de los respectivos diarios de la pareja, cabe preguntarse si aquello realmente fue el instante «dulcemente dulce» que describe Blanca citando a Ronsard, y si lo fue, ¿lo fue para los tres?, ¿para dos de ellos?, ¿alguno presagió el dolor y las futuras sombras? Durante ese primer encuentro, ¿cuál de ellos sintió celos, y de quién? Qué vio Nicolás en este Abelito al que apodó Farax, o confundió con Farax, ¿un prometedor discípulo?, ¿un rival en el oficio?, ¿un rival en el amor?, ¿un objeto del deseo?, ¿vio a su heredero, al continuador de su arte y en cierta forma también de su vida?, ¿o más bien vio en él al desencadenante de su ruina, al portador de la noticia silenciosa de su próximo fin? En su diario, Blanca se hace la pregunta en términos más amplios, cuando especula si los momentos decisivos lo son desde el instante en que acontecen, o si por el contrario sólo se vuelven decisivos a la luz de lo que ocurre después de ellos y a raíz de ellos. No hay diario ni carta que dé razón de qué sucedía entretanto con Eugenia en medio de ese gran salón del piano que rezuma humedad, a qué rincón quedó relegada cuando la olvidaron padre, madre y Farax dejándola sola con los soldados de plomo que se alineaban en orden marcial. Farax venía de lejos y a juzgar por la modestia de su ropa y lo aporreado de su morral, parecía improbable, o más bien imposible, que tuviera dinero para pagarse comida y albergue en el pueblo, así que los Portulinus lo convidaron a cenar esa noche en casa y a quedarse a dormir si ésa era su voluntad, y ésa fue en efecto su voluntad, no sólo esa noche sino todas las que habrían de seguir durante los próximos once meses. ¡Si el silencio fuera blanco!, había gritado Nicolás en la madrugada de esa primera vez que en casa pernoctó Farax, Si el silencio no estuviera putamente sucio y contaminado, suspiró irrumpiendo en el dormitorio de su esposa Blanca y despertándola, ¿Qué dices?, preguntó ella incorporándose en la cama y tratando de adivinar adónde los llevaría un tema tan espinoso a estas altas horas de la noche, Te estoy diciendo, Blanca, que ojalá el silencio no estuviera corrompido, Corrompido por qué, preguntó ella sólo por ganar tiempo, al menos para ponerse la bata de levantarse. De ruido, de ruido, ¿de qué va a ser?, ¿es que acaso no oyes?, el silencio está plagado de ruidos que se esconden en él, como el gorgojo en la viga, y lo van carcomiendo por dentro, basta con no ser sordo para percatarse de los runrunes y los zumbidos, ¿o acaso estás dormida, que no me entiendes?, la zarandeó Nicolás, agarrándola por las arandelas de la camisola, mientras ella le suplicaba que bajara la voz para no sobresaltar a las niñas y al visitante, y de paso, sin que él se diera cuenta, trataba de encontrar las gotas para el tinitus, o silbo crónico, que según los médicos padecía su marido en ambos oídos. Para componer necesito un silencio vacío, Blanca, como necesita el poeta la página en blanco, o es que acaso crees que lord Byron hubiera podido escribir algo que valiera la pena sobre una hoja que de antemano estuviera llena de palabras, y al ver a su mujer lívida por el zarandeo la soltó y le compuso la camisola estrujada y el pelo revuelto, Está bien, Blanquita mía, está bien, se sentó al lado suyo, Está bien, no pasa nada, no pongas esa cara de espanto, sólo quiero que comprendas que a diferencia de lo que se cree, el silencio ni es bienhechor ni da reposo. Ya no energúmeno sino melancólico le explicó que eran básicamente dos los ruidos que lo acosaban enervándolo hasta el agotamiento, o que en realidad eran muchos pero que los peores y más persistentes eran dos, uno sibilino y taimado, como el que haría con la boca una vieja desdentada que le susurrara un interminable secreto al oído, y el otro ronco, a veces ronrroneante como un gato y a veces mecánico, como el traqueteo de una noria o una rueda de molino; Cuando el susurrante se apodera de mis oídos puedo componer pero no pensar, y con el otro me sucede lo contrario, Son cosas tuyas, Nicolás, acuéstate a dormir, vida mía, que yo no escucho ni viejas ni gatos, y entonces él salió de la habitación echando pestes y dando un portazo. Al día siguiente al desayuno, mientras el joven huésped se ocupa de servirles la avena a Sofi y a Eugenia, las dos hijas de la familia, mejor dicho las dos que quedan vivas tras el malogro de otros cinco críos, Nicolás repite en la mesa la misma descripción que le hiciera anoche a Blanca de su desventura auditiva, La diferencia, dice, es que ahora el ruido ronco ya no está sonando como una noria o un molino sino como una silla arrastrada por un corredor muy largo, Usted tiene razón, profesor, le contesta Farax con su inquietante voz de niño que minuto a minuto va dejando de serlo, que en este instante en que habla ya es un poco más hombre que cuando estaba sirviendo la avena, Usted tiene razón, maestro, es por eso que yo busco lo alto de las montañas y allá recupero el silencio interno y externo. A Nicolás esas palabras le parecen profundas y sabias, pone cara de haber escuchado la última verdad revelada, sonríe con placidez y se queda como adormecido durante un rato, Tú sí me entiendes, le susurra a Farax, tú y yo nos entendemos, frase que Blanca interpreta como reproche indirecto por las palabras torpes que unas horas antes ella ha pronunciado sobre el mismo tema y por primera vez experimenta eso que a partir de entonces se volverá una constante, que cualquier cosa dicha por ella le sonará burda a su marido en contraposición a lo angelical y extraordinario que sale de labios de Farax. Pocos días después vino el trigésimo cuarto cumpleaños de Blanca y el trío y las dos niñas celebraron juntos lo que unánimemente fue descrito como una jornada perfecta, unos momentos que en su diario Nicolás califica en inglés de «domestic bliss», dedicados a pasear por el río, a analizar colectivamente una fuga de Bach y a turnarse la lectura en voz alta de trozos de Shakespeare y de Goethe; el cielo, que al decir de Blanca ese día volvió a ser benévolo, permitió que Nicolás amaneciera suficientemente deshinchado como para recuperar en parte el buen semblante y que la despertara con un ramo de azucenas cortadas por él mismo en los alrededores de la pileta de piedra, y también que a la noche durante la cena le regalara un collar de perlas con una nota que decía, Tómalas, son mis lágrimas. Arrobada con esa dedicatoria Blanca corrió a su diario y escribió «¿acaso no soy la mujer más feliz del mundo?», pero algo malo, de lo que no quiso dejar registro, debió ocurrir más adelante en el festejo, porque la frase que aparece enseguida en su diario, ya con otra tinta y otro ánimo, dice «hoy he cumplido treinta y cuatro años y he sido inmensamente feliz, y sin embargo un silencio extraño se extiende por la casa…». El diario de Nicolás tampoco ofrece claves al respecto, lo único que tiene anotado en la página correspondiente a esa fecha, es «hoy, que es su cumpleaños, Blanca lleva un peinado alto, recogido en la coronilla, que despeja la fina forma de su rostro y me hace sentir muy atraído por ella. Me pregunto cómo es posible que semejante mujer pueda amarme».

La nota que deslizaron bajo la puerta de mi cubículo, cuenta Aguilar, estaba escrita en ese tipo de letra adolescente y absurdamente redondeada que a la i en vez de punto le pone una bolita infame, todavía conservo esa nota, siempre la llevo conmigo entre la billetera porque fue el punto de partida de mi historia con Agustina; sucedió unos diez o doce días después de que la conociera a ella y así decía, «Profesor Aguilar, soy la del otro día en el cineclub y necesito pedirle un favor, se trata de que quisiera escribir mi autobiografía pero no sé cómo hacerlo, usted preguntará si me ha sucedido algo memorable o importante, algo que merezca ser contado y la respuesta es no, pero de todos modos es una obsesión que tengo y creo que usted me puede ayudar con eso, por algo es profesor de letras». En vez de anotarme su teléfono para que le respondiera, me ponía su dirección, y luego continuaba con un segundo párrafo todavía más insólito que el anterior y que esa noche me perturbó el sueño por las tantas vueltas que le di tratando de medir la justa dimensión de su coquetería, ¿qué querría de un tipo como yo esa muchacha tan rififí? ¿Era posible que realmente se estuviera tirando un lance conmigo?, «Mire, profesor, antes de entrar en lo de la autobiografía quisiera conocer sus manos, son lo primero que le miro a un hombre, las manos, no sabe cómo me fascinan las manos de los hombres, cuando me fascinan, claro, porque aunque siempre me fijo en ellas rara vez me gustan de veras porque en la realidad no resultan como me las imagino, al conocernos a la salida del cineclub no se las pude mirar porque usted las mantenía metidas en los bolsillos, así que he pensado que tal vez pueda mandarme una fotocopia de su mano, en realidad de cualquiera de las dos pero eso sí por la palma y por lo otro, ya me dirá usted cómo se llama lo otro, me refiero a la contrapalma, o sea que usted pone su mano en la fotocopiadora como si fuera un papel, y saca la fotocopia y me la manda, aunque claro que mi otro capricho es el pelo, el pelo de todo mamífero pero en particular el del macho de la raza humana, cuando le veo a un hombre un lindo pelo me cuesta horrores no estirar la mano para tocárselo, en realidad el suyo tampoco lo pude ver porque usted llevaba puesto ese gorrito de lana negro, me han dicho que usted es de izquierda y yo quisiera saber por qué los de izquierda andan en cualquier clima con gorros como para la nieve, pero no crea que no me fijé en sus cejas, en sus pestañas y en su barba, sí me fijé y todo eso me gustó porque era sedoso y poblado y oscuro pero sobre todo me gustaron sus bigotes, con esas canitas que les dan brillo, pero entiendo que pedirle que se corte un mechón de pelo y me lo mande sería una extravagancia que no va a aceptar, así que me conformo con la fotocopia de su mano y con su respuesta sobre lo otro, Agustina Londoño».

En la Facultad de Letras de la Universidad Nacional hay una sola fotocopiadora, cuenta Aguilar, y es la que está en la Decanatura, donde aparte del decano y de los estudiantes que revuelan por allí tramitando vainas o averiguando notas, permanece de planta doña Lucerito, la secretaria, una señora muy gentil salvo si se trata de la fotocopiadora, que controla con una tacañería ofensiva para los profesores que necesitamos hacer uso de ella, porque no sólo nos mira con reproche cuando reincidimos en una misma semana sino que además nos obliga a pasarle recibos de la cantidad de papel consumido, así que Aguilar no veía cómo escapar a la mirada de toda esa gente para poder fotocopiarse la mano, Salí de mi cubículo y caminé hacia la Decanatura con paso firme y resolución absoluta de lograrlo, dispuesto a trompearme con el decano o con la propia Lucerito, o incluso a pasar por orate ante mis estudiantes si era necesario para conquistar a esa dama que me imponía tan peculiares hazañas; dice Aguilar que se reía solo de las cosas que un tipo ya canoso y cuarentón puede terminar haciendo a escondidas. Culminé la proeza manipulando botones con la derecha mientras me retrataba la izquierda por la palma y por el dorso o contrapalma, para usar el término de esa extraña criatura que se llamaba Agustina, y metí las dos fotocopias entre un sobre junto con una respuesta negativa con respecto a mi colaboración en su autobiografía, explicándole que si se llamaba auto y no biografía a secas se debía precisamente porque era uno mismo, y no otro, quien debía escribirla, y para cerrar me la jugué toda poniéndole una cita para el domingo siguiente, en la glorieta de las hortensias del Parque de la Independencia a las diez y media de la mañana, donde la esperé desde las diez y veinte hasta las once pasadas convencido de que perdía miserablemente el tiempo porque no había ni la menor posibilidad de que llegara, y sin embargo, cuando ya estaba a punto de marcharme, efectivamente llegó y me traía de regalo unas palomitas de maíz que nos sentamos a compartir en un banco y que terminó comiéndose ella sola mientras yo le explicaba cómo era el seminario que estaba dictando sobre las teorías de la novela de Gramsci, Lukács y Goldmann, y luego me mostró lo que había hecho con esas fotocopias de mi mano izquierda que le había mandado y aquello me hizo reír porque me pareció un atentado flagrante contra mi meollo volteriano racionalista; Agustina había hecho una reproducción reducida y la había convertido en estampita reversible, palma por un lado, dorso por el otro y laminada en plástico, La llamo La Mano que Toca, me contó, y es benefactora, se la di por la calle a uno de esos laminadores ambulantes que si te descuidas te laminan hasta el apellido, y mira, me la dejó perfecta, la llevo entre la billetera y es mi amuleto. Y ahora estaban quietos Aguilar y la tía Sofi en la esquina de la sala donde Agustina los mantenía arrinconados al grito de ¡Atrás, cerdos!, y había en todo aquello algo aterrador, reconoce él, algo demoníaco. Mientras Agustina se dedicaba a quitarnos los muebles y objetos que estaban de nuestro lado para pasarlos al suyo, aprovechamos para hablar un poco de la bomba, la tía Sofi me contó que por la ventana había visto cómo se levantaba sobre la ciudad un hongo de humo de unos doscientos metros de alto, y cuando le averigüé si a Agustina la había afectado mucho, me contó que tras despertarse con el cimbronazo, se había levantado muy exaltada diciendo que ésa era la señal, ¿La señal de qué, niña? La señal de que debo prepararme para la llegada de mi padre, ¿Quieres que te ayude?, le preguntó cautelosamente la tía Sofi, Si quiere ayudarme, lárguese ya mismo de esta casa. La línea imaginaria que seccionaba el apartamento en dos se fue estabilizando y ya no fluctuaba tanto, a Aguilar y a la tía Sofi les fue asignado ese rincón que no tenía acceso a la puerta de salida, ni al teléfono, el baño o la cocina, y todo el resto, incluyendo el segundo piso, fue tomado por Agustina con plenos derechos de exclusividad, No se sienten en el sofá, carajo, que es para mi padre y para mí, o A su corral, malditos, ese lado de allá es para los cerdos y este lado de acá es para nosotros, y desde luego ese Nosotros se refería a su padre y a ella, aclara Aguilar, porque del nosotros que había entre ella y yo, ya no quedaba ni el rastro, En eso mi sobrina es idéntica a su madre, dice la tía Sofi, siempre buscando el amor de Carlos Vicente, siempre perdonándolo, en vida y ahora también en muerte. Agustina nos tenía de verdad jodidos a nosotros los cerdos, dice Aguilar y se ríe, hoy puede recordar el episodio con cierta ternura y reconocer que toda tragedia tiene su anverso jocoso, Nos tenía jodidos con eso de que no podíamos ni siquiera tomarnos un vaso de agua o llamar por teléfono, la tía Sofi se estaba impacientando y dijo que al costo que fuera iba a romper el cerco porque no aguantaba más las ganas de ir al baño, Así esta niña se encabrite, yo tengo que orinar, dijo y logró escabullirse y subir las escaleras en un intento por acceder al baño de arriba dado que al otro hubiera sido imposible sin que la viera Agustina, y unos

202

minutos después bajó con una chalina para ella y una ruana para mí, porque ya nos caía encima la niebla helada que hacia las tres de la madrugada desciende todas las noches desde Monserrate, vi que la tía Sofi lograba colarse subrepticiamente a la cocina y pensé, Astuta ella, va a contrabandear algo de comida, recordando en ese momento que lo único que me había echado al estómago en las últimas horas era un par de mordiscos de la dona rosada de Anita, qué bella Anita y qué dulce ella, ¿estaría dormida Anita, la del barrio Meissen?, pero no fue comida lo que la tía Sofi sacó de la cocina para traer escondido entre el bolsillo, sino el radiecito de pilas para oír las noticias, Qué habrá sido de toda esa pobre gente herida, preguntó la tía Sofi, y aún no terminaba la frase cuando nos descubrió Agustina y nos arrebató la chalina y la ruana y nos apagó el radio; sin embargo alcanzamos a escuchar que Pablo Escobar reivindicaba el atentado.

Fue una mera vuelta de tuerca la que me llevó de la gloria a la caída, trata de convencer el Midas McAlister a Agustina. Empezó con un va y viene de chismes y secretos por los salones, los vestieres y los baños del Aerobic's, uno de esos complots que se van hinchando bajo tierra hasta que hacen erupción y vuela mierda al zarzo, y yo sospecho que el detonante fue una tal Alexandra, que tiene un físico de diosa y un ánimo muy destemplado, pero no sé, en realidad no estoy seguro de que haya sido ella, esta Alexandra lleva años asistiendo a mi Aerobic's para mantenerse en forma y al principio fue novia mía y tal, ya te dije que las más bonitas se me meten en la cama y ésta no fue la excepción, así que tuve con ella algo así como un affaire pero me zafé rapidito porque como te digo, es una nena de cuerpo glorioso y mente infernal, y pensándolo bien tal vez sea paranoico por parte mía echarle la culpa de lo que vino a ocurrirme tanto tiempo después, a la hora de la verdad pudo haber sido cualquiera; cualquiera pudo leer El Espacio y traer el chisme hasta acá, aunque es raro, Agustina mi linda, es bien raro que alguien de este lado de la ciudad repare en ese pasquín escandaloso y populachero, simplemente porque no es el perfil; por lo general mi clientela cree que no hay que perder el tiempo con malas noticias, y menos si son sobre gente que uno no conoce, y si acaso se animan a leer, pues leen El Tiempo, que les cuenta el paseo como a ellos les gusta oírlo. Pero quiso mi estrella nefasta que se abriera camino hasta el Aerobic's Center una noticia publicada en El Espacio sobre la desaparición misteriosa de una enfermera, incidente anodino si los hay, de esos que pasan desapercibidos en este país, porque si nadie protesta cuando roban y desmantelan un hospital entero, quién se va a despelucar porque se refunda una sola enfermera, y sin embargo mira lo que es la suerte cuando decide torcerse, El Espacio se le apunta a la crónica de la enfermera fantasma y divulga declaraciones del novio según las cuales la vio por última vez entrando a un gimnasio del norte de la ciudad. Hasta ahí la cosa va maluca pero tolerable, bella Agustina, pero al día siguiente El Espacio amplía la noticia y ¡Bingo!, especifica que el gimnasio en cuestión es el Aerobic's Center del Midas McAlister, y publica la foto de una Dolores viva y sonriente, digamos que una Dolores más joven y menos cascada que la que yo conocí, pero que a todas luces es la Dolores, aunque El Espacio no la llama así sino Sara Luz Cárdenas Carrasco, y no la presenta como una puta especializada en s&m que murió cumpliendo con su legítimo destino de comemierda profesional, sino como una enfermera graduada de quien sus compañeras de trabajo aseguran no haber vuelto a saber, y está también ese testimonio de quien dice ser su novio y llamarse Otoniel Cocué, que como ya habrás adivinado,

Agustina encantadora, quién va a ser si no el proxeneta de marras, aunque oculte ese dato y se autoacredite en cambio como contador, porque desde luego no puede esclarecer la índole de su triste oficio ilegal, y por tanto sus denuncias no pasan de ser verdades a medias, meros pataleos de ahogado, por ejemplo asegura que la enfermera Sara Luz, su prometida, hacía gimnasia en el Aerobic's Center, donde entró una noche para no salir nunca más. Pero de todo eso se enteran las de súper rumba de las 7 a.m., a través de esa Alexandra según mis sospechas, y se lo comentan a los de spinning del mediodía, y ésos a los de spinning de las cinco de la tarde y de ahí a los de las ocho y a las de masajes y cámara bronceadora, o sea que a la noche la película ya ha adquirido proporciones hollywoodenses y cuando me ven pasar, unas se callan y se hacen las locas, otros se ríen, los más audaces se acercan a preguntarme qué fue lo que pasó y no falta la coqueta que me suelte de frente que se ofrece para ser la próxima víctima si el Barba Azul soy yo. Se vuelven populares ciertos juegos como asustar, escuchar quejidos, descubrir al asesino o señalar sospechosos, y así va rodando la bola y el Aerobic's se llena de rumores, de temores, de fantasmas, de chacota y burleteo, y una cosa va llevando a la otra según la inexorable ley de las consecuencias hasta que me llega también la Policía con orden de interrogatorio e inspección, pero como es de esperarse, mi linda niña pálida, ni encuentra nada ni yo suelto prenda, Aquí entran diariamente muchísimas mujeres, sargento, le digo a un teniente que enseguida me recuerda su rango, Desde luego, teniente, se disculpa el Midas, le estaba informando que diariamente entran unas trescientas por esa puerta, y que por esa puerta las trescientas vuelven a salir, y entonces el teniente cumple rutinariamente con algunos trámites, como revisar los registros de asistencia para verificar que en efecto no haya inscrita ninguna Sara Luz, y yo muy tranquilo le paso confiado el libro de registro, Adelante, teniente, busque si quiere, y en este punto prepárate, muñeca Agustina, porque la narración va a virar un poco más hacia lo surrealista, cuál no sería mi sorpresa cuando veo que el tal teniente encuentra que en un renglón, con letra pomposa y tinta de estilográfico azul, está la firma de una Sara Luz Cárdenas Carrasco, con todas las letras incluyendo tildes y mayúsculas; el Midas le jura a Agustina que casi se va de para atrás cuando vio semejante cosa, tuvo que ser la mensa de la Dolores la noche de su debut de penoso desenlace, la muy zoqueta debió ver ese libro con las firmas de las asistentes a las clases y encontró muy guau o muy trendy echarse su firmita ella también, a fin de cuentas por qué no, se creyó artista o modelo, especula el Midas, o soñó con inmortalizarse consagrando en mi libro su autógrafo, así que tuve que arreglar el impasse explicándole a mi teniente que nada tenía de raro que alguien asistiera a una sesión gratis de las de promoción, Éste es un lugar público, teniente, cualquiera puede entrar, a lo mejor esa muchacha sí pasó por aquí pero eso no quiere decir absolutamente nada, le aseguró varias veces, pero además y sobre todo le untó la mano con una suma suficiente para que el hombre aceptara hacerse el loco y se retirara dejándolo en paz, O relativamente en paz porque todo aquel asunto se me ha incrustado en los nervios y al enredo montado ya no hay quién lo desmonte, y si no te cuento lo que sigue en detalle, Agustina corazón, es porque al fin y al cabo no trajo para mí más repercusiones policiales o judiciales que esa visita protocolaria de inspección que terminó con el consabido soborno a la autoridad; el problema duradero fue de índole más bien subjetiva, o emotiva si prefieres, porque la clientela del gimnasio no se quería bajar de la película y la iba magnificando y poniéndola al día a punta de imaginación, que si anoche fulana pasó por enfrente y vio las luces prendidas, que si los vecinos escucharon la música hasta tarde, que llanto de mujer emparedada, que movimiento de automóviles a la entrada, que en esta sala asustan, que quién habrá sido la pobre desdichada, en fin, Agustina bonita, no te aburro más, la verdad monda y lironda es que el fantasma de la Dolores, o Sara Luz según se llama ahora, empezó a crecer y a asfixiarme y a regar a los cuatro vientos una fama pésima para el Aerobic's, si hasta yo mismo, cada vez que me fumaba un bareto para relajarme un tris, me desbocaba en fantasías de lo más desagradables en las que mi propio gimnasio aparecía transformado en cámara inquisitorial y mis máquinas consentidas en potros de tortura y la Dolores en la crucificada de la Nautilus 4200, Qué vaina, pensaba yo, ésta es la venganza de esa mujer, e intentaba mediante el diálogo llegar a algún tipo de negociación, Yo te prometo, alma bendita de la Dolores, que tan pronto baje un poco el escándalo le voy a mandar dinero a tu John Jairo, o Henry Mario o como se llame tu niño, para que pueda estudiar, Te aseguro, mi estimada Sara Luz, que si tú me ayudas a apaciguar al cotarro, yo soy capaz de financiarle en el futuro una carrerita tecnológica a tu William Andrés. Para colmo de males, a todas éstas iba corriendo el tiempo y se pasó la fecha en que según Misterio, Pablo había prometido devolvernos la inversión, así que ya te imaginarás, mi niña Agustina, cómo me cayeron la Araña Salazar y el Ronald Silverstein, que si ya, que si qué, que qué diablos sucedió, y yo reconociendo culpas y pidiendo perdones para apagar este segundo incendio, Te comprendo, Arañita querida, qué vaina, viejo Silver, ambos tienen toda la razón, cagado ese pedacito, reconozco que ese pedacito de la demora está medio cagado pero ya verán que todo se va a solucionar; eso les decía yo, mi reina Agustina, pero la verdad era que no tenía idea de qué podía estar pensando Escobar, si el Misterio ni siquiera me cumplía las citas, horas de horas me pasaba yo esperándolo en el cementerio a ver si por fin aparecía con el dinero, o con una parte del dinero, o al menos con una explicación, pero nada, pasaban los días y nada. Muévete Midas, le ordenó la Araña en tono perentorio, busca a Pablo y déjale saber que la demorita nos tiene en aprietos, Quédate tranquilo, viejo Araña, que tan pronto aparezca su emisario le mando la queja, Nunca me habías confesado, Midas my boy, que no tenías contacto directo con Escobar, Bueno, sí, mejor dicho, bueno no, antes sí tenía pero ahora la situa ha cambiado un poco, trata de comprender, Araña, viejo man. Esa semana nuestra cena de los jueves en L'Esplanade resultó de lo más estresante por esa razón, como la Araña y el Silver no podían hacerme reclamos delante de Joaco y de Ayerbe, que no estaban enterados del enredo, se las arreglaban para chuzarme con cuchufletas y yo me estaba sintiendo fatal, al punto de que pedí mi plato favorito, perdices en salsa de castañas y chocolate pero no las pude ni probar, y es que no estaba mi estómago para festejos, con la jodencia de los amigos, el acoso de la Dolores, la crisis en el Aerobic's, la demora de Pablo y para rematar, esa mano al cuello que eran los préstamos que había tenido que mover para conseguirle el dineral aquel. Eso fue un jueves, reinita Agustina, y justo al otro día, ¡bum!, estalló la bomba en L'Esplanade y todos nos quedamos de una sola pieza, bueno, los que no estábamos en el restaurante porque los que sí estaban quedaron de varias piezas; me salvé por veinticuatro horas, muñeca bonita, tuve la cojonuda suerte de que la bomba estallara el viernes, que si estalla un día antes yo no estaría aquí para contarte el cuento. Aquello fue una descarga bravía y por los aires volaron comensales, cocineros, el franchute Courtois y su cava de vinos espléndidos, las señoras de bolso de piel de cocodrilo y la piel del cocodrilo y hasta el gato, y cuando Escobar reivindicó el atentando, todos se preguntaron qué motivos tendría para romper la tregua con la oligarquía bogotana, clavando un bombazo bestial en un restaurante de ricos en plena zona residencial del norte. Unos decían que estaba fúrico y ensoberbecido porque le habían echado bolas negras en un club social, o porque la DEA lo estaba apretando, o por las amenazas de extradición, o por el veto de su nombre en las listas electorales o porque el gobierno no cumplía los pactos que tenía con él, o todas las anteriores, el asunto fue que los del norte se echaron a temblar porque hasta ese momento habían creído que contra ellos no era la guerra de Pablo, pero ahí estaban los muertos y los heridos y los escombros de L'Esplanade para demostrar lo contrario. Lo que le pasa a Escobar, intentaba yo explicarles pero no les convenía entender, es que se cansó del efecto balancín, que consiste en que con una mano recibimos su dinero y con la otra lo tratamos de matar. Y la Araña, cual tábano sobre noble caballo, se mantenía a toda hora encima de mí, Explícame esto, Miditas hijo, ahora que Pablo se chifló, ¿qué coños va a pasar con nuestra inversión?, ¿quién me responde a mí?, y otro tanto el Rony Silver, dele que dele, y el Misterio perdido en el ídem, hasta que el Midas entró en una de esas etapas de melancolía profunda que le dan a veces, y según le cuenta a Agustina, se replegó solitario a su dormitorio a prender y a apagar cuanta vaina con el control remoto desde la cama y a dormir doce y catorce horas corridas con los blinds cerrados en una sola noche apacible y prolongada, Y ahí a oscuras en mi cuarto, princesa Agustina, con el teléfono desenchufado, me dio por pensar en Pablo, por recordar el segundo y último encuentro que tuve con él, que ya no fue en su hacienda Nápoles ni tuvo garotas ni jirafas ni piscina olímpica ni un cuerno, sino que aquello fue en una casa feúcha que olía a madriguera de tigre criminal, nunca supe en cuál de las comunas populares de Medellín porque hasta allá me llevaron con los ojos vendados, en cualquier caso el escondite del

Patrón esta vez no contaba sino con unas cuantas sillas y algunas camas y ahí estaba él en camiseta y cachucha y más gordo que antes, y me hizo reír porque me mostró una foto que se había tomado pocos meses atrás, ¿a que no adivinas dónde, Agustina bonita? Pues ni más ni menos que frente a la Casa Blanca en Washington, porque según me dijo entraba y salía de los Estados Unidos cuando le daba la gana. La foto era realmente inverosímil, Pablo Escobar, el criminal más buscado de la historia, de camisa blanca y cara al descubierto, ni gafa negra, ni gorro, ni barba postiza ni cirugía plástica, simplemente ahí, tal como es, recostado cual turista contra la reja de la White House, que aparecía detrás con la columnata jónica y el frontispicio triangular de su fachada norte, así que mirando esa foto, Agustina mía, le dije Increíble, don Pablo, el presidente Reagan buscándolo por todo el planeta y usted en la propia reja de su residencia, y él me contestó, El problema que tiene Reagan conmigo, amigo Midas, es que el que está enrejado, es él. Y sin embargo a Pablo le había cambiado la película desde esa tarde sin contratiempos en la capital del Imperio, porque en este lugar desmantelado y oscuro que ahora le servía de covacha ciertamente no lo vi en forma, incluso hubo un detalle tonto que me hizo pensar que se estaba acercando a su final, y fue una caja de cartón con los restos de pescado frito que había dejado después de comer, seguro se lo habían comprado en algún merendero criollo los pistoleros que lo custodiaban y hasta ahí todo bien; lo que no entendí, mi reina Agustina, fue por qué Pablo no ordenaba que se llevaran de allí esos restos grasientos y fríos, no sé si me sigues, no fue nada en realidad, sólo susceptibilidades mías, yo tiendo a interpretar descuidos de esa naturaleza como señales de decadencia. Pablo no pierde el tiempo, va rápido al grano, en veinte minutos precisamos las cuatro cosas que teníamos pendientes con respecto al negocio y pasó a hacerme preguntas sobre la que siempre ha sido su gran preocupación: quería saber qué se tramaba en Bogotá con respecto al Tratado de Extradición de narcotraficantes a Estados Unidos, y cuando le comenté que era casi seguro que el Congreso lo hiciera entrar en vigencia, lo vi temblar de ira santa y le escuché decir una frase tremenda, la frase que tiempo después retumbó en mi memoria a raíz de la bomba de L'Esplanade, y esa frase es la siguiente, mi reina Agustina, toma atenta nota porque fue la proclamación histórica de su venganza: voy a invertir mi fortuna en hacer llorar a este país. ¿Cachas las resonancias de la cosa, muñeca? Como Pablo es ave fénix y tiene las nueve vidas del gato, al poco tiempo había remontando ese capítulo adverso por el que atravesaba al momento de nuestro segundo encuentro y era de nuevo el amo del universo, y venga otra vez con garotas y ejércitos de sicarios y orgías de sangre por todo el territorio nacional, y reuniones con ex presidentes de la República y jirafas y avionetas y piscinas olímpicas, y en ésas pasaron dos años desde que le oí pronunciar la amenaza aquella, y luego la otra noche, cuando estalló la bomba de L'Esplanade, me acordé de la vaina y pensé: nos llegó la hora, carajo. Voy a invertir mi fortuna en hacer llorar a este país, así me había dicho Pablo, Agustina bonita, y su fortuna debe ser la más grande del mundo, y si por cada dólar el hombre consigue arrancarnos una lágrima, calcula cuánto nos falta por llorar.

Cuándo fue la última vez que vio a su hermana Eugenia, le pregunta Aguilar a la tía Sofi, una pregunta más bien de rutina que no sospecha el calibre de la respuesta que va a suscitar, ¿La última vez? Pues fue ese día de juicio final en que se nos acabó la familia, De qué me está hablando tía Sofi, De eso Aguilar, del día en que de la familia no quedó sino el recuerdo, y a decir verdad, recuerdo más bien duro fue el que quedó, te estoy hablando de un Domingo de Ramos de hace trece años, Un domingo, comenta Aguilar, un domingo, por qué será que todo nos tiene que ocurrir un domingo. Agustina era una muchacha de diecisiete y terminaba ese año su bachillerato, le cuenta la tía Sofi, Joaco que tenía veinte ya estaba en la universidad y el Bichi había cumplido los quince pero todavía era un niño, muy alto eso sí, ya por entonces había alcanzado el metro ochenta y siete que mide ahora pero en su manera de ser era todavía un niño, muy tímido además, desesperadamente apegado a la casa y en particular a su hermana Agustina, un niño de pocos amigos, eran las seis y media de la tarde, le dice la tía Sofi a Aguilar, cuando aquello sucedió. Como todos los domingos cuando se quedaban en la casa de la ciudad, habían almorzado con sorbete de curuba, un ajiaco con todas las de la ley y postre de natas, cuando dieron las tres de la tarde estaban todos en casa, cosa bastante inusual, Joaco llevaba zapatos tenis y pantaloneta blanca porque había pasado la mañana haciendo deportes en el club y los otros dos niños, Agustina y el Bichi, estaban todavía en piyama, los domingos en la casa de La Cabrera Carlos Vicente padre les hacía la concesión especial de dejarlos sentar así a la mesa del comedor, Mi hermana Eugenia y yo habíamos llevado las palmas a bendecir a misa de doce en Santa María de los Ángeles y regresábamos a casa caminando, paramos en un mercadito callejero a comprar aguacates para el ajiaco y como la tarde estaba hermosa nos sentamos un rato en una tapia bajita a asolearnos un rato, aunque en realidad nos sentamos en esa tapia porque a mi hermana Eugenia se le rompió la correa de un zapato, fíjate cómo es la vida, muchacho, Aguilar, si no se le hubiera roto esa correa a lo mejor no nos ponemos a conversar, que era cosa rara entre nosotras pese a que salvo breves intervalos habíamos vivido juntas toda la vida,

¿Recuerda de qué conversaron?, le pregunta Aguilar, Sí, claro que recuerdo, empezamos por lo de la correa, cruzamos unas cuantas frases sobre cómo podría arreglarse el zapato aquel, Mañana, si quieres, cuando vaya hacia el dispensario de Areneras te lo puedo dejar en una remontadora de calzado, entrego de una vez el par para que les cambien las tapas a los tacones, eso le dije a mi hermana Eugenia, Por ese entonces, le informa la tía Sofi a Aguilar, yo llevaba algunos años trabajando como enfermera voluntaria en un dispensario para los hijos de los trabajadores de las areneras del norte, y no sé por qué caminos tomó la conversación entre nosotras, pero fue a parar a Sasaima, un tema que por lo general evitábamos porque era un campo minado de tantas cosas inconfesas que sucedieron allá, pero ese día quiso la suerte que termináramos comentando el misterio que siempre había sido el paso de Farax por nuestra infancia, ¿Farax?, pregunta Aguilar, suena a nombre de perro, No, le contesta la tía Sofi, no era ningún perro, era un muchacho joven y guapo, rubio él, aprendiz de piano, se llamaba Abelito Caballero pero lo llamábamos Farax, De dónde salió el apodo, preguntó Aguilar, Eso no te lo sé decir, los apodos son como los refranes, nunca sabes quién se los inventa. En cualquier caso esa tarde, por primera vez en nuestras vidas, Eugenia y yo empezamos a acercarnos juntas a los bordes a ese pozo de misterio que es el paso de Farax por nuestra casa paterna, la forma brutal en que cambiaron las cosas entre mis padres desde que apareció Farax, su aparición misma, que nunca he sabido explicarme, íbamos poco a poco acercándonos Eugenia y yo al corazón de la alcachofa, le cuenta la tía Sofi a Aguilar, y fui yo quien levantó la sesión apremiándola a ella con el asunto del ajiaco, yo impedí que siguiéramos adelante, Tal vez por miedo, dice Aguilar, Sí, tal vez, tal vez por la convicción de que todos los secretos están guardados en un mismo cajón, el cajón de los secretos, y que si develas uno corres el riesgo de que pase lo mismo con los demás, Y usted sí que mantenía un secreto gordo con respecto a su hermana, le dice Aguilar, Sí, bueno, ése ya te lo confesé, Aguilar, no volvamos allá, De acuerdo, asiente él, sigamos más bien con las dos hermanas sentadas conversando tras la bendición de los ramos y demorando un poco el regreso a casa. Vamos, le dijo Sofi a Eugenia, tu marido y tus hijos ya deben tener hambre y ella sonrió, ahora pienso que con tristeza, Cuántos años llevas viviendo con nosotros, le dijo Eugenia a Sofi, y siempre te oigo decir así, tu marido y tus hijos, tu marido y tus hijos, me pregunto si alguna vez te voy a escuchar decir mi cuñado y mis sobrinos, y era precisamente por esas palabras, para mí ardientes, que siempre evitaba las conversaciones con mi hermana, le dice la tía Sofi a Aguilar y le confiesa que tenía miedo de lo que pudiera pasar, Por un lado sentía el impulso de revelarle todo a Eugenia y pedirle mil veces un perdón que sabía que no me podría dar, pero por el otro lado algo se insubordinaba en mí y me nacían unas ganas horrendas de decirle en la cara Mi marido y mis hijos, Eugenia, mi marido y mis hijos porque son más míos que tuyos, pero se fueron por las ramas y no pasaron de allí ni el tema de Farax ni el otro, que era aún más espinoso, de ese tamaño se quedó todo aquello porque ya nunca más tuvieron oportunidad. Ha sido como una ley de nuestras vidas, le dice la tía Sofi a Aguilar, eso de recurrir al amparo del silencio cuando está por aflorar la verdad, Bien cara estamos pagando esa recurrencia, le dice Aguilar, Ya lo sé, le dice Sofi, te refieres a los nudos que tiene Agustina en la cabeza, Así es, tía Sofi, me refiero justamente a eso. De todas maneras el día seguía radiante y en lo que quedaba de camino a casa Eugenia y yo nos reímos, y eso sí que era todavía más inusual, oír reír a mi hermana, nos reímos porque ella iba rengueando a causa de esa correa reventada, y luego ya durante el almuerzo Eugenia se sentó en la cabecera, así como era ella, bella, silenciosa y distante, mientras yo me ocupaba de servir el ajiaco, entrando y saliendo de la cocina para asegurar que estuvieran dispuestas las bandejas con el pollo y las mazorcas y en sus respectivos tazones la crema de leche, las alcaparras y los aguacates, y el ajiaco con guascas bien caliente en la gran sopera de barro, porque los domingos servíamos con cucharón de palo en una vajilla de barro negro de Ráquira, tal como se hizo toda la vida en casa de mi madre pese a que la comida típica nunca fue del agrado de mi padre, que a la hora de componer bambucos se volvía colombiano pero que seguía siendo alemán a la hora de comer, pero te decía, Aguilar, que en presencia de Carlos Vicente, mi hermana Eugenia se volvía silenciosa. ¿Y Agustina?, pregunta Aguilar, Agustina también, esa niña contemplaba a su padre tan arrobada que no podía musitar palabra. Después del almuerzo cada quien se perdió por un rato para dedicarse a lo suyo, Carlos Vicente y Eugenia se encerraron en su dormitorio, Joaco partió en el automóvil, de Agustina no sé, Trate de recordar, tía Sofi, me gustaría saber qué hizo Agustina después del almuerzo, No lo sé, Aguilar, cualquier cosa que te diga es mentira, en cambio recuerdo perfectamente que yo salí al antejardín a podar los rosales, como también que el Bichi se colocó sobre la piyama un suéter, unas medias y unas botas y dijo que montaría en bicicleta por el vecindario, aunque en realidad sólo daba vueltas alrededor de la manzana, una y otra vez y siempre en el sentido de las manecillas del reloj, lo vi pasar frente a la casa por lo menos siete y ocho veces, tan alto que la bicicleta le quedaba cómica de tan chica y la manga del pantalón de la piyama le daba una cuarta por encima del tobillo, con sus rizos negros aún sin peinar y su cara tan hermosa, unos ojos que ya desde entonces eran profundos y una finura de facciones casi femenina, e inclusive recuerdo haberme preguntado Cuándo irá a crecer esta criatura, qué muchacho tan solitario, debe ser el temor al padre lo que no le permite crecer ni tener amigos, todo eso pensé y lo recuerdo con una nitidez atroz, le dice la tía Sofi a Aguilar, he leído que cuando cayó la bomba atómica en Hiroshima las sombras quedaron grabadas en los muros sobre los que se proyectaban, pues todo lo que ocurrió durante nuestra bomba atómica familiar también ha quedado grabado con cincel en mi memoria, hasta retengo en la pupila la imagen de las rosas amarillas de tallo largo que corté esa tarde para los floreros del comedor. Hacia las cinco y media de la tarde las sirvientas llevaron el chocolate con almojábanas y pandeyucas a la salita del televisor y poco a poco allá fuimos llegando todos, inclusive Joaco que los domingos no solía regresar hasta tarde en la noche, y más raro aún, estaba presente Carlos Vicente padre, eso sí que era extraño porque aparte de las horas de comida, o se hallaba fuera de casa o se encerraba en su estudio, nunca fue hombre de dedicarle mucho tiempo a la vida en familia, pero te digo, Aguilar, que todos estuvimos allí como si nos hubieran convocado, como si un director de teatro que dirigiera la escena se hubiera asegurado de que no faltara nadie, con eso te quiero decir que estaba escrito que ese domingo todos cumpliríamos la cita, a lo mejor habíamos ido llegando a la salita del televisor atraídos por el olor de los pandeyucas recién horneados pero ésa sería una interpretación fácil, la única de fondo es reconocer que aquello lo estaba orquestando el destino desde mucho tiempo atrás, La tía Sofi servía el chocolate, los dos niños menores estaban enfrascados en una discusión sobre cuál canal de televisión sintonizar, Carlos Vicente y Joaco empezaron una partida de ajedrez y Eugenia tejía un chal de lana color lila, Preguntarás qué importancia pueden tener esos detalles menores y yo te repito que la tienen toda, porque ésa fue nuestra última vez.

Sin que nadie la esperara llegó de visita Aminta, una sirvienta que durante años trabajó en la casa, en realidad desde muy joven hasta el día en que contó que estaba embarazada, unos once meses antes del domingo aquel, ésas son las cosas horribles de Eugenia, el lado oscuro de su alma, cuando supo que Aminta esperaba un hijo la despidió, los niños lloraron, yo traté de interceder pero Eugenia fue implacable, tal vez también en esa ocasión le salió de adentro esa especie de horror por la sexualidad de los demás que siempre ha marcado su vida, que a lo mejor también es horror por la sexualidad propia, no sería de extrañar, pero lo primero, esa compulsión a censurar y reglamentar la vida sexual de los otros fue una actitud que compartió con Carlos Vicente, en esa inclinación sombría se encontraban los dos, ahí coincidían, ahí eran cómplices y ése era el pilar de la autoridad tanto del uno como del otro, algo así como la columna vertebral de la dignidad de la familia, como si por aprendizaje hereditario supieran que adquiere el mando quien logra controlar la sexualidad del resto de la tribu, no sé si entiendas a qué me refiero, Aguilar, Claro que entiendo, dijo Aguilar, si no entendiera eso no podría descifrar este país, pero la tía Sofi seguía abundando en explicaciones como si se las estuviera dando más bien a sí misma, Es una especie de fuerza más poderosa que todo y que viene en la sangre, una censura inclemente y rencorosa hacia la sexualidad en cualquiera de sus expresiones como si fuera algo repugnante, a Eugenia le parecen un insulto las parejas que se besan en el parque o que se abrazan entre el mar, hasta el punto de protestar porque la policía no impide que Hagan eso en público, siendo Eso todo lo que tiene que ver con la sexualidad, con la sensualidad, dos cosas que para ella nunca han tenido nombre, las reduce apenas a un Eso que pronuncia con un gesto torcido como si sólo mencionarlo le ensuciara la boca, no sé de dónde sacó esa fobia porque ni mi madre ni mi padre eran así, otras taras tenían pero no ésa, ni tampoco eran así las gentes de Sasaima, en eso Eugenia es más bien como Carlos Vicente, yo diría que se lo aprendió a él y que a partir de ahí elaboró su propia versión extrema, interpretar la vida sexual de la gente como una afrenta personal debe ser una característica ancestral de las familias de Bogotá, o quizá justamente ése sea el sello específico de su distinción, no sabría decirte, Aguilar, pero lo que sí sé es que ahí anida el corazón del dolor, un dolor que se hereda, se multiplica y se transmite, un dolor que los unos le infligen a los otros, en el caso de Eugenia sospecho que es así de dura también con respecto a su propia intimidad, en el de Carlos Vicente me consta que era sólo de puertas para afuera. Volvamos a ese domingo con el Bichi circundando la manzana en bicicleta, usted podando los rosales y Agustina refundida en algún lugar de la casa, propone Aguilar y enseguida pregunta, ¿O había salido Agustina? No, no, seguía allí, lo que no sé es a qué se dedicaba pero claro que se encontraba allí, le asegura la tía Sofi, ya estaba dispuesto el escenario, ya estábamos listos los actores y sólo faltaba el detonante que no tardó en llegar, y fue a las seis y cuarto de ese atardecer, cuando entró Aminta, hacía tiempo no la veíamos y traía a su niña recién nacida, venía a presentárnosla, a anunciar que en honor a mi hermana y a mí se llamaría Eugenia Sofía y a pedirles a ellos que fueran los padrinos de bautismo, ¿A pedirles a quiénes? Pues a Eugenia y a Carlos Vicente, el bautizo tendría lugar dentro de un par de semanas y la criatura era linda como una muñeca, Aminta la había vestido toda de rosado, la capota, el vestido, los mitones, los patines, hasta el pañolón en que estaba envuelta era rosado, entonces Eugenia abrazó a Aminta como diciéndole Ya estás indultada, no lo dijo pero sé que lo pensó, para ella el dar a luz era como el perdón del gran pecado; mi hermana Eugenia dijo, te repito sus palabras textuales, Con la lana que me quede cuando termine el chal le voy a tejer a esta preciosura un enterizo para los fríos de la sabana, ésa fue su frase textual, de esto hace trece años pero recuerdo cada gesto, cada palabra, como te digo, Aguilar, como las sombras grabadas en los muros de Hiroshima, estoy segura de que Agustina también lo recuerda paso a paso, cosa por cosa, Agustina y todos los que estábamos allí tenemos esa marca palpitante en el corazón y en la memoria. Todos queríamos alzar a la recién nacida de Aminta, menos Carlos Vicente y Joaco que contemplaban la escena desde su distancia de hombres que juegan ajedrez y no se inmiscuyen en cosas de mujeres, y el siguiente movimiento le correspondió a Agustina, en mis recuerdos cada quien repite sus acciones siguiendo al pie de la letra ese script que no tiene escapatoria, como cumpliendo con su parte en una coreografía, Agustina, que estaba sentada en el suelo frente al televisor, se puso de pie, como te dije seguía en piyama, le cuenta la tía Sofi a Aguilar, Tú la conoces, una piyama que en realidad no era piyama sino una de esas camisetas enormes, las mismas que todavía usa para dormir, sólo que ahora se pone las tuyas y antes las de su padre, Agustina se paró, se acercó a Aminta y le pidió que le dejara alzar a Eugenia Sofía, tomó a la bebé con esa especie de instinto maternal que le permite a una mujer saber cómo acunar en brazos a una criatura así nunca antes lo haya hecho, y empezó a hacerle arrumacos y a decirle en media lengua esas cosas que siempre se les dicen a los bebés, acompañadas por ciertos ruidos que se repiten como si el adulto quisiera imitar el balbuceo del niño, tú sabes a qué me refiero, dijo la tía Sofi, y Aguilar dijo que sí, que sí sabía, pero que no se detuviera y que siguiera adelante. Lo que Agustina le dijo a la bebé de Aminta fue exactamente Ay qué cosita más bonita caramba, haciéndole muequitas amorosas y cariñitos con la punta del índice en la cumbamba, y en ese momento se paró el Bichi, que también estaba sentado en el suelo, se colocó detrás de Agustina mirando a la bebé por encima del hombro de su hermana, le hizo los mismos cariños en la cumbamba y repitió, con el mismo tono e idéntico acento, las palabras en media lengua que acababa de pronunciar ella, Ay, qué cosita más bonita, caramba. En ese instante Carlos Vicente padre, que como te dije había estado presente pero sin participar en la escena familiar, se levantó sorpresivamente del sillón con los ojos inyectados en furia y le dio al Bichi un patadón violentísimo por la espalda a la altura de los riñones, un golpe tan repentino y tan feroz que mandó al muchacho al suelo haciendo que se golpeara antes contra el televisor, que también se cayó, a todos se nos disparó el corazón en el pecho como si se nos fuera a estallar y durante unos segundos no atinamos a reaccionar, paralizados por el horror de lo que acababa de ocurrir, y en seguida vimos que Carlos Vicente padre se iba hacia Carlos Vicente hijo, que seguía boca abajo en el piso, y le daba otro par de patadas en las piernas mientras lo imitaba, Ay qué cosita más bonita, caramba, Ay qué cosita más bonita, ¡Hable como un hombre, carajo, no sea maricón!

Entonces llegó el día de la gran ira del Padre, dice Agustina, y el hermano menor era el chivo expiatorio, Por su culpa, por su culpa, por su grandísima culpa está tirado en el suelo y sobre él llueven las patadas del Padre, cuántas veces no te lo advertí, mi dulce hermano pálido, mi niño derrotado, que no contrariaras la voluntad del Padre, ¡Hable como un hombre!, te ordenó y cuando lo hizo se volvió una bestia poderosa y erguida ante ti, que no eras más que un niño golpeado en el suelo, y mis poderes, que estaban esquivos, no lograban protegerte, no llegaban hasta ti, Hable como un hombre, te ordenaba y su ira era justa y temible y llenaba la casa, luego él mismo se echó hacia atrás, el propio Padre asombrado de su fuerza y del rigor del castigo, Y el hermano menor se incorporó, dice Agustina, y resplandecía una expresión extraña en su cara, o lo que podía verse de su cara tras la maraña de rizos negros que se la ocultaban, ¿Llorabas, Bichi, o suplicabas perdón? No, no llorabas, no querías decir nada, no tenías la voz de hombre que exigía el Padre para decir tus verdades, sólo te incorporaste, con dificultad porque tu espalda estaba lastimada, te llevaste una mano al lugar del Gran Golpe y alzaste del suelo la máquina, Cuál máquina, Agustina, le pregunta Aguilar, La máquina que había quedado rota, ¿Te refieres al televisor? Sí, a eso me refiero, Y qué hizo tu hermano con él, Lo puso de nuevo en su lugar, Y por qué crees que hizo eso, Lo hizo por orgullo, dice Agustina y cambia de nuevo el tono, vuelve a hablar para sí, pontificando como si le adjudicara mayúsculas a todos los sustantivos, como si se dirigiera a personas que en realidad están ausentes, Fue tu orgullo el que alzó la máquina, ¿acaso querías demostrarle al Padre que no te doblegaba?, los demás te mirábamos desde el hueco de dolor, Ven, Agustina, le dice Aguilar, no hables como si oficiaras misa, conversemos así no más, tú y yo, Déjame, Aguilar, déjame seguir con mi misa, no la interrumpas porque es importante que sepas que el Padre se limita ahora a mirar y a acezar porque ha perdido el aliento debido a su Gran Esfuerzo, si me interrumpes no puedo decirte que el Padre ha quedado exhausto después de cumplir su sagrado deber de castigar al hijo, ahora está en la sombra y ha perdido su protagonismo porque es el hermano menor, el Cordero, quien se mueve en medio de las estatuas de sal, Dime cómo se llama el cordero y cómo se llaman las estatuas de sal, le pide Aguilar, El Cordero se llama Bichi, se llama Carlos Vicente como mi padre pero le decimos Bichi, y las estatuas de sal se llaman Eugenia, Joaco, Agustina, el Bichi, Aminta y Sofía, ¿Quién es Sofía? Sofía es mi tía Sofi, ¿Hermana de tu padre o de tu madre?, No, de mi padre no, hermana de mi madre, y mi hermano menor, al que le decimos el Bichi, él es el que se incorpora del suelo y pese a su espalda adolorida se agacha y alza todo el peso de la máquina, ¿No habíamos quedado en que era el televisor? Bueno, sí, el televisor que se ha convertido en una máquina rota, y la coloca en su lugar pese a que tiene reventada la pantalla, ¿Recuerdas qué estaban viendo tu hermano y tú en el televisor antes de que tu padre se enojara?, quiere saber Aguilar, Qué preguntas más tontas, Aguilar, estábamos viendo a He-man y Sheera, habíamos peleado un rato por el canal y finalmente pactamos con eso de He-man y Sheera y ya luego estábamos contentos, es verdad que es bueno recordarlo, me pregunto si el Bichi también lo recuerda, lo de He-man y Sheera, porque unos minutos después vino el golpe y el televisor se reventó contra el suelo y echaba chispas por dentro porque seguía conectado, fue el Bichi quien lo desconectó, tuvo la calma necesaria para desconectarlo, Te movías despacio, Bichi Bichito, y te paraste muy alto, más alto que el hermano mayor, mucho más alto que el Padre y nos miraste a todos, uno por uno, demorando tu mirada en cada uno, y yo caí de rodillas, dice Agustina, para implorar perdón con mi voz de adentro y para invocar mis poderes, que ante el Acontecimiento no querían descender a mí, el Bichi se dio media vuelta, otra vez la mano puesta sobre el dolor de su espalda, con la otra se retiró por fin el pelo de la cara y pudimos ver que no lloraba y salió de allí caminando muy lento, como si no llevara prisa, tantas veces te vi llorar, Bichi Bichito, después de los golpes del Padre pero esta vez no, esta vez eras la víctima intacta que se retira después del sacrificio, A qué sacrificio te refieres, pregunta Aguilar, ¿a las patadas que le dio tu padre? Si sabes para qué preguntas, le dice Agustina, tengo grabada la imagen del Bichi como si fuera una estampa, Qué llevaba puesto, le pregunta Aguilar, Los trajes de la ceremonia, Entiendo que no, que iba en piyama, Es cierto, dice Agustina y su tono se aligera, su voz aterriza, todavía tenía puesta la piyama pero yo lo vi asombrosamente alto, creí que no iba a caber por la puerta al atravesarla, el pelo, que tenía revuelto, era lo único fiero en él, todo lo demás se movía lento y sin titubeos ni desconcierto y como desde allí puede verse la gran escalera de piedra que se va curvando hasta llegar al segundo piso, desde donde estábamos pudimos observar cómo la subías, hermano, peldaño a peldaño, sólo te detuviste un momento para arquear la espalda y cerrar un poco los ojos pero enseguida volviste a emprender el Ascenso, entonces yo quise seguirte y me paró en seco el grito del Padre, Déjenlo solo, a ver si por fin aprende, ordenó y Agustina obedeció, se quedó quieta donde estaba, hincada de rodillas, Yo acato tu Voluntad, Padre, no descargues tu ira también sobre mí, ya se retiró el Cordero que enfadaba al Padre, el Padre ya puede sentarse de nuevo y retomar la partida de ajedrez con el hermano mayor en el punto en que la suspendió para ejecutar el Castigo, Llorará ahora que se ha encerrado en su cuarto, dice Agustina que pensó en ese momento, se lo dice a Aguilar, ese hombre de barba que está frente a ella y que la escucha, a Agustina le gusta su barba porque es poblada y sedosa, le gustan sus bigotes entrecanos, Eso pensé, Aguilar, pero el Bichi no se había encerrado en su cuarto sino en el mío aunque sólo lo supe después, creí que como siempre se habría encerrado en su cuarto a llorar después del Castigo y que sólo a mí me dejaría entrar, para recibir el Consuelo, pero esta vez ella no acudiría por temor al Padre que dijo Qué miran, siga cada cual en lo que estaba, orden para mí imposible de cumplir pese a mi miedo, le dice Agustina a Aguilar, porque yo estaba mirando televisión y ya no se podía, como si no hubiera sucedido nada Padre siguió repartiendo órdenes, Usted, Aminta, puede retirarse ya, la felicito por su hija y acepto ser el padrino; sigue tejiendo, Eugenia, y tú, Sofi, sírveme por favor otra taza de chocolate, ¿Eso era lo que tomaban, pregunta Aguilar, chocolate? No quiero hablar de eso, dice Agustina, no menciones esa palabra, chocolate, no me gusta, ¿No te gusta la palabra o el chocolate? No me gusta, de verdad te digo, Aguilar, que no quiero que me lo preguntes más, lo que importa es que las órdenes del Padre indican que en casa todo sigue igual, pero sus manos dicen otra cosa porque tiemblan, las veo temblar, Aguilar, aunque el Padre trata de disimular está estremecido por la ferocidad de sus hechos, en este momento todavía es inocente de las Repercusiones de sus hechos, o tal vez las presiente pero no conoce con claridad lo que se le viene encima, entonces te vemos, Bichi Bichito, mi hermano pequeño a quien cuánto quisiera volver a ver algún día, entonces presenciamos tu Regreso, ahora bajas las escaleras y te ves inmenso y tu cara resplandece de justicia y de belleza y no hay llanto en tus ojos, sólo una mirada resuelta que hace temblar al Padre y no permite que su mano coloque en el tablero el caballo que tiene dispuesto para la siguiente jugada, el Padre nunca llegó a colocar esa ficha, Aguilar, el caballo se quedó para siempre en la mano del Padre, el Caballo eras tú, hermano menor, porque en tu mano estaba la verdadera ficha, la definitiva, la gran destructora que haría pedazos la casa y también el vecindario, recuérdalo Bichi Bichito, tú que lo olvidaste, recuerda que en las ceremonias repetíamos eso, que no utilizaríamos el Poder, alegres de pensar que era infinito y que aunque estaba en nuestras manos no lo utilizaríamos porque ahí radicaba nuestra fuerza, en mantenerlo oculto y no hacer uso de él, El Bichi bajó por las escaleras despidiendo ráfagas de luz, le dice Agustina a Aguilar, el hermano menor volvía hacia nosotros iridiscente, purificado en dolor, blandiendo en su mano derecha las llaves de la destrucción, ¿Te refieres a las fotos de la tía? Sí, Aguilar, me refiero a eso mismo, el Bichi se vino con ellas en alto y yo alcancé a gritarle con mi voz interna, la que no se oye pero resuena, le grité dentro de mí con toda la fuerza de mi poder ausente No hagas eso, hermano, recuerda el Juramento, recuerda la Advertencia, si las muestras, si ellos las ven, pierden su valor, si las revelas se desvanecen mis poderes como agua entre las manos porque son poderes ocultos y la luz los derrite, te repito la Advertencia, las llaves de la destrucción sólo resplandecen e infunden terror mientras permanecen ocultas, me derrotas si las revelas y ante mi derrota ya nadie podrá protegerte de la mano del Padre, perdóname, Bichi, te pido mil veces perdón, ¿Por qué le pedías perdón, Agustina? Porque aquella fue La Vez Terrible en que mis poderes se aletargaron pero de ahora en adelante Agustina va a impedir que eso se repita, le jura al Bichi que estará más alerta, más atenta, te lo juro, Bichi Bichito, vuelve a confiar en mí y no hagas lo que vas a hacer porque me dejas sin fuerza, además y sobre todo tú juraste en ceremonia que jamás lo harías, que no les dejarías saber que las teníamos. Pero el Bichi lo hizo: sobre la mesita del centro, ante los ojos de todos, del Padre, de la madre, de la tía, del hermano mayor y también de mí, de Agustina, la hermana que suplicaba en silencio que no ocurriera aquello que enseguida ocurrió y que partió en dos nuestra historia, el hermano menor, midiendo tres metros de alto, No sería tanto, la interrumpe Aguilar, Bueno, tanto no, entonces midiendo casi dos metros, Eso suena más justo, Midiendo dos metros y con una aureola de rizos negros que rozaba el techo, soltó las Fotografías y todos los que estaban allí las vieron, y ardió el aire, se abrió bajo nuestros pies el vacío, ¿entiendes, Aguilar?, dice Agustina con otra voz, voz de todos los días, lo que te quiero decir es que a partir de ese momento nuestras vidas ya no volvieron a ser las mismas, ahora lo entiendo así pero a veces se me olvida. Yo clavé los ojos en el piso, dice Agustina, se lo dice al hombre de la barba que está allí para escucharla, Yo no estaba dentro de mi cuerpo cuando la mirada triunfal del hermano menor se clavó en la madre, esperando que ella colocara sobre sus rizos la corona del heredero porque acababa de derrotar al Padre, allí estaban, ante los ojos de la madre, las pruebas del desamor del Padre, del engaño del Padre, Dime cuáles eran esas pruebas, le insiste Aguilar, Ésas, ésas, repite Agustina, ya te lo dije, las Fotografías, Dime cuáles fotografías, Pregúntale a la tía Sofi, Quiero que me lo digas tú, Unas tales fotografías de las tetas de tía Sofi que había tomado mi padre, puta tía Sofi, puta, puta, y puto mi padre, por eso ahora la madre abrazaría al hijo lastimado, al Cordero, lo acogería entre sus brazos amorosos, víctima el hijo, víctima la madre, por fin se haría justicia y el Padre traidor sería expulsado del reino, el hijo menor, el Cordero, clavó sus ojos inmensos en los de la madre esperando la acogida pero yo supe que no sería así, yo lo sabía, Aguilar, yo sabía que de la madre no podía esperarse respaldo porque mis poderes, pese a estar ausentes, con sus voces menores me lo susurraron al oído, me dijeron que no sería así, que nunca se sellaría la alianza de la madre con el menor de sus hijos, que nunca se sellaría la alianza de la madre con la hija, ¿Quieres decir contigo? Quiero decir con la hija, o sea con Agustina, y por eso le grité No, Bichi, no lo hagas, se lo supliqué con mi voz interna, la que no sale pero que resuena, No lo hagas, Bichi, tú desconoces los recursos de la madre, no debes confiar en ella, tenle miedo a la extrema debilidad de la madre, la debilidad de la madre es más peligrosa que la ira del Padre pero el hijo menor no lo creía así y por eso allí cayeron las fotografías ante los ojos de todos, las que le tomó el Padre a la Tía Entregada y Desnuda, la usurpadora del marido de su hermana, la Tía Terrible que sería expulsada junto con el Padre para que la madre abandonara la tristeza y la distancia, el hermano menor quería la venganza para sí mismo y también para la madre, para que ya no fuera una reina de las nieves con astilla de hielo en el corazón, quería derrotar la autoridad del Padre que hería y doblegaba, expulsar al Padre y derretir la astilla de hielo en el corazón de la madre, el Bichi, el Cordero, el Lastimado en la Espalda nos miraba desde lo alto de su estatura monumental, un minuto duró el imperio del Cordero, la familia de rodillas se inclinó ante la evidencia de la traición, sólo la hermana permaneció lejos y con los ojos cerrados porque era la única que ya lo sabía, sabía que acababa de llevarse a cabo la Gran Revelación de las fotografías, se destapó el arcano, se abrió la caja de Pandora y las Furias se desataron, Padre quedó demudado, por primera vez Padre era más pequeño que un enano, más enano que un ratón, tía Sofi, la de las tetas grandes, se tapó la cara con las manos, el hermano mayor fue el único que se atrevió a tocar las fotografías para mirarlas una a una sin que Padre intentara siquiera impedírselo porque Padre era un enano, era un ratón que sólo estaba atento a la reacción de la madre, Padre esperaba que la madre dejara caer sobre él su espada, el hermano menor esperaba que la madre dejara caer su espada sobre la nuca de Padre, sólo yo sabía que no sería así, que no sellaríamos la Alianza con la madre y que por el contrario, nuestros poderes quedarían aniquilados para siempre y la famosa Revelación convertida en chorro de babas, en triste juego de niños, Agustina mira a Aguilar y se ríe, Tú te burlas, Aguilar, porque dices que cuando deliro hablo como Tarzán, Hablas como el Papa, le dice Aguilar, Sí, es verdad, a veces me da por hablar como el Papa cuando imparte bendiciones desde su balcón en San Pedro.

¿Y tu boca, Agustina?, le pregunta el Midas McAlister, sobre tu bella boca también aprendí una que otra cosa. Fue inquietante, no creas que no, volver a verte sentada en las antípodas de la mesa del comedor como cuando éramos niños, pero esta vez no en tu casa de La Cabrera sino en tu finca de tierra fría, que es donde ustedes los Londoño siempre se han visto mejores, quiero decir en todo su apogeo, señoriales y a sus anchas entre viejos pantalones de pana, calzando altas botas para montar sus propios caballos y llevando al desgaire chaquetas de tweed u holgados pullovers tejidos a mano con la lana cruda y olorosa de unas ovejas que, como los caballos, también son propiedad de ustedes, y ciertamente el Midas no está hablando de esos suéteres apretados que le tejía su propia madre con madejas verdes y grises compradas en la tienda miscelánea de la esquina; debe comprenderse que de un objeto al otro hay un universo de distancia. Según el Midas, esa indumentaria que los Londoño usan en lo que ellos mismos denominan tierra fría funciona bien y resulta imponente cuando la complementan con cierta lentitud de movimientos muy acorde con el mood del paisaje, con la lectura de libros en francés junto a la chimenea y con la proximidad de un montón de perros a los que tratan mejor que a los humanos, y aquí llegamos a otro punto nodal, el contubernio con los perros, requisito que, como el ropón del bautizo, si no naces con él jamás lo adquieres; Yo por ejemplo no puedo evitar lavarme las manos después de tocar un perro porque el olor me impregna y me fastidia, confiesa el Midas McAlister, pero eso no le pasa a ninguno de ustedes los Londoño, que hagan lo que hagan y métanse con quien se metan, en materia odorífera siempre pertenecen al discreto y pulquérrimo equipo Roger & Gallet, con excepción tuya, Agustina vida mía, que te inclinas por no sé qué esencias sospechosamente orientales que atosigan a tu hermano Joaco y le producen alergia. El Midas recuerda la plenitud de su admiración cada vez que Joaco decía en el colegio El viernes nos vamos a tierra fría, refiriéndose a su hacienda sabanera, o también, Hoy mi mamá está en tierra caliente, y ésa era la finca de Sasaima, o si no, Nos vamos a quedar aquí, y aquí era la casa de ciudad en el barrio residencial La Cabrera, y cómo no iba a quedar deslumbrado el Midas, que todas las madrugadas escuchaba a su madre darle gracias al Sagrado Corazón por haberle concedido un crédito del Banco Central Hipotecario para pagar ese apartamento de veinticuatro metros cuadrados del San Luis Bertrand, donde el Midas McAlister durmió casi todas las noches desde los doce hasta los diecinueve años, ese apartamento que para él era una vergüenza inconfesable y donde jamás quiso llevar a ninguno de sus amigos, y menos que nadie a Joaco; a todos los tramó con el cuento de que vivía en el penthouse de un edificio del Chicó pero que allá no podía llevarlos porque su madre era enferma terminal y hasta el más mínimo ruido o molestia podía resultarle mortal, Pobrecita mi madre, si hubiera sabido tamaña calumnia que yo difundía sobre ella, tan digna y tan sacrificada, con su sastrecito negro, sus zapaticos chuecos, su eterno rosario en la mano y sus peregrinajes de tienda en tienda buscando los mejores precios para las lentejas y el arroz, mi madre cuadraba a la perfección en un barrio donde todas eran más o menos iguales, digamos que la mía obedecía al patrón que imperaba en materia de madres en el San Luis Bertrand, pero llevarla al colegio a que la vieran mis amigos, eso jamás, es que te estoy hablando de problemas delicados, mi linda Agustina, tú que sí la conoces sabes que mi santa madre es de las que se sostienen las medias de nylon arriba de la rodilla con un nudo apretado que se asoma cuando cruzan la pierna, mejor dicho un horror, siempre le he dicho a ella que si la tromboflebitis la tiene cojeando es porque los torniquetes que se aplica en las piernas con las medias de nylon le cortan la circulación, es que si mi barrio es impresentable, mi madre bendita no se le queda atrás, y no puedes imaginar, Agustina princesa, las tretas que año tras año he tenido que ingeniarme para mantenerlos a ambos escondidos e inexistentes para los demás. Para encontrarse con Joaco y los otros compañeros en la portería de su supuesto edificio del Chicó, el Midas debía tomar antes una buseta desde el San Luis hasta la Paralela con calle 92 y luego caminar rapidito ocho cuadras largas para alcanzar a llegar unos minutos antes de la cita a deslizarle una propina al portero, no fuera cosa que lo delatara haciéndolo quedar fatal; le dice a Agustina que gracias a esas prácticas precoces, llegó a volverse un mago en el arte de la simulación. Hasta el día de la fecha, nena consentida, nadie de tu lado del mundo ha conocido a mi madre ni sabe de la existencia de este apartamento en el San Luis Bertrand, bueno, nadie salvo tú, cómo te querría yo y cuánta confianza te tendría que a ti sí te llevaba a tomar las onces en vajilla de plástico irrompible con mi santa mamá bajo juramento sagrado de que no divulgarías ese secreto, que dicho sea de paso, me has guardado religiosamente hasta hoy. El Midas deduce que esa traumática condición habitacional por la que atravesó en la adolescencia debe ser la causa de que lo hipnotizara, y lo siga hipnotizando, la idea de que los Londoño pudieran repartir su semana en tres casas distintas, y eso sin viajar, porque los viajes de ustedes eran otra cosa, a sitios lejanos y tomando avión y tal pero al niño que era yo ese ladito le interesaba menos, lo que me descrestaba en serio era eso de que pudieran vivir de planta y simultáneamente en tres casas distintas sin llevar maleta de un lado al otro porque ustedes tenían ropa en los tres lados, y long plays y televisores y cocinera y jardinero y juguetes y pantuflas, todo por partida triple, hasta piyama esperándolos debajo de la almohada donde llegaran, o sea la vida familiar bellamente contenida en un triángulo equilátero con una casa espléndida en cada ángulo y en cada clima pero a una distancia de hora y media de cualquiera de las otras dos; nada que hacerle, mi reina Agustina, para mí eso era el súmmum de la elegancia, era la santísima trinidad, era el non plus ultra de la perfección geométrica. Y ahora están otra vez en el comedor y desde su extremo de la mesa el Midas puede comprobar que pese a los años Agustina sigue teniendo los ojos absurdamente inmensos y el pelo locamente largo y los dedos asomados por los agujeros de esos guantecillos de ciclista o de junkie que despiertan la agresividad de su hermano Joaco, y que su delgada silueta sigue perdida entre esa ropa negra que su madre encuentra altamente inapropiada para un soleado día de campo, Ya de entrada estaban un poco irritados con tu presencia, Agustina cariño, siempre has sido aficionada a infringir sus códigos de estilo y a hacerlos sentir incómodos. ¿El lugar?, la hacienda de tu familia en la sabana; la hora, mediodía del sábado; la acción, esa aplastante serie de consecuencias que habría de desembocar en nuestros respectivos fracasos, pero para ponerle un preámbulo digamos que la cosa empieza desde el día anterior, viernes, seis de la tarde, el Midas solo entre su cama con el dormitorio a oscuras y los ojos cerrados mientras su mundo de afuera se viene abajo, con su Aerobic's tomado por el fantasma de una muerta y sus finanzas desplomándose por culpa de Pablo, Y mis amigos la Araña y Silver empeñados en una cruzada personal contra mí como si fueran culpa mía los sinsabores de su propia angurria, y en ésas suena el teléfono y es tu hermano Joaco para invitarme a pasar el fin de semana en su casa de tierra fría, yo me niego de plano y estoy a punto de colgarle y de sumergirme de nuevo en mi voluntario blackout cuando él deja caer tu nombre,

Agustina viene con nosotros, me dice, ¿Cómo?, brinco yo, súbitamente interesado, porque esa frase es la primera cosa en muchos días que logra atraer mi atención, Como lo oyes, me confirma Joaco, te dije que Agustina viene con nosotros, y entonces yo, ahora extrañado, le pregunto a qué se debe el milagro. Y es realmente un milagro porque Agustina frecuenta poquísimo a la familia desde que vive con Aguilar, debido a que la familia, que no quiere saber nada de Aguilar, la acepta a ella siempre y cuando se presente sola, así que le pregunto a Joaco a qué se debe el milagro y me explica que según parece tu marido anda por Ibagué haciendo no sé qué negocios, y entonces yo cambio enseguida de opinión con respecto al paseo ese a tierra fría: bueno, voy. Le acepté a Joaco, nena Agustina, porque ni la depre más tenaz podía impedir que aprovechara esa oportunidad única de verte, de pasar un par de días a tu lado con perros de gran tamaño echados a nuestros pies en esos corredores silenciosos y abiertos al ondular de eucaliptos en la tarde, al olor de la boñiga y a esa reconfortante visión de heredades que se extienden en lontananza, qué hijueputa cosa tan hermosa, Agustina mi reina, si estoy mintiendo al decir que es el Edén, que me corten una mano. Y de repente ahí estábamos, de nuevo en el paraíso con los eucaliptos y los perros y toda la agreste parafernalia, y tú brillabas rápida y burlona como en tus mejores momentos y sonreías tan ligera de angustias que yo, que hacía meses no te veía, llegué a creer que te habías curado, nos tomamos unas Heineken y me derrotaste aparatosamente en una partida de Scrabble, siempre has sido una fiera para ese juego y también para resolver crucigramas, armar charadas y agarrar al vuelo dobles sentidos y adivinanzas, mejor dicho lo tuyo es hacer malabares con el lenguaje y jugar caprichosamente con las palabras, El día era espléndido, dice el Midas McAlister, tú estabas asombrosamente bella y había un solo problema, Agustina de mi alma, y era que tus ojos se agrandaban aún más que de costumbre y que el pelo te crecía otro poco cada vez que tu madre abría la boca para soltar una de sus consuetudinarias interpretacionesde las cosas, tan evidentemente contrapuestas a cualquier evidencia; y luego, en ese comedor tan recargado de cuadros de santos coloniales que parece más bien una capilla, yo me percataba de que cada mentira era para ti un martirio y que cada omisión era una trampa para tu razón resquebrajada, y tú permanecías callada y acorralada y al borde de tu propio precipicio mientras tu madre, Joaco y la mujer de Joaco se rapan la palabra para comentar la gran noticia, que el Bichi llamó de México a anunciar que antes de fin de año vendrá al país por unas semanas; después de tantos años de ausencia el Bichi, que se fue niño, regresará adulto y el Midas nota que la conmoción sacude a Agustina y la domina, A fin de cuentas ese hermano pequeño debe ser la única persona que has querido de veras y vaya a saber qué pájaros locos han levantado vuelo dentro de tu cabeza con el anuncio de su retorno, pero además hay efervescencia en el resto de la familia y tu madre se aproxima al tema y se aleja de él dando rodeos y endulzando las frases con ese asombroso don de encubrir que siempre la ha caracterizado y al que Joaco le hace el juego con tanta agilidad porque desde pequeño se viene entrenando, y las verdades llanas van quedando atrapadas en ese almíbar de ambigüedad que todo lo adecua y lo civiliza hasta despojarlo de sustancia, o hasta producir convenientes revisiones históricas y mentiras grandes como montañas que el consenso entre ellos dos va transformado en auténticas, el Midas se refiere a perlas como éstas: el Bichi se fue para México porque quería estudiar allá, y no porque sus modales de niña le ocasionaran repetidas tundas por parte de su padre; la tía Sofi no existe, o al menos basta con no mencionarla para que no exista; el señor Carlos Vicente

Londoño quiso por igual a sus tres hijos y fue un marido fiel hasta el día de su muerte; Agustina se largó de la casa paterna a los diecisiete años por rebelde, por hippy y por marihuanera, y no porque prefirió escaparse antes que confesarle a su padre que estaba embarazada; el Midas McAlister nunca embarazó a Agustina ni la abandonó después, ni ella tuvo que ir sola a que le hicieran un aborto; el señor Carlos Vicente Londoño no murió de deficiencia coronaria sino de dolor moral el día que pasó en su automóvil por la calle de los hippies y alcanzó a ver a su única hija Agustina sentada en la acera vendiendo collares de chochos y chaquiras; Joaco no despojó a sus hermanos de la herencia paterna sino que les está haciendo el favor de administrarla por ellos; no existe un tipo que se llame Aguilar, y si acaso existe no tiene nada que ver con la familia Londoño; la niña Agustina no está loca de remate sino que es así —Eugenia y Joaco dicen así y no especifican cómo—, o está nerviosa y debe tomar Ecuanil, o no durmió bien anoche, o necesita psicoanálisis, o hace sufrir a su mamá sólo por llevarle la contraria, o siempre ha sido un poco rara. Ése es, según el Midas McAlister, el Catálogo Londoño de Falsedades Básicas, pero cada una de ellas se ramifica en los cien matices del enmascaramiento, y mientras tanto yo te miro a ti, Agustina vida mía, allá sentada al otro extremo de la mesa, y me percato de que escuchar una vez más todo el repertorio de las tergiversaciones te ha impedido probar bocado y que la comida se te enfría en el plato, y veo tus bellas manos blancas que se retuercen como si quisieran desmenuzarse la una a la otra, tus manos entre esos guantecitos raros que nunca te quitas y que van a ocasionar que dentro de un rato, supongamos que a la altura de los postres, Joaco te diga con tono irritado que sería un bonito detalle que te los quitaras al menos para sentarte a la mesa, y cuando te lo diga te pondrás pálida pese a que tu piel ya es de por sí transparente y te quedarás callada y estarás al borde, al borde de eso que no tiene nombre porque tu madre se ha encargado de borrar la palabra de la lista de las permitidas en tu casa. Y Joaco conversa animadamente, mi linda niña loca, de los paseos a caballo que harán con el Bichi cuando llegue, y tu madre anuncia que le tendrá una pailada de arequipe para que se la coma toda él solo, y pronostica el alegrón que se va a pegar el Bichi cuando vea que su habitación de la casa de La Cabrera sigue intacta, Es que no he tocado nada, dice tu madre conmovida, porque de verdad lo está, casi hasta las lágrimas, No he movido de ahí ni su ropa ni sus juguetes, dice tu madre y la voz se le quiebra, todo está igual a cuando se fue, como si no hubiera pasado el tiempo. Como si no hubiera ocurrido nada, ¿verdad, Eugenia?, porque en su familia, Eugenia, nunca ocurre nada, eso quisiera decirle el Midas para que Agustina deje de retorcerse las manos, Mi pobre niña cada vez más ida, cada vez más blanca, y yo me pregunto qué puedo hacer para alejar de tu cara esa expresión de pánico, esa inminencia de algo que te va a pasar y se avecina, se avecina, aunque no tenga nombre. Cuando llegue el Bichi, Eugenia va a organizar un gran paseo a Sasaima, el primero en años porque la finca ha sido abandonada en manos del mayordomo por culpa de la violencia, Pero vamos a organizar el regreso a tierra caliente, dice Eugenia con los ojos aguados, voy a mandar pintar toda la casa y a reparar la piscina para celebrarle al Bichi la llegada con un gran paseo familiar en Sasaima, y Joaco asiente, deja claro que también esta vez le dará gusto a su madre en los asuntos menores, como hace siempre, pero ninguno de los dos menciona la discusión feroz que hubo entre ellos poco antes del almuerzo, encerrados solos en la biblioteca, que no tiene las paredes suficientemente gruesas como para impedir que los demás escucharan desde afuera y quedaran temblando, pero hasta la mujer de Joaco, que es imprudente y equivoca la jugada en el ping-pong del diálogo consabido, hasta ella, que es tonta de capirote, se aviva de que hay que hacer de cuenta que no se oyeron los gritos de Joaco cuando en la biblioteca le advertía a su madre que si el Bichi llega a Bogotá con ese novio que tiene en México, ni el Bichi ni su puto novio van a pisar esta casa; ni ésta ni la de La Cabrera ni la de tierra caliente Porque si se acercan los saco a patadas, y tu madre, que también grita pero menos fuerte, repite una y otra vez la misma frase, Cállate, Joaco, no digas esas cosas horribles, siendo para ella lo indecible y lo horrible que el Bichi tenga un novio, y no que Joaco saque al Bichi y a su novio a patadas, pero en fin, nosotros los de afuera ponemos oídos sordos, y en boca cerrada no entran moscos. Como si ya hubieran olvidado su conversación a gritos de hace un momento en la biblioteca, como si el Bichi no tuviera un novio en México o no mencionar a ese sujeto fuera condenarlo a la inexistencia, tu madre y Joaco planifican durante el almuerzo las reformas que harán en Sasaima para la visita del Bichi. Cuando terminamos de comer, una sirvienta recoge los platos, otra pasa los postres a la mesa, y en el momento en que tú tomas con la mano una manzana del frutero, tu hermano Joaco, que viene haciendo un esfuerzo enorme por contenerse, de repente no puede más y te exige que te quites ya mismo esos mugrosos guantes.

En el río, Nicolás Portulinus veía flotar Ofelias, Ofelias niñas como su hermana Ilse, mayor que él y quien nunca salió de Alemania, o si llegó a salir, fue porque el río la arrastró a otras tierras. Durante el tiempo de lluvias, cuando debían permanecer largas horas en los corredores abiertos de la casona de Sasaima conversando mientras ven caer cortinas de agua, Nicolás les habló a Blanca y a Farax de Ilse, les contó cómo en su natal Kaub desgraciaba a la familia hasta el punto de amenazar con desintegrarla. Con palabras veladas por el pudor y por la pena Nicolás les reveló la crispación extrema que se generaba alrededor de la triste figura de Ilse, inclusive les tradujo del alemán dos cartas, una en que su padre lo insta a vigilar la conducta moral de su hermana y otra en que su austera madre alude a través de eufemismos a ciertos actos «impropios» y «muy desagradables» que Ilse ejecuta delante de las visitas y que avergüenzan al resto de la familia. Sobre la naturaleza de estos actos bochornosos, Nicolás les reveló que estaba relacionada con una cierta rasquiña; Ilse estaba condenada a un escozor tan inclemente que la llevó a la perdición, aunque se dirá que nadie se pierde por estigmas que pueden llevarse con resignación, discreción y en secreto, pero ciertamente éste no era el caso según quedó en evidencia el día en que llegó a la casa de los Portulinus en Kaub un grupo de parientes vestidos de oscuro, en visita de condolencia por la muerte reciente de una tía abuela; circunspectos y evocando a la difunta en recogido silencio, se sentaron en un círculo de sillas en torno a un tapete y una mesita; parecía que esperaran alrededor de ese escenario vacío y con las manos en el canto a que empezara algún tipo de espectáculo, aunque desde luego sabían que ningún espectáculo tendría lugar, sino que por el contrario, el que los convocaba acababa de terminar, es decir la larga agonía de la tía abuela, muerta de alguna enfermedad innombrable, como lo son todas las enfermedades que arrastran a la tumba a las tías abuelas. Los presentes mantenían los ojos bajos y centrados en algún objeto pequeño, podía ser un anillo, un trozo de papel o un botón del abrigo que movían entre las manos mientras esperaban a que se dieran por cumplidas las formalidades del pésame y llegara el momento de la despedida, cuando una de las sillas empezó a traquear y todos alzaron la mirada hacia el ruido para ver con estupor que la niña Ilse, también ella de negro y ya casi mujer, y además muy bonita según el reconocimiento que acababan de hacerle los parientes a los padres, se había metido la mano debajo de las faldas y se frotaba la entrepierna con movimientos espasmódicos y ojos ausentes, como si estuviera sola, como si el respeto no se impusiera en los velorios, como si sus padres no la estuvieran agarrando del brazo para sacarla inmediatamente de allí, avergonzados y confusos. Según Blanca, que transcribe en su diario palabras que dice haberle escuchado a Nicolás, el motivo de la conducta de Ilse era un escozor que «le envenenaba las partes más preciosas del cuerpo», o para ponerlo en jerga de sala de emergencias, una comezón que le interesaba los genitales, que como sabe cualquiera que la haya padecido, no sólo obliga a rascarse sino también a masturbarse, porque además de atormentar, excita, desata una ansiedad semejante al deseo pero más intensa. Después de intentar tratamientos variados, los padres se declararon incapaces de controlar a la hija y optaron por encerrarla en su habitación durante horas enteras que poco a poco se fueron transformado en días; en su confinamiento ella se fue sumergiendo en un lento deterioro mental que los médicos de entonces diagnosticaron como quiet madness, o insania que se desenvuelve en silencio, o sea un progresivo volcarse hacia adentro de tal manera que lo que de ella se percibía desde el exterior era una desconcertante y para muchos intolerable combinación de introspección y exhibición, de catatonia y masturbación. Ilse fue una muchacha cada vez más perdida para el mundo y ganada por ese ardor de la entrepierna que provenía de escrófulas o máculas o pápulas que cubrían su sexo volviéndolo agresivamente presente pero a la vez inmostrable, afiebrado de deseo y a la vez indeseable, asqueroso ante los ojos de los demás y sobre todo asqueroso ante sus propios ojos. Mientras tanto, Nicolás iba creciendo en esplendor, Lleno de gracia como un avemaría según su propia madre, memorioso al recitar largos poemas y dotado para el piano, es decir, Nicolás niño era lo que las tías abuelas, antes de morir de enfermedades innombrables, llaman un estuche de monerías; sol de unos padres para quienes Ilse era un inmerecido castigo, Nicolás, el niño agraciado, escuchaba cómo su padre, descontrolado, le gritaba a Ilse No hagas eso, cochina, eso es sucio, y lo veía recurrir a la fuerza física, entre energúmeno y transido, para impedir que ella se llevara la mano allá abajo, que era lo peor que podía sucederle a la familia; Cualquier cosa es preferible, lloraba la señora madre, cualquier cosa, hasta la muerte. A Nicolás le dolían como hierro al rojo esas reprimendas que Ilse soportaba con tanta resignación como obstinación en no corregir ni un ápice su conducta, había en el silencio de su extraña hermana algo devorador e insaciable que aterraba y a la vez fascinaba al niño, y cuando la encontraba con las manos atadas atrás, sanción que le era impuesta cada vez con mayor frecuencia, esperaba a que los padres se alejaran para desatarla, y al ver que ella volvía a las andanzas, se le acercaba y le decía al oído, con el tono más persuasivo, No hagas eso, Ilse, porque viene padre y te vuelve a amarrar. ¿Quién habrá contado las horas que pasó el niño Nicolás recostado contra esa puerta cerrada con llave, sintiendo latido a latido cómo al otro lado palpitaba la feroz urticaria de su hermana? Luego caía la nieve, se iba la nieve, cantaban los pájaros sobre los cerezos en flor y demás cosas que suceden en esos países que no son éstos de acá, y el niño Nicolás iba desarrollando caprichos y demostrando talentos en tanto que la niña Ilse rumiaba perplejidades enclaustrada en su cuarto y enroscada en su tiempo, y se iba pareciendo cada vez más a su propia sombra. Entonces Nicolás aprendió a robar la llave, a penetrar en la alcoba de los misterios y a hacer suyo el calvario de la hermana, sentándose al lado de ella y simulando que él también tenía las manos atadas a la espalda, ¿Ves, Ilse?, la consolaba, me han castigado, igual que a ti, tú no eres la única mala. Pero ella parecía no escucharle, ocupada siempre en esa comezón que la iba devorando, primero las entrañas, luego las piernas, el torso, los senos, las orejas, la nariz; toda ella, incluyendo los ojos, la voz, el cabello y la presencia, iba siendo consumida por su propia hambre interior, toda ella menos su sexo, que irradiaba inflamación y desamparo, triste faro de su perdición, ¿y también de la perdición de Nicolás, su hermano? Porque sucedió entonces que a él, al hijo adorado, le regaló la madre un pequeño piano en reconocimiento de su talento precoz, un piano blanco según especifica en su diario Portulinus, y él, además de cumplir con las expectativas maternas dejándolos a todos admirados en las veladas familiares, tocó en secreto Ländler y Waltzes sólo para Ilse, Baila, mi bella hermana, e Ilse salía del rincón de su aislamiento y bailaba, unas danzas desarticuladas pero danzas al fin, y como si fuera poco alguna vez llegó incluso a reír mientras bailaba, y fue entonces cuando Nicolás supo para qué servía la música y deseó con toda el alma llegar algún día a ser músico de profesión. Pero en medio de una noche de un invierno irreversible, Ilse se tiró al Rin durante un paroxismo de fiebre para morir ahogada, y entonces Nicolás supo otra cosa, que de adulto habría de comprobar en carne propia, y es que ante los embates de la locura, tarde o temprano hasta la música sucumbe; se podría decir que la piquiña del sexo de la hermana hizo nido en el alma del hermano, que ahora pasa los días repitiendo nombres de ríos en orden alfabético, el Hase, el Havel, el Hunte, el Kocher, el Lech y el Leide, tal vez para acompañar el largo recorrido de Ilse, que en su afán hacia ninguna parte pasa flotando bajo el viejo puente de piedra de Kaub, mientras al otro lado del océano Blanca se sienta sobre una piedra negra a orillas del río Dulce, a ver correr el agua.

La tía Sofi me dijo que en México tenía ahorros y se ofreció a pagar lo que fuera necesario para darle a Agustina el tratamiento médico adecuado, dice Aguilar. Después del episodio aquel de la casa dividida, del que salimos exhaustos, zarandeados y malheridos, me soltó a boca de jarro lo que probablemente había refrenado durante días por respeto a mi intimidad con Agustina y a lo que crípticamente llamó Mis métodos, La tía Sofi estalló por fin y le reprochó a Aguilar que la niña no estuviera recibiendo la debida atención profesional, Está visto que a punta de amor y paciencia no le solucionas el problema, me dijo, y por primera vez desde que está con nosotros la noté irritada, aunque se disculpó explicándome que se sentía cerca al límite de sus fuerzas, que sus nervios se encontraban al borde del cortocircuito, que no se imaginaba cómo podía yo resistir día tras día ese estado de tensión extrema que se vivía en mi casa, Si me permites que te lo diga, la tía Sofi pidió permiso para decirme algo pero me lo dijo antes de que yo la autorizara, No hacer tratar a esta muchacha por un especialista me parece criminal con ella, y también contigo. Toda clase de médicos, de hospitales, de drogas, de tratamientos, le respondió Aguilar, a lo largo de estos tres años de convivencia no hay nada que no hayamos ensayado, y cuando le digo nada es nada, ¿psicoanálisis?, ¿terapia de pareja?, ¿litio?, ¿Prozac?, ¿terapia conductista?, ¿Gestalt?, póngale el nombre, tía Sofi, y verá que ya está chuleado, verá que por ahí ya hemos pasado, Como me miró con cara de asombro, hice un esfuerzo por suministrarle una explicación sensata, Lo que pasa, tía Sofi, es que cuando Agustina está bien es una mujer tan excepcional, tan encantadora, que a mí se me borran de la mente las demasiadas veces que ha estado mal, cada vez que superamos una crisis, me convenzo de que ésa fue la última manifestación de un problema pasajero, mejor dicho, tía Sofi, siempre me he negado a reconocer que Agustina esté enferma, pero eso no quiere decir que no haya hecho todo lo que ha estado a mi alcance por curarla, con decirle que dejé mi trabajo como profesor, bueno, al principio fue porque cerraron la universidad, pero como cualquiera sabe la reabrieron hace meses, lo que pasa es que la Purina sí me deja tiempo libre para darle a ella la atención que requiere. Aguilar le confiesa a la tía Sofi que si bien nunca habían atravesado por una situación tan grave como ésta, altibajos sí que los ha habido, de todos los colores y las tallas, crisis de melancolía en las que Agustina se retrae en un silencio cargado de secretos y pesares; épocas frenéticas en las que desarrolla hasta el agotamiento alguna actividad obsesiva y excesiva; anhelos de corte místico en los que predominan los rezos y los rituales; vacíos de afecto en los que se aferra a mí con ansiedad de huérfano; períodos de distanciamiento e indiferencia en los que ni me ve ni me oye ni parece reconocerme siquiera, pero hasta ahora ningún trance tan hondo, violento y prolongado como éste. En el anterior, que fue hace cinco meses, le dio por escuchar los tríos de Schubert para llorar con ellos durante horas enteras; por la mañana, Aguilar la dejaba tranquila y ocupada en otra cosa y al regresar en la tarde se la encontraba otra vez desolada y asegurando que Schubert era el único en el mundo que comprendía sus cuitas; lo curioso es que esa sintonía patética era sólo con los tríos, bueno, con los tríos y con La muerte y la doncella, porque el resto de la obra completa la podía escuchar impertérrita, Y por qué no le escondiste los tríos, le pregunta la tía Sofi, No hubo necesidad, contesta Aguilar, un buen día simplemente se olvidó de ellos.

Y ya luego íbamos tú y yo en mi moto a toda mierda y sin casco, le recuerda el Midas a Agustina, huyendo de tu madre y de tu hermano Joaco y sobre todo de tu propia chifladura, que nos seguía desalada pisándonos los talones, afortunadamente una BMW R-100-RT, como la mía, es el único aparato en el mundo con pique suficiente para escapar de esa debacle. En el comedor de tu casa de tierra fría todas las alarmas se habían disparado, primero tus manos que se retorcían, después esa mueca fea que te desajusta la cara y ya luego la máxima alerta roja, el supremo SOS, que es tu voz cuando se vuelve metálica y arranca a pontificar, esta vez te dio por advertir en tono perentorio no sé qué cosas sobre un legado, el Midas le pide perdón a Agustina por confesarle que la escena fue un poco espeluznante, Cuando empiezas a hablar así hasta miedo da verte, qué vaina tan creepy, es como si la voz que sale de ti no fuera la tuya, muñeca bonita, con eso del legado te agitaste mucho, pero además había otra cosa, el Midas trata de recordar, creo que también hablabas del dominio, decías algo así como que no podías escapar al legado, o que estábamos viviendo bajo el dominio del legado, no sé, Agustina chiquita, de verdad no te lo puedo precisar porque eso no tiene precisión posible, cuando te sueltas a delirar te dejas llevar por una jeringonza muy ansiosa y complicada, te pones sumamente brava, pronuncias máximas y sentencias que para ti parecen ser de vida o muerte pero que para los demás no quieren decir nada, claro que no es culpa tuya, yo sospecho que ni siquiera tienes mucho que ver con eso que te pasa, pero es verdad que cuando te zafas me pones la piel de gallina, todo lo que haces tira sospechosamente hacia lo religioso, no sé si me entiendes, empiezas a pronunciar palabras grandilocuentes y a predecir cosas como si fueras profeta, pero un

243

profeta petulante y antipático, ¿cachas la onda, mi pobrecita linda?, un profeta insensato y putamente loco, es que aún ahora, le dice a Agustina, en este momento en que estás aquí conversando conmigo, serenita y en tu sano juicio, aún en este momento temo pronunciar delante de ti palabras como legado, o llamada, o don de los ojos, porque sé por experiencia que funcionan en tu mente como una clave que dispara la chifladura y abre las puertas del acabose. Por eso allá en el comedor de la casa de tierra fría, en medio de la planificación por parte de Eugenia y de Joaco de las ferias y fiestas de bienvenida para el Bichi, cuando Agustina empezó a hablar en tono metálico, el Midas McAlister se preparó mentalmente para actuar tan pronto fuera necesario, Viene, viene, viene aquello, se decía a sí mismo, Y cuando tu hermano Joaco te ordenó que te quitaras los guantes, yo supe que ésa era la gota que haría rebosar tu copa y cualquier pretexto me sirvió para pararme de la mesa con la decisión ya tomada de sacarte de allí y de llevarte lejos, el Midas tomó de la mano a Agustina y le dijo Vámonos, tómate el café y vámonos, Con permiso Eugenia, con permiso Joaco, me devuelvo volando para Bogotá porque tengo que llegar a no sé qué cosa, el Midas ya ni recuerda qué excusa les habrá inventado, sólo sabe que tomó a Agustina de la mano, que ella no opuso resistencia y que los dos se encaramaron en la motocicleta, Cuídense, les recomendó Eugenia que salió a despedirlos acompañada por su jauría de perros mansos, no dejen que se les haga muy noche porque es peligroso, Por supuesto, le aseguró el Midas, quédese tranquila que aquí estaremos de vuelta temprano, pero yo sabía que Eugenia sabía que no volveríamos, le dice el Midas a Agustina, cómo no iba a saberlo si habíamos sacado nuestros maletines, que tú y yo nos fuéramos con todo y equipaje quería decir que dábamos el plan del fin de semana por abortado, así lo comprendía tu madre y eso la hacía sentir sumamente aliviada, porque al alejarte de allí, Agustina chiquita, yo estaba desactivando esa bomba de tiempo que se había armado con el asunto del novio del Bichi, con lo encarajinado que estaba Joaco por eso, con la chispa del delirio que ya refulgía en tus ojos, o sea que al ver que nos alejábamos tu madre secretamente aprobaba y hasta agradecía y hacía de cuenta que no pasaba nada, No olviden traer pandeyucas para el desayuno de mañana, gritó cuando ya traspasábamos el portal, Claro, Eugenia, cuántos pandeyucas quiere que le traigamos, le contesté yo, lo cual traducido a lenguaje Londoño equivalía a un Yo sé que usted sabe que aquí hay una tragedia montada pero quédese tranquila que se la dejo pasar, despreocúpese, no se la voy a echar en cara porque yo también sé jugar ese juego que se llama No pienso en eso ergo no existe, o No se habla de eso luego no ha sucedido, Cómo no, Eugenia, claro que volvemos temprano, y así, ta, ta, ta, tú sabes a qué me refiero, Agustina mi amor, a ese intercambio de frases que quieren decir justamente lo contrario, en medio de todo me da lástima tu madre, ¿alguna vez te has puesto a pensar, nena Agustina, qué distinta de sus sueños le vino a resultar la vida a tu pobre madre? Y mientras tanto tú, mi linda niña loca, sentada detrás de mí en la moto, seguías machacando con advertencias apocalípticas sobre el famoso legado, hasta que arrancamos a volar por esa carretera sin pavimento y cada vez que yo amagaba con mermarle al vértigo tú desde atrás me lo impedías, Dale más rápido, Midas, corre, no pares, y venga otra vez con el cuento del dominio y del legado, ay, nena Agustina, cuando tu cabeza se dispara por ese ladito chueco, que Dios nos ampare. Francamente te digo que no sé cómo no nos matamos por esa carretera, yo prendido a mi moto, tú prendida a mí, tu locura prendida a ti y los cuatro volando en estampida ciega y a mil por hora, hasta llegar al caserío de Puente Piedra y ahí Agustina le indicó al Midas que se detuvieran a tomar café, él le hizo caso, entraron a una tienda, pidieron dos tintos y ella soltó la risa, recuperada ya de la cabeza y hasta divertida, como si volviera a estar habitada por sí misma y no por esa otra, Vaya, vaya, le dijo al Midas dándole un abrazo, nos escapamos justo antes de que se armara la podrida, y él, también de buen humor, Qué provocadora eres, Agustina, yo creo que usas esos guantuchos atroces sólo para enloquecer a tu hermano Joaco, Es verdad que son mañé, reconoció ella y propuso que fueran a enterrarlos en algún lado, así que se encaramaron de nuevo en la moto y encontraron a la orilla de la carretera un potrero que a ella le pareció apropiado, Te quitaste los guantes, los tiraste a una acequia y nos quedamos ahí parados mirando cómo se los tragaba esa sopa de agua verde y espesa, como el día seguía espléndido y el sol acogedor, decidimos tendernos en el pasto y de pronto el mundo era cómico, niña Agustina, pese a que eres dueña de innumerables hectáreas allí estábamos, invasores de terreno ajeno, atentos a que no nos echaran los perros pero contentos, otra vez adolescentes, amigazos, conchabados, debe ser cierto eso de que quienes han compartido sábanas nunca se apartan del todo. Se pusieron a conversar sobre el regreso del Bichi y Agustina se estremecía de emoción con la noticia, Cuando regrese mi padre..., dijo, Quieres decir cuando regrese el Bichi, la corrigió el Midas y la volvió a corregir la segunda vez que lo dijo, pero ya a la tercera sospechó que era mejor dar el timonazo y swichar de tema para salirse del terreno minado, No sabes el merequetengue que tengo armado en el Aerobic's, le comentó y Agustina ya lo sabía porque unas horas antes, en la casa de tierra fría, lo había traído a cuento la mujer de Joaco, que es habitué del gimnasio, al preguntarle al Midas si había resuelto el enigma de la desaparecida, Y en medio de esa conversación tu hermano Joaco me sugirió, por burlarse de ti, o por burlarse de mí, que te llevara a que adivinaras el paradero de la tal enfermera, Con suerte Agustina la localiza en Alaska, como al hijo del ministro, había echado a chacota Joaco, y así las nenas del Aerobic's se calman y dejan de echarle la culpa al Midas. Y luego, en el potrero aquel, volví a poner el tema como sofisma de distracción para enfriar las revoluciones de tus neuronas y me alegré al ver que picabas el anzuelo, esas historias de desaparecidos y de misterios siempre te han dado en la vena del gusto, así que el Midas le da cuerda a Agustina inventando para ella versiones payasas del drama, Me puse a imitar al fantasma de Sara Luz y a las gimnastas histéricas que se dejan asustar por ella, te hice mil monerías, mi bella Agustina, buscando que tus dos manos no empezaran de nuevo la refriega, tratando de que no regresara ese fulgor dañino a tu mirada, y tú te entusiasmaste, dijiste que estabas conectada a esa mujer y que sentías que ella tenía un mensaje para ti, Creo que necesita indicarme dónde está, había dicho Agustina y el Midas se alarmó, esas frases le parecieron a todas luces delirantes así que insistió en que mejor fueran al cine, estuvieron un buen rato tratando de ponerse de acuerdo en la película, él quería ver E.T., ella se emperraba en Flash Dance y como ninguno de los dos cedía, optaron por fumarse un bareto ahí echados bajo la amabilidad del último sol de la tarde, y sin saber cómo ni a qué horas reincidieron en el rollo de la enfermera. El Midas, que ahora todo lo veía con buenos ojos gracias a la hierbita santa, accedió calculando que quizá a fin de cuentas no fuera una idea tan mala, Total la temperatura pronto empezaría a bajar, no teníamos acuerdo en lo del cine ni futuro en aquel potrero, quién quita que Joaco llevara razón al decir que uno de esos golpes premonitorios de Agustina podría causar cierto efecto beneficioso entre las nenas del Aerobic's, es decir, efecto para mí beneficioso en el sentido de tirar a todo el mundo al despiste mediante tus visiones, que con tu perdón, muñeca de mi vida, siempre me han parecido descabelladas; te confieso que llegué a imaginarte embebida de don profético, entrecerrando los ojos, respirando hondo, entrando en trance y produciendo un veredicto que ubicara el supuesto paradero de la supuesta enfermera en un lugar ostensiblemente remoto, digamos que visualicé un cuadro como el siguiente, yo entrando contigo justo antes de que empezara la súper rumba de las cinco de la tarde, que los sábados es muy concurrida así que contaríamos con público suficiente, Atención, por favor, atención, gritaría el Midas, como sé que hay mucha inquietud con respecto a una mujer que lamentablemente ha desaparecido, y como de todo corazón queremos contribuir a encontrarla, como somos los primeros interesados en que aparezca y pueda regresar sana y salva a casa con sus seres queridos tal como se merece y como nos merecemos todos, les he traído a la famosa y reconocida vidente Agustina Londoño, y tan pronto yo mencionara tu nombre los presentes te reconocerían y exclamarían ¡Sí, es ella, es la muchacha que encuentra gente perdida!, y yo pediría silencio para poder continuar, Ahora ella pasará los dedos sobre la firma que esa desafortunada mujer aparentemente dejó en nuestro libro de registro, pondrá en funcionamiento sus poderes mentales e intentará ubicar su paradero; más o menos ése era el cuadro tal como lo imaginaba el Midas cuando acogió la disparatada iniciativa de llevar a Agustina al Aerobic's, y entonces tú harías lo tuyo y dirías muy convencida algo así como La veo, la veo, puedo ver que una mujer llamada Sara Luz Cárdenas Carrasco huyó con un novio dominicano a San Pedro de Macorís y que allá viven felices y comen perdices, o, variante número dos, ¿Dónde estás, Sara Luz? ¿Sara Luz? Oh, sí, ya te veo, mi sexto sentido me indica que estás presa en una cárcel de la ciudad de Nueva York, ¡oh, no! te metiste de mula, Sara Luz, te delató la azafata porque encontró sospechoso que no te comieras ese pollo con zanahoria que te sirvió en bandeja de cartón, te detuvieron con bolsas de coca entre el estómago en el aeropuerto John F. Kennedy y ahora estás encadenada y condenada a ciento veintisiete años de prisión en una celda sin ventanas, o, tercera variante, quizá todavía mejor que las anteriores, No señores, esta firma no es la suya, el gran poder de mis ojos me revela que esta firma es fraudulenta, es una firma falsificada, alguien por gastar una broma pesada estampó esta rúbrica que no es la de la auténtica Sara Luz Cárdenas, no sé, Agustina chiquita, nuevamente perdóname, le ruega el Midas McAlister, no fue más que otra de mis payasadas, otro solle de maracachafa, otra de esas ideas absurdas pero divertidas por las que me dejo llevar, en realidad pensé que aquello para ti no pasaría de ser un juego y que a mí podía favorecerme o en cualquier caso no perjudicarme, cómo iba yo a adivinar que la cosa iba a terminar como terminó, si a fin de cuentas tú eres la experta en adivinaciones.

Antes de los llantos por Schubert, más o menos tres meses antes, las cosas se habían puesto insostenibles y Aguilar había recurrido al Seguro Social, donde resultó que dada su restringida póliza de profesor universitario, su esposa sólo clasificó para tratamiento en el hospital de beneficencia de La Hortúa, donde le asignaron a un médico llamado Walter Suárez, que sometía a sus pacientes a curas de sueño con amital de sodio. La internaron en uno de los corredores del ala psiquiátrica, la acostaron en una cama y yo debí limitarme a observarla dormir, cuenta Aguilar, y a aceptar que tan pronto abriera los ojos, o moviera los labios para intentar decir algo, aparecieran los ayudantes del doctor Walter Suárez con una nueva dosis del barbitúrico, un polvo amarillento de tufo azufrado que disolvían y le inyectaban por vía intravenosa, y así pasaban mis días y mis noches, en la contemplación de esa bella durmiente que resplandecía de palidez y de ausencia entre esas gastadas sábanas hospitalarias que tanto dolor humano habían acompañado, su pelo como una enredadera que desde hace siglos hubiera tomado posesión de la almohada; Aguilar no podía quitar los ojos de esa sombra suave y levemente agitada que sus pestañas proyectaban sobre sus mejillas como si fuera una muñeca antigua y olvidada en una repisa del anticuario, Buscaba mensajes ocultos en los ritmos de su respiración, dice Aguilar, en las tonalidades de su piel, en la temperatura de sus manos, en el silencio de sus órganos, en la ondulación del tiempo sobre su cuerpo inmóvil, ¿Sueñas, Agustina, o sólo nadas en un mar de niebla? ¿Estás sola y blindada dentro de tu pequeña muerte, o hay un resquicio por donde pueda entrar a acompañarte? Mientras velaba para que en la indefensión de su inconsciencia su mujer no se arrancara con un movimiento involuntario la aguja por la que el soporífero le entraba a la vena, porque no la afectaran las corrientes de aire ni la agarraran destapada los hielos de la madrugada, ni la atormentaran las pesadillas o la poseyeran vaya a saber qué íncubos, mientras Aguilar esperaba en vela a que fueran pasando las horas fantasmales de La Hortúa, cuántas veces no evocó esas páginas terribles del japonés Kawabata, pobladas de muchachas desnudas, yacentes y narcotizadas en las que no quedaba rastro de amor, de vergüenza ni de miedo. Tres veces al día bajaba el efecto de la droga y yo debía darle de comer y llevarla al baño, recuerda Aguilar, y así durante algunos minutos su cuerpo volvía en sí pero su alma seguía perdida, su mirada volcada hacia adentro y sus movimientos mecánicos y ajenos, como los de una marioneta. Compartían sala con Agustina otras seis pacientes a las que también tenían allí descansando de culpas, alucinaciones y ansiedades mediante el famoso amital de sodio del doctor Walter, y una de ellas, la de la cama contigua, era una anciana liviana como un soplo a quien su esposo, otro ser tan viejo como ella, le cepillaba el pelo, le hacía masajes en las piernas para facilitarle la circulación, le echaba crema en las manos porque, según decía, A mi Teresa no le gusta que se le resequen, ¿Ha visto, joven Aguilar, qué manos tan blancas tiene mi Teresa? Fíjese, sin una mancha, y eso se debe a que jamás las ha tocado el sol, porque siempre que sale a la calle se pone guantes para protegérselas. Cuenta Aguilar que ese señor tenía un nombre insólito, se llamaba Eva, porque según me explicó, Eva era el apócope de Evaristo, y con don Eva jugué interminables partidas de ajedrez mientras nuestras respectivas muchachas se iban hundiendo en el sueño hasta regiones muy cercanas a la muerte, a veces don Eva traía una guitarra, se sentaba al lado de su Teresa y le cantaba al oído boleros de los de antes con una voz cascada pero de modulación impecable, voz de serenatero profesional, una y otra vez le cantaba ese que dice muñequita linda de cabellos de oro, de dientes de perlas, labios de rubí, y para justificar ante mí la repetición, cuenta Aguilar, me decía Es la canción favorita de Teresa, desde que éramos novios se la he dedicado en todos nuestros aniversarios, claro que hay otras que también le gustan, como Las acacias y Sabor a mí, Bésame mucho y Perdón, no crea, muchacho, me decía don Eva, mi Teresa es una mujer muy sensible, amante de la buena música y de todo lo fino y lo bello, pero venga, acérquese, observe cómo sonríe cuando le canto Muñequita linda, fíjese muchacho, no sé si alcanza a percibirlo porque es una sonrisa apenas insinuada, pero yo, que conozco de memoria hasta los más mínimos rasgos de su rostro, yo sé que una sonrisa la ilumina cada vez que le canto esa canción. Don Eva se quedaba religiosamente al lado de su esposa desde que llegaba al hospital, a las ocho en punto de la mañana, hasta las ocho clavadas de la noche, y cuando se levantaba para marcharse me la recomendaba siempre con la misma fórmula, Me voy a trabajar y dejo bajo su cuidado a la vida de mi vida, me decía palmeándome el hombro; en una de esas ocasiones Aguilar le preguntó por su trabajo y don Eva le contestó Soy bolerista de horario nocturno en el Lucero Azul, un bar respetable y prestigioso que queda cerca de acá, con esas palabras me lo describió, y en algún momento en que iba yo camino al hospital por la 12 con Décima me topé con el famoso Lucero Azul, dice Aguilar, que en realidad resultó ser un estadero de putas de ínfima categoría, y como eran las siete y media de la mañana y estaban en hora de aseo, la mujer que barría tenía las puertas abiertas de par en par así que pude mirar hacia el fondo y vi una serie de mesitas de palo con candelero de barro en el centro, cortinas empolvadas que ocultaban cuartuchos de catre y jofaina, bombillos rojos ahora apagados que de noche debían disfrazar la miseria y una tarima de tablas con un micrófono solitario donde imaginé a don Eva entonando Muñequita linda para que bailaran las putas y sus clientes mientras él penaba por esa Teresa suya que al lado de mi Agustina arrullaba con amital de sodio los tormentos de su locura, y un minuto después, de uno de los cuartuchos salía don Eva y tras él una chica gorda que a todas luces parecía ser una de las trabajadoras del local, al principio don Eva trató de rehuir el encuentro con Aguilar pero dado que era inevitable, lo saludó cordialmente y le presentó a la mujer que estaba con él, Ésta es Jenny Paola, le dijo y amagó una explicación encogiéndose de hombros a manera de disculpa, yo apoyo a mi Teresa y Jenny Paola me apoya a mí, qué le vamos a hacer, joven Aguilar, el ser humano es criatura vulnerable y urgida de compañía... Los días pasaron idénticos del primero al cuarto y ya en el quinto, cuando se hallaban en medio de una de las interminables partidas de ajedrez, Aguilar le anunció a don Eva que a partir de ese momento iba a impedir que drogaran más a su mujer porque mañana mismo se la llevaba, no resistía la agonía de verla así, ida, apagada, inexistente, le dijo Cualquier cosa menos esto, don Eva, cualquier cosa menos esto que se parece tanto a la muerte, Hace muy bien, muchacho, llévesela no más, tiene toda la razón en lo que dice, Y usted, don Eva, por qué no se lleva a su Teresa para la casa, allá puede cuidarla de día y conseguir quién lo releve de noche mientras trabaja, Ah, no, había dicho don Eva, yo no puedo hacerle eso a mi Teresa, usted no se imagina cuánto se aterra ella cuando está despierta. Unas horas después Agustina y yo salíamos de La Hortúa y nos daba la bienvenida una de esas tardes bogotanas que cuando quieren son incomparables, me refiero a ese cielo de alta montaña de intenso color azul hortensia y olor a vegetación de monte, y a diferencia de Teresa, a mi Agustina no la aterró volver a estar despierta sino que por el contrario, se la veía alegre y dispuesta a reincorporarse al mundo de la vigilia; Qué bueno está el solecito, dijo recostándose contra un muro de piedra donde los rayos pegaban y desde ahí observó a Aguilar inclinando un poco la cabeza, entre extrañada y divertida, como si lo hubiera dejado de ver por un buen tiempo y ahora lo encontrara vagamente cambiado pero no pudiera precisar en qué consistía el cambio, Te brilla más el pelo, le dijo por fin, alargando la mano para tocárselo, y además te han salido canas, Por favor, Agustina, desde que me conoces tengo canas, Sí pero no es lo mismo, sentenció sin detenerse a explicar y me pidió no regresar a casa enseguida, así que caminamos abrazados por las calles del centro tan deslumbrados como debió estar el fundador don Gonzalo Jiménez de Quesada la primera vez que pisó esta sabana hace más de cuatro siglos y la encontró bendita; la ciudad respondía a nuestro entusiasmo mostrando una humildad de pueblo recién inaugurado, la Plaza de Bolívar nos recibió con el brillo dorado de una luz oblicua y por petición de Agustina entraron a la Catedral, donde Aguilar le mostró la tumba de Jiménez de Quesada, Mira, Agustina, veníamos hablando de él y precisamente aquí está su tumba, entonces ella caminó hacia la sacristía, donde compró seis velones de cera roja que encendió y colocó al lado de la tumba, ¿No prefieres ofrendárselos a algún santo?, le preguntó Aguilar, mira, por allí está san José con el Niño Dios en brazos, en aquella capilla hay una que se alza entre querubines y que debe ser la Virgen del Carmen, allí está la Dolorosa despidiendo rayos por la corona, cualquiera de ellos te sirve, en cambio no hay garantía de la santidad del fundador de Santa Fe de Bogotá, vaya a saber qué tan bueno fue en realidad, Suficientemente bueno, una vez que llegan al cielo todos son iguales, aseguró Agustina, Y por qué seis velones, le preguntó Aguilar, Uno por cada uno de mis cinco sentidos, para que de ahora en adelante no me engañen, ¿Y el sexto? El sexto por mi razón, a ver si este don Gonzalo me hace el milagro de devolvérmela.

Sin saber a qué horas, Abelito Caballero, alias Farax, se va convirtiendo en el centro del hogar de los Portulinus: di-scípulo de piano dilecto de Nicolás, compañero de Blanca en las tareas de alimentar los conejos, traer los huevos del gallinero, soltar los perros en la noche, ahuyentar los murciélagos que se hacinan en el cielo raso y sacar a pasear al marido para espantarle la pesadumbre; confidente de Sofi que ya empieza a tener novios a escondidas y cómplice de los juegos lentos y taciturnos de Eugenia. En un estilo discursivo y ordenado, Blanca relata en su diario el transcurrir de sus horas sin refundir las líneas generales ni omitir detalles, mientras que Nicolás en su propio diario muestra una notoria falta de precisión en los relatos, que a veces quedan truncados por la mitad, otras veces carecen de secuencia lógica, con frecuencia son tan enrevesados que resulta imposible entender de qué se tratan, pero este completo caos en un nivel que podría llamarse literario se ve contrastado por una curiosa y obsesiva tendencia a cuantificar ciertos eventos, por ejemplo, en la esquina superior izquierda pone «r. m. B» —relación marital con Blanca— cada vez que la tiene, que dicho sea de paso sucede con asombrosa frecuencia, o más concretamente a diario casi sin falta; el tiempo de abstinencia más largo que aparece registrado es de apenas cinco días y corresponde a una semana de depresión severa por parte de él; otra de las contabilidades que regularmente anota en los márgenes es «anoche soñé con F», o «durante la siesta soñé con F», donde desde luego la F vale por Farax. Pese a que cada uno de los esposos juraba respetar la intimidad y el secreto del diario del otro, es seguro que Blanca hojeaba con regularidad el de Nicolás, quizá no tanto por curiosidad malsana cuanto por obtener pistas sobre el estado de su alma que le permitieran adelantarse a las grandes crisis de rabia o de melancolía, y es seguro también que Nicolás estaba al tanto de este espionaje sistemático, porque cuando no deseaba que ella se enterara de algo lo escribía en alemán, según consta en la página correspondiente a un día del mes de abril, cuando al consabido «anoche soñé con F» le añade entre paréntesis y en letra apretadísima, casi ilegible, «Ich bin mit auffälligen Erektion aufgewacht», o sea Desperté con una notable erección. Nicolás no sólo le daba al muchacho lecciones de piano sino que además se empeñaba en enseñarle a componer, develaba para él la estructura musical y los secretos líricos de bambucos y pasillos y lo introducía en la lectura de poesía inglesa y alemana para que le sirviera de fuente de inspiración de la letra de sus futuras composiciones, y por si todo eso fuera poco le fue regalando, uno a uno, la mayoría de sus propios libros, muy para sorpresa de Blanca que veía desaparecer de la biblioteca anaqueles enteros que luego aparecían dispersos por el suelo en la habitación de Farax, Dime, Nicolás, por qué le das todos tus libros al muchacho, le preguntaba ella pero sólo lograba respuestas vagas del tipo Para que se eduque, mujer, un músico no es nadie si no conoce a fondo los clásicos de la literatura. Había ido abandonando progresivamente el trato con sus hijas, que de por sí nunca había sido estrecho, y cada vez que alguna de ellas demandaba su atención le respondía Pregúntaselo a Farax, que él lo sabe, o Pídeselo a Farax, que él lo tiene, o Ve con Farax, él te acompaña. En tanto que el muchacho se fortalecía física y espiritualmente, como si se alimentara del afecto y los cuidados de su familia adoptiva, Nicolás se iba deteriorando, cada día se lo veía más abotagado, perdido en sus propias especulaciones, desprendido de cuanto lo rodeaba y propenso a confundir los seres reales con los imaginados, sobre todo a Abelito con Farax y viceversa; más dolorosamente que en otros casos su conciencia parecía fragmentarse ante el espectáculo de Abelito, el real, y Farax, el soñado, combatiendo entre sí sobre el mármol blanco y liso de unas ruinas antiguas y lastimándose, sangrando y de paso lastimándolo también a él, a Nicolás, o mejor dicho únicamente a él porque él es la víctima verdadera de este combate imaginario, él es quien se desangra en ese templo que se deshace en polvo en medio del esplendor cenital, Veo una superficie pulida, Blanquita mía, veo un plano límpido, me deslumbra el brillo metálico de la sangre sobre ese plano, me abruma y me fascina el enigma de la sangre derramada, De qué estás hablando, Nicolás, mira que se te enfría el almuerzo, déjate de pensar en sangre y en temas feos que ya están sentados a la mesa las niñas y Farax, ¿Farax o Abelito?, pregunta el atribulado, Por favor, Nicolás, bien sabes que son el mismo, Sí, Blanquita, pero sólo uno de los dos es real, sólo uno de los dos es fuerte y no sé cuál, Estás soñando, Nicolás, te levantaste de la siesta pero aún no te has despertado, Perdóname, Blanca, paloma mía, pero es sólo en sueños, ¿en sueños?, donde logro comprender la esencia de las cosas, y hoy he comprendido que aquel que se lame las heridas se está desangrando, Son fantasías tuyas, Nicolás, tú lo que tienes es hambre, No quieres entender, mujer, que va a ocurrir una desgracia porque yo no sé distinguir cuál es el que realmente existe, si Farax o yo, Farax o Nicolás, uno de los dos prevalecerá y el otro está condenado a desaparecer porque no hay lugar para ambos sobre la faz de la tierra. En un intento por seguirle la pista a los desvaríos de Portulinus, se podría elaborar el siguiente esquema de varios pasos, primero, Nicolás construye una burbuja o mundo paralelo haciendo valer en el afuera lo que su imaginación fabula, como cuando conoce a Abelito y lo identifica con el Farax de sus sueños; segundo paso, la burbuja se le divide en contrarios, por ejemplo Abelito y Farax, o Farax y Nicolás, que polarizan su mente obligándola a oscilar entre los dos extremos a una velocidad insoportable; tercer paso, en la burbuja Nicolás deposita sus sentimientos más profundos haciendo que todo en ella se vuelva de vida o muerte, de tal manera que tras construir con los contrarios adversidades irreductibles, se crucifica en su propia construcción; Soy testigo impotente y angustiado, se lamenta Blanca, de cómo la tenaza de los contrarios lo va llevando inexorablemente a la derrota. Cuarto, una vez perfeccionado el mundo paralelo en todos sus detalles, Nicolás despega rompiendo contacto con el mundo real y queda solo y encapsulado entre su burbuja; quinto y último: durante el proceso de su desvarío, Nicolás se ve arrastrado por una ansiedad que se autoalimenta, anda como hechizado, no puede salir del delirio, pero además no quiere hacerlo porque la relación que ha entablado con éste es la de un esclavo frente a su amo. Las cosas dentro de la cabeza de Nicolás Portulinus eran más o menos así, pero claro, no del todo, nunca las cosas son así del todo, y por lo demás el hecho de que él delire, o como dicen sus hijas esté raro, es pan de cada día en esa casa de Sasaima; lo extraño últimamente es que Blanca también parece estar un tanto trastornada, nada es igual desde que Farax golpeó a la puerta con su vieja chaqueta de alpaca y su morral lleno de soldaditos de plomo, Farax se ha convertido en el sueño y en la pesadilla de ambos, en el amor y en el rival de ambos en una espiral que asciende, asciende hasta donde el aire es tan fino que se vuelve irrespirable. ¿No sospecha acaso Nicolás que si Blanca tuviera que optar entre uno de los dos hombres que viven en su casa, en el fondo de su corazón optaría por el más joven, aunque de labios para afuera dijera otra cosa? Me gustaba el número dos, Bianchetta mía, le confesó Nicolás una tarde en que la lluvia anegaba el mundo, el dos me permitía defenderme, el dos llenaba el vacío que hay entre tú y yo, en cambio el tres me revienta la cabeza en un millón de pedazos.

Pero en el Aerobic's no dijiste nada de lo que tenías que decir, Agustina mi amor, le reprocha el Midas McAlister ahora que aparentemente ella ha recuperado el juicio y se encuentra aquí sentada a su lado, no elegiste ni la variante número uno, según la cual la Dolores, o Sara Luz, se habría ido con un novio para República Dominicana, ni tampoco la dos, o sea, que se había metido de mula y estaba presa en USA, y ni siquiera la tres, que no requería de imaginación y era de lejos la más fácil, porque nada te hubiera costado atestiguar que era falsa aquella firma en el libro de registro, y si las posibilidades favorables eran ilimitadas e infinito el número de destinos viables, ¿por qué no podías tranquilizar a los de súper rumba de las cinco de la tarde asegurándoles que la autodenominada enfermera había ido a parar por ejemplo a la Puglia, en el sur de Italia, o a Nunavut, al norte del Canadá? No, claro que no, fiel a ti misma y a tu locura optaste como siempre por el extremismo, la irracionalidad y el melodrama, te soltaste a gesticular y a proferir barbaridades frente al medio centenar de fans del fitness que te contemplaban aterrados, qué papelón mayúsculo, mi linda Agustina, colorada de vergüenza te hubieras puesto si no fueras tan demente, con tu peor voz metálica, esa que resuena como entre un tarro, empezaste a decir Aquí pasó algo, aquí pasó algo, y desde que soltaste esa primerísima frase a mí se me heló la sangre y supe que ya no habría cómo detenerte y que el desastre estaba cantado, Aquí pasó algo, insistías con una convicción conmovedora y husmeabas por todo el gimnasio como si fueras sabueso, rastreabas pistas por aquí y por allá mientras yo bregaba a convencerte de que nos fuéramos para otro lado, Vamos Agustina, le decía el Midas con disimulo para que los de súper rumba no lo escucharan, Ven, dejemos la cosa de este tamaño, más bien te invito a ver Flash Dance, esa película que hace un rato querías ver, ¿me estás escuchando?, Flash Dance, Agustina, ¿te suena? Pero no, quién dijo miedo, estabas resuelta a encontrar en serio a la Dolores así se hubiera escondido en el culo del mundo y no ibas a cejar hasta dar con ella viva o muerta, Agustina se fue agitando e inquietando cada vez más hasta que soltó lo de que Aquí pasó algo horrible, cuenta el Midas McAlister que no sabía dónde meterse cuando delante de sus clientes la mentalista que él mismo había llevado para que apagara el incendio se puso en cambio a azuzarlo, empezó a ver sangre, Veo mucha sangre, decía Agustina y el Midas hacía lo posible por disuadirla, No, Agustina, sangre no, honestamente te digo que sangre no hubo, y era verdad, reina mía, no sé de dónde sacaste que sangre si la Dolores no derramó ni una gota, la pobre se reventó por dentro pero sangre, lo que se dice sangre, de eso no hubo, te lo juro por Dios cuando ya para qué te voy a mentir, y sin embargo Agustina insistía, ya se había desbocado por ese carril y no había quién la detuviera, Veo sangre, veo sangre, sangre inconfesable inunda los canales, Pero por favor, Agustina, qué canales ni qué canales, piensa bien antes de decir disparates, A esa mujer la mataron aquí, aquí, revelaba Agustina, y la mataron a patadas, A patadas no, Agustina, mediaba el Midas, contrólate, muñeca, trata de moderar un poquito el tono, y en eso tampoco te mentía, mi niña, lo de las patadas hacía parte de otra película pero en el batuque de esa coctelera que es tu cerebro todo se convierte en un solo mazacote, patadas las que el espanto de tu padre difunto y el bestia de tu hermano Joaco le quieren dar al Bichi por andar mariconeando, pero que yo sepa a la Dolores lo único que no le dieron esa noche fue patadas, pero tú, Agustina mía, andabas encaramada en tenacísimo trance adivinatorio y de ahí no había quién te bajara, en fin, para qué te sigo informando sobre el formidable desastre que organizaste, qué objeto tiene que a estas alturas entremos a contabilizar pérdidas y destrozos, De lo que sí quiere hablarle el Midas es de la epopeya que fue sacarla del Aerobic's una vez que alcanzó la fase superior del delirio consumado, Es que ni oías ni veías ni mucho menos querías saber de razones, traté de llevarte en moto a mi apartamento pero no sé si te haces una idea de los malabarismos que se requieren para encaramar en una moto a alguien que convulsiona y fibrila como un azogado, así que con el dolor del alma dejé mi venerada R-100-RT en el Aerobic's, pedí un taxi, te llevé hasta mi santuario y te abrí las puertas, pensé que quizá en la serenidad de mi dormitorio y con otro golpecito de maracachafa a lo mejor te calmabas, Ven, Agustina bonita, acuéstate en mi cama y yo te tapo con mi manta de vicuña nonata, ¿has visto qué suave?, sí, supongo que tienes razón, la vicuña nonata debe estar prohibida por cuanta sociedad protectora de animales, pero no te preocupes que a mi dormitorio esas sociedades por lo general no tienen acceso, y qué tal si te sirvo un Baileys con par hielos y nos vemos una peli por Betamax, dime qué opinas de eso, entiendo, te parece empalagoso el Baileys y baja la resolución de la pantalla, bueno, pues a la mierda el Baileys y el Betamax, no es cosa de pelearnos por eso, entonces espera que aquí tengo lo último en canciones, The girl is mine de Michael Jackson y Paul McCartney, ¿acaso no la has escuchado?, pero bonita, no estás en nada, si esa canción ya se tomó al planeta y el par que la canta se embolsicó una millonada, ¿qué pasa, no te gusta, prefieres que la quite?, mierda, Agustina, qué vaina tan agotadora, esa jodida cosa psíquica te vuelve de verdad insoportable, El Midas ya no sabía qué hacer con ella ni cómo aquietar su arrebato, Te llevé a mi baño, muñeca, que para mí es algo así como la quintaesencia del hedonismo, casi todo lo bueno que me ocurre en esta vida, me ocurre entre ese baño que en sí mismo es tan grande como un apartamento modesto del San Luis Bertrand y que está íntegramente enchapado en granito negro Kalopa Black importado de Malawi, con su sauna finlandés impregnado de olor a abedul, su poderoso ventanal por donde entra todo el sol de la mañana, su pila de revistas Newsweek, Time y Semana al lado del inodoro y sobre todo sus dos lavamanos gemelos, uno al lado del otro, en realidad nunca he sabido para qué sirve tener dos como no sea para lavarse simultáneamente una mano en cada uno pero en todo caso me produce un placer casi orgásmico tenerlos ambos, Así que el Midas trata de introducir a Agustina en las delicias del vapor y del agua, seguro de que eso obrará el milagro, pero ella ciertamente no es del mismo parecer y opone una resistencia épica que los deja a los dos empapados de los pies a la cabeza, Y ahora qué hago contigo, nena malcriada, criatura indómita, te vas a morir de frío y de fiebre con esa ropa mojada, pero de repente el Midas tuvo una idea, o más que una idea fue un fogonazo que en medio de tanta oscuridad le alumbró por fin las entendederas, Cómo me gustaría estar solo, pensé, y ante la mera posibilidad sentí un infinito alivio, cómo me gustaría estar solo en el silencio de mi cuarto, y al dejarme llevar por esas ganas radicales de independencia me di cuenta de que ya se me habían agotado por completo el mesianismo y la misericordia con respecto a ti, y ni corto ni perezoso llamé al Rorro, ¿Que quién es Rorro? Cómo que quién es Rorro, pero por Dios, Agustina, si tú sabes bien quién es Rorro, el bueno del Rorro, mi mano derecha en el gimnasio, un camaján de uno noventa de estatura y dos centímetros de frente, un Charles Atlas escaso en luces pero más bueno que un pan, el que se ocupa de todo lo que es strech, pesas y spa, no me la pensé dos veces porque sé que no hay nada que ese man no esté dispuesto a hacer por mí, así que lo llamé y le dije Venite, Rorro, sacame de un embrollo, haceme la caridad. En ese momento de extrema anarquía había para mí una sola cosa más clara que el agua, Agustina corazón, y era que te quería fuera de mi dormitorio, fuera, fuera, sumamente fuera, absolutamente fuera, estabas gritando en el único sitio donde yo exigía mutismo absoluto, estabas sembrando el desbarajuste en el único rincón que a mí me gustaba mantener ordenado, te habías zafado en plan descontrol justo entre esas cuatro paredes donde yo mantenía todo controlado, Detente, bonita, caos en mi paraíso particular es más de lo que puedo tolerar, de verdad no veo la hora de que el Rorro te lleve lejos de aquí, necesito tirar frescura y recuperar un ritmo saludable, aflojar tensión con un poderoso golpe de jacuzzi y después prender la chimenea con un click del control remoto, y así desnudo y ante el fuego como un Adán en su caverna primigenia, fumarme un varillo de Santa Marta Golden y dedicarme a olvidar, a dejar la mente en blanco y a volar por el plácido vacío de la inmensidad azul, El Midas McAlister logró establecer que el primer paso por dar era llamar al Rorro para que viniera por Agustina, la duda se le presentaba con respecto al paso número dos, adónde diablos mandarla, ¿Devolverte donde tu madre, así loquita como estabas, indefensa y con el corazón expuesto?, No, desde luego que no, esa salida en falso la descarté de entrada, no me la hubieras perdonado nunca y de algo tan cruel no soy capaz ni yo. ¿Mandarte sola a tu apartamento, y que allá te acompañara Rorro hasta que regresara de Ibagué tu marido, el bueno del Aguilar, que según parece es el loquero más abnegado de la ciudad?, ésa no era mala iniciativa, es más, sin duda era la mejor, o la única buena, pero resultaba impracticable porque yo no tenía idea de dónde vivías, no me habías dicho dónde quedaba tu apartamento y ya te imaginarás que en esos niveles de desmadre neuronal que manejabas, preguntártelo hubiera sido perder el tiempo. ¿A un hospital, entonces? El Midas se lo sugirió a Agustina, quiso saber si a ella le parecía bien que la mandara a una clínica psiquiátrica y ella, agarrando al vuelo cada una de sus palabras, como si de hablar sólo sánscrito o ruso pasara a una súbita comprensión del español, lo abrazó y le rogó que a un hospital no, que cualquier cosa menos un hospital, a lo mejor tenía miedo de que allá la encerraran de por vida, que le chamuscaran la mollera a punta de electroshocks, que la empastillaran para siempre como a una Bella Durmiente, No sé qué era lo que tanto te aterraba pero me disuadió tu mirada de desamparo y desolación, Ya está, le ordenó el Midas al Rorro, llévatela para un hotel, trátala con todo cariño que ahí donde la ves es un verdadero primor, está un poco agitada pero eso le pasa

263

en un dos por tres, toma, Rorro, aquí mi número de tarjeta para que la alojes en el Wellington, allá me conocen y tú les dices que otro día paso a firmar, te encierras con ella en una suite, me pegas un timbrazo a reportar misión cumplida y luego esperas instrucciones mías, por ahora llévatela pero óyeme bien, que sea la mejor suite, donde ella pueda comer rico y darse un baño delicioso y acostarse en una buena cama a dormir la chiripiorca hasta que se le pase, tú cuídala esta noche, mi fiel amigo Rorro, y mañana, si se despierta en forma, me la vuelves a traer. Pero el hombre propone y el diablo dispone y ése fue un día tan definitivamente cagado que ni aun así; dice el Midas que pese a la excelencia de la Santa Marta Golden que se fumó bien despacio y dejándola penetrar hasta la raíz de su personalidad, el remordimiento lo acosaba y trataba de no dejarlo en paz, Ya había logrado sacarte de mi sancta sanctorum, Agustina niña mía, y ahora bregaba a empujarte fuera de mis pensamientos también, pero tú te las arreglabas para regresar una y otra vez y en medio de las ondulaciones y las caricias de aquel humo dorado, me asediaba la conciencia un zumbido de moscardones incómodos, y esos moscardones eran ciertos momentos del pasado que parecían calcados de este que vivíamos ahora, casi como una duplicación, no sé, Agustina mi reina, supongo que mirando hacia atrás podrás decir con toda justicia que siempre te dejé sola cuando necesitaste de mí, que te he salido falseto en todo momento crítico. Sonó el teléfono y el Midas respondió enseguida, Pensé que sería el Rorro para avisarme que todo cool y bajo control, y sin embargo no, no era el Rorro, era una voz femenina y anónima la que sonaba al otro lado, Señor Midas McAlister, ¿usted se acuerda de mí? Yo qué me iba a acordar, Agustina bonita, si era una voz irreconocible, definitivamente desconocida para mí, mejor dicho yo ni puta idea y tronado de la traba como estaba sí que menos, y entonces la dueña de esa voz me empezó a recordar quién era ella, Hace un tiempito fui a su Aerobic's con dos primas ¿se acuerda de mí?, y yo pensando qué dos primas ni qué ojo de hacha, de qué mierda me estarán hablando, Pero qué mala memoria, señor McAlister, y yo, luchando por despabilarme, Allá llegamos las tres a matricularnos y usted nos recomendó que mejor nos fuéramos para otro lado, ¿ya se va acordando?, Ah, sí, cómo no, cómo no, yo le soltaba vaguedades como ésa, todavía inocente de la que se me venía encima y rescatando con dificultad de las brumas del pasado la imagen de esas tres cocos de oro enfundadas en lycra tornasolada que se bajaron de un convertible color verde limón, Ah, sí, le dije, ustedes fueron unas que estuvieron preguntando por las clases y que al final resolvieron matricularse más bien en otro lado, No señor, no resolvimos, fue usted quien resolvió que en su establecimiento no nos recibía, pues me alegro que lo recuerde y lo llamo para informarle que mi primo Pablo se acuerda también, y le cuenta el Midas a Agustina que al escuchar el nombre de Pablo le pasó de un tirón toda la escena por la cabeza tan clara como si la estuviera viendo por televisión, y antes de que pudiera responder ni mu, la mujer le soltó redonda la maldición y después colgó. ¿Que cuál maldición? Bueno, una como para dejar temblando al más templado: simplemente lo llamo, señor McAlister, le dijo por teléfono la mujer, para transmitirle una razón de mi primo Pablo, Pablo le manda decir que las ofensas contra la familia son las únicas que él no perdona. ¿Quieres saber qué hice entonces?, le pregunta el Midas a Agustina, pues nada, nena, me eché a temblar.

Cuando vi que Anita me enviaba un mensaje por el beeper, cuenta Aguilar, me sorprendió constatar que le había dado el número, hubiera jurado que no, esa primera noche que conversé con ella andaba yo tan absorto en la reconstrucción policial del famoso episodio oscuro del hotel, que si le pasé mi número de beeper ni cuenta me di, pero ahora que me encontraba desayunando en casa de Marta Elena con mis dos hijos volvía a recibir noticia de la inolvidable Anita, en realidad bastante olvidada por mí durante esas treinta y dos horas de todos los infiernos que me había tocado vivir desde que la dejé en su barrio Meissen, dice Aguilar que mientras calentaba arepas y freía huevos para Toño y Carlos, que en media hora saldrían hacia la escuela secundaria donde estudiaban, recibió un mensaje de Anita que decía textualmente así, «Tengo datos para usted urgente nos encontramos en Don Conejo hoy 9 p.m. firmado Anita la del Wellington es sobre su mujer yo sé que le interesa», y mi reacción fue curiosa, confiesa Aguilar, inmediatamente pensé que sí, que asistiría a la cita, pero lo que me motivaba no era el interés por Agustina, a decir verdad en ese momento, por primera vez desde que la conozco, mi interés por Agustina hibernaba a varios grados bajo cero, es decir que de mi mujer no quería saber más; después de tantos días y noches de no pensar absolutamente en nada distinto a ella, de golpe y porrazo se había borrado como por arte de magia de mi pobre cabeza saturada de insultos, de indiferencias, de celos, de angustias; Sí, pensó Aguilar, ciertamente me interesa esta cita que me envían por beeper, pero no por Agustina, sino por la propia Anita. La razón por la cual me encontraba de mañana donde Marta Elena, aclara Aguilar, es que allá había pasado la noche, mi hijo Toño durmió en el sofá de la sala para cederme su cama y por primera vez desde que me separé de mi ex mujer me quedé a pasar la noche en su casa, es decir en la casa que fue nuestra y ahora es de ella y de los muchachos, dice Aguilar que quisiera explicar por qué terminó haciendo una cosa contraria a su costumbre, lo que sucedió fue esto, durante todo el día siguiente a la escena aquella de la casa dividida, Agustina permaneció sumida en un sueño abismal, equivalente en intensidad a la actividad frenética que había desplegado durante la noche pero de signo inverso, y hacia el atardecer, cuando se levantó, volvió a la carga con la misma historia de la línea divisoria, otra vez todo el montaje, idéntico en ansiedad y en ferocidad, la frontera imaginaria, la visita del padre, los insultos esta vez en todos los idiomas, Me gritó Atrás, cosa inmunda; Filthy thing; Out, dirty bastard; Vade retro, Satana; Fuera basura, hasta que ya no pude más, Está bien Agustina, si quieres que me vaya me voy, le dije y me fui. Expulsado de mi propia casa por una conspiración de mi mujer loca y mi suegro muerto, y sin un centavo entre el bolsillo, ¿a quién podía pedirle posada como no fuera a mis hijos y a mi antigua señora? Marta Elena, tan confiable, tan responsable, tan predecible, todavía bonita pese a que ya adquirió empaque de señora, pese a los veintiséis años trabajados día tras día en la misma empresa, sin saltarse un solo día ni llegar tarde a la oficina, Marta Elena la madre extraordinaria, la compañera de militancia, la de la adolescencia compartida, Marta Elena, tan sólida, tan buena, mi gran amiga a lo largo de la vida, nunca he podido saber cuál fue el conjuro que me cayó encima haciéndome dejar de amar a Marta Elena; cuando me desperté en su casa caí en cuenta de que por primera vez en una infinidad de noches había dormido tranquilo, luego escuché las voces aún soñolientas de mis hijos que empezaban a moverse descalzos por la casa y la voz serena de Marta Elena que con órdenes escuetas ponía en marcha el día, No hagan ruido que despierten a su padre; Toma tu camisa, Toño, ya te la planché; Carlos, lleva los tenis que hoy tienes gimnasia en el colegio. Por un instante me quedó clarísimo que justamente ésas, y no otras, eran las voces de la felicidad y que lo bueno en este mundo era escucharlas al despertar, Aguilar abrió los ojos y encontró que en torno a sí, en esa habitación que le había cedido su hijo Toño, salvo pocas excepciones no había objetos que él no conociera, o que él mismo no hubiera puesto allí, que no le hablaran de su propia historia, que durante años no hubieran permanecido en su lugar, Buenos días niños, buenos días Marta Elena, gritó todavía desde la cama. Mi ex mujer me pidió que la ayudara con el desayuno y por un momento tuve algo así como un desdoblamiento, confiesa Aguilar, me vi a mí mismo como si nunca hubiera dejado de calentar las arepas para mis muchachos en las madrugadas, y me gustó tanto eso que vi, que me pregunté por qué en la realidad no habría funcionado, dónde había estado el quiebre, por qué si allí crecían mis hijos y permanecía a la espera una mujer que todavía me amaba y conservaba intacto mi lugar como si algún día fuera a regresar, me pregunté por qué coños andaba yo dando vueltas absurdas por otro lado en pos de lo que no se me había perdido; claro que recordaba vagamente el sentimiento de insatisfacción que me había sacado de allí e impulsado a buscar por fuera, lo recordaba, repito, pero sólo vagamente y no le encontré justificación posible, en ese preciso momento todo me invitaba a quedarme en este lugar donde pese a mis cuatro años de ausencia siempre había estado presente, me invadió con fuerza inusitada la sensación de que todas las piezas del rompecabezas de mi vida casaban en esta casa que pese a haberla abandonado nunca había perdido; todo me impulsaba a regresar, confiesa Aguilar, todo salvo el entusiasmo, y en ese momento de desdoblamiento el entusiasmo no me pareció un factor demasiado importante. Los muchachos partieron hacia el colegio y Aguilar le pidió permiso a Marta Elena para darse un duchazo, ella accedió especificando que lo hiciera en el baño de ellos y luego se arrepintió, En ése los niños no dejaron agua caliente, dijo, mejor dúchate en el mío, así que entré al baño de Marta

Elena y empecé a desvestirme sin atreverme a cerrar la puerta, parecía muy absurdo hacerlo, total si durante diecisiete años me había desvestido delante de esta mujer, por qué no iba a hacerlo ahora, Aguilar se sintió extraño, a través de la puerta entreabierta alcanzaba a ver que Marta Elena terminaba de arreglarse, sentada sobre la cama se estiraba unas medias veladas sobre las piernas y Aguilar tuvo la sensación, y aclara que más bien habría que llamarlo vértigo, de que ésa era la imagen que quisiera ver a la mañana durante los días que le quedaban de existencia, ahora Marta Elena se ajustaba la falda, se ponía los aretes y luego se calzaba, lo curioso es que debía estar pensando lo mismo que yo, porque tampoco ella cerró la puerta. Me di una ducha rápida, creo que básicamente por temor a que ella terminara de arreglarse y me gritara desde el cuarto que ya se iba, me dolió la idea de que se fuera, me sentía bien con ella, pensé que me gustaría estar todavía allí cuando regresaran los muchachos del colegio y bajar con ellos a jugar básquet a la cancha del barrio y regresar ya con hambre a preparar los ravioli que le gustan a Carlos, preguntarle a Marta Elena cómo le fue en la oficina y pensar un poco en otra cosa mientras ella me cuenta con leves variantes el mismo cuento que ya conozco de memoria. Así que Aguilar se pegó una ducha rápida, luego empezó a vestirse con la ropa del día anterior pero se detuvo, abrió las puertas del clóset de Marta Elena y confirmó su sospecha de que allí debía seguir colgada buena parte de su ropa, toda la que no se llevó cuando se mudó solo a las Torres de Salmona, y en efecto ahí estaba; sus camisas escocesas, sus pantalones de dril, su vieja chaqueta de cuero.

Hoy Nicolás Portulinus fríe salchichas para la cena y se las sirve en un plato a su hija menor, Eugenia, Eres un duende del bosque, mi pobre nena Eugenia, le dice, eres un duende silencioso y recluido en su cueva. Están solos los dos, el padre y la hija, en la cocina enorme, apilados contra las paredes se ven los bultos de naranja que trajo hoy el mayordomo y los racimos de guineo cuelgan de las vigas del techo, Eugenia exprime naranjas en un pesado exprimidor de hierro atornillado a la mesa, del cual no sólo sale el jugo que va llenando la jarra sino que además se desprende un intenso olor a azahares, Nicolás Portulinus mira a los ojos a su hija menor, Eugenia la extraña, le pregunta ¿A ti también te hace llorar el olor a naranjas?, y le cuenta, Hoy la carretera amaneció alfombrada de naranjas aplastadas contra el asfalto, durante la noche se fueron cayendo de los camiones repletos y las ruedas de los autos les pasaron por encima, estuve un buen rato sentado a la orilla de la carretera, pequeña Eugenia, y el olor a naranjas era muy, muy triste, y era muy, muy persistente. Eugenia lo observa mascar la comida con mandíbula pesada y nostálgico rumiar de vaca vieja y piensa con alivio Gracias al cielo, hoy padre no está raro. En Sasaima celebran las fechas patrias del 20 de Julio, a las sirvientas les han dado la noche libre y Blanca, Farax y Sofi bajaron al pueblo para presenciar el desfile y los fuegos artificiales, después asistirán al baile comunal y han anunciado que llegarán tarde, claro que si el jolgorio amerita quizá no regresen hasta las siete y ocho de la mañana del día siguiente porque la tradición invita a cerrar la fiesta al amanecer con desayuno colectivo en la plaza de mercado, el alcalde, que es conservador, ha anunciado que este año se repartirán tamales y cerveza gratis. En casa han quedado solos Nicolás y Eugenia, a quien la madre llamó aparte antes de partir para encomendarle que cuidara al padre y le pronosticó que esta vez la tarea sería fácil, Está tranquilo, le dijo, basta con que no lo pierdas de vista hasta que se duerma, y es en efecto uno de esos ratos serenos y cada vez más escasos en que el padre está bien e incluso conversador; como Eugenia no está acostumbrada a que su padre le dirija la palabra, titubea y no sabe qué responderle. Pese a que ya dieron las nueve de la noche, el padre todavía no flota en un pesado anticipo del sueño como suele suceder, sino que está despierto y en su rostro se dibuja algo parecido a una sonrisa, hoy padre suelta risitas, gorgoritos, mientras fríe salchichas en la cocina, se las sirve en un plato a su hija menor y parece reconciliado con el reino simple de lo cotidiano, Eugenia lo mira y respira hondo como si de verdad descansara de una carga extenuante, Padre está raro, suelen decir las niñas cuando lo sienten deslizarse hacia esas zonas turbias donde no lo alcanzan, padre está raro, y nadie sabe la agonía que hay en la voz de un niño que dice esa frase. La primera vez que Eugenia cree haber percibido la rareza de su padre se remonta a sus cinco o seis años, ella jugando con caracoles de río y él cerca, ocupado en limpiar la hojarasca que obstruye uno de los canales por los que baja el agua hasta la casona, y como el sol pega fuerte el padre lleva un gorro de paja para protegerse la cabeza, pero no es un solo gorro; la niña Eugenia suspende su juego, inquieta, cuando nota que no es un solo gorro lo que lleva el padre sino dos, uno alón de paja sobre otro de tela más pequeño, ella cree recordar que fue horrible comprender de repente que en su padre había algo irremediablemente raro, algo que no dejaba de ser grotesco, así que se le acercó para tratar de quitarle uno de los dos gorros como si eso solucionara el problema de fondo y él la miró con ojos de no verla, ojos de infinita distancia, y desde entonces Eugenia piensa en términos de doble gorro cuando padre está raro, padre está doble gorro, se dice a sí misma, y la sacude un vértigo. Pero hoy padre no está doble gorro y después de la cena se sientan juntos en las mecedoras del corredor que da sobre el río, mejor dicho sobre la hondonada por cuyo fondo corre el río Dulce, que en esta noche patriótica del 20 de Julio no es más que una oscuridad que se desliza y suena bajo un cielo quieto que cada tanto se enciende con los estallidos de pólvora de la fiesta lejana, Allá, donde truenan los cohetes, dice el padre, allá están mi linda Blanca y mi joven Farax, tal vez tengan las manos entrelazadas mientras sus ojos se llenan de estrellas artificiales, y como Eugenia lo escruta, tratando de descifrar si en su alma se está incubando un nuevo brote de delirio, padre la tranquiliza con un par de caricias torpes y pesadas en el pelo negrísimo, No te preocupes, hija, le dice, lo que pasa es que ellos no tienen el don de lo literario, a ninguno de los dos les ha sido revelado el sentido de lo trágico, se necesita ser fuerte, como tu padre, para no querer resolver el conflicto en favor propio, debemos ser generosos, hija mía, la generosidad es lo que se impone en este caso. Eugenia, que está muy pálida, casi transparente y hundida en su mecedora, no capta el sentido del discurso del padre pero eso no la alarma, está acostumbrada a no entender casi nada de lo que él dice, en esta noche serena las chicharras y los grillos arman mucho escándalo, quizá demasiado, Eugenia teme que atosiguen los oídos del padre, ya de por sí abrumados por el zumbido permanente del tinitus, y como si le adivinara el pensamiento el padre le habla del eterno murmullo enclaustrado en sus tímpanos, Tu madre dice que es tinitus pero se equivoca, es un ruido de origen extraterrestre que no parece emanar de un punto fijo del espacio sino de todas las direcciones al mismo tiempo, Padre, trata de explicarle la niña, sólo son los gritos de las chicharras, Estas mujeres, dice condescendiente Nicolás Portulinus moviendo de un lado al otro la cabeza, llaman chicharras y llaman tinitus al eco milenario de la creación del universo. Y después se mece hasta adormecerse, grande, blando y feo en su bata de seda negra con maraña de ramas estampada en verde, Feo pero tranquilo, piensa Eugenia y su pensamiento se ve confirmado por la letanía de ríos de Alemania que le escucha murmurar; el Lahn, el Lippe, el Main, el Mosela, el Neckar y el Niesse, reza el padre medio sonámbulo ya, en un momento parece despabilarse y le dice a la hija En Alemania tengo una hermana muy bella que se llama Ilse, ¿lo sabías?, Sí, padre, le contesta Eugenia pero padre ya está otra vez con su listado alfabético, el Oder, el Rin y el Ruhr, Tenía razón mi madre, piensa Eugenia mientras se va entregando ella también al sueño, hoy padre no está raro. Por eso es grande el sobresalto unas horas después, ella no sabe cuántas, cuando escucha el vocerío que sube desde la negrura del río, los gritos de Nicasio el mayordomo y de su mujer Hilda, ese largo Lo encontraaamooooos que resuena al fondo, detrás del escándalo de chicharras, debajo del centelleo de fuegos artificiales que ya está mermando, Lo encontraaaamoooos, y Eugenia se percata de que el padre ya no está en su mecedora, que de él sólo han quedado sus pantuflas y su bata de seda y corre a buscarlo por la casona, primero en su dormitorio pero la cama aún tendida indica que por allí no ha pasado, luego en el baño pero las toallas, que permanecen en su lugar, dan testimonio de que no las ha tocado, la sala del billar, el comedor inmenso y vacío, la cocina con las cáscaras de naranja aún apiladas sobre la mesa y el olor a azahares todavía vivo, silencioso el salón del piano donde Eugenia se sobresalta al toparse cara a cara con el mayordomo Nicasio que ha salido de la nada como si fuera un espanto, Encontramos al profesor Portulinus en el río, lo encontraron los de Virgen de la Merced y vinieron a avisarnos, estaba allá abajo, por Virgen de la Merced, a unos dos kilómetros de aquí, lo encontraron desnudo y sin vida en una ensenadita de piedras y ya traen su cuerpo, el río lo arrastró y lo dejó arrumado en un remanso. Entre gallos y medianoche Eugenia cree recordar una lenta ceremonia a la luz de una antorcha a la orilla del río, pero el peso específico de ese recuerdo se difumina bajo la carga aplastante de la culpa, Por mi culpa, por mi culpa, por mi grandísima culpa, le grita por dentro una voz a Eugenia, por culpa de mi descuido estamos enterrando a padre hinchado y verde y a escondidas, por culpa de mi descuido padre se tragó entera el agua de todos los ríos, me quedé dormida y por mi culpa se ha ahogado mi padre, yo lo he matado en sueños, el tinitus de sus oídos resonará por siempre en mi alma, aturdirá mi alma cada día de mi vida recordándome su despedida, Cruz no le pongan, diría quizás la voz extraviada de su madre Blanca, Cruz no le pongan, sólo una piedra, una piedra más entre las muchas piedras que ruedan por la memoria borrada de Eugenia. Cruz no le pongan y cruz no le pusieron, nada que identifique el lugar del entierro, y sólo días después recupera Eugenia la nitidez del recuerdo al verse a sí misma en medio de una escena familiar tan estática que más parece una fotografía, en torno a la mesa del comedor están sentados su hermana Sofi, Farax, su madre y ella, Eugenia, que escucha a su madre anunciar en un tono cordial, sedante, el tono de quien espera que la vida siga pese a todo, Niñas, su padre ha regresado a Alemania, donde se quedará no se sabe por cuánto tiempo. Eso es lo que les comunica Blanca, la madre, de manera inequívoca y contundente y sin derecho a apelaciones, ¿Padre se fue a Alemania sin despedirse?, pregunta Eugenia, que ya no sabe qué hacer con su propio sueño de entierro y antorchas a la orilla del río, no sabe qué hacer con la enumeración de ríos de Alemania que esa noche padre murmuraba como si fuera una oración fúnebre, Si padre está en Alemania entonces dónde está la noche aquella en que se dejó tentar por el llamado del río, quién se soñó el sueño de que mi padre bajaba al río por descuido mío, que no supe detenerlo, que fui la culpable por quedarme dormida, padre regresó a Alemania pero dejó aquí su gran dolor, sus horas de tribulaciones, su cabeza obnubilada, si padre volvió a Alemania entonces quizá no tenga la culpa ella, Eugenia, tal vez si está tranquilo allá en su tierra, padre le haya perdonado el horrendo descuido, si padre está lejos y a salvo, el tropel de las culpas de Eugenia quizá se calme, se mitigue, se apague y ella pueda descansar, a veces Eugenia siente que no ha vuelto a dormir desde esa noche de fuegos artificiales en que se durmió cuando no debía, Sí, dice en la mesa del comedor de Sasaima la niña Eugenia, sí, sí, sí, dice y repite, padre sí se fue para Alemania sin avisarnos y quién sabe cuándo vuelva, si es que vuelve algún día. ¿Y Farax? ¿Qué fue de Farax, desaparecido casi antes de aparecer del todo, ese Abelito Caballero que espejea en un sueño escurridizo que con el despertar se esfuma? Tras terminar de leer los diarios y las cartas del armario Aguilar no tiene clara la respuesta, a partir de cierto punto se le han borrado Farax y Abelito como si hubieran sido escritos con tinta deleble; Aguilar le pregunta a la tía Sofi qué fue de la vida de Farax, Dígamelo usted, Sofi, si usted no lo sabe no lo sabe nadie porque la abuela Blanca no vuelve a mencionarlo en sus memorias, simplemente lo deja de lado como si no hubiera existido nunca, Yo calculo que Farax debió permanecer con nosotras en la casona de Sasaima unos tres o cuatro meses más a partir de la fecha en que mi padre regresó a Alemania, contesta tía Sofi, unos tres o cuatro meses hasta que un día no amaneció más allí, agarró su chaqueta de alpaca, su viejo morral y sus soldaditos de plomo y se fue por donde había venido, es decir por el camino de Anapoima, tal vez no encontró sentido en quedarse porque ya no había quién le enseñara piano, o tal vez se negó a aceptar la demasiada herencia que le legó mi padre, tal vez nunca amó a mi madre o la amó demasiado, tal vez leyó en mis ojos o en los de Eugenia expectativas que lo desasosegaron, quién sabe qué habrá sido, sólo me consta que Farax quedó tan atrás como los días de nuestra adolescencia y que Abelito Caballero desapareció un buen día como había desaparecido mi padre, igual que mi padre pero por el camino y no por el río, yo sólo sé que de ninguno de los dos, mejor dicho de ninguno de los tres volvimos a saber nada porque mi madre nunca dio explicaciones ni mencionó más sus nombres.

Me estaba poniendo uno de esos viejos pantalones míos que permanecían guardados en el clóset de Marta Elena, dice Aguilar, cuando escuché voces de mujer en la sala, una la de la propia Marta Elena y la otra también familiar pero de momento irreconocible, luego una tercera voz femenina, ésta de mujer mayor, parecida a la de tía Sofi, pensé que tal vez sería Margarita, la madre de Marta Elena, aunque me extrañó porque sabía que la enfermedad la mantenía recluida en su propia casa, así que Aguilar, todavía sin camisa ni zapatos, se ocultó tras la puerta de la habitación y se asomó para descubrir que quien hablaba en la sala era en efecto la tía Sofi, y que estaba con Agustina. Ante una Marta Elena que no salía del asombro y que pretendía pasar por condescendiente y una tía Sofi que no hallaba cómo comportarse, allí estaba mi Agustina convertida en una especie de asistenta social, o en el mejor de los casos de vecina entrometida y acuciosa, hablándole a Marta Elena en un tono raro, digamos que impersonal pero imperativo, mejor dicho dándole órdenes, o tal vez explicándole con mucha pedantería todo lo que está fuera de lugar en su casa según la ciencia del feng shui, Agustina era una experta en feng shui y asesoraba a una aterrada Marta Elena sobre cómo debía reorganizar su casa. Dice

Aguilar que Agustina empezó a moverse por todos lados sin ser invitada, entraba y salía de las habitaciones de los muchachos hablando a unas velocidades exasperantes, a Aguilar le dio un vuelco el corazón cuando comprendió que en unos segundos Agustina entraría al cuarto de Marta Elena y lo encontraría allí recién bañado y a medio vestir, En un principio tuve un impulso de amante clandestino de película barata y fue esconderme debajo de la cama pero enseguida me vino el pálpito; lo que inicialmente fue sobresalto y pánico ante la idea de que Agustina me descubriera, se convirtió para mí en la absoluta felicidad de ese pálpito, en la sonrisa de oreja a oreja que debió pintarse en mi cara cuando así como de rayo comprendí lo que estaba sucediendo, Agustina me está buscando, pensé, Agustina ha venido hasta acá a recuperarme, me echó de menos anoche y hoy ha venido por mí. De ahí en adelante, dice Aguilar, toda la escena me fue leve y llevadera, yo diría que feliz pese a lo surrealista, pese al susto de Marta Elena y al sobresalto de la tía Sofi, que trató como pudo de explicarme que le había sido imposible impedir que Agustina se saliera del apartamento, ¿Y cómo supo ella que yo estaba aquí? No sé, muchacho, simplemente lo supo, bueno, no era difícil imaginarlo, Está bien, tía Sofi, le dije y en realidad estaba sumamente bien, yo no cabía en mí de la alegría de saber que a su loca manera Agustina había venido a buscarme, dice Aguilar que se quedó quieto donde estaba, o sea parado contra la puerta del dormitorio, donde Agustina entró como una exhalación pasando frente a él sin voltear a mirarlo como si fuera un fantasma, porque ahora lo de ella era criticar muebles, descartar floreros, le ordenaba a Marta Elena cambiar de color las paredes, A quién se le ocurre pintar una casa toda entera de este amarillo pasmado, sólo a alguien muy anticuado y aburrido, Lo siento mucho, señora —a Marta Elena siempre la llamó señora, ni una vez por su nombre— pero todas las camas de este lugar están mal orientadas, es pésimo para el equilibrio interior poner las cabeceras hacia el sur, eso hasta usted debería saberlo, sería conveniente que incrementara el chi madera para que circule por su casa la energía norte, hasta se inmiscuyó en el armario de Marta Elena calificándolo de desordenado y le recomendó deshacerse de tanto zapato gastado y de toda esa ropa pasada de moda, Así se ve más vieja, señora, deje de vestirse de negro a ver si supera esa cara de luto que lleva, A ver, a ver, qué tenemos por aquí, dijo cuando vio ropa mía guardada, Ah, esto sí que no, si ya se le fue el marido, señora, lo mejor es que le devuelva su ropa y que recupere el espacio, no se exponga a que cuando consiga uno nuevo se sienta incómodo al encontrar su lugar ocupado, Yo no sabía si llorar o reírme, dice Aguilar, de verdad no sabía si Agustina estaba delirando o sólo fingiendo para atormentar a Marta Elena, Mire, señora, estos cajones atiborrados de corotos inservibles no tienen presentación, así lo único que logra es bloquear el chi y debilitar la energía yang. Era tan payaso todo lo que sucedía, dice Aguilar, que un par de veces tuve que contener la carcajada, como cuando Agustina denostó de un óleo que estaba colgado en la sala y ordenó quitarlo inmediatamente de allí, y en medio de todo yo me regocijaba pensando que tenía razón, que era realmente deplorable ese cuadro que yo siempre odié y que Marta Elena impuso sistemáticamente en la sala de nuestras sucesivas viviendas, Por momentos la escena hubiera sido exultante si mi ex no se hubiera mostrado tan disgustada, Por Dios, Aguilar, ¿qué le pasa a tu mujer? me preguntó entre dientes en un instante en que quedamos solos, No sé qué le pasa, Marta Elena, le pasa que está delirando, le contesté, yo que nunca le había confesado lo serio que era el problema mental de Agustina, a lo mejor le había soltado de paso algo así como Agustina se deprime, o un Agustina es muy nerviosa, pero no le había dicho al respecto ni una palabra más, con el resultado de que ahora, sin previo aviso y en la propia casa de Marta Elena se desataba este vendaval, Para qué cama doble, señora, se le come todo el espacio y según entiendo usted duerme sola, No había quién detuviera a mi juguete rabioso, dice Aguilar, ni quedó un solo objeto con el que no se metiera, si eran las plantas, mal estas de hojas puntiagudas y mejor consígase unas de hojas redondeadas, y para ese muro mi recomendación es que cuelgue un espejo ba gua rodeado de trigramas, Póngalo ya mismo para evitar una tragedia, sentenciaba Agustina y al pronunciar la palabra tragedia su voz vibraba un poco, como si la pronosticara. Marta Elena le llevaba la corriente quitando cuadros y colocando espejos y me miraba con compasión, con miedo, con desconsuelo, hasta que en determinado momento me rogó Llévatela de aquí, Aguilar, siento mucho lo que te está pasando pero llévatela, solucionen el drama entre ustedes que yo no llevo velas en este entierro. Mientras tanto Agustina se metió al baño, abrió de par en par los gabinetes y llamó a la señora, Oiga, señora, esto está muy mal, usted no tiene por qué tener tantos remedios en casa, la automedicación es nociva para la salud, esta pomada contiene cortisona, no se la recomiendo, y esto tampoco es bueno, no conviene abusar de los antibióticos; Qué divertido, dice Aguilar, ni que Agustina hubiera adivinado mis devaneos con la idea de instalarme de nuevo en esta casa y hubiera venido expresamente a no dejar de ella piedra sobre piedra, ni de la casa ni del devaneo, o quién sabe, es posible que mi Blimunda efectivamente haya adivinado que por un instante yo había empezado a fallarle. La tía Sofi se había dejado caer en un sillón y hacía unos movimientos peculiares, algo así como sucesivos intentos por pararse pero sus piernas se negaban a responderle, Marta Elena se mostraba cada vez más indignada de que yo me tomara aquello a la ligera y quién sabe cómo hubiera terminado el acto si Agustina no me agarra de la mano y dice Nos vamos, y cuando la tía Sofi quiso arrancar detrás de nosotros se lo impidió, Usted quédese aquí un ratico haciendo visita con esta otra señora, que de vez en cuando es bueno dejar que las parejas hagan sus cosas a solas, la tía Sofi no pudo hacer otra cosa que reírse de la cuchufleta y yo por mi parte había vuelto a ser persona, porque era la primera vez, desde el episodio oscuro, que la mujer que adoro daba muestras de necesitarme. Antes de salir, mi juguete rabioso agarró una fotografía mía que estaba enmarcada sobre una mesita y dijo Esto también me lo llevo.

Ésa fue una mañana alegre, dice Aguilar, la alegría sopla cuando menos la esperas. Lo lamento por Marta Elena, que debió quedar enredada en ese amago de esperanza por un instante consentida y en seguida quebrada, pero en cuanto a nosotros, nosotros salimos de su casa contentos, había en la cara de Agustina una expresión liviana que para mí fue pura vida, y Aguilar les anunció, a ella y a la tía Sofi, que no regresarían por el momento al apartamento sino que saldrían ya mismo hacia Sasaima por la autopista a Medellín: Bogotá, Fontibón, Mosquera, Madrid, Facatativá, Albán y Sasaima, Esa carretera está tomada por la guerrilla, objetó la tía Sofi, Sí, pero sólo a partir de las tres de la tarde, Aguilar había estado averiguando, según parece por la tarde empieza la guerrilla a bajar del monte y a esa hora hasta la gente de los retenes cierra y se larga, pero durante la mañana hay algún tráfico de camiones, si vamos y regresamos antes de las tres no pasa nada; Agustina, que viajaba en el asiento de atrás, no dijo ni preguntó ni puso problema, aparentemente aprobaba el viaje a Sasaima cualquiera que fuera el motivo, la tía Sofi en cambio quiso saber cuál era mi propósito, Echarle mano a esos diarios de los abuelos y a esas cartas que usted misma me ha dicho que allí se encuentran, le aclaró Aguilar, Sí, pero también te he dicho que están bajo llave, siempre han permanecido entre un armario cerrado con candado y la llave la guarda Eugenia, ¿Sabe para qué sirve un hacha, tía Sofi?, sirve para destrozar a hachazos los armarios cerrados, aunque a la hora de la verdad no hizo falta ningún hacha porque bastó con darle un buen empujón con el hombro a la doble puerta para que la cerradura cediera y escarbar un poco entre la ropa guardada para que aparecieran el diario del abuelo Portulinus, el de la abuela Blanca y un atado de cartas, pero eso sería después, cuenta Aguilar, por lo pronto apenas íbamos saliendo de Bogotá y en el primer retén me confirmaron lo que ya había escuchado, que el ejército patrullaba más o menos hasta las tres o cuatro de la tarde, se retiraba para ponerse a resguardo y a esa hora bajaba la guerrilla, que campeaba por allí hasta poco antes de clarear el alba. Un tiquete de ida y vuelta a Sasaima, le pidió Aguilar a la mujer del peaje, Van bajo su propia responsabilidad, advirtió ella, de todos modos les aconsejo que estén de regreso antes de la media tarde. Por el camino la tía Sofi me siguió hablando de lo ocurrido en la casa de La Cabrera el día de la patada que le dio en la espalda el señor Londoño a su hijo menor, y por primera vez conversamos abiertamente delante de Agustina sin que pasara nada, dice Aguilar, yo iba vigilando cada uno de sus gestos por el espejo retrovisor y no detectaba cambios, Agustina o no escuchaba o aparentaba no hacerlo, parecía más bien absorta en los puestos de venta de fruta que abundaban a lo largo de la carretera, en la aparición de los grandes gualandayes sobre los últimos filos de la tierra fría, en los abismos de niebla que bordean el descenso de la montaña, Por lo general, dice la tía Sofi, cuando Carlos Vicente grande le pegaba a Carlos Vicente chico, el niño se encerraba en su cuarto a llorar y sólo a Agustina le abría la puerta porque era ella quien lograba consolarlo, pero esta vez no fue así. Entonces Agustina, que iba callada en la silla trasera del auto, preguntó si ya estábamos atravesando Mosquera y como asentí, quiso que nos detuviéramos donde la viejita decapitada a comer obleas y la tía Sofi, que sonrió al escuchar su petición, dijo Siempre parábamos ahí a comer obleas camino a Sasaima, antes de que asesinaran a la dueña y también después, cuando la hija retomó el negocio, Así que lo hicimos, cuenta Aguilar, el lugar se llama Obleas Villetica y tiene a la entrada un antiguo filtro de piedra cubierto de musgo del que se puede tomar agua pura, y junto a ese filtro decapitaron hace muchos años a la dueña, una viejita que no mataba una mosca, nunca nadie supo por qué la asesinaron de esa manera brutal pero sí que el hecho marcó el renacer de la violencia en la zona y por eso todos lo recordamos, Parqueamos enfrente, entramos y la hija, que durante el par de décadas transcurridas desde la desgracia se había vuelto tan vieja como la madre, nos preguntó si les añadía a las obleas crema o mermelada y Agustina contestó por los tres, No gracias dijo, sin nada de eso, las queremos así no más, sólo con arequipe como las de antes, y luego al salir, cuando pasábamos frente al filtro de piedra, dijo Aquí decapitaron a la viejita, pero lo dijo serena, como repitiendo una frase que hubiera pronunciado o escuchado muchas veces, en ese mismo lugar, durante su infancia. De nuevo entre el auto la tía Sofi cuenta que boca arriba sobre la mesa habían caído aquellas fotos que le había tomado desnuda Carlos Vicente Londoño, Yo me había desentendido de ellas porque él me juraba que las mantenía guardadas entre la caja fuerte de su oficina, pero allí estaban ahora sobre la mesa ante los ojos de mi hermana Eugenia y de los tres niños y no había excusa ni escapatoria, y si esa tarde quise estar muerta cuando el padre le dio la patada al niño, ahora deseaba estar además enterrada y lo único que se me ocurría era salir de esa casa, tomar un taxi y decirle que me llevara a cualquier lado y para siempre, la tía Sofi le confiesa a Aguilar que se apoderó de ella la certeza devastadora de que hasta ahí le había llegado la vida, Acababa de perder cuanto tenía, amor, hijos, techo, hermana, y sin embargo sólo atinaba a pensar en un cuento que me contaban de niña sobre un cerdito que construía su casa de paja y soplaba el viento y se la llevaba; ahí parada frente a mi hermana yo era ese cerdito, yo había construido mi casa de paja y ahora el ventarrón no me dejaba ni el rastro, yo no pronunciaba palabra, en realidad creo recordar que nadie allí abría la boca, pero mentalmente la tía Sofi le dijo a su hermana Está bien, Eugenia, todo es tuyo, es tu marido, son tus hijos, es tu casa, Pero en seguida me di cuenta de que no era cierto porque a la hora de la verdad tampoco mi pobre hermana tenía gran cosa, esas fotos y sobre todo ese hijo golpeado eran el testimonio de que la casa de ella también estaba hecha de paja. Enseguida la tía Sofi miró al Bichi, el muchacho que permanecía parado en medio de la sala después de haber destapado el juego, todas las partículas de su cuerpo en tensión y a la espera de los resultados, Carlos Vicente lo va a rematar, pensó la tía Sofi, ahora sí lo va a rematar a golpes por atreverse a hacer lo que hizo, y entonces mi cabeza dio un giro, le cuenta a Aguilar, me dije a mí misma, pues si quiere volver a golpear al niño tendrá que pasar por encima de mi cadáver, fue curioso, Aguilar, si en un primer momento la revelación de esas fotos me despojó de todo, en un segundo impulso la balanza se inclinó hacia el otro lado y sentí que recuperaba la fuerza que me habían quitado tantos años de vida secreta y de amores escondidos, Ya que lo mío se jodió, pensó la tía Sofi, ahora sí puedo sacar la cara por este niño, pero no hizo falta, Aguilar, el niño estaba sacando la cara por sí mismo, bien parado sobre sus piernas poderosas y preparado para lo que fuera, nunca antes lo vimos tan alto, adulto por fin, mirando de una manera retadora bajo los rizos revueltos que le velaban los ojos, era imposible no darse cuenta de que si el padre se atrevía a ponerle la mano encima, esta vez la respuesta del cachorro iba a ser inclemente y a muerte. Así que el padre se contuvo ante la recién adquirida fiereza del hijo, dice Aguilar, Tal vez, responde la tía Sofi, o tal vez tanto Carlos Vicente padre como Carlos Vicente hijo sólo estaban pendientes de la reacción de la madre, en manos de ella había quedado la definición del juego, todas las miradas estaban puestas sobre Eugenia, Y qué hizo ella, pregunta Aguilar, Hizo la cosa más desconcertante, dice la tía Sofi volteando la cabeza hacia atrás para mirar a Agustina, que se hace la que no escucha. Recuperando la calma y ocultando cualquier señal de dolor o sorpresa, Eugenia recogió las fotos una a una, como quien recoge las cartas de una baraja, las guardó entre la bolsa de su tejido, encaró a su hijo Joaco y le dijo, textualmente te voy a repetir lo que le dijo porque es cosa que no puede creerse, parecería invento mío, le dijo Vergüenza debería darte, Joaco, ¿esto es lo que has hecho con la cámara fotográfica que te regalamos de cumpleaños, retratar desnudas a las muchachas del servicio?, y enseguida completó su parlamento dirigiéndose al marido, Quítale la cámara a este muchacho, querido, y no se la devuelvas hasta que no aprenda a hacer buen uso de ella, Cómo así, pregunta Aguilar, ¿Eugenia de verdad creyó que las fotos las había tomado Joaco? No seas ingenuo, Aguilar, si era evidente que el fotógrafo era Carlos Vicente por el formato inconfundible de esa cámara Leica que no usaba sino él, y qué dudas podían caber de que la fotografiada era yo, Eugenia estaba fingiendo con pasmosa sangre fría y voz imperturbable para defender su matrimonio, yo llevo trece años, Aguilar, dándole vueltas a los posibles significados de esa reacción de mi hermana y llego una y otra vez a la misma conclusión, ella ya lo sabía, siempre lo supo y no le preocupaba demasiado con tal de que se mantuviera oculto y eso fue precisamente lo que hizo en ese instante, improvisar un acto magistral para garantizar que pese a las evidencias, el secreto siguiera siéndolo, lo que quiero decirte, le dice a Aguilar la tía Sofi, es que ella sabía que su matrimonio no se iba a terminar porque Carlos Vicente me retratara desnuda sino porque se supiera que Carlos Vicente me retrataba desnuda, y ni siquiera por eso, más bien porque se admitiera que se sabía. ¿Está segura de lo que dice, tía Sofi? No, no estoy para nada segura, a veces saco la conclusión contraria, que a Eugenia sí la tomaron por sorpresa esas fotos y que fueron para ella un golpe tan duro como la patada para el Bichi, pero que tuvo el valor de minimizar los hechos y de actuar como actuó, y más sorprendente aún fue el papel de Joaco, créeme, Aguilar, cuando te digo que esa tarde quedó sellada para siempre la alianza entre Joaco y su madre, Aguilar pregunta qué hizo Joaco, Joaco miró a los ojos a su madre y le dijo la siguiente frase, tal como te la voy a repetir, Perdón, mamá, no lo vuelvo a hacer. ¿Te imaginas, Aguilar?, que Eugenia después de toda una vida de práctica conociera el código de las apariencias es cosa comprensible, pero que Joaco a los veinte años de edad ya lo dominara a la perfección, que lo agarrara al vuelo, eso sí es asombroso. Todo se había venido abajo por una mentira, la mía, la de mis amores clandestinos con mi cuñado, y ahora mi hermana intentaba reconstruir nuestro mundo con otra mentira y dejarlo todo tal como estaba antes del remezón, su matrimonio, la buena reputación de su casa, incluso la posibilidad de mi permanencia en ella pese a todo, mentira mata mentira, dime si no es como para volverse loco. ¿El precio de todo aquello, aparte de la insondable confusión en la cabeza de Agustina?, pregunta Aguilar y él mismo responde, el precio fue la derrota del hijo frente al padre: el hijo destapó una verdad con la que encaró al padre, y la madre, desmintiéndola, quebró al hijo y salvó al padre. Casi, pero no del todo, lo contradice la tía Sofi, porque el Bichi se guardaba el último as entre la manga, el de su propia libertad. Cuando vio que en su casa todo estaba perdido, que el marasmo de la mentira se los tragaba enteros, el Bichi salió por la puerta principal así tal como estaba, con un suéter, unas medias y unas botas sobre la piyama y se encaminó calle abajo para no volver más, y yo, dice la tía Sofi, yo salí tras él y tampoco volví nunca. Ya habíamos avanzado mucho carretera abajo, dice Aguilar, en ese momento pasábamos bajo un pequeño puente de cemento y Agustina anunció desde su silla de atrás, Éste es el primer puente, quítense ya los sacos porque dentro de ocho minutos, cuando crucemos el segundo, van a empezar de golpe el calor y el olor a tierra templada, y lo que pronosticó resultó exacto, dice Aguilar, a los ocho minutos por reloj cruzamos el segundo puente y en ese mismo instante, como una vaharada que se nos colara por las ventanas y por las narices, nos llegó el calor con todo su olor a verde, a húmedo, a cítricos, a pasto yaraguá, a lluvia a cántaros, a vegetación arrebatada; ya estábamos en tierra templada y nos faltaba poco para llegar a Sasaima.

Durante unos quince minutos me dediqué sólo a temblar, dice el Midas, te juro nena Agustina que esa llamada me dejó literalmente temblando, ahí desnudo y desvalido como un recién nacido, hasta que volvió a sonar el teléfono y pensé Ahora sí es Rorro, pero de nuevo me equivoqué, esta vez se trataba de una llamada del señor Sánchez, uno de los celadores del Aerobic's, que me hablaba a borbotones y no hallaba las palabras para describirme la situación, Están aquí, están aquí, don Midas, y están buscando, están levantando todo el piso del gimnasio, ya destrozaron el entablado y siguen buscando, Lo primero que al Midas se le vino a la cabeza fue que después del escándalo que armó Agustina en la tarde, la policía debía estar allanando el Aerobic's y arrasando con él para encontrar el cadáver de la Dolores, así que le preguntó al celador, ¿Quiénes están ahí, señor Sánchez, los de la policía? No don Midas, no es la policía, son los guardaespaldas del señor Araña, el Paco Malo, el Chupo y otros seis, y el señor Araña se encuentra afuera con el señor Silver, esperando entre un automóvil. El Midas, que todavía no comprendía, atinó a averiguarle ¿Buscando qué?, Porque de verdad me sorprendió la vaina y me agarró fuera de base, Agustina mía, porque si se trataba de los matones de la Araña entonces no sería a la Dolores a la que buscaban, si a fin de cuentas ellos eran los únicos que sabían a qué baldío habían tirado sus despojos mortales, así que el Midas volvió a interrogar a Sánchez ¿Qué mierda están buscando en mi Aerobic's los hombres de la Araña a estas horas de la noche? Pues billetes, don Midas, dicen que aquí tiene que estar escondido un billetal que usted le…, ¿cómo le digo?, yo le repito lo que dicen y usted me perdona, don Midas, están buscando un dinero que según ellos usted dizque le robó a don Araña y a don Silver, lo estoy llamando para avisarle, don Midas, dicen que si aquí no encuentran nada, salen enseguida para allá, para su apartamento, esa gente está emberriondada, don Midas, son muchos y están sumamente enfurecidos, dicen que si esa plata no está aquí, pues tiene que estar allá, y disculpe el vocabulario, jefe, yo me limito a repetirle respetuosamente lo que les oigo, están diciendo que si tienen que colgarlo a usted de las pelotas para que cante dónde escondió eso, pues que lo van a colgar. Te preguntarás, Agustina bonita, cómo me las arreglé para pensar y reaccionar en medio de ese viaje intergaláctico de Santa Marta Golden que hacía que mis neuronas, blandas y esponjosas como marshmallows, rebotaran mansamente en el recinto alfombrado de mi cerebro, y yo te respondo que el susto debe obrar milagros, o que el doble golpe de adrenalina que me produjeron las dos llamadas me fue despejando la modorra, porque por fin até cabos y deduje cuánto eran dos más dos, o sea que concatené la secuencia de sucesos del último mes según te la presento a continuación: Uno, las primas de Pablo se presentan en mi Aerobic's a solicitar ingreso y yo las rechazo de plano, sin miramientos y sin calcular las consecuencias de mi actitud; dos, Pablo Escobar se entera y resuelve darme una lección; tres, Pablo me monta la celada cuando a través de Misterio me ordena pedirle una excesiva cantidad de dinero al Rony Silver y a la Araña Salazar; cuatro, Pablo se hace el loco con el dinero y jamás lo devuelve; cinco, y de este quinto paso yo no tenía confirmación pero lo deduje por lógica, a través de alguien Pablo se comunica con Rony y con la Araña y les miente, les hace creer que el dinero sí lo devolvió, en la fecha convenida y con las ganancias acordadas, y que me lo entregó en su totalidad para que yo a mi vez les pasara su parte a ellos dos; sexto y último, mientras yo armaba mentalmente el mapa de los cinco puntos anteriores, el Rony y la Araña se dirigían hacia mi apartamento con su patota de matones a caparme con cortaúñas y arrancarme hasta las pestañas para que les dijera dónde tenía escondido el dinero que supuestamente les birlé, así que ahí tienes expuesto el panorama, nena mía, en seis pasos distintos y una sola movida verdadera; blanco es, gallina lo pone y frito se come, la adivinanza ha sido resuelta y ante nuestros ojos aparece, redondo y completo, el huevo. El Midas reconoce ante Agustina que siempre se ha portado con ella como un cafre, pero le pide que le contabilice un punto a favor: En medio del pánico y del sálvese quien pueda que tomó posesión de mi persona, Agustina de mis cuitas, yo me acordé de ti, increíble pero cierto, me acordé de ti, sabía que si huía de mi apartamento ya nunca recibiría la llamada en que el Rorro debía informarme de tu situación, y es verdad que me preocupaba no estar al tanto del desenlace de tu psicoepisodio, pero es verdad también que hasta ahí me llegó el altruismo heroico con respecto a ti, porque tampoco era cosa de quedarme quieto esperando noticias tuyas hasta que el Chupo y su pandilla de animales llegaran a volverme picadillo, así que con el dolor de mi alma y deseándote desde lejos la mejor de las suertes posibles, puse pies en polvorosa con la consecuencia de que no volví a saber nada de ti, bueno, ni de ti, ni del Rorro ni de la Araña ni de las bonitas que se metían entre mi cama ni de nadie absolutamente hasta hoy, cuando ha querido la suerte que te vea ni más ni menos que a ti, del resto nunca más, kaput, sanseacabó, bloqueo radical, cortados todos los cables de comunicación; Es como si el Midas McAlister ya se hubiera desprendido de todo y se hubiera instalado en el más allá; con el paso de sus días de encierro se afianza más y más en la impresión de que nunca existió realmente esa otra vida que obstinada y sistemáticamente se empeñó en construir en el aire, ahora que cuenta con infinita cantidad de tiempo libre le ha dado por filosofar, Me he vuelto un bicho especulativo, le confiesa a Agustina, me gusta darle vueltas y vueltas a esa frase que dice que todo en la vida es sueño y los sueños, sueños son, no sé de qué poeta viene pero la he convertido en mi lema de cabecera, muñeca Agustina, y quisiera saber de quién es, hazme el favor de preguntárselo a tu marido, el profesor Aguilar, él debe tener el dato, o acaso no es experto en esas cosas. Tu hermano Joaco, el paraco Ayerbe, la Araña impotente, mi apartamento suntuoso, el Aerobic's con todas sus anoréxicas, la Dolores con su muerte atroz, hasta mi amada BMW R-100-RT, para mí son todos fantasmas, actores y escenarios de una obra que ya terminó, y vinieron los utileros y alzaron con todo y ya cayó el telón, hasta el mismísimo Pablo un fantasma, y fantasmal por completo este país; si no fuera por las bombas y las ráfagas de metralla que resuenan a distancia y que me mandan sus vibraciones hasta acá, juraría que ese lugar llamado Colombia hace mucho dejó de existir. El Midas McAlister le cuenta a Agustina cómo transcurrieron sus últimos minutos en el mundo de allá: después de recibir las llamadas telefónicas de la prima de Pablo y del celador del gimnasio, arrojó al fuego la chicharra de marihuana, se puso cualquier pantalón, la primera camisa que encontró, su cachucha de Harvard y unos Nikes suela de aire rojos con negro, agarró el maletín con efectos personales que había preparado esa mañana para llevar a la finca de los Londoño, que por jugarretas del destino seguía listo y a mano aunque para un viaje distinto al previsto, se cargó al hombro una talega de golf en la que por precaución mantenía embutida y bien apretada una buena cantidad de dólares, y sin detenerse siquiera a manipular el control remoto para apagar las luces o la chimenea, bajó al garaje a buscar su moto y sólo al llegar recordó que la había dejado en el gimnasio, así que por un instante hizo un alto en su estampida y se concedió un atisbo de melancolía para despedirse por siempre de su BMW, como también de su jacuzzi, de su ducha de doble chorro, de su suave colcha de vicuña nonata, de su preciosa colección de discos y su ultraequipo de sonido Bose, salió a la avenida cargando su maletín y su talega de golf y tomó el primer taxi que pasó, se cercioró de que nadie lo siguiera y se dirigió, por primera vez en los últimos catorce años, hacia el apartamento de su madre, en el barrio San Luis Bertrand. No sabes, mi niña Agustina, el tropel de sentimientos encontrados que pasaron por mi cabeza durante ese viaje nocturno de forzado regreso al útero, o utilitario reencuentro con los orígenes, absoluta vuelta atrás o reivindicación de mi madrecita noble y santa a la que por tanto tiempo mantuve escondida por cuenta de esos nudos que se hace en las medias de nylon, no sé si cachas la paradoja, bonita mía, pero resulta que el territorio materno, sistemáticamente mantenido en secreto y herméticamente aislado de mi mundanal ruido, de buenas a primeras se me presentaba como salvación, como refugio sin rastro ni sospecha, y eso debido a una rara ley del destino que consiste en que vuelve sobre sí mismo para morderse la cola, cómo te dijera, Agustina encantadora, esa noche entre ese taxi, bien abrazado a mi talega de golf, me sentía regresando al único rincón posible de redención, y de aquí no me he movido hasta el día de hoy, quieto en primera base y casi sin respirar para que nadie descubra que estoy aquí, y según parece no me moveré tampoco en lo que me resta de vida sobre el planeta, porque como habrás visto publicado en los diarios, dulce Agustina mía, o quién sabe porque tú diarios nunca lees, el Congreso ha aprobado la puesta en práctica del Tratado de Extradición y la DEA —léase Ronald Silverstein, mi amigo el Rony Silver, el 007, el buena gente o el buen agente— ha presentado un amplio expediente contra mí en el que se me acusa de lavado de dólares con pruebas suficientes y contundentes, y aquí donde me ves, reinita mía, en pantuflas y sin afeitar y tomándome a tu lado este chocolatico caliente que con tanta devoción nos ha preparado mi madre, soy criminal solicitado en extradición por el gobierno de los Estados Unidos y buscado en este preciso momento por tierra, mar y aire por cuanto organismo de seguridad, buró de inteligencia y policía internacional. Pero desde luego, nada va a pasarle al Midas mientras permanezca encerrado en casa de su madre, Mi madrecita nutricia y proveedora, más eficiente que el control remoto que dejé abandonado porque con ella ni siquiera tengo que apretar un botón, ella me adivina los deseos aun antes de que yo mismo alcance a formulármelos y corre a darme gusto pese a lo coja que está;

sentados en el sofacito de la sala-comedor, mi mamá y yo nos vemos todas las telenovelas y comemos arroz con lentejas y rezamos el rosario al atardecer, te imaginarás, Agustina corazón, que dado nuestro humilde tren de gastos, con los dólares que me traje entre la talega de golf podemos mantenernos por toda la eternidad y más. Porque el Midas sabe a ciencia cierta que no hay en el universo soplón ni espía ni marine, ni sicario de Pablo ni guardaespaldas de la Araña Salazar que pueda dar con su escondite mientras permanezca aquí, guarecido en el regazo materno, Me he convertido en un oso en hibernación perpetua, en un estilita encaramado en lo alto de su columna, un monje tibetano recluido cien años en una ermita, un san Francisco de Asís; apuesto a que te sorprende, mi niña hermosa, ver a tu amigo Midas transformado en filósofo de pacotilla, en resignado profeta del fin de los tiempos, amén. Sólo tú, Agustina chiquita, entre toda la gente del orbe sólo tú sabías que si yo había desaparecido sin dejar huella, era aquí donde me podrías encontrar, y has venido a que te cuente qué fue lo que te pasó aquel sábado fatídico, y como tienes todo el derecho a saberlo pues ya está, te he mostrado sin tapujos mi tajada del pastel, supongo que ahora serán otros los que tengan que revelarte el resto, mi linda niña clarividente y ciega a la vez. De verdad me alegra verte tan bonita y tan bien, te juro que en estas circunstancias eres la última persona que esperaba encontrar, sé que seguirás guardándome el secreto del San Luis Bertrand con la misma lealtad de siempre y por lo pronto no se me ocurre qué más comentarte, bueno, lo que ya sabes, que aquí tengo todo el tiempo del mundo para pensar en ti, que es lo que suelo hacer cuando no quiero pensar en nada.

Anita, la bella Anita, está esperándome esplendorosa en Don Conejo, dice Aguilar, lleva ese sastre azul oscuro que es su uniforme de trabajo, el de la faldita a medio muslo, pero se ha cambiado la camisa blanca por una blusa negra y apretada que el administrador del hotel seguramente no aprueba porque deja a la vista un escote en verdad emocionante, tremenda morena esta Anita por dondequiera que se la mire, y también se ha cambiado los zapatos por unos de tacón muy alto que no son propiamente los de estar todo el día parada tras el mostrador de la recepción, Esta Anita quiere guerra, piensa Aguilar tan pronto la ve, y ahora qué voy a hacer yo con esta Anita. Había llegado con Agustina y la tía Sofi hacia las cinco de regreso de Sasaima, superando exitosamente los avatares de orden público que les habían predicho y con el botín del armario de los abuelos en la mano, cuenta Aguilar, y si no hubiera tenido esa cita a las nueve en Don Conejo, a la que por ningún motivo quería faltar, se hubiera sumergido esa misma noche en la lectura de los diarios y las cartas para empezar cuanto antes a descifrar quiénes habían sido en realidad el alemán Portulinus y su esposa Blanca. A veces tienes que esperar siglos a que ocurra alguna cosa y de golpe ocurren todas a la vez, dice Aguilar, cuando estábamos entrando al apartamento de regreso de Sasaima el teléfono sonó, Es el Bichi para usted, le dijo Aguilar a la tía Sofi sin necesidad de preguntar quién era porque de quién más podía ser esa joven voz masculina de acento colom-mex, Viene de visita el Bichi, anunció la tía Sofi cuando colgó, acaba de llamar a confirmar, los ojos de la tía Sofi y de Aguilar se clavaron en Agustina, atentos a su reacción, Si viene el Bichi hay que arreglar esta casa que está vuelta al revés, dijo ella con entusiasmo pero con tal naturalidad que nadie hubiera sospechado que no más ayer estaba profiriendo barbaridades con solemne voz de tarro, y en efecto el apartamento estaba patas arriba, dice Aguilar, por cuenta de la famosa división que ella misma había impuesto cuando esperaba la otra visita, la delirante, la de su padre, ¿Entonces podemos devolver los muebles a su lugar?, preguntó la tía Sofi y Agustina le respondió que sí, que no había ninguna razón para que estuvieran todos arrumados de un solo lado, Ni que fuéramos a encerar el piso o a dar aquí clases de baile, dijo como si no fuera ella misma quien hubiera dispuesto el disparate, Hay que devolver los muebles a su lugar y hay que arreglar esto completamente, ordenó y Aguilar experimentó cierto sobresalto, ¿Cómo así, arreglar completamente?, preguntó temiendo que las ollas con agua, las purificaciones y todo el ajetreo infernal se desatara de nuevo, Arreglar, arreglar, o sea dejar todo como estaba, respondió ella un tanto enervada de que le hicieran preguntas ociosas y se puso en ello con bríos renovados, o excesivos, pensó Aguilar con preocupación, No es bueno que se agite así, le susurró a la tía Sofi al oído, Pues no, no es bueno pero quién la detiene, confiemos en Dios, Aguilar, Pues sí, tía Sofi, será confiar en Dios, y mientras Agustina reiniciaba por centésima vez la reorganización doméstica, la tía Sofi y yo nos sentamos a reposar un minuto tras esa ida y vuelta a Sasaima que había resultado maratónica, Cuénteme cómo fueron a parar el Bichi y usted a México, tía Sofi, le pidió Aguilar y en ese momento los interrumpió Agustina con un No sé, no sé, no me convencen del todo estas paredes verde musgo, Pero las recomienda el feng shui, se atrevió a insinuarle Aguilar para tranquilizarla al respecto, A la mierda el feng shui, dijo ella, estoy pensando que este espacio quedaría más vivo si pintara las paredes de un naranja quemado, Pues fue así, le contó la tía Sofi a Aguilar, después de que Eugenia le asestó el golpe de gracia al mentir sobre las fotos, el Bichi salió a la calle tal como estaba, con un pullover y unas botas sobre la piyama y nada más, pero con tal aire de decisión tomada que todos supimos que ese niño no pensaba volver, y yo por mi parte había pasado en materia de segundos de la certeza de que se me había terminado la vida, a la sospecha de que lo único que se me había terminado era la vida tal como la había entendido hasta entonces, Ya basta de jueguito pasivo, se ordenó a sí misma la tía Sofi, me llegó la hora de soltar mi propio as. Desde el regreso de misa su bolso permanecía a mano sobre una silla, junto con el sombrero de pluma que llevaba puesto y la palma ya bendita, Y no me preguntes por qué, le dice a Aguilar, pero en vez de agarrar sólo el bolso alcé con las tres cosas, luego subí en un instante hasta mi habitación para sacar el dinero que guardaba en un cajón del chiffonnier, que eran 7.500 dólares en Traveller's Checks y 250.000 pesos, mi abrigo, mi pasaporte y el cofrecito con mis joyas, luego pasé como una exhalación por la habitación del Bichi y le pegué un jalón al primer pantalón que vi en el armario, volé escaleras abajo, y si te digo que volé debes entenderlo tal cual porque ni siquiera pisaba los peldaños, al pasar frente a la salita del televisor, donde permanecía el resto de la familia, alcancé a registrar que Agustina estaba de rodillas y con la expresión anonadada, sentí una punzada en el corazón que me decía Esta chiquita es la que va a acabar pagando, me hice la promesa de volver algún día a buscarla y salí a la calle, vi que el Bichi ya se había alejado un par de cuadras, me percaté de llevar todavía en la mano la famosa palma bendita y la tiré lejos, Adiós, palma del martirio, corrí hacia el muchacho y lo alcancé, Vámonos de aquí, le dije, y el Bichi me contestó Ya nos fuimos. A las nueve pasaditas llegué a Don Conejo, cuenta Aguilar, y allí estaban Anita y su formidable escote, Anita y sus piernas morenas, Anita y pelo suelto que olía a champú de durazno; Anita, mujer sin vueltas, y su decisión de llevarme esa noche a la cama a como diera lugar, sentados en Don Conejo frente a un par de cervezas y a una orden de empanadas de carne con ají piquín, Anita me arrimó su pecho y su olor a durazno y dijo que me había averiguado quién había pagado ese fin de semana la suite del hotel en la que estuvo mi mujer, Bueno, pagado es un decir, le dice Anita a Aguilar, en realidad del hotel andan buscando a esa persona porque nunca pagó, dejó el número de una tarjeta de crédito que al día siguiente el banco reportó como suspendida, y ésa no es la única cuenta que tiene pendiente con nosotros, entre una cosa y otra es un dineral lo que nos debe, Anita no paraba de hablar y Aguilar no quería escuchar, ahora que estaban a punto de revelarle el nombre del hombre que había estado con Agustina ya no quería saberlo, No sé por qué, pero ya no importaba, Agustina y yo habíamos comido obleas donde la viejita decapitada y todo lo demás era irrelevante; ella lo había llevado de la mano a mostrarle la casa y los jardines de Sasaima, Ésta es la gruta de las orquídeas y ésta la pesebrera y ésta era la montura de mi caballo que se llamaba Brandy, y éste el llanito donde jugábamos fútbol, y ladrones y policías por esos corredores, contra este árbol me caí del Brandy y me partí la clavícula, Ven, Aguilar, siéntate conmigo en esta hamaca, en estas varitas de bambú mi madre les ensartaba trozos de fruta a los pájaros, había cardenales, pericos, azulejos y canarios, éste es el canasto que siempre llevaba la tía Sofi para recoger los huevos de las gallinas, y ahora vamos, Aguilar, tienes que conocer el río Dulce, óyelo, desde aquí se escucha, no sabes qué lisas y negras son las piedras del río Dulce, y se calientan al sol, vamos a sentarnos en ellas y a meter los pies en el agua. Después de esas piedras negras, dice Aguilar, ya qué me importaba cómo se llamara el tipo del hotel, podía llamarse como le diera la gana porque a mí Agustina me había llevado a conocer el río de su niñez, No sé, repite Aguilar, de alguna manera yo ya había dejado atrás el dolor de esos cuernos o traición o equivocación o lo que hubiera sido, y conocer ahora un nombre y un apellido no haría sino reavivarlo, así que mientras Anita hablaba yo me distraía fijando la

atención en cualquier otra cosa, dice Aguilar, en sus uñas in-
verosímiles que ya no tenían rayas sino estrellas, unas dimi-
nutas estrellas azules sobre campo plateado, o sea que todavía
eran banderas pero ya no de Francia sino de alguna otra república con estrellas, Anita seguía contándole cosas pero
Aguilar pensaba en la bandera de Cuba, que tenía una sola
estrella, ¿blanca?, ¿roja?, y en la bandera gringa, ésa sí que
tenía estrellas pero invertidas con respecto a las uñas de Anita
porque eran blancas sobre fondo azul; la de Argelia, si no
recordaba mal, tenía una luna y una estrella; en la de Israel
estaba la estrella de David; la de Argentina tenía un sol y el
sol a fin de cuentas es una estrella; sospechó que debían aparecer en las de varios países árabes, como Irak y Egipto, pero
ésas debían ser verdes, y mientras Anita le hacía cosquillas en
el antebrazo con la punta de sus uñas estrelladas, Aguilar
pensó Increíble, qué ansia de cielo, casi todas las banderas de
la tierra tienen astros y ninguna que yo sepa tiene a la propia tierra, y sin embargo no pudo dejar de escuchar el nombre de ese hombre cuando finalmente fue pronunciado por la
boca de Anita, ¿Midas McAlister? ¿Midas McAlister era el
que estaba con ella?, sí, sí sé quién es el Midas McAlister, es
un antiguo novio de Agustina, y en ese momento sentí náu-
seas y pensé que había sido mala idea tomarme esa cerveza y
comerme esas empanadas de carne, de repente me ardían las
entrañas y sospeché que la culpa era del ají piquín, o más bien
del Midas McAlister, Aguilar buscó el baño de caballeros para echarse agua en la cara y quedarse un rato solo; cuando
regresó a la mesa, Anita ya estaba preocupada por su tardanza, Ya iba a buscarte, le dijo, Vamos a buscarlo pero a él, que
me debe una explicación, o mejor dicho se la debe a mi mujer,
¿Qué vas a hacer, vas a golpearlo?, No, Aguilar sólo quería pedirle que le explicara qué había sucedido ese fin de semana, entonces Anita le ofreció decirle dónde a lo mejor lo encontraban

con la condición de que no se fuera a las manos, Si es que lo encontramos, le advirtió, porque anda borrado, te digo que del hotel lo quieren matar pero no han dado con él, se dice que el hombre desapareció de la faz del planeta porque supo que el gobierno le va a dictar sentencia de extradición, Así que fuimos a parar a un gimnasio de su propiedad que tiene un nombre en inglés y que queda en uno de los barrios residenciales del norte, dice Aguilar, y dimos con el lugar pero ya lo estaban cerrando porque eran casi las diez, y el moreno alto que corrió la reja y echó los candados era él, era el Midas McAlister, Aguilar lo reconoció tan pronto puso sus ojos en él, Ése es el hombre que estaba con ella, dijo, Sí, ése es, corroboró Anita, Pues entonces llegó la hora de la verdad. Pero no fue la hora de la verdad sino la de la confusión, cuenta Aguilar, porque yo que encaro al tal Midas y el tal Midas que me jura por la Virgen Santa que él no es Midas sino Rorro, Rorro las huevas, le gritó Aguilar aunque ahora reconoce que encaraba al tal Rorro pero con cautela, porque el bestia era un atleta de consideración, uno de esos profesionales de la musculatura, hasta que mediaron tres o cuatro de las gimnastas, o como se llamen, que a esa hora estaban saliendo hacia sus automóviles y atestiguaron que en efecto ése era Rorro, empleado del gimnasio, encargado de pesas y strech, y que el Midas en cambio era el dueño pero que a él no lo veían hacía días, Por aquí no ha vuelto, Es verdad, por aquí no ha vuelto, Nadie sabe dónde está, No, nadie sabe y ustedes no son los primeros que vienen a buscarlo, No, desde luego que no son los primeros, Ya han allanado varias veces este local y lo más seguro es que lo cierren cualquier día y le hagan el sellamiento, Sí, lo más seguro, dice Rorro, y a mí que me deben tres meses de sueldo, Pero si yo lo vi a usted, lo incrimina Aguilar volviendo a la ofensiva, yo lo vi saliendo de ese cuarto de hotel donde estaba mi mujer, Entonces usted es el marido de ella, mucho gusto, yo soy Rorro, me dijo ese Midas McAlister que aseguraba llamarse Rorro y me tendió la mano derecha de una manera que me pareció cordial y hasta honesta, digamos que convincente, Yo fui el que lo llamó a usted para avisarle que la recogiera en el hotel, me dijo, Y quién le dio mi teléfono, Pues su mujer me lo dio, ella misma me lo dio y me pidió que lo llamara, ¿Ella le pidió que me llamara?, le preguntó Aguilar sintiendo que por fin le volvía el alma al cuerpo, que después de tantos días y noches de andar por ahí sin alma por fin la recuperaba, ¿Está seguro de lo que dice? Pues seguro que estoy seguro, ella me dio el teléfono y si no cómo hice yo para conseguirlo, piense un poquito, deduzca, hermano, no salte a conclusiones precipitadas, claro que fue su mujer la que me pidió que lo llamara, Hombre, Rorro, de veras muchas gracias y perdone, le dice Aguilar, pero ahora cuénteme de qué se trató todo eso, qué le pasó a mi mujer, por qué estaba con usted en ese hotel, qué hacía usted ahí con ella, Vengan, dijo Anita que era la única que parecía saber cómo se hacen las cosas, vamos a sentarnos allí al bar de la esquina, le ofrecemos un traguito al señor Rorro y le pedimos el favor de que nos aclare, por las buenas, don Rorro, por pura amistad, Pues no es mucho lo que les puedo aclarar, pero sí, gracias, el traguito sí se los acepto porque el frío está tenaz, como para calentar el guargüero, y ya una vez en el bar y con unos aguardientes entre pecho y espalda el que decía llamarse Rorro seguía insistiendo, Yo no hacía nada, señor, yo no hacía nada, señorita, yo sólo cuidaba a la señora que estaba tan descompuesta, tan bonita ella, si no le ofende que se lo diga, pero tan chifloreta, yo la cuidaba porque había recibido instrucciones de cuidarla, Instrucciones de quién, Rorro, échese otro guaro y díganos pues a ver, Instrucciones de mi patrón, ya se lo dije, de mi patrón don Midas, de quién más iba a ser, para mí sus órdenes eran sagradas y pensar que me quedó debiendo tres meses de sueldo, Y dónde carajos está don Midas, le preguntó Aguilar, Pues ya lo dijo usted mismo, en el carajo estará, porque la pura verdad es que nadie sabe de su paradero, o acaso cree que si yo lo supiera no estaría allá cobrándole los sueldos atrasados; cuenta Aguilar que cuando se convenció de que ese hombre no sabía más de lo que estaba diciendo, se alejó de allí con la firme resolución de que a partir del día siguiente buscaría al Midas McAlister por cielo, mar y tierra hasta encontrarlo, Estaba decidido a desenterrarlo del hueco en que estuviera, dice Aguilar, así me fuera la vida en ello, qué iba yo a sospechar en ese momento que la única persona en el universo que sabría dónde ubicarlo sería la propia Agustina. A punto de subirme a la camioneta, vi que Rorro salía del bar y corría hacia mí haciendo señas de que lo esperara, Se me olvidaba darle esto, me dijo entregándome una estampita, la tuvo su esposa en la mano hasta que se le cayó allá en el hotel, yo la recogí porque me pareció nunca vista, me la metí al bolsillo y aquí sigo con ella, si no la he tirado a la basura es por miedo a que sea de mal agüero maltratarla, qué tal que resulte vengativa o que quién sabe qué poderes tenga, tómela, se la devuelvo que es de su esposa, ella la llevaba agarrada. Dice Aguilar que tan pronto tomó la estampa reconoció su propia mano izquierda reducida a escala y laminada en plástico, por un lado el dorso, por el otro la palma, Era ni más ni menos que la Mano que Toca, dice, la misma que yo le había enviado en fotocopias a Agustina al principio de nuestra historia, así que cuando la vi y supe que Agustina se había aferrado a ella durante el episodio oscuro, no pude contenerme y grité Que me perdone Voltaire pero esto es un milagro, Cuál milagro, preguntó Anita mirando la estampa y opinando que era raro, Muy raro, dijo, de niña yo jugaba a la Mano Peluda y ahora le rezo a la Mano Milagrosa, pero de esta Mano que Toca no había oído hablar nunca, Ven, Anita, súbete a la camioneta que te llevo al Meissen, le propuse pero no señor, Anita esperaba otra cosa, ya se había aguantado las dolorosas y estaba resuelta a exigir ahora las gozosas, Anita no se resignaba a la exhibición de su bello escote a cambio de nada, Anita estaba acostumbrada a que donde ponía el ojo ponía la bala, Anita bonita se devolvió del tú al usted, dice Aguilar, enfrió el tono al hablarme y me soltó un No, señor, nada del Meissen, ya le ayudé a encontrar lo que buscaba, ahora lléveme usted a mí a bailar un rato, Y cómo no llevarte a bailar, Anita, si es lo mínimo que puedo hacer para agradecer tu dulce compañía en mis horas de tribulaciones, así que esa noche acabé en una boîte de Chapinero que era atendida por una pareja de enanos, medio vacía de todas maneras porque estábamos entre semana, qué gracia infinita la de Anita cuando baila, qué esfuerzo tuve que hacer para no apretarla, qué pecado no besarla, qué crimen retirar mis manos de sus caderas, risueña, complaciente y suculenta Anita en la penumbra de una boîte de Chapinero atendida por dos enanos, Pero mi corazón está en otro lado, Anita, ni siquiera mi cuerpo está del todo aquí con el tuyo, ni siquiera mi cuerpo, Adiós, Anita la del barrio Meissen, Aguilar hubiera querido decirle En otra vida te busco, me caso contigo y te hago feliz, Anita, te lo mereces y te lo quedo debiendo; hubiera querido decirle En otra vida te llevo a la cama en la suite de un hotel de lujo, Anita, si quieres puede ser hasta el mismísimo Wellington, me lo merezco y me lo quedas debiendo, pero eso será en otra vida porque ahora debo regresar a casa, Anita bonita, allá la vida mía me está esperando, quiero decir esta vida que llevo ahora, esta vida que a fin de cuentas es la única que tengo y que me está esperando en casa, será un placer soñar contigo, Anita morena, pero en este momento no quiero, no puedo, meter en mi vida verdadera cosas que no lo sean, que ya de eso tengo más que suficiente.

Al llegar al apartamento, hacia las dos de la mañana, me acogió un olor que me arrancó lágrimas, asegura Aguilar, y no estoy diciendo ninguna metáfora porque es cierto que me hizo llorar ese olor que no sé si pueda describir, un olor a casa, qué más puedo decir, un olor a todos los días, a gente que duerme por la noche y se despierta por la mañana, a vida real, a aquí ha vuelto a ser posible la vida, no sé por cuánto tiempo pero al menos mientras perdure este olor, mientras no se quiebre esta calma, Agustina estaba dormida de mi lado de la cama y me había dejado una nota sobre la mesita de luz, una nota como la que deslizó hace tres años por debajo de la puerta de mi cubículo en la universidad pidiéndome dos cosas, fotocopia de mi mano y ayuda para escribir su autobiografía, esta vez la hoja no iba entre un sobre sino que estaba doblada en dos y por fuera llevaba escrito mi nombre, Aguilar, yo no sé qué será la felicidad, dice Aguilar, supongo que nadie lo sabe, lo que sí sé es que felicidad fue lo que sentí cuando vi mi nombre escrito por ella en esa hoja de papel, con todo y bolita en vez de punto sobre la i, y por dentro la nota decía, Aguilar la saca de la billetera donde la guarda junto con la primera y la lee, «Profesor Aguilar, si pese a todo me quiere todavía, póngase mañana una corbata roja». La leí varias veces antes de dormirme, dice Aguilar y cuenta que el último pensamiento que esa noche pasó por su cabeza fue Estoy contento, esta noche estoy contento aunque no sepa cuánto tiempo va a durar esta alegría. Cuando me levanté al otro día Agustina ya estaba vestida y llamaba al aeropuerto a confirmar la hora de llegada del vuelo de México, Aguilar se pegó una ducha demorada, se arregló la barba, se peinó lo mejor que pudo teniendo en cuenta que el crecimiento del pelo aún no había subsanado los estragos ocasionados por don Octavio el peluquero, se puso una camisa blanca y rebuscó entre los cajones hasta que encontró una vieja corbata roja que estaba seguro de tener en algún lado, Me veía rarísimo, dice Aguilar, jamás he usado corbata y no tengo un saco apropiado, en todo caso ahí estaba yo con mi corbata roja y hasta me eché por primera vez un poco de esa agua de colonia que ella siempre me regala, Cuando Aguilar bajó, Agustina pasó varias veces frente a él sin decirle nada, ni buenos días siquiera, Simulaba no verme, dice Aguilar, sus ojos eludían mi corbata roja como si se hubiera arrepentido de escribir esa nota, o más bien como si tuviera temor de constatar si me la había puesto o no, o como si se estuviera haciendo la loca, Agustina y la tía Sofi dejaban listo el almuerzo con el que le daríamos la bienvenida al Bichi después de traerlo del aeropuerto, preparaban un pavo y trajinaban con unas manzanas y unas verduras haciendo caso omiso de mí, así que me serví un café y me senté a desayunar, a hojear el periódico y a observar a mi mujer que pasaba una y otra vez frente a mí como mirando hacia otro lado, como haciéndose la desentendida y al mismo tiempo nerviosa, queriendo y no queriendo chequear con el rabillo del ojo si me había puesto la tal corbata, hasta que me planté frente a ella, la tomé por los hombros, la hice mirarme a los ojos y le pregunté, Señorita Londoño, ¿le parece suficientemente roja esta corbata?

Esta obra se terminó de imprimir en marzo del 2013
en los talleres de Alafi Impresores S.A de C.V.
Nautla 161 - 8 Col. San Juan Jalpa
C.P. 09850 México D.F.